1,-

HEYNE BÜCHER

HAFFMANS KRIMINALROMANE
BEI HEYNE

AARON ELKINS

ALTE MEISTER

Roman

Aus dem Amerikanischen
von
Evelyn Voß

WILHELM HEYNE VERLAG
MÜNCHEN

HAFFMANS KRIMINALROMANE BEI HEYNE
Herausgegeben von Gerd Haffmanns und Bernhard Matt
Nr. 05/145. Im November 1996.

Die Originalausgabe »OLD SCORES«
erschien 1994 bei Charles Sribner's Sons

Deutsche Erstausgabe

Printed in Germany 1996
Konzeption und Gestaltung: Urs Jakob
Umschlagillustration: Archiv für Kunst und
Geschichte / Erich Lessing, Berlin
Umschlaggestaltung: Atelier Ingrid Schütz, München
Satz: Franzis-Druck, München
Druck und Bindung: Ebner Ulm

ISBN 3-453-11844-8

Danksagungen

Junge Schriftsteller sind gewöhnlich erstaunt, wie bereitwillig Experten verschiedener Fachrichtungen die Fragen wißbegieriger Romanciers beantworten. Bisweilen sind selbst alte Schriftsteller erstaunt. Es ist mir ein Vergnügen, den Wissenschaftlern und Sachverständigen, die mir (und Chris Norgren) so geduldig und gutgelaunt aus einer Patsche nach der anderen geholfen haben, meinen Dank zu sagen.

Georgina Adam, Pariser Korrespondentin der *ART news*, erläuterte präzise einige der besonders unergründlichen Aspekte der französischen Kunstszene; Chiyo Ishikawa, Stellvertretender Kurator der europäischen Gemälde am Seattle Art Museum, klärte mich über ein esoterisches Problem hinsichtlich Rembrandts früher Karriere auf; John Henry Merryman, Schweitzer Professor der Jurisprudenz em. an der Standford Law School, tat sein eindrucksvolles Bestes, um dafür zu sorgen, daß ich in punkto Fälschung und Echtheit in der Kunst intellektuell redlich blieb, und Professor John R. Price von der School of Law an der University of Washington setzte mich über das Erbrecht, insbesondere in Frankreich, sowie über verschiedene andere knifflige Rechtsfragen ins Bild. Um mein Französisch zu entzerren, waren drei Personen erforderlich – Albert Jekenta und Louise Lillard, seinerzeit zum Beverly Hills Unified High School District gehörig, und Bob Kirk aus Seattle. Ihnen allen meinen aufrichtigen Dank.

Das Barillot-Museum in Dijon ist frei erfunden und nicht zu verwechseln mit dem Museum der Schönen Künste von Dijon, das in der Tat sehr schön ist.

1

»Ich lade dich ein«, sagte Tony und griff über meine ausgestreckte Hand nach der Rechnung. »Diesmal bezahle ich.«

Oho, dachte ich, jetzt aber aufgepaßt!

Womit ich nicht andeuten will, daß Tony Whitehead ein hinterhältiger Typ ist oder einer, der immer nur aus Berechnung großzügig wäre. Aber Tony tut gewöhnlich nichts, ohne einen Grund dafür zu haben. Manchmal ist es von Vorteil für einen selbst, manchmal auch nicht. Und wenn er die Rechnung bezahlt, ist es das meiner Erfahrung nach nicht.

Tony ist mein Chef, der Direktor des Seattle Art Museum (oder SAM, wie wir Insider sagen). Ich bin Chris Norgren, der Kurator der Renaissance- und Barockkunst. Wir saßen ein paar Straßen vom Museum entfernt in einer modisch-eleganten, mit dunklem Holz möblierten neuen Speiselokalität namens Palomino beim Mittagessen. Unser Tisch stand an einem Fenster, von dem aus man vier Stockwerke tief in den spektakulären, aus Glas und Granit bestehenden Innenhof des Pacific First Centre hinabsah. Wie's einem Restaurant geziemt, das sich als »Euro-Seattle Bistro« bezeichnet, war das Palomino durch und durch neoeklektisch. Das Mobiliar erinnerte von fern an Art deco, die Wandbehänge und offenen Backsteinöfen von fern an französischen Landhausstil, die mächtigen Rundsäulen und malvenfarbigen Wände von fern an die Ägäis.

Es war alles sehr schön und einladend und zweifellos auf der Höhe der Zeit, aber nicht, was ich von Tony erwartet hätte, der sich was darauf einbildet, als »Funde« deklarierte kleine Bruchbuden unter dem Alaskan Freeway aufzuspüren. Sein Vorschlag hatte mich überrascht und mich fragen lassen, was dahinterstand.

Nicht, daß ich ihm etwa mißtraute. Ich vertraue ihm durchaus. Und ich kann ihn gut leiden. Er arbeitet hart und stellt hohe Ansprüche an sich und seine Mitarbeiter. Er ist ein geschickter Verwaltungsbeamter und ein hervorragender Trecento-Gelehrter, und mehr als einmal hab' ich erlebt, wie er sich vor seine Leute stellte, wenn ihnen der Wind ins Gesicht blies. Besonders mir gegenüber war er sehr nett gewesen, als ich eine kritische Phase durchmachte.

Dessen ungeachtet war ein gelegentlicher Zug zum Etikettenschwindel seiner Natur nicht fremd, und er hatte mich wieder und wieder in Dinge verstrickt, in die ich mich lieber nicht hätte verstricken lassen sollen. Natürlich immer nur zum höheren Wohl des Seattle Art Museum oder im Interesse der Kunst selbst. Aber nicht immer im Interesse meiner eigenen Ruhe und Bequemlichkeit.

»Wie war das Essen?« fragte er liebenswürdig.

»Ausgezeichnet«, sagte ich. Was der Wahrheit entsprach. Ich hatte eine Brathähnchen-Pizza genommen und dadurch in einem Gang sowohl den Mailänder *giarrosto* genutzt, an dem der Vogel gedreht und gebraten worden war, wie auch den mit Erlenholz befeuerten römischen Pizza-Ofen. Der berühmte mit Apfelholz befeuerte Ofen hatte seinen Beitrag in Gestalt der *bruschetta* geleistet, delikat gerösteten italienischen Brotscheiben, die mit Olivenöl, Knoblauch und sonnengetrockneten Tomatenstückchen bestrichen waren. Ich hatte nicht rausgekriegt, wie ich auch den Hartholzgrill hätte ausprobieren können, aber alles, was ich gegessen hatte, war vorzüglich gewesen.

»Wie wär's mit einem Nachtisch?«

»Nein, danke.«

»Wollen wir nicht einen Salat nehmen? Du weißt doch, ein Gaumenputzer.«

Ich stimmte zu. Wir bestellten zweimal grünen Salat. Ob wir frischen Gorgonzola und Walnüsse darauf wünschten, wollte die schwarz bebluste, schwarz behoste Kellnerin wissen. Wünschten wir nicht. Hätten wir gern noch ein Glas Wein?

»Nur zu, Chris«, sagte Tony großartig. »Nichts drängt uns, zurückzuhasten. Wir haben Zeit in Hülle und Fülle.«

»Nein, danke, Tony. Warum in drei Teufels Namen hab' ich bloß das Gefühl, ich müßte einen klaren Kopf behalten?«

»Haha«, sagte er beruhigend, »ist eigentlich nicht nötig. Obwohl es tatsächlich etwas gibt, was ich dir sagen wollte. Du brauchst nicht so nervös auszusehen, Chris. Du wirst es bestimmt interessant finden.«

Das glaubte ich auch.

Er langte nach der Bruschetta und brach sich ein Stück ab. »Wie das Leben so spielt, haben wir da einen Sammler, der uns eins seiner Bilder schenken will«, sagte er leichthin. »Es würde in dein Spezialgebiet fallen, wenn wir's nehmen.«

»Was für ein Bild?« fragte ich argwöhnisch.

»Ach, nur ein Porträt. Von, wie heißt er gleich, du weißt schon, Rembrandt.«

Ja, da hätten wir in aller Kürze den Grund dafür, daß niemand Tony je vorgeworfen hat, er wisse nicht, wie er die Aufmerksamkeit eines Zuhörers erlangen könne.

»Wie heißt er gleich, Rembrandt«, sagte ich heiser, nachdem ich meine Stimme wieder in Gang gebracht hatte. »Tony, das ist...« Ich runzelte die Stirn. »Was meinst du mit ›wenn wir's nehmen‹?«

»Na ja, es gibt da schon ein kleines Problem. Der Mann, von dem wir reden, ist René Vachey.«

»René...?« Ich starrte ihn an. »Und er – er hat uns einfach urplötzlich diesen alten Rembrandt angeboten, der zufällig bei ihm rumlag?«

Tony kaute gleichmütig weiter. »So ungefähr. Einer seiner Anwälte rief mich heute morgen an und erzählte mir davon.«

»Einfach so? Aus heiterem Himmel?«

»Einfach so.«

Ich lehnte mich in meinem Stuhl zurück und wußte nicht recht, was für Gefühle mich eigentlich bewegten. »Gemischte« wäre wohl noch die beste Beschreibung, nehm' ich an. Ein Porträt von Rembrandt. Jeder Kurator barocker Kunst, der warmes Blut in den Adern hat und behauptet, er würde sich nicht – unbesehen – alle Finger danach lecken, würde eine faustdicke Lüge auftischen. Rembrandt ist schließlich – nun ja, Rembrandt. Daß SAM nicht ein einziges Bild von ihm besaß, war ein Umstand, den ich fast als persönliche Beleidigung betrachtete, aber ich hatte längst die Hoffnung aufgegeben, in näherer Zukunft eins zu bekommen. Und plötzlich war's da und hing vor meinem geistigen Auge mit Goldrahmen aus dem siebzehnten Jahrhundert und allem Drum und Dran im Raum für Spätrenaissance und Barock im dritten Stock am Ehrenplatz der Westwand. Ich war wie geblendet.

Andererseits hatte der Name des Stifters mich außerordentlich mißtrauisch gemacht. Denn wenn ich den bereits älteren René Vachey auch noch nie gesehen hatte, wußte ich doch, wer er war. Ein erfolgreicher französischer Kunsthändler und Sammler und eine der besonders exzentrischen Gestalten der Kunstwelt (und das will was heißen, wie ich versichern kann), unberechenbar, umstritten, berüchtigt. In den Augen der einen ein skrupelloser und selbstsüchtiger Halunke; in den Augen vieler anderer jedoch ein willkommener Unruhestifter in einem Reich, das vor Aufgeblasenheit und Überspanntheit strotzte. Ich konnte beide Gesichtspunkte verstehen.

Die spektakulärste seiner Eskapaden hatte sich vor ungefähr zehn Jahren ereignet, als die Vormittagsschicht des Musée Barillot bei Dienstantritt zu ihrem Entsetzen entdeckte, daß sechs der wertvollsten Schätze des Museums mitsamt ihren Rahmen in der Nacht verschwunden waren. Darunter befanden sich Bilder von Tintoretto, Murillo und Goya.

Es folgte der übliche Aufruhr. Die Polizei wurde gerufen und machte sich daran, Museumsangestellte und andere verdächtige Personen ins Verhör zu nehmen. Interpol erhielt Photographien und Beschreibungen der gestohlenen Werke. Dem Museumsdirektor wurden unzureichende Sicherheitsvorkehrungen vorgeworfen; er reagierte darauf, indem er die Hände rang und den traurigen Stand beklagte, auf den die französische Moral herabgesunken sei. Außerdem feuerte er seinen Sicherheitschef.

Genau vier Wochen später veranstaltete René Vachey dann in seiner eigenen Galerie, drei Hausblöcke vom Museum entfernt, eine öffentliche Ausstellung von Werken aus seiner eigenen hervorragenden Sammlung. So was machte er von Zeit zu Zeit, doch diesmal war's nicht ganz wie sonst. Stolz und unübersehbar als Hauptattraktion plaziert, hingen da in ihren Originalrahmen die sechs Bilder, die aus dem Barillot entwendet worden waren.

Erneuter Aufruhr. Vachey, einer der bedeutendsten Bürger Dijons, ließ sich geradezu in einer Art öffentlicher Zeremonie festnehmen und unter Anklage stellen. Anschließend gab er eine Pressekonferenz, die vom Pariser Journalistencorps (das er nicht versäumt hatte einzuladen) gut besucht wurde. Jawohl, sagte er, er habe die Bilder aus dem Museum geholt oder vielmehr holen lassen; er trage die volle Verantwortung. Aber *gestohlen*? Nein, gestohlen habe er sie nicht. Stehlen, stellte er fest, heiße, das Eigentum eines anderen an sich nehmen, nicht wahr? Aber wessen Eigentum *waren* diese Bilder? Waren sie das Eigentum des Musée Barillot? Er glaube es nicht, und er glaube, das beweisen zu können.

An diesem Punkt sollte ich darauf hinweisen, daß hier – trotz der berühmten Namen – nicht von unvergänglichen Meisterwerken die Rede ist. Künstler sind wie andere Leute auch; sie haben ihre weniger guten Tage. Gewöhnlich vernichten sie ihre schwächeren Arbeiten oder übermalen sie, aber oft genug bleiben sie auch erhalten. Und es gibt gewisse kleine europäische

Museen – und auch einige amerikanische –, die sich diesen Umstand zunutze gemacht haben, um diese Bilder relativ billig zu ergattern und Sammlungen anzuhäufen, die viele große Namen, aber keine großen Werke aufweisen. Das ist nicht die von mir bevorzugte Art und Weise, eine Museum aufzubauen, zumal sie sich auf die Annahme stützt, der durchschnittliche Museumsbesucher sei zu blöd, um zu wissen oder wissen zu wollen, was er oder sie sich ansieht, solange auf dem Schild nur Picasso oder Matisse steht. Schlimmer noch, das ist genau die Sorte von Museumsbesucher, die sie hervorbringen hilft. (»Oh, kuck mal, ein echter Picasso! Ist er nicht *wunderschön?*«)

Wie dem auch sei, das Musée Barillot war leider gerade so ein Museum. Gerechterweise sei hinzugefügt, daß es sich eine erstrangige Kunstsammlung auch kaum hätte leisten können. Es enthielt eine bescheidene Sammlung, die der Stadt um die Jahrhundertwende von einem reichen Arzt mit dem überraschenden Namen Barillot vermacht worden war, und hatte seither wenig Zuwendungen erfahren, die über das hinausgingen, was der Unterhalt verschlang. Tatsächlich hatte es seit Ende der vierziger Jahre praktisch nichts mehr angeschafft. Wie genau es ihm gelungen war, die fraglichen Bilder zu erwerben, war ein Rätsel, dessen Lösung in der fernen Vergangenheit verborgen lag. Sie hatten da eben seit Menschengedenken gehangen, und das war's.

Und genau dieser Punkt hatte den klugen Vachey zum Nachdenken gebracht. Er recherchierte ein wenig und fand heraus, daß sie um 1800 als napoleonisches Beutegut aus Italien, Deutschland und Spanien ins Land gekommen waren. Mit Tausenden von anderen geraubten Kunstschätzen waren sie für den Louvre bestimmt gewesen, befanden sich jedoch unter denen, die von den Sachverständigen für unwürdig erachten wurden, sich in *la gloire de France* zu sonnen, und waren auf den französischen Kunstmarkt gelangt. Schließlich hatte das Museum in Dijon sie, jeweils ein oder zwei zur Zeit, in den ersten Jahren des zwanzigsten Jahrhunderts erstanden. Das war legal geschehen, das Museum hatte den gängigen Preis bezahlt und besaß die Papiere, die's belegten (wenngleich es eine Weile gedauert hatte, sie in den staubigen Gewölben einer Bank in Beaune aufzutreiben).

Vachey tat dies mit einem Achselzucken ab. Wie konnten Bilder oder auch andere Dinge legal von Verkäufern erworben werden, die ihrerseits gar keinen Anspruch auf sie hatten? Aber das französische Recht sah das anders, und so kam es unter großer Anteilnahme der Medien zu einer Gerichtsverhandlung, in der Vachey fröhlich die Befugnis französischer Gerichte anzweifelte, in Fällen zu entscheiden, die nicht-französisches Eigentum betrafen.

Ja, fröhlich. Denn die ganze Angelegenheit war ein toller Gag gewesen. Etwas anderes hatte nie zur Diskussion gestanden. Ganz gewiß besaßen diese zweitrangigen Produkte erstrangiger Künstler keinen finanziellen oder ästhetischen Reiz für Vachey. Seine eigene Sammlung war unendlich viel wertvoller als die des Musée. Er hatte, seiner Zeit ein wenig voraus, einfach beschlossen, auf die außerordentlich weitreichende und verzwickte Frage »Wessen Eigentum ist die Kunst?« aufmerksam zu machen – und vielleicht nebenher in dem gesetzten, hochnäsigen französischen Kunstestablishment einige Wellen zu schlagen und verschiedene Gemüter zu erregen.

Das gelang ihm glänzend, drei von den Medien vielbeachtete Wochen lang, bis das Gericht drohende Laute von sich zu geben begann. Am Ende kehrten die Bilder ins Museum zurück, wie es Vachey zufolge – und ich glaubte ihm – immer seine Absicht gewesen war. Er bezahlte auch die dem Museum entstandenen Anwalts- und Gerichtskosten und stiftete als Geste seines guten Willens aus seiner eigenen Sammlung freiwillig eine herrliche Kohlestudie von Goya, die mehr wert war als alle sechs »gestohlenen« Bilder zusammen.

Offenbar hatte er die ganze Sache von Anfang bis Ende als Mordsgaudi betrachtet. Ob man seine ursprünglichen Motive für altruistisch oder egoistisch hält, hängt davon ab, mit wem man spricht. Sicher tat er was Nützliches, indem er auf eine wichtige Frage aufmerksam machte. Andererseits wurde er auch für eine gewisse Zeit der berühmteste Kunsthändler der Welt, was dem Geschäft nicht geschadet haben konnte. Aber wie man dazu auch stehen mochte, es blieb die Tatsache, daß er zu diesem Zweck in ein Museum eingebrochen war – und Bilder werden bei jedem Ein- und Ausladen beängstigenden Risiken ausgesetzt, besonders, wenn man sie in aller Hast und Heimlichkeit durch Fenster verlädt. Ich habe schon gesagt, daß diese hier nicht zu den großen Meisterwerken der westlichen Welt gehörten, aber Tintorettos sind Tintorettos, und wer mit Kunst zu tun hat, findet nicht, daß man mit ihnen rummurksen sollte, um was zu beweisen.

Er hatte auch bewirkt, daß ein Kunstmuseum – gewissermaßen stellvertretend für alle anderen – dumm dastand, und eben das machte Tony und mir in diesem Moment zu schaffen.

Das also war der Mann, der uns einen Rembrandt schenken wollte. Wer wußte, was er diesmal vorhatte? Das einzige, das ich mit Sicherheit sagen konnte, war, daß man jedem von René Vachey geschenkten Gaul lang und scharf ins Maul schauen mußte.

»Dieses Bild«, sagte ich zu Tony, »wie sieht es aus?«

Die Salate waren gekommen. Tony fing mit seinem an. »Hab' ich dir doch gesagt. Es ist ein Porträt. Öl auf Leinwand.«

Das schien mir eine ziemlich lakonische Beschreibung von einem Mann, den alte Bilder haargenau so fiebrig machen könne wie mich.

»Aber was für ein Porträt? Von wem? Gruppen- oder Einzelporträt? In welchem Zustand ist es? Wie stark ist es restauriert worden?«

Tony zog die Schultern hoch und kaute, was besagen

sollte, daß er im Moment zuviel Senfkohl und Fenchel im Mund hatte, um zu antworten.

Ich beugte mich mit zusammengekniffenen Augen vor. »Du hast es gar nicht gesehen, oder?«

»Also, nicht direkt...«

»Hast du's gesehen?«

»Also, nein, niemand hat es gesehen.«

»Nicht einmal Photos?«

»Also, n-«

»Also wissen wir gar nicht mit Sicherheit, daß es wirklich das ist, was er sagt.«

Tony schluckte und legte seine Gabel nieder. »Herrje, wir wissen nicht mal mit Sicherheit, das es existiert. Es könnte alles falscher Alarm sein, irgendein Scherz, den er sich ausgedacht hat. Wahrscheinlich ist es das auch.«

Ich lehnte mich zurück und schaute ihn gänzlich ernüchtert an. »Warum reden wir also überhaupt davon? Warum machen wir uns Gedanken darüber?«

»Weil es nicht ganz auszuschließen ist«, sagte Tony, »daß er's ehrlich meint. Was soll ich deiner Meinung nach tun – ihm sagen, daß wir nicht interessiert seien? Ihm sagen, daß er ein anderes Museum für seinen lausigen Rembrandt ausfindig machen soll? Ihm sagen, daß er's doch dem Met geben soll?«

»Nein, wohl lieber nicht.«

»Natürlich nicht. Wie wär' dir zumute, wenn bei deinem nächsten Besuch im Met *dein* Rembrandt an *ihrer* Wand hinge?«

Ich lachte. »Nicht gut.«

»Na bitte, mir auch nicht. Ziehen wir also keine voreiligen Schlüsse.«

»Einverstanden. Aber irgendwas stimmt hier offenkundig nicht, Tony. Warum zum Beispiel sollte Vachey gerade uns was stiften? Warum nicht irgendeinem anderen Museum? Warum *nicht* dem Met? Das würde ihm ein größeres öffentliches Forum verschaffen, wenn's ihm darum geht. Oder warum nicht ein französisches Museum, wo er wenigstens ein paar Steuervorteile mitnehmen könnte?«

»Das fragt man sich allerdings«, stimmte Tony zu.

»Wir haben nie in irgendeiner Verbindung zu ihm gestanden, oder?«

»Doch, in gewisser Weise schon. Weißt du, wer Ferdinand Oscar de Quincy war?«

Das war kein Name, den man leicht vergißt, wenn man ihn einmal gehört hat. »Sicher, er hatte deinen Job in den fünfziger Jahren.«

»Richtig. Und davor, in den vierzigern, war er bei MFA & A. Du weißt doch noch, was das ist, nicht wahr?«

Ich nickte. MFA & A – Monuments, Fine Arts and Archives – war die Abteilung der U.S. Armee, die der immensen deutschen Kunstbeute des Zweiten Weltkriegs in so vielen Fällen auf die Spur gekommen war und sie den Museen und Privatleuten zurückerstattet hatte, denen sie entwendet worden war. Es war die größte und erfolgreichste Bergung gestohlener Kunstschätze in der Geschichte und ein wohlverdientes Ruhmesblatt für die U.S.-Truppen gewesen. Anschließend waren die meisten Experten der MFA & A – wie Rorimer vom Met und wie de Quincey vom SAM – in die Museumswelt zurückgekehrt, aus der sie rekrutiert worden waren.

»Jedenfalls«, sagte Tony, »war de Quincy laut Vachey persönlich dafür verantwortlich, daß er ein Dutzend seiner Bilder zurückbekam, und er schwor seinerzeit, daß er sich eines Tages bei ihm revanchieren wolle, indem er ihm etwas nicht ganz Gewöhnliches für sein Museum schenken werde.« Er zuckte mit den Achseln. »Das sind wir.«

»Wieso hat er so lang gebraucht? Es ist fast fünfzig Jahre her. De Quincy ist seit vierzig Jahren nicht mehr bei uns.«

»Keine Ahnung. Seinem Anwalt zufolge ist Vachey nicht mehr der Jüngste, er beginnt, sentimental zu werden. Will seine Bücher in Ordnung bringen, bevor er abgeht. Er kümmert sich um alte Verpflichtungen, regelt Schulden, richtet sein Testament, was es da so gibt.«

Ich stocherte geistesabwesend im Salat herum. Was ich bislang gehört hatte, war nicht sonderlich überzeugend. Nach dem, was ich von Vachey wußte, glaubte ich nicht, daß er ein sentimentaler Typ war, wenigstens kein so sentimentaler, daß er ein Millionenobjekt weggeben würde, nur um einer vor fünfzig Jahren eingegangenen Verpflichtung nachzukommen. Zweifellos ging hier was Sonderbares vor, etwas, was uns verschwiegen worden war.

»Tony, angenommen, das Bild existiert. Angenommen, es ist wirklich ein Rembrandt. Wie sicher sind wir, daß Vachey der rechtmäßige Eigentümer ist? Wo hat er's her? Wie sieht die Provenienz aus?«

Provenienzen sind nun knifflige Angelegenheiten. Eine Provenienz ist der Stammbaum eines Bilds, die Chronik seiner Besitzer von dem Moment an, in dem der Künstler es aus der Hand gegeben hat. Da Bilder oft ihren Besitzer wechseln, haben Werke, die so alt sind wie die, von denen hier die Rede ist, meistens lange Provenienzen. Oft sind sie lückenhaft; aus dem einen oder anderen Grund verschwinden Bilder eine Zeitlang und tauchen irgendwann wieder auf, oft fünfzig oder hundert Jahre später. Wenn das passiert, gibt's immer Probleme. Wie können Leute schließlich absolut sicher sein, daß ein lang verschollener Tizian, der im Wohnzimmer eines Hauses in Atlanta entdeckt wird, genau dasselbe Bild ist, das zuletzt im Jahre 1908 gesehen oder erwähnt wurde, bevor es von der Wand einer Kirche in Pisa verschwand? (Antwort: Sie können's nicht, nicht absolut.)

Selbst wenn's keine Lücken gibt, stellen sich oft Fragen bezüglich der Echtheit oder des Eigentums. Aber eine einigermaßen geschlossen wirkende Provenienz, die wenigstens zum Teil verifiziert werden kann, ist ein unerläßlicher Ausgangspunkt. Ohne sie würde kein

Museumskurator im Vollbesitz seiner geistigen Kräfte einen sogenannten Alten Meister auch nur anfassen.

»Es gibt keine«, sagte Tony.

Meine Gabel stockte auf dem halben Weg zu meinem Mund. »Keine Provenienz?«

»Keine, die der Rede wert wäre, nein. Er sagt, er hat das Bild von, nun ja, aus einem Trödelladen in Paris. Es war verschmutzt, fast schwarz. Natürlich hatte der Verkäufer keine Ahnung, worum's sich handelte.«

»Und woher weiß er, worum's sich handelt?«

»Er sagt, er wußte es im dem Moment, in dem er's sah. Er kaufte es, ließ es reinigen, schaute es sich genau an und überzeugte sich davon, daß er recht gehabt hatte.«

»Was meinst du mit ›überzeugte sich davon‹? Willst du sagen, daß er es selbst für echt erklärte?«

»So ist es.«

Ich lachte. »Komm', Tony, das ist doch ein Witz. Ein Kunsthändler, der sein eigenes Bild für echt erklärt? Was für eine Art von Echtheitserklärung ist denn das? Und dann René Vachey, Herrgott noch mal.«

Er zuckte mit den Achseln. »Was soll ich dazu sagen?«

»Was haben denn die französischen Sachverständigen zu dem Bild zu sagen?«

»Ich hab's doch schon erwähnt, niemand hat's gesehen. Er richtet eine große Ausstellung in seiner Galerie ein, und dieses Bild wird den Mittelpunkt abgeben. Es heißt, es sorge schon für gewaltige Aufregung da drüben. Er fordert die Experten praktisch auf zu beweisen, daß seine Zuschreibung falsch ist, und die Leute fangen an, Partei zu ergreifen, noch bevor sie das verflixte Ding überhaupt gesehen haben. Vachey hat eine Menge Feinde, und wie üblich mischt er mächtig mit. Er hat Edmond Froger in *Le Monde* einen *dilettante ignorant* genannt.«

»Oh, toll.«

Tony zuckte mit den Achseln. »Na ja, der Mensch ist wirklich ein Schafskopf.«

Die Sache begann fatal vertraut zu klingen. Ein paar Jahre vor der Barillot-Affäre hatte Vachey rund fünfzig seiner eigenen Bilder für eine weithin propagierte Schau mit dem Titel »Das turbulente Jahrhundert: 1860–1960« zusammengestellt. Sie lief einen Monat lang in seiner Londoner Galerie und sollte dann in die Schweiz, nach Belgien, Frankreich und Holland wandern, wo eifrige Museen miteinander um das Privileg gestritten hatten, ihrer habhaft zu werden. Es handelte sich um eine beachtliche Schau, die Werke von Gauguin, Seurat, Braque, Picasso und Kokoschka enthielt.

Oder auch nicht, jedenfalls nach Ansicht einiger namhafter Kritiker und Rezensenten, die einen großen Teil der Sammlung für fragwürdig oder fraglos gefälscht erklärten. Andere, ebenso angesehene, unterstützten Vacheys Behauptung, daß sie echt seien. Kampflinien wurden gezogen. Auch diesmal gingen die Wellen hoch, und sehr viel lebhaftere Bezeichnungen als *dilettante ignorant* flogen hin und her. Bei dieser Gelegenheit hielt Vachey sich abseits vom Hauptschauplatz und genoß das Feuerwerk, während die Experten den Konflikt austrugen. Am Ende machten die Museen einen hastigen Rückzieher, suchten Deckung und bliesen die Ausstellung unter heftigem Keuchen und Schnaufen ab. Allerdings nicht, bevor sie – und somit Kunstmuseen überhaupt und Kunstexperten erst recht – zum Gespött geworden waren. Es gab eine Menge Leute, die die Meinung waren, daß eben dies von Anfang an das Ziel des ikonoklastischen Vachey gewesen sein könnte.

Und in diesem Augenblick begann ich mich zu fragen, ob es vielleicht für uns selbst an der Zeit sei, daran zu denken, einen hastigen Rückzieher zu machen und Deckung zu suchen.

»Er kann doch wohl nicht erwarten, daß wir das Angebot annehmen, ohne das Bild gesehen zu haben, oder?« fragte ich. »Dann nämlich…«

»Nein, du hast eine Einladung zur Eröffnung bekommen. Du kannst es nach Herzenslust prüfen. Okay?«

Ich überlegte. Es sprach etwa hundert zu eins dagegen, daß aus dieser Reise irgend etwas rauskommen würde. Ein unbekannter »Rembrandt«, der von einem Mann mit einem, gelinde gesagt, ausgefallenen Sinn für Humor und einer eigenartigen Vergangenheit in einem Trödelladen entdeckt worden war. Keine Provenienz, keine zuverlässige Echtheitserklärung. Kein sehr guter Tip. Andererseits war ich, solchen Lohn vor Augen, schon bereit, auch bei einer Chance von hundert zu eins die Reise nach Dijon zu machen.

»Gut«, sagte Tony herzlich, »das ist also entschieden. Am besten schick' ich Calvin mit dir zusammen hin. Er ist ohnehin auf der Konferenz über die Rückgabe von Kulturgütern in Den Haag, es ist für ihn also nur ein Sprung nach Frankreich rüber. Er kann sich um Einzelheiten kümmern, das Kleingedruckte prüfen, was da so anfällt – sein Französisch ist sogar noch besser als deins. Das gibt dir die Möglichkeit, dich auf das Bild zu konzentrieren.«

»Sehr schön.« Und gleich darauf: »Was meinst du mit *›am besten‹*?«

Calvin Boyer war der früher als Marketingdirektor bezeichnete Beauftragte für Öffentlichkeitsarbeit des Museums. Ich war gern mit ihm zusammen – na ja, meistens jedenfalls –, und er schien seinen Job ganz gut zu machen, was immer der war, aber ich konnte mir nicht vorstellen, daß er in dieser Angelegenheit sehr hilfreich sein würde.

»Ja, also«, sagte Tony, nur leicht ausweichend, »du bist in deinem Fach Spitzenklasse, und du weißt, daß ich davon überzeugt bin, daß du mit allem fertig wirst, was auf dich zukommt...«

»Gut. Aber?«

»Aber manchmal, weißt du, bist du, nun ja, bist du nicht gerade der schnellste, wenn's um Leute geht. Und Vachey ist ein sehr heikler Kunde.«

»Ach so, ich bin leichtgläubig, nicht wahr?«

Das war eine alte Klage von Tony, der dazu neigte,

sich laut zu fragen, wie ein naives Menschenkind wie ich unter den Haien der Kunstwelt so gut überlebt hatte wie ich.

»Ich mein' bloß, daß du vielleicht etwas zu vertrauensselig bist«, sagte er. »Du bist nicht argwöhnisch genug, du denkst nicht um Ecken herum. Du glaubst den Leuten unbesehen, du kuckst nicht immer unter die Oberfläche. Das ist keine Kritik, Chris.«

In meinen Ohren klang es aber ganz danach, und ich begann, aufs hohe Roß zu steigen, hielt jedoch noch rechtzeitig inne. Als geschiedener Mann, dem zum ersten Mal schwante, daß seine Ehe nicht alles war, was sie hätte sein können, als seine Frau mit einem anderen Mann zusammenzog – und zwar nachdem sie sich ein Jahr lang mit ihm getroffen hatte, ohne daß ich das Geringste bemerkt hatte –, konnte ich Tony wohl nicht gut erzählen, wie scharf ich unter die Oberfläche der Dinge schaute.

Außerdem hab' ich einen Freund namens Louis, der mir von Zeit zu Zeit so ziemlich dasselbe gesagt hat wie Tony gerade eben. Louis zufolge neige ich dazu, mich in die Sekundärverdrängung ichbedrohender Wahrnehmungen zu flüchten, weil ich Angst davor habe, die Ur-Feindseligkeiten und Es-Instanzen zur Oberfläche gelangen zu lassen, die ich vor langer Zeit mittels Primärverdrängung geleugnet habe.

Jedenfalls glaube ich, daß das so ziemlich dasselbe ist wie das, was Tony gesagt hat. Louis ist gelernter Freudsch-Marcusischer Psychotherapeut und nicht immer so anschaulich wie Tony.

»Calvin ist Betriebswirt, Chris«, erklärte Tony weiter. »Du bist Kunsthistoriker.«

»Okay«, sagte ich, ohne daß ich seine Logik ganz begriff, aber ich ließ sie durchgehen. »Ich freu' mich sogar, daß er dabei sein wird. Er kann auch die Logistik für die Analyse des Bilds mit ausarbeiten. Taupin aus Paris sollte wohl die Infrarot- und Röntgenaufnahmen machen, meinst du nicht? Und dann ist da dieser Laden in Lyon – wie heißt er gleich? – der Laser-Mikroanalysen durchführen kann. Ich hab' ihn irgendwo.«

»Hm«, sagte Tony und schob seinen Teller zurück. Er war fertig mit seinem Salat. Ich hatte meinen kaum angeschaut. »Komm, gehen wir zurück.«

Wir nahmen den Fahrstuhl nach unten in die Halle und passierten den »barocken« Steinbogen eines Theaters aus den zwanziger Jahren, das früher an dieser Stelle gestanden hatte. An einem milden Oktobernachmittag draußen auf der Fifth Avenue schlängelten wir uns durch Kauflustige, verwirrte Touristen und Leute, die wie wir von einem späten Lunch zur Arbeit zurückkehrten. Unterwegs erzählte Tony weiter.

Der Rembrandt bildete anscheinend nicht den alleinigen Mittelpunkt von Vacheys Ausstellung. Vachey, der an Dreistigkeit nicht leicht zu überbieten war, behauptete wahrhaftig, daß er ein zweites »neuentdecktes« Gemälde zur Hand habe, ein Werk des Franzosen Fernand Léger, der am Anfang des zwanzigsten Jahrhunderts neben Picasso und Braque zu den bedeutendsten Vertretern des Kubismus gehört hatte. Der Léger, hieß es, sollte an ein bislang noch nicht genanntes französisches Museum gehen.

»Stimmt das?« fragte ich. »Wo hat er den aufgetrieben, bei einer Hausentrümpelung in Toulouse?«

»In Straßburg, genaugenommen«, sagte Tony. »Auf einem Flohmarkt«, und dann mußte er lachen. »Zieh aber keine voreiligen Schlüsse daraus, Chris. Was immer man über Vachey sagen mag, er ist in der Vergangenheit über verteufelt viele Kunstwerke gestolpert, von denen kein Mensch wußte, daß sie überhaupt existieren.« Er begann sie an den Fingern aufzuzählen. »Da ist dieser Constable, der jetzt in San Francisco hängt, erinnerst du dich? Und der Francesco Guardi, der, wo war's gleich, in Budapest landete, und vergiß den Lebrun nicht…«

»Ja, schon, ich weiß, aber…«

»Sämtliche Echtheitserklärungen wurden später verifiziert – ohne den geringsten Zweifel, Chris. Sicher, ein paar hat er abgegeben, die sich nicht halten ließen, aber gegen die meisten kannst du nichts sagen.«

»Kann ich wohl nicht«, entgegnete ich. »Na ja, einen Grund zur Dankbarkeit haben wir wenigstens.«

»Und der wäre?«

»Ich dachte gerade: Er hätte den Rembrandt einem französischen Museum schenken und uns den Léger aufhalsen können.« Ich legte die Hand aufs Herz. »Was für eine grauenhafte Vorstellung. Nicht auszudenken.«

Ich sage solche Dinge hauptsächlich, weil's mir Spaß bringt, Tony zu ärgern, der sich darauf versteift hat, daß ich zu vernarrt in mein Spezialgebiet sei. Er findet, ich müsse eklektischer sein. Er sagt, ich stellte die Alten Meister auf einen Sockel (da hat er recht) und sähe auf alles, was nach dem achtzehnten Jahrhundert kommt, herab (da hat er unrecht, aber nicht ganz und gar).

Aber diesmal wollte er nicht anbeißen. Er warf mir nur einen seiner überlegenen, mitleidigen Blicke zu und fuhr in seiner Geschichte fort. Den Bestimmungen zufolge sollten beide Bilder zwei Wochen lang in der Galerie Vachey ausgestellt werden und anschließend an ihre jeweiligen neuen Besitzer geben. Vachey wollte für alle Transport- und Versicherungskosten aufkommen. Er wollte sogar weitreichende Mittel für ihre künftige Erhaltung und Versicherung bereitstellen.

»Was sagst du also dazu, Chris? Zu schön, um wahr zu sein?«

»Entschieden«, antwortete ich.

In Seattle kann man nicht sehr weit gehen, ohne auf eine Espressobar zu stoßen, und die meisten von uns sind süchtig nach dem Zeug. Unter Aufbietung unserer eisernen Willenskräfte ließen Tony und ich zwei davon links liegen, bei der dritten aber, einem mit Pflanzen gefüllten, wintergartenähnlichen Starbucks in der Fourth Avenue unweit der Union Street, wurden wir schließlich schwach. Wir stellten uns am Ende einer Schlange von fünf oder sechs Leuten am Tresen an.

»Mm-mm, nein, es *ist* zu schön, um wahr zu sein«, murmelte ich, während die Verkäuferin ihrer dampfenden Tätigkeit an der Espressomaschine nachging. »Da ist irgendwo ein Haken dabei.«

»Hm, eine Art Haken ist da schon«, sagte Tony.

Ich sah ihn scharf an. Der Klang dieses *hm* gefiel mir nicht.

»Was für ein Haken?«

»Zwei Haken, könnte man wohl sagen.«

»Was für Haken?«

»Also, du hast doch von dieser Röntgenaufnahme und der mikroskopischen Analyse gesprochen, die gemacht werden sollten.«

»Ja – oh, Bussière, so heißt das Labor in Lyon. Ich hab' die Nummer in...«

»Daraus wird nichts.«

»Was?«

»Keine Labors. Keine Röntgen-, keine Ultraviolett-, keine Querschnittuntersuchung, nichts als das bloße Auge. Du kannst es dir anschauen, soviel zu willst, aber kein naturwissenschaftlicher Kram.«

»Warum nicht, um Himmels willen?«

»So wünscht er es, Chris.«

»Aber *warum*? Tony, er weiß, daß es nicht echt ist, das ist der einzig mögliche Grund.«

»Nicht unbedingt. Er sagt, sie seien empfindlich. Er hat Angst, sie könnten beschädigt werden.«

»Durch Röntgenstrahlen? Das ist Blödsinn, das weißt du doch.«

»Anscheinend weiß er's nicht.«

Ich schüttelte den Kopf. »Das nehm' ich ihm nicht ab. Weißt du, was es ist? Er hat ein gutes unechtes Bild, das ist alles, und er gibt's uns, weil er meint, Seattle liegt hinter dem Mond. Was können wir schon von Kunst verstehen! Er meint, daß er's an uns vorbeikriegen kann, und wenn er das getan hat, wird er verkünden, daß es tatsächlich unecht *ist*, und so wird er uns alle erneut als die habgierigen, unwissenden Idioten bloßstellen, die wir sind – aber frag' mich nicht, was er diesmal damit bezweckt.«

Tony hörte sich diese Tirade mit sichtlichem und etwas selbstgefälligem Vergnügen an. »Und könnte er's?«

»Könnte er was?«

»Es an dir vorbeikriegen?«

»An mir?« Merkwürdigerweise überraschte mich die Frage. »Ich glaub' nicht«, sagte ich nach einer Weile ehrlich.

»Also gibt's kein Problem.«

»Wohl gibt es das. Zum einen ist da die Frage, warum er keine Untersuchungen zulassen will – er weiß sehr gut, daß sie dem Bild nicht schaden, und er weiß ebensogut, daß Museen sie immer vornehmen, bevor sie was kaufen.«

»Richtig, aber wir kaufen nichts, oder? Er schenkt es uns.«

»Wo ist da der Unterschied? Warum sollen sie nicht erlaubt werden? Sicher, wenn es nicht echt ist, glaub' ich, das erkennen zu können, aber eine Menge anderer sogenannter Experten haben dasselbe gedacht und am Ende schwere Fehler gemacht. Was, wenn ich einen Fehler machen sollte?«

Ich schüttelte den Kopf. »Ich möchte nicht, daß wir was in unsere Sammlung aufnehmen, ohne es ordentlich geprüft zu haben.«

»Aber du bist kein ›sogenannter Experte‹, Chris«, sagte Tony einfach. »Wenn du mir sagst, es ist unecht, fassen wir's nicht an. Wenn du sagst, es ist echt, reicht mir das allemal. Wir nehmen's auf der Stelle.«

Ich fühlte mich geschmeichelt, war sogar gerührt. Ich räusperte mich. »Danke, Tony. Ich weiß das zu schätzen.«

»Außerdem können wir's auf Teufel komm raus untersuchen lassen, sobald wir's hier haben.«

»Richtig«, sagte ich lachend. Tony gehörte auch nicht zur sentimentalen Sorte.

Tony lächelte zurück; etwas schwach, fand ich. »Das heißt, eigentlich stimmt nicht mal das, Chris. Es ist nämlich ein Geschenk mit Vorbehalten.«

»Ein Geschenk mit Vorbehalten? Du meinst, wir dürfen es später nicht verkaufen? Selbst wenn wir feststellen, daß es uns nicht gefällt?«

Seine Miene drückte bodenlose Nachsicht aus. »Chris.«

»Tony?«

»Museen pflegen Kunstwerke nicht zu ›verkaufen‹, sagte er sanft. »Das weißt du doch.«

»Ach, richtig. Tut mir leid. Ich weiß nicht, wo ich mit meinen Gedanken war. Ich wollte sagen, wir dürfen's nicht deakquirieren?«

Wahrscheinlich wollte ich's ihm heimzahlen, daß er mich in diese Sache reinzog – denn trotz meiner Bedenken wußte ich sehr wohl, daß ich bis über beide Ohren drinsteckte.

»So ist es besser«, sagte er, andeutungsweise beschwichtigt. »Aber wir dürfen's nicht nur nicht deakquirieren, wir müssen uns bereiterklären, es ständig auszustellen – jedenfalls fünf Jahre lang –, ordentlich ausgezeichnet *als* ein Rembrandt und in einer Weise, die einem Rembrandt angemessen ist.«

Er atmete lang und ernst aus. »Wenn wir uns also entschließen, es zu nehmen, mein Lieber, müssen wir vorher sicher sein, daß es ein Rembrandt *ist*.«

An sich sind derartige Vorbehalte nicht ungewöhnlich. Stifter verbinden Gaben immer mit kleinen Hinweisen darauf, in was für einer Vitrine etwas ausgestellt werden soll oder wann oder wo es gezeigt werden soll oder was sich daneben befinden soll oder wie es beleuchtet werden soll. Dagegen läßt sich meistens auch gar nichts einwenden. Diese Gegenstände sind schließlich Geschenke und liegen den Schenkenden gewöhnlich ganz genauso am Herzen wie uns. Warum sollte es ihnen gleichgültig sein, was mit ihnen geschieht, sobald sie in ein Museum kommen?

Aber hier lagen die Dinge anders. Anders durch das Untersuchungsverbot, anders durch das Fehlen einer Provenienz, vor allem aber anders durch das Vorhandensein des unberechenbaren René Vachey, der die Fäden in der Hand hielt.

»Du hast zwei Haken erwähnt«, sagte ich. »War das der zweite?«

»Eigentlich nicht; das gehörte noch zum ersten.«

»Was«, fragte ich zähneknirschend, »ist der zweite?«

»Hm, das hat Zeit. Ich sag's dir, wenn wir zurück sind.«

Wieder *hm*. »Sag's mir jetzt.«

»Geduld. Trinken wir erst mal unseren Kaffee.«

»Tony...«

»Hier, Chris«, sagte Tony großzügig, als wir bei der Kasse angelangt waren, »laß mich bezahlen. Ich lade dich ein.«

2

Ich wußte, daß auf jeden Fall noch was Unangenehmes bevorstand, was immer es war, denn als wir im Museum ankamen, bat Tony mich in sein Büro und schlug darüber hinaus vor, daß wir auf seine private Dachterrasse hinaustreten sollten. Es ist unter den Mitarbeitern wohlbekannt, daß diese kleine Terrasse, aus welchen Gründen auch immer, Tonys bevorzugter Ort für Auseinandersetzungen mit widerspenstigen Kuratoren ist. Vielleicht glaubt er, daß die unausgesprochene Drohung, zerschmettert und zerschlagen auf dem Pflaster der Second Avenue fünf Stockwerke tiefer zu enden, dazu beiträgt, uns gefügiger zu machen.

»Großartiger Ausblick, nicht wahr?« sagte er mit den Ellbogen auf der Brüstung. »Du kannst von hier aus wahrhaftig den Pulsschlag der Stadt spüren.«

»Was ist der andere Haken, Tony?«

Er seufzte. »Der, äh, Termin von Vacheys Ausstellung liegt leider ein wenig unglücklich. Und er besteht auf deiner Anwesenheit.«

»Solang's nicht die nächste Woche ist«, sagte ich lächelnd, brach jedoch jäh ab. »Tony – es ist doch nicht ...«

Aber sein Blick sagte mir, daß er das war.

Ich packte ihn beim Arm und starrte ihn an. »Nicht Sonntag. Sag daß es nicht Sonntag ist.«

»Wenn ich nur könnte«, erwiderte er traurig.

»Herrgott noch mal. Tony ...«

»Genaugenommen ist es nicht Sonntag, sondern Montag 17.00 Uhr, aber du kannst nicht bis fünf Uhr desselben Tages von hier nach Dijon kommen, schon wegen des Zeitunterschieds, also müßtest du am Sonntag los. Samstagabend, um sicherzugehen. Ich weiß, es ist ärgerlich ...«

»Ärgerlich! Tony, ich hab' diesen Urlaub vor drei Monaten beantragt. Du weißt, wie ... Wart' mal, warum könnte ich das Bild nicht vorher überprüfen? Ich könnte morgen in Dijon sein. Ich könnte zum Wochenende zurück sein. Ich könnte ...«

Aber Tony schüttelte den Kopf. »Niemand bekommt das Bild vor Eröffnung der Ausstellung zu sehen. So ist es abgemacht.«

»Okay, und danach? Ich könnte in ein paar Wochen hingehen und es mir dann anschauen.«

Erneutes Kopfschütteln.

»Nein. Zum einen möchte er, daß du am Montag bei der Eröffnung dabei bist. Zum anderen müssen wir uns bis Dienstagabend entschieden haben. Du bekommst vierundzwanzig Stunden, um das Bild zu prüfen und deine Entscheidung zu treffen. Sonst ist die Sache abgeblasen, und er geht woanders damit hin.«

»Du hast gesagt, ich könnte es nach Herzenslust prüfen«, sagte ich verbittert.

»Nach Herzenslust, solang's nicht über einen Tag hinausgeht.«

Das Bild eines zerschmettert und zerschlagen auf dem Pflaster der Second Avenue fünf Stockwerke tiefer liegenden Tony huschte kurz durch meinen Kopf. »Tony, das ist doch völlig verrückt. Es gibt zu viele Bedingungen.«

Zu meiner Überraschung stimmte er sofort zu. »Viel zu viele. Vachey führt irgendwas im Schilde, das ist klar. Und, paß auf, wenn du da hinkommst und hast am Ende Zweifel, was das Bild oder seine Beweggründe angeht, oder sonst irgend etwas sagt dir, daß wir die Hände davon lassen sollten, dann bleibt's dabei. Fall erledigt.«

»Zweifel? Du machst wohl Witze! Natürlich hab' ich Zweifel. Selbst wenn's sich als echt erweisen sollte, woher wissen wir, daß es nicht gestohlen ist? Wer weiß, wo er's herhat? Und wie? Schließlich, ich bitte dich, ein Trödelladen! Der Mensch muß uns für absolute Trottel halten.«

Tony ließ mich eine Zeitlang weiterzetern, aber er wußte so gut wie ich, worüber ich in Wirklichkeit meckerte. Als ich schließlich fertig war, legte er mir eine mitfühlende Hand auf die Schulter.
»Das vermasselt dir bestimmt dein Liebesleben, was?«
»Da hast du ein bedeutungsschweres Wort gesprochen«, sagte ich trübselig.

Mein Liebesleben, um die Wahrheit zu sagen, befand sich von vornherein in keiner allzuguten Verfassung. Ich war verliebt, ja. In eine schöne und kluge Frau namens Anne Greene. Und sie war verliebt in mich; da hatte ich keinerlei Zweifel. Alles, was wir gemeinsam unternahmen, war das reinste Vergnügen. Wir konnten stundenlang, überaus interessiert und angeregt, ernste Gespräche führen – und dann lachen, weil wir nicht mehr wußten, worüber wir gesprochen hatten. Auf Spaziergängen, auf Ausfahrten, auf Radtouren, in Konzerten, auf Kunstausstellungen, im Bett – solang sie dabei war, war alles voller Wärme und Lachen und Frieden. Ich ging mit keinen anderen Frauen aus und sie mit keinen anderen Männern. Nicht, weil wir's ausdrücklich vereinbart hätten, sondern weil's uns so gefiel. Wir hatten beide das richtige Gegenstück gefunden. Warum also weitersuchen?

Wo denn nun das Problem liegt, fragen Sie? Wenn doch nur Ihr eigenes Liebesleben so befriedigend wäre, denken Sie?

Es gab tatsächlich nur *eine* Schwierigkeit, nur ein kleines Hindernis: Es traf sich, daß wir 10 000 Kilometer voneinander entfernt lebten, vielleicht auch ein paar hundert mehr oder weniger. Ich wohnte in Seattle und Anne in Kaiserslautern. Sicher, es ist möglich, wunderbare Erfahrungen unter solchen Umständen zu sammeln. Aber es ist nicht möglich, häufige Erfahrungen zu sammeln. Oder sonst irgendwas häufig.

Andererseits gibt es vielleicht nicht nur Nachteile. Mein Freund Louis (der Psychotherapeut) überlegte kürzlich bei einem Glas Orvieto, ob ich mich nicht vielleicht absichtlich in eine so bizarre Klemme hineinmanövriert hätte, um nämlich den monotonen, kontraproduktiven Konflikt zwischen erotischer Energie und gesellschaftlichem Nutzen zu vermeiden, das heißt (glaube ich), zwischen Liebe und Arbeit. Verdrängende Entsublimierung wird's genannt, und anscheinend ist es das Öl im Getriebe von Industrie und Handel.

Aber bei aller gebotenen Achtung vor Louis kaufte ich ihm das nicht ab; das Getriebe von Industrie und Handel hatte mich noch nie sonderlich gekümmert – und Anne fehlte mir ganz wahnsinnig.

Anne war Hauptmann in der U.S. Air Force. Bis vor kurzem war sie ein sogenannter Verbindungsoffizier gewesen, mit der Reduzierung der europäischen Truppenkontingente war sie jedoch zum Ausbildungsoffizier ernannt worden und hatte nun die Aufgabe, Programme zu entwickeln, die Armeeangehörigen die Rückkehr in die Arbeitswelt der Vereinigten Staaten erleichtern sollten.

Ich hatte sie vor zwei Jahren kennengelernt, als ich in Europa gewesen war, um bei der Organisation einer Gemäldeausstellung zu helfen. Mein Privatleben war seinerzeit ein Scherbenhaufen. Ich befand mich inmitten einer elenden Scheidung, schmollend, gekränkt und voller Groll auf die gesamte Weiblichkeit. Anne war genau in dem Moment gekommen, in dem ich sie brauchte, und half mir, die Dinge wieder klar zu sehen. Während der sechs Wochen, die ich in Europa verbrachte, waren wir einander nahe gekommen und noch näher, als ich ging.

Seitdem hatten wir ein Vermögen für Telefonrechnungen ausgegeben und uns vielleicht achtmal gesehen. Okay, genau achtmal. Zum Glück hab' ich einen Job, der mich zwei- oder dreimal im Jahr jeweils ein oder zwei Wochen lang nach Europa führt, und Anne hatte zwei lange, phantastische Ferien bei mir in den Vereinigten Staaten zugebracht. Achtmal in zwei Jahren ist im

Durchschnitt einmal alle drei Monate. Ganz gut für Zusammenkünfte mit dem Schwager, ein bißchen wenig für Beziehungen zum bedeutungsvollen Partner.

Das Problem war, daß Anne auf ihre Karriere genauso eingeschworen war wie ich auf meine. Und hatte ich als voll ausgewiesenes männliches Wesen des ausgehenden zwanzigsten Jahrhunderts – einfühlsam, hilfsbereit und aufgeklärt – etwa die Absicht, ihr vorzuschlagen, daß sie ihren Job aufgeben und mit mir in Seattle zusammenleben solle? Ich doch nicht. Auch wenn ich beträchtlich mehr verdiente als sie. Auch wenn ihre Karriere bei der Air Force wohl kaum eine »Karriere« war, wenn man sie von einem Tag auf den anderen von einem Bereich in den anderen versetzen konnte, ohne sich die Mühe zu machen, ihre Meinung dazu einzuholen. Auch wenn sie leicht genug eine interessante Arbeit in Seattle finden könnte, während der Himmel wissen mochte, was ich wohl in Kaiserslautern machen sollte. Nein, so vernünftig eine derartige Entscheidung Ihnen – jedem normal denkenden Menschen – auch erscheinen mag, ich dachte nicht daran, darauf zu sprechen zu kommen. Nicht einen Moment lang.

Und so blieben wir bei unserem Programm mit einem Besuch alle drei Monate – besorgt, aber nicht überbesorgt darüber, wie sich am Ende alles arrangieren würde. Im Augenblick war's das Beste, was wir tun konnten, und wir waren dankbar für die Zeit, die wir eben miteinander zubrachten. Was nicht heißen soll, daß es nicht gelegentlich Probleme gab – wie dieses hier, auf das ich mich gerade eingelassen hatte, indem ich mich erboten hatte (hatte ich mich erboten? Bei Tony weiß man das nie genau), am kommenden Sonntag in einem Flugzeug nach Frankreich zu sitzen.

Sonntag war nämlich der Tag, an dem Anne erwartete, daß ich sie um 13.00 Uhr am Internationalen Flughafen von San Francisco in Empfang nehmen würde. Sie wollte mit einem Militärcharterflug aus Frankfurt eintreffen, nachdem sie ihre Vorgesetzten davon überzeugt hatte, daß sie unbedingt an einer Konferenz über den Wiedereinstieg ins Berufsleben teilnehmen sollte, die für den kommenden Mittwoch an der McChord Air Force Base bei Tacoma vorgesehen war. Das gab uns drei frische, herrliche Novembertage (hätte sie uns gegeben), um langsam die Küste von Nordkalifornien und Oregon raufzufahren. Wir würden in Gasthöfen übernachten (hätten dort übernachtet), die ich kannte, mit Holzfeuerkaminen und riesigen Fenstern, von denen aus man auf sanft gewellte Landzungen und wilde Brandung schaute.

Nun würd' ich von Glück sagen können, wenn ich Mittwoch abend aus Frankreich zurück wäre, was uns gerade drei gemeinsame Tage bis zu ihrem Rückflug nach Deutschland übriglassen würde.

Mit einem unguten Gefühl rief ich sie um 14.00 Uhr, 11.00 Uhr nach deutscher Zeit, von meinem Büro aus an. Das Telefon klingelte zweimal, bevor sie aufnahm.

»Hallo?«

Ich erkannte am samtigen Timbre ihrer Stimme, daß der Anruf sie geweckt hatte. Ich stellte mir vor, wie sie sich mit wirrem, schlafwarmen, braunem Haar auf ihrem Kissen hochstemmte. Ich fühlte, wie meine eigene Stimme weich wurde.

»Anne, ich bin's, Chris. Tut mir leid, daß ich dich geweckt hab'.«

»Hast du eigentlich gar nicht. Ich hab' gehofft, daß du's bist, als ich's klingeln hörte.« Sie klang erregt und glücklich. Mein Herz rutschte noch ein bißchen tiefer. »Chris, denk nur, ich hab' einen Platz für einen früheren Flug bekommen. Ich werd' um sieben Uhr morgens in San Francisco sein. Das heißt, wir haben den ganzen Tag zusammen, verstehst du? Wir könnten ...«

Ich seufzte und spuckte es aus. »Anne, ich kann am Sonntag nicht kommen.«

»Du kannst nicht ... Ist was nicht in Ordnung? Dir geht's doch gut?«

»Ja, mir geht's gut. Es ist im Büro was dazwischengekommen. Ich werd' bis Mittwochabend fort sein …« Ich erklärte es ihr, wahrscheinlich ein wenig zusammenhanglos. »Anne, es ist nicht, daß …«

Ich geriet ins Stocken. Nicht, daß was? Nicht, daß es mir wichtiger wäre, dem Rembrandt hinterherzujagen, als sie zu sehen? War's auch nicht, es war nur so, daß … Ich wußte nicht, was ich sagen sollte und ließ den Satz in der Luft hängen.

»Wir werden immer noch drei Tage zusammen haben«, sagte ich. Ich hoffte, daß ich überschwenglicher klang, als ich mich fühlte. »Wir werden nur die ersten vier verpassen.«

Richtig. Nur die langen, einsamen Schleifen des U.S. Highway 101 mit dem Meer links von uns und dem wogenden Auf und Ab der waldigen Klippen rechts von uns. Nur die in blaugraue Herbstnebel gehüllten, brütenden Monolithe von Bandon und Cannon Beach vor der Küste. Nur die Leuchttürme von Yaquina und Heceta Head auf ihren kahlen, wellenumtosten Vorsprüngen. Nur die jauchzende Freude, eine ganze, endlose Woche zu zweit vor sich zu haben.

Nicht mehr als die drei Tage zu haben, machte das alles zunichte. Es gibt keine endlosen drei Tage. Von Anfang an kann man die Uhr ticken hören.

»Ich weiß«, sagte sie.

»Wir fahren das nächste Mal an der Küste entlang«, sagte ich. »Sie wird noch da sein. Ebenso wie die Gasthöfe unterwegs.«

»Hast du sie gebucht?«

»Ja. Ich werd' die Buchungen stornieren. Willst du versuchen einen Direktflug nach Seattle zu bekommen?«

»Nein, stornier sie nicht. Ich glaub', ich würde die Fahrt gern allein machen. Ich werd' ein Auto mieten.«

»Es sind über 1500 Kilometer.«

»Das macht nichts. Es wird schön sein, das Meer zu betrachten. Und ich kann ein wenig Zeit für mich allein gebrauchen. Ich möchte über was nachdenken.«

Das klang nicht direkt unheilverkündend, aber es ließ mein Herz auch nicht eben höher schlagen.

»Wir sprechen miteinander, wenn du nach Seattle zurückkommst«, sagte sie.

Das klang unheilverkündend.

»Anne, dies ist nur eins dieser logistischen Probleme, es ist nichts Ernstes. Sie passieren nun mal. Erinnerst du dich, wie du letztes Jahr nicht nach Antwerpen kommen konntest?«

»Natürlich erinner' ich mich. Ich weiß, daß es nicht deine Schuld ist.«

»Worüber müssen wir dann miteinander sprechen?«

»Ich weiß nicht. Ich red' Unsinn. Ich schlaf' noch halb. Es tut mir leid, daß ich dich erst am Mittwoch seh'.«

»Mir auch. Du hast noch den Schlüssel zu meiner Wohnung?«

»Mm.«

»Ich werd' ein paar Sachen für dich im Kühlschrank lassen.«

»Danke.«

»Anne?« Ich zögerte. »Es ist doch alles in Ordnung zwischen uns?«

»Ja, natürlich.« Sie klang überrascht. »Mach' dir keine Sorgen. Wir kriegen das schon hin. Chris?«

Ich wartete. Ich merkte, daß mein Nacken angespannt war.

»Ich liebe dich. Sehr.« Ihre Stimme war wieder weich geworden. Ich spürte, wie die Spannung in meinem Nacken sich weitgehend löste.

»Ich dich auch«, sagte ich aufrichtig. »Bis Mittwoch.«

Ich legte auf, beruhigt, aber nicht ganz.

Was gab es hinzukriegen?

Ein paar Minuten später rief ich Tonys Verwaltungsassistenten an. »Lloyd, ich brauch' ein paar Flugtickets.« Ich nannte ihm die Einzelheiten.

»Mach' ich«, sagte er. »Pronto mucho.«

»Ach ja, und ich würd' gern First Class fliegen, bitte. Oder Business Class, wenn das nicht möglich ist.«

Das war tabu, wie ich sehr wohl wußte. First Class war üblich, wenn man, sagen wir, einen van Gogh oder einen Caravaggio transportierte – einen Sitz für einen selbst und einen für das Bild –, aber gewöhnliche Sterbliche, die in Museumsangelegenheiten unterwegs waren, reisten Economy Class. Im allgemeinen hatte ich gegen dieses Prinzip nichts einzuwenden; es war das erste Mal, daß ich um eine Ausnahme bat.

Es dauerte ein wenig, bis Lloyd antwortete. »Das muß ich mit Tony klären.«

»Tu das. Er ist mir was schuldig.«

3

»Möchtest du wissen, was mir am wahrscheinlichsten vorkommt?« fragte Calvin und sah von dem *Geschenkkatalog für Manager* auf, den ich aus der Sitztasche im Flugzeug für ihn mitgebracht hatte. Calvin Boyer ist der einzige Mensch in meinem Bekanntenkreis, der tatsächlich Dinge aus diesen Katalogen bestellt. Ich kann persönlich bezeugen, daß auf seinem Büroschreibtisch ein handtellergroßer Digitalchronograph steht, mit dem man bis zu drei verschiedene Funktionen gleichzeitig einstellen kann, daß sein Porsche über einen individuellen Schaltknüppelgriff aus handpoliertem Walnußholz und kostbar glänzendem Messing mit der Gravur CWB verfügt und daß er in der Regel mit einem schickitricki Taschenrechner auf Reisen geht, der in sieben Sprachen fragen kann: »Wo ist die Toilette?« (was er auf dieser Reise nicht brauchte, da er bis zu seinem elften Lebensjahr in Frankreich gelebt hatte). Eben jetzt konnte ich das dunkle Leuchten der multifunktionellen Fliegerarmbanduhr mit ihrem durch eine Stahlfeder gesperrten Sprengring an seinem Handgelenk erkennen.

Trotz dieser und zahlreicher anderer persönlicher Absonderlichkeiten ist Calvin ein netter Kerl, lebhaft und fröhlich und sogar gescheit (auf eine beschränkte Art und Weise).

Ich wandte mich vom Fenster ab. »Na klar«, sagte ich. »Was kommt dir am wahrscheinlichsten vor?«

Wir saßen nebeneinander in den behaglichen Plüschsitzen eines TGV der französischen Eisenbahn, dieses schnittigen, geräuschlosen 290-Stundenkilometer-Zugs, der gewöhnlich die schnellste und immer die bequemste Verbindung zwischen Paris und jeder anderen französischen Großstadt darstellt. Ich war vor einigen Stunden nach einem ganz angenehmen Dreizehnstundenflug von Seattle auf dem Flughafen Charles de Gaulle gelandet – der Platz in der First Class war durchaus kein Nachteil gewesen – und direkt zum Gare de Lyon gefahren, wo ich Calvin rechtzeitig genug für den Zug um 17.19 Uhr nach Dijon getroffen hatte.

»Ich glaub', daß die beiden Bilder, die er da hat, unecht sind«, sagte Calvin. »Alle beide. Der Rembrandt und auch der andere Knabe.«

»Léger«, sagte ich. »Ich stimme dir zu.«

»Ich glaub', er führt wieder mal einen seiner Kreuzzüge. Er will der Welt beweisen, daß Kunstsachverständige im Grunde Quatschköpfe sind, sag' ich dir.«

»Schon möglich«, sagte ich und lächelte dann. »Man sollte nicht meinen, daß er so viele Umstände auf sich nehmen müßte, um das zu beweisen.«

»Er glaubt, seine Bilder sind so gut«, fuhr Calvin fort, »daß er sie an dir und den meisten anderen Profis vorbeikriegen kann – solang niemand die Pigmente analysiert oder was immer sie in den Labors machen. Und sobald ein paar von euch Knaben sich festlegen und sagen, daß sie echt sind, wird er selbst sie durch naturwissenschaftliche Verfahren prüfen lassen, und die Ergebnisse werden zeigen, daß sie doch unecht sind und daß er euch und die halbe Kunstwelt reingelegt hat. Womit bewiesen wäre, daß Kunstsachverständige im Grunde Quatschköpfe sind«, schloß er mit mehr Schwung, als unbedingt nötig gewesen wäre.

»Das sagtest du schon, Calvin.«

»Ey, ist doch nicht persönlich gemeint, alter Junge. Ich rate dir, dich weder so noch so festzulegen.«

»Muß ich aber. Wir müssen's bis Dienstag abend entweder annehmen oder ablehnen. Übermorgen.«

»Ey, das ist ja übel«, sagte er, während sich sein Interesse wieder der Katalogseite zuwandte. »Schau mal, wie wär's hiermit? Eine doppelseitige Rechner-Uhr-Büromappe. ›Nach oben geklappt, gibt sie die Zeit an, nach unten geklappt ...‹«

Calvins Hypothese deckte sich so ziemlich mit der,

die ich letzte Woche in meinem Gespräch mit Tony vorgetragen hatte. Seither hatte ich ein wenig an ihr gefeilt. Ich stellte mir vor, daß der muntere und mehr als leicht spinnerte Vachey wieder mal ein Medienspektakel plante. Tony zufolge stritten sich die französischen Kunstexperten und -kritiker schon jetzt über die Echtheit der »neugefundenen« Bilder, und noch hatte niemand sie überhaupt gesehen. Nach der öffentlichen Enthüllung auf dem exklusiven, aber weithin publik gemachten morgigen Empfang würden sie einander höchstwahrscheinlich an die Gurgel fahren, und Vachey selbst würde wieder mal im Mittelpunkt stehen. Ich nahm an, daß er irgendeinen krönenden Abschluß ins Auge gefaßt hatte, und Calvins Mutmaßung, daß er am Ende selbst eine naturwissenschaftliche Untersuchung der Bilder anordnen und dann die Ereignisse in die Welt hinausposaunen würde, war ebensogut wie alles, was mir dazu einfiel.

Ich war sogar auf einen Grund dafür gekommen, daß er die Bilder zwei Museen stiften wollte, anstatt seine »Funde« einfach nur zu verkünden und die Kritiker von sich aus darauf reagieren zu lassen. Er hatte klug kalkuliert, dachte ich, daß wir Museumsangestellten, habgierige Wesen, die wir waren – jedenfalls seiner Meinung nach – von unserer Habgier so geblendet sein würden, daß wir gut und gern sehr viel unkritischer und beeinflußbarer sein könnten als professionelle Kunstkritiker, die weder so noch so etwas zu verlieren hatten.

Und daher um so eher zeigen könnten, was für Quatschköpfe wir im Grunde waren.

Ich wandte mich nachdenklich wieder dem dunkler werdenden Fenster zu. Wir waren seit etwa zwanzig Minuten unterwegs und gerade dabei, die scheinbar endlosen Vororte von Paris hinter uns zu lassen. Kilometerlange schmutzige Rangierbahnhöfe waren von tristen und plumpen Wohnblöcken abgelöst worden, denen ihrerseits anonyme Fabriken, Lagerhallen und Schrottplätze und dann große, düstere Flächen verunkrauteten, von Planierraupen durchfurchten Bodens folgten, der mit öligen Pfützen übersät war. Im Dunkel der Dämmerung hatte alles noch viel deprimierender gewirkt, als es tatsächlich war, aber nun hatten wir endlich die offene Landschaft erreicht, gepflügte Äcker und alte, befestigte Bauernhöfe und sanfte, bewaldete Hügel. In einer Stunde würden wir in Dijon sein.

Ich seufzte und fragte mich, in was wir da nur reingerieten.

Calvin sah noch mal auf. »Andererseits«, schlug er hilfsbereit vor, »sind sie vielleicht echt, und es ist gar keine Falle.«

»Richtig. Weswegen wir in eben diesem Augenblick durch die französische Landschaft sausen. Aber warum, wenn sie echt sind, sträubt er sich so gegen naturwissenschaftliche Untersuchungen?«

»Tja«, sagte Calvin.

»Weißt du, es gibt doch eine andere Möglichkeit, Calvin, eine Variation des Themas ›Man stelle die Experten als Schwachköpfe hin‹. Was, wenn dieser Rembrandt echt ist und Vachey uns alle diese Bedingungen auferlegt, damit wir denken, er sei nicht echt? Keine Untersuchungen ... nur ein Tag Zeit, unsere Entscheidung zu treffen ... Jeder, der bei klarem Verstand ist, würde folgern, daß Vachey uns reinlegen will, oder? Nehmen wir also an, wir gehen auf Nummer Sicher und lehnen das Bild ab, weil wir seine Echtheit bezweifeln. Und dann tritt Vachey vor und beweist, daß es echt ist ...«

»Und wir stehen am Ende wie Blödmänner da.« Er warf mir einen bewundernden Blick zu. »Junge, Junge, Chris, du denkst aber um Ecken herum.«

Ich lachte. »Würdest du das, bitte, Tony sagen?«

Als wir in Dijon eintrafen, steuerte Calvin instinktiv La Cloche an, das eleganteste Hotel am Platz, während ich in das preisgünstige Hôtel du Nord ein paar Straßenecken weiter ging – nicht, weil ich den Erste-Klasse-Flug nach Paris bereute (tat ich nicht) und Tony

Geld sparen wollte (wollte ich nicht), sondern weil ich im du Nord abgestiegen war, als ich zum erstenmal nach Dijon gekommen war und mit nichts Besseres hatte leisten können. Das schlichte Ambiente hatte mir gefallen, die Leute, die es führten, hatten mir gefallen, und so war ich immer hierher zurückgekehrt. Tony hatte mich sogar dazu bringen wollen, auch ein Zimmer im La Cloche zu buchen, weil er der Meinung war, daß Pfenningfuchserei in Hotelangelegenheiten ein schlechtes Licht auf das Museum werfe. Aber es ging hier nicht um Pfennigfuchserei; ich durchlebte nur noch einmal meine Jugendzeit.

Nachdem ich geduscht hatte, traf ich mich mit Calvin zu einem leichten Abendessen in einem zwei oder drei Ecken entfernt liegenden Café, aber ich war keine besonders unterhaltsame Gesellschaft. Ich war erschöpft von der langen Reise, sehnte mich nach Anne und nährte eine leichte Anwandlung der Melancholie, die gelegentlich die erste Nacht in einer fremden Stadt begleitet. Und meiner biologischen Uhr zufolge war es (glanzvoll bestätigt von Calvins schnieker Armbanduhr) in Seattle inzwischen Mittag, und ich war die ganze Nacht aufgewesen.

Nicht so hingegen Calvin. Er war nur aus ein paar hundert Kilometern Entfernung gekommen, von einer Konferenz in Den Haag, und war munter wie immer. Obwohl ich ihm erzählt hatte, daß Dijon, sofern sich nichts geändert habe, bar jeglichen Nachtlebens sei, machte er sich auf, um selbst nachzuschauen. Wenn's irgendwas zu finden gab, bezweifelte ich nicht, daß er's finden würde. Trotz seines kleinen, sehnigen Körperbaus und eines meiner Meinung nach erstaunlich an Bugs Bunny erinnernden Gesichts war Calvin in Single-Bars, Discos und dergleichen überaus erfolgreich. Weil er sich geschmackvoll kleidete, wie er behauptete.

Was mich betraf, hatte ich an Single-Bars oder Discos kein Interesse. Ich stieg zu meinem Zimmer im obersten Stock desdu Nord hinauf und stellte mir niedergeschlagen vor, wie Anne von San Francisco aus, allein und nachdenklich, nordwärts fuhr. Sie würde jetzt auf den schönen Landzungen bei Kap Mendocino oder vielleicht schon im Land der riesigen Redwoods sein, wenn sie es eilig gehabt und den Highway 101 genommen haben sollte. Aber warum sollte sie es eilig gehabt haben?

Ich seufzte, und eine Weile stand ich da, die Ellbogen auf die hohe Fensterbank gestützt, und sah gedankenleer in die Nacht hinaus, über die Schieferdächer der gegenüberliegenden Universität und die etwas entfernteren, schroffen gotischen Türme des Doms von Saint-Bénigne hinweg. Als ich merkte, daß ich kurz davor war, im Stehen einzuschlafen, zog ich mich aus, brachte ein paar angedeutete Striche mit der Zahnbürste zustande und fiel schwer ins Bett. Morgen war der große Tag, der in der Ausstellungseröffnung in Vacheys Galerie gipfeln sollte.

Aber zunächst, um 11.00 Uhr, würde ich mein eigenes Privatinterview mit René Vachey haben, das unter beträchtlichen Schwierigkeiten vor meinem Abflug aus Seattle arrangiert worden war. Ich gedachte ihn ohne Umschweife auf sein Untersuchungsverbot anzusprechen. Und wenn ich ihn nicht davon würde abbringen können, würde ich, verdammt noch mal, rauskriegen, warum nicht.

4

Es war einmal ein Herzogtum Burgund, dessen Regenten zu den mächtigsten Herrschern des christlichen Abendlands zählten, einschließlich des Königs von Frankreich. Diese Zeiten sind längst vorbei, aber der prächtige Herzogpalast steht noch (er ist jetzt Dijons Rathaus) und die Straßen um ihn herum – Dijons *ancienne ville* – werden von eleganten zwei- und dreistöckigen Wohnhäusern gesäumt, die irgendwann zwischen dem sechzehnten und achtzehnten Jahrhundert erbaut und gewissenhaft instandgehalten worden sind. Geht man sechs oder sieben Straßen weiter, gleichgültig in welche Richtung, so könnte man in irgendeiner wohlhabenden, irgendeiner modernen, geschäftigen, anonymen französischen Großstadt sein. Aber in der *ancienne ville* sein, heißt – jedenfalls in architektonischer Hinsicht – in eine versunkene Zeit der Kultiviertheit, des Reichtums und stillen Charmes eintauchen.

Hier lag Vacheys Haus, im Herzen der Altstadt, drei Stunden vom Palais des Ducs entfernt, 39 Rude de la Préfecture. Wie die meisten Häuser in diesen Straßen trug es an der Vorderseite die Tafel einer historischen Gesellschaft. MAISON DE GERLAND, erläuterte sie knapp, ERBAUT 1682–1686 FÜR DEN BERATER DES RECHNUNGSPRÜFUNGSAMTES UND PARLAMENTSABGEORDNETEN ANTOINE GERLAND. Das war der einzige Hinweis an dem Gebäude, abgesehen von einem winzigen Messingtäfelchen, nicht größer als das Namensschild an einer Etagenwohnung, neben dem Toreingang. LA GALERIE VACHEY beschied es schlicht, fast angeberisch in seiner Unscheinbarkeit.

Ich ging durch den offenen Torbogen, eigentlich die alte Einfahrt für Pferdekutschen, und stand in einem abgeschlossenen, mit Kopfsteinen gepflasterten und unüberdachten Hof, in dem ein Vierspänner genau richtig gewirkt hätte, der statt dessen jedoch zwei glänzende, taubengraue Renaults beherbergte, die schräg in einer Ecke abgestellt waren. Hinter dem Hof lag die Vorderseite des eigentlichen Hauses, zwei Stockwerke hoch, klassisch und schön gegliedert durch die Reihen hoher Fenster, die aus wohlbeschnittenem Efeugeflecht hervorlugten, welches gerade begann, seine Blätter abzuwerfen.

Der Zugang zum Haus erfolgte über eine Steintreppe mit geschwungenen Stufen, an deren oberem Ende ein mürrischer, gereizter Mann um die Fünfzig erschien und mich durch die offene Tür mißtrauisch musterte.

»Dr. Norgren?« fragte er barsch. Ich versicherte ihm, daß ich das sei.

»Enchanté«, murmelte er, was auf französisch nicht ganz dasselbe Gewicht hat wie auf englisch. Er sei Marius Pepin, René Vacheys Sekretär, sagte er mir in nasalem, besorgt klingendem Französisch. Er streckte seine Hand aus, ließ sie jedoch kurz vor der Berührung sinken, als ob sich seine Gedanken auf halbem Weg anderen Dingen zugewendet hätten. Ich nahm keinen Anstoß daran, weil er wie ein vielbeschäftigter Mann wirkte, aber es war trotzdem nicht gerade das, was ich einen überschwenglichen Empfang nennen würde.

Ich hätte M. Vachey einige Zeit lang warten lassen, wurde mir streng mitgeteilt – wahrscheinlich war das die Ursache von M. Pepins Besorgnis – und würde ich nun bitte rasch hineingehen, da M. Vachey heute außerordentlich viel zu tun habe und es nicht liebe, wenn man ihn warten lasse.

Ich bat um Entschuldigung (ich hatte mich um ganze drei Minuten verspätet, weil ich an der Ecke in die falsche Richtung gegangen war) und folgte ihm ins Haus und die breite Treppe rauf. Vacheys Wohnräume, erzählte mir Pepin, während er voranhastete, befänden sich im unteren Geschoß, die Galerie darüber. M. Vachey erwarte mich in seinem Arbeitszimmer neben der Galerie. Ich möge das Durcheinander und die Unordnung entschuldigen, die durch die zur Zeit im Gang befindlichen Vorbereitungen für die Ausstellung und den Empfang am heutigen Abend entstanden seien.

Jedwede Hoffnung, die dadurch in mir aufflackerte, unterwegs einen flüchtigen Blick von dem Rembrandt zu erhaschen, wurde sogleich erstickt. Der größte Teil des von der Galerie eingenommenen Stockwerks war an der Rückseite des Treppenschachts durch mehrere leinenbezogene Stellwände abgetrennt, so daß ich über den Absatz, auf dem ich stand, nicht rausgucken konnte. Hier, in einer Art Vorraum, hingen ein paar gut plazierte Bilder französischer Kubisten: Derain, Duchamp, Villon, Delaunay und andere, die ich nicht genau kannte. Auch eine Glastür war zu sehen. Pepin ging direkt auf sie zu , stieß sie auf, murmelte jemandem im Innern des Raums ein paar unterwürfig ehrerbietige Worte zu, trat dann beiseite und winkte mich rein.

Ich ging hinein und befand mich in einem der phantastischsten Räume, in denen ich je gewesen war, riesig, prachtvoll und beängstigend reich geschmückt, einem Raum, wie ihn die meisten Leute nur in einem Museum zu sehen bekommen, und auch dann nur in einem erstrangigen. Ich erwartete fast, in eine artige kleine Samtkordel zu laufen, die den Eingangsbereich abtrennte. Aber natürlich war da keine Kordel, und so schritt ich weiter, vorbei an Pepin, und trat geradewegs auf einen Aubusson-Teppich aus dem neunzehnten Jahrhundert (im selben Moment kuratorisch zusammenzuckend), der den abgenutzten Holzboden bedeckte. Die Wände waren mit seltener venezianischer Holztäfelung aus der Renaissance verkleidet, in die eine Fülle wunderbar detaillierter städtischer Szenen aus dem 15. Jahrhundert eingelegt war. Eine der Tafeln trug die aus Elfenbein geschnitzte, vergilbte Jahreszahl 1489.

Vor einer Wand stand eine Boulle-Kommode von ungefähr 1700, ein glitzerndes, kompliziertes Wunderwerk mit sich kräuselnden, eingelegten Arabesken aus Messing, Elfenbein, Schildpatt und ich weiß nicht, was sonst noch. Weiter gab's einen massigen alten Kamin mit einem verwitterten Wappen, das als Flachrelief in den Stein gemeißelt war, stämmige Louis-seize-Stühle, unzählige Bronzeplastiken und Marmorskulpturen, aus Sèvres-Vasen des achtzehnten Jahrhunderts gefertigte Tischlampen, schöne alte Bücher, die in goldgepunztes Leder gebunden waren. Beherrscht wurde der Raum von einem mächtigen alten Schreibtisch, für den Menschen umgebracht worden sein mochten, ein Stück aus Kirschholz und poliertem Messing mit einer dicken rosenfarbenen Marmorplatte, deren Kanten mit unvorstellbarer Geduld zu feinem Filigran gemeißelt waren.

Hinter diesem stattlichen Möbel saß in einem seltsamen roten Sessel, der ganz und gar von hinterhältig wirkenden Hirschgeweihen eingefaßt zu sein schien – in ihn hinein- und hinauszugelangen, ohne aufgespießt zu werden, muß der Übung bedurft haben – durchaus behaglich ein sonniger, lächelnder Mann, der keineswegs so aussah, als ob er darüber aufgebracht sei, daß man ihn drei Minuten hatte warten lassen. Er sah auch nicht berüchtigt, spinnert oder wie ich ihn sonst noch genannt hatte aus. Er war vielmehr ein ausgesprochen liebenswürdig aussehender Mann Mitte Siebzig, mit etwas sehnigem Hals, tiefgebräunt und gesund wirkend, mit einem kurzen, melierten Bart und wachen, freundlichen, intelligenten Augen. Er trug ein weißes Hemd, einen geblümten Schlips und darüber eine alte Strickweste. An seinen Füßen, die ich durch die Schreibtischöffnung sehen konnte, steckten abgewetzte Lederpantoffeln. Um seinen Hals hing eine Schnur mit einem Vergrößerungsglas. Er schloß ein dickes, viel benutztes Loseblattbuch, als ich reinkam, und sah mit offenkundigem Vergnügen zu, während ich mit aufgerissenen Augen in den Raum starrte.

»Was halten Sie also von meinem Arbeitszimmer?« fragte er auf französisch.

»Es ist großartig.«

»Jaja, ist es wohl.« Er neigte seinen Kopf in diese und jene Richtung, wie ein Huhn, das seine Umgebung taxiert. »Aber, Herr im Himmel, es ist verteufelt schlecht abzustauben, das kann ich Ihnen sagen.« Es folgte ein fröhliches und hörbar ungekünsteltes, schallendes Gelächter. Er gefiel mir auf der Stelle, was nicht zu meinem Plan gehört hatte.

Auch ich lachte. »Guten Tag, Monsieur Vachey. Ich bin Christopher Norgren. Es tut mir leid, daß ich mich verspätet habe.«

Er winkte ab, stand auf, um meine Hand mit einer förmlichen kleinen Verbeugung zu schütteln, und deutete auf einen Stuhl.

Ich setzte mich, nachdem ich ihn auf Hirschgeweihe geprüft hatte.

»Ein Kaffee?« fragte Vachey. »Ein Aperitif?«

»Nein, danke.«

Auf der Rue de la Préfecture rumpelte langsam ein lauter Lastwagen vorbei. Das Geräusch drang ungehindert durch das hohe Fenster neben Vacheys Schreibtisch. Ebenso wie ein leichter Geruch nach Abgas. Überrascht blickte ich auf und sah, daß das Fenster angelehnt war.

»Ja?« sagte Vachey. »Stört Sie etwas?«

»Äh, ich …« Ich deutete auf die jahrhundertealte Täfelung, die alten Bücher, die Möbel.

»Sind Sie nicht besorgt um ihren Zustand? Ich hätte gedacht …«

»Daß hier eine auf die Minute genaue Klimaüberwachungsanlage installiert wäre? Selbstkorrigierende Temperatur- und Feuchtigkeitsfühler, ultraviolettundurchlässige Fenster?« Er lächelte. »Drüben, in der Galerie, für die Bilder gibt es solche Wunder. Aber hier, dieser Raum, das ist kein Museum, das ist mein Arbeitsplatz, Monsieur. Hier drinnen ist alles dazu da, benutzt und genossen zu werden. Hier altert alles, wie Gott es altern lassen wollte, ich selbst am allermeisten.«

Er lehnte sich in seinen bedrohlichen Stuhl zurück.

»Nun denn, was genau kann ich für Sie tun?« fragte er liebenswürdig.

Ich räusperte mich und setzte zu einer gutgeprobten Eröffnungsrede an, um ihm für seine Schenkung an das Museum zu danken.

Unter amerikanischen Frankreich-Reisenden hält sich der hartnäckige und rührende Glaube, der rechte Weg, das gallische Herz zu gewinnen, bestünde darin, einen ehrlichen Versuch zu unternehmen – wie bescheiden oder unzureichend auch immer – die Einheimischen in ihrer Muttersprache anzureden. Dem ist nicht so, meiner Meinung nach. In Deutschland, ja. In Italien oder Spanien, ja. Aber in Frankreich neigen sie dazu, einen mit diesem gekränkten, ungläubigen Ausdruck anzusehen – einem Ausdruck, wie man ihn etwa von einer Kuh erwarten könnte, die unfairerweise eins zwischen die Hörner bekommen hat –, während man voller Unschuld ihre geliebte und schöne Sprache verhunzt, was jeder, der sie nicht von Kindesbeinen auf spricht, zwangsläufig tun muß.

Das ist eine Lektion, die ich anscheinend nicht leicht lerne, und wie gewöhnlich packte ich die Sache falsch an, in flüssigem, aber übel zugerichtetem Französisch, obwohl ich doch wußte, daß Vachey einige Jahre in London gelebt hatte und infolgedessen fließend englisch sprach. Meine Darbietung wurde so ziemlich in der oben beschriebenen Art der wie vom Donner gerührten Kuh aufgenommen, in die ein gelegentliches Zusammenzucken, wenn ich an einen der heikleren Diphthonge gelangte, ein wenig Leben brachte. Dennoch hörte er geduldig zu, wiewohl er hin und wieder freundschaftlich mit der Hand wedelte, um mir zu bedeuten, daß ich weitermachen solle.

Unbeholfen machte ich weiter. »So sehr wir diese noble und großzügige Geste zu schätzen wissen …«

Handwedeln, begleitet von einem nachsichtigen, leisen Lachen.

»… sehen wir uns verschiedenen Fragen von einiger

Relevanz bezüglich einer schließlich zu treffenden Entscheidung ...«

Verstärktes Handwedeln. Ich konnte es ihm nicht übelnehmen. Die Sprache macht so was mit mir. Ich höre mir mit Begeisterung beim Sprechen zu. Am schlimmsten scheint's zu sein, wenn ich nervös bin, und ich war nervös.

»Was meinen Sie, sollten wir's vielleicht mit Englisch probieren?« schlug er freundlich vor. »Glauben Sie nicht, daß wir dann schneller fertig würden?«

Inzwischen war ich gern dazu bereit und kam sofort zur Sache. »Mr. Vachey, ich möchte mich mit Ihnen über Ihr Verbot unterhalten, naturwissenschaftliche Untersuchungen vornehmen zu lassen ...«

»Oh, das steht aber leider nicht zur Verhandlung. Naturwissenschaftliche Analysen irgendeiner Art kommen nicht in Betracht.« Er sagte das ohne die geringste Schroffheit.

»Aber es muß Ihnen bewußt sein, daß dadurch Fragen aufgeworfen werden ...«

»Nein, nein, ich halte nichts davon.«

»Aber...«

»Mr. Norgren, der wahre Kenner ist nicht auf die Chemie und Mikroskope angewiesen, um zu wissen, was Kunst ist und was nicht. Sie stimmen mir doch sicher zu?«

Das tat ich, um die Wahrheit zu sagen. »Schon, ja, aber es geht nicht darum, ob man darauf angewiesen ist, es geht darum, alle vorhandenen Möglichkeiten auszuschöpfen ...«

»Nein, tut mir leid«, sagte er bedauernd. Aber bestimmt. »Tut mit leid, aber so muß es sein.«

»Aber sicher wissen Sie, daß wir das Bild, wenn wir es annehmen, später ohnehin analysieren lassen.«

»Natürlich. Wenn es Ihnen gehört, machen Sie damit, was immer Sie wollen«, sagte er heiter.

Ich schüttelte frustriert den Kopf. »Warum dann aber ...«

Er wackelte mit einem Finger. »Nein«, sagte er vergnügt und lächelte, ein charmantes, verwegenes, leichtes Grinsen. »Nein, Mr. Norgren.«

Und damit schien das letzte Wort gesprochen. Vachey saß da und lächelte mich mit gefalteten und auf der Schreibtischplatte ruhenden Händen an. So unzufrieden ich mit dem Stand der Dinge auch war, zögerte ich doch, stärker nachzubohren. Es war nicht auszuschließen, daß der überraschend sanftmütige, aber bekanntermaßen unberechenbare M. Vachey mir empfehlen würde, die ganze Angelegenheit zu vergessen. Und das wollte ich vermeiden.

»Verraten Sie mir doch«, sagte er interessiert, »warum Sie soviel Wert auf Untersuchungen legen.«

»Warum ich …?«

»Was kann die Naturwissenschaft Ihnen anderes als Ihre beiden Augen sagen?«

Ich lehnte mich tiefer in meinen Stuhl zurück. Verhandelten wir nun doch miteinander? »Nun, wie Ihnen bestimmt bekannt ist, nimmt kein achtbares Museum ein bedeutendes Werk in seine Sammlung auf, ohne durch jede ihm verfügbare Maßnahme sicherzustellen, daß die Zuschreibung dieses Werks korrekt ist.«

»Aha. Sie möchten sich seiner Echtheit vergewissern, ist es das? Sie befürchten, daß meine Zuschreibung falsch sein könnte, daß es am Ende vielleicht gar kein Rembrandt ist, daß es vielleicht sogar eine Fälschung ist?«

Ich zögerte. Vachey strahlte mich an, aber ich wußte nicht, wie empfindlich er in Wirklichkeit war. »Ja«, sagte ich neutral.

Er nahm es mit einem erfreuten kleinen Lachen auf. »Und Sie trauen Ihrem eigenen Wissen, Ihrer eigenen Erfahrung nicht zu, daß sie es Ihnen sagen?«

»Doch, schon, aber …« Ich beschloß, es darauf ankommen zu lassen und ihm reinen Wein einzuschenken. »Offen gesagt, Mr. Vachey, was mir Sorgen macht – uns Sorgen macht –, ist Ihre ausdrückliche Weigerung, naturwissenschaftliche Analysen zuzulassen. Keiner von uns kann einen stichhaltigen Grund dafür finden.«

Er lächelte. »Sie glauben mir nicht, wenn ich Ihnen sage, daß sie meiner Überzeugung nach dem Bild schaden?«

Ich holte Luft. »Nein, Mr. Vachey.«

Er legte den Kopf in den Nacken und lachte – ungekünstelt, soweit ich feststellen konnte. Dann stieß er das Vergrößerungsglas in meine Richtung. »Sagen Sie mir doch eins, Mr. Norgren: Was spricht denn eigentlich gegen eine Fälschung?«

Ich starrte ihn an.

Er schaute zurück; sein Blick war durchdringend und hellwach und sehr belustigt. Er unterhielt sich aufs beste. »Es ist eine einfache Frage. Was – spricht – gegen eine Fälschung?«

Aber natürlich war das keine einfache Frage. Der liebenswürdige Vachey versuchte, mich irgendwo hin zu bekommen, und ich wußte nicht wohin und warum. »Eine Fälschung ist eine Täuschung«, sagte ich vorsichtig. »Sie gibt vor, etwas zu sein, was sie nicht ist.«

»Aha«, sagte er glücklich. »Etwas Besseres, als sie ist?«

»Ja, natürlich.«

»Nein, nicht natürlich. Lassen Sie mich folgendes fragen: Was, wenn ein Falsifikat so gut gemacht ist, daß es sich vom Original nicht unterscheiden läßt – was dann?«

Er beugte sich aufmerksam vor, die kleinen, beweglichen Hände immer noch auf der schönen Marmorplatte des Schreibtischs gefaltet. Dies war offenkundig ein Thema, das ihm zusagte, mir aber gefiel es überhaupt nicht. Aus welchem Grund verbreitete er sich über unentdeckbare Fälschungen? War's nur was, worüber er sich gern unterhielt, oder hatte es was mit dem Rembrandt zu tun?

»Es wäre immer noch ein Falsifikat«, sagte ich unbehaglich.

»Und kein *achtbares*« – aufreizende Betonung hier – »Museum würde irgendwas mit ihm zu tun haben wollen, nicht wahr?«

»Richtig.«

»Aber warum nicht? Wenn das, was wir an einem Kunstwerk schätzen, seine künstlerische, seine ästhetische Qualität ist, warum ist dann eine Kopie, die sich vom Original nicht unterscheiden läßt – außer in einem chemischen Labor –, unserer Wertschätzung weniger würdig?«

Das war eine uralte Frage. Jeder Student, der ein kunstphilosophisches Seminar besucht hat, wird wohl einige Zeit darauf verwendet haben. Gewichtige Denker haben ganze Bücher darüber geschrieben, aber jedesmal, wenn ein lang verehrtes unechtes Bild entlarvt wird, taucht das Thema geräuschvoll wieder auf. Jedes größere Museum kennt die traurige Erfahrung, bekanntgeben zu müssen, daß der eine oder andere seiner berühmten Schätze in Wirklichkeit kein Original ist. Neuzuschreibung, nennen wir das in Museumssprech, und vor nicht allzu langer Zeit schrieb selbst das große Metropolitan Museum of Art über dreihundert seiner Kunstgegenstände neu zu, die allesamt schmählich in seinen Kellerräumen verschwanden, um nie wieder im Licht des Tages gesehen zu werden. Sogar SAM ist es passiert.

Und man erinnere sich an eins meiner eigenen Lieblingsbilder, Rembrandts herrlichen, leuchtenden *Mann mit dem Goldhelm* und seinen Ehrenplatz in der Geschichte der westlichen Kunst. Es wurde von den Experten gepriesen und von Millionen geliebt. Bis vor wenigen Jahren, als ein garstiges neues Verfahren namens Neutronen-Autoradiographie daherkam und selbstgefällig bewies, daß es gar nicht von Rembrandt gemalt worden war, sondern von irgendeinem unbekannten Zeitgenossen. Auf welche Eröffnung hin die Kunstwelt prompt in eine ihrer periodischen Depressionen versank. Auch ich nahm das nicht allzugut auf. Noch Tage danach war ich verdrossen.

Warum eigentlich? Hatte ein schöner Gegenstand aufgehört zu existieren? Nein, er war immer noch an Ort und Stelle zu besichtigen. Hatte seine Diskreditierung in irgendeiner Weise seine Schönheit geschmälert? Natürlich nicht, es war dasselbe Bild. Bewies sie, daß es in irgendeiner Weise weniger meisterhaft gemalt war? Keineswegs. Beeinträchtigte sie in irgendeiner Weise meine Liebe zu dem Bild?

Sie täten gut daran, es zu glauben.

Aber warum? Das war's, was Vachey fragte, und ich wußte keine rundum befriedigende Antwort. »Ich nehme an«, sagte ich langsam, »daß abgesehen von der Unaufrichtigkeit, die darin steckt…«

Er stürzte sich fröhlich auf diesen Einwand und fegte ihn beiseite. »Unaufrichtigkeit? Das ist doch ein anderes Problem, oder? Sie hat mit den ästhetischen Eigenschaften des Gegenstands nichts zu schaffen. Sie macht ihn als solchen weder schöner noch weniger schön.«

Sehr wahr. »Aber es geht nicht allein um Ästhetik«, sagte ich. »Wenn sich herausstellt, daß ein van Gogh oder ein… ein…« Nein, in diesem kritischen Augenblick brachte ich es einfach nicht fertig, Rembrandt zu sagen. »… ein Tizian gar keiner ist, so heißt das, er ist kein Bindeglied mehr zu dem Künstler. Seine Verknüpfung mit ihm – mit seiner Zeit – ist falsch oder vielmehr gar nicht vorhanden. Er verrät einem nichts über ihn, spricht nicht von ihm zu einem selbst.«

Vacheys Gesichtsausdruck war gleichzeitig spöttisch und belustigt. »Aha, er verliert also seinen Wert als heilige Reliquie? Wollen Sie das sagen? Sieh an, sieh an, wir unterhalten uns also über Religion, Mr. Norgren? Über Kultbegeisterung?« Seine Augen, von bemerkenswertem Rauchgrau mit haselnußbraunen Einsprengseln, funkelten vor Vergnügen.

»Mr. Vachey«, sagte ich mit sinkendem Mut, »warum unterhalten wir uns überhaupt über diese Dinge?«

Er sah mich mit gutgelaunter Gelassenheit an. »Wir führen doch nur ein interessantes philosophisches

Gespräch. Ich behaupte, daß die Unterscheidung zwischen einem Kunstwerk und einer vollkommenen Nachahmung mit dem ästhetischen Wert des Werks nichts zu tun hat. Der Unterschied ist im Kopf des Betrachters. Eine provozierende These, gewiß, aber rein hypothetischer Natur.«

Fast glaubte ich ihm. Vachey hatte eine wunderbare Gabe, seinem Gegenüber weiszumachen, daß er sich nichts Schöneres vorstellen könne, als sich mit ihm – worüber auch immer – zu unterhalten. Vielleicht stimmte es sogar. Aber es schwangen da auch schwer zu beschreibende Untertöne mit, die einem das Gefühl gaben, er ziehe einen sanft auf, er freue sich über irgendeinen kleinen Privatscherz, nicht gerade auf Kosten seines Gegenübers, aber sozusagen über dessen Kopf hinweg. Jedenfalls konnte ich mir nicht gänzlich einreden, daß wir ein freundschaftliches Gespräch über ein völlig beliebiges Thema geführt hatten.

»Mr. Vachey…«

Eins der beiden Telefone auf seinem Schreibtisch klingelte. Er nahm ab, hörte kurz zu und sagte »*Oui, merci bien, cinq minutes.*« Er legte wieder auf. »Entschuldigen Sie bitte. Ein weiterer Termin. Gibt's noch etwas?«

»Ja, verschiedenes. Wozu eigentlich die Eile? Ich verstehe nicht, warum Sie so darauf beharren, uns nur einen Tag für die Entscheidung zuzubilligen.«

»Offen gestanden dachte ich, daß es, sagen wir mal, effektvoller wäre.«

Ich mußte lachen.

»Wären Sie wirklich glücklicher, wenn Sie mehr Zeit hätten?« fragte er.

»Ja, natürlich.«

»Gut, nehmen Sie sich mehr.«

»Wie bitte?« fragte ich fassungslos.

»Ich gebe Ihnen die ganze Woche. Bis Freitag. In wenigen Minuten sehe ich meinen Anwalt; ich werde die betreffende Klausel ändern lassen.«

»Sehr schön«, sagte ich.

Nicht, daß es wirklich einen großen Unterschied machte. Wenn ich mich damit begnügen mußte, das Bild mit dem bloßen Auge zu untersuchen, würde ich in drei Tagen nichts entdecken können, was nicht auch in drei Stunden zu entdecken wäre. Bis Freitag hoffte ich längst wieder in Seattle zu sein. Dennoch war sein Zugeständnis interessant.

»Noch etwas?« fragte er.

Ermutigt fuhr ich fort. »Ja, etwas schon. Ich nehme nicht an, daß ich das Bild vor dem Eröffnungsabend sehen könnte.«

»Richtig, können Sie nicht.« Er schenkte mir sein glückliches, erwartungsvolles Lächeln.

Ich hatte auch nicht damit gerechnet. Ich hielt inne. Tony findet, daß ich in heiklen Situationen dazu neige, Dinge unbedingt klären zu wollen, denen ein wenig Verschwommenheit, ein wenig Spielraum, vielleicht besser täte. Er hat wohl nicht ganz unrecht, denn nun beschloß ich, mich weiter vorzuwagen. Vielleicht würde ich sogar noch ein Zugeständnis erzielen, wer konnte das wissen.

»Mr. Vachey«, sagte ich, »ich möchte offen mit Ihnen sprechen. Ich glaube, daß Sie etwas im Schilde führen. Ich bin der Meinung, es wäre unseren Interessen am dienlichsten, dieses Bild untersuchen zu lassen, bevor es öffentlich enthüllt wird. Wenn Sie dazu nicht bereit sind, müssen wir eben … ja, dann müssen wir …«

»Mm … mm … mm.« Sein Zeigefinger ging wieder hoch. »Hören Sie, Mr. Norgren, sagen Sie nichts, was uns beiden leid tun wird.« Er neigte sich mit einem freundlichen Blick vor. Ich glaube, daß er freundlich war. »Sie sind bis jetzt sehr geduldig mit einem alten Mann gewesen, und ich weiß das zu schätzen. Haben Sie noch ein wenig länger Nachsicht mit meiner Torheit. Sie werden es nicht bereuen, das verspreche ich Ihnen. Einmal abgesehen vom Rembrandt, glaube ich, daß der Abend ein wenig – sagen wir, ein wenig Unterhaltung bieten wird, einen angenehmen kleinen *frisson*, etwas,

was das Blut an einem trüben Novemberabend in Schwung bringt. Sie wollen doch sicher nicht von so weit her gekommen sein und dann nicht einmal...?« Er lächelte. Seine Augenbrauen wölbten sich in freundlicher Ermutigung. Er war wahrhaftig ein Charmeur, dieser René Vachey.

Und er hatte recht. Ja, ich war argwöhnisch, sogar noch argwöhnischer als bei meinem Eintreten, aber ich war auch fasziniert. Was genau versuchte er zuwegezubringen?

»Nun, ich möchte, daß Sie sich über eins im klaren sind«, sagte ich, womit ich erneut bewies, daß Tony recht hatte. »Wenn Sie heute abend irgendeine öffentliche Stellungnahme von mir erwarten oder auch morgen oder übermorgen...«

Er runzelte die Stirn. »Öffentliche Stellungnahme? Was für eine?«

»Eine, die mich in eine heikle Lage bringt, indem ich Ihr Bild als Rembrandt bezeichne. Oder nicht als Rembrandt. Was mich betrifft, ist die Zuschreibung offen, solange keine angemessenen Untersuchungen stattgefunden haben. Und das werde ich auch der Presse sagen und allen anderen, die danach fragen.«

Diesmal war ich nun wirklich ins Fettnäpfchen getreten, glaubte ich. Lebewohl, Rembrandt. Falls es einen Rembrandt gab.

Aber Vacheys Reaktion war erneut ein herzliches Lachen. »Mr. Norgren, sagen Sie, wem immer Sie wollen, was immer Sie wünschen. Etwas anderes wäre mir gar nicht recht. Sind Sie nun beruhigt?«

Das war eine freundliche Entlassung. »Gewiß«, sagte ich und stand auf.

Nicht im geringsten, dachte ich.

Es war mir nicht einmal ansatzweise gelungen, Vachey dazu zu bewegen, seine Meinung bezüglich der Untersuchungen zu ändern. Und ich hatte nicht den blassesten Schimmer, warum nicht. Aber ich würde lügen, wenn ich sagte, daß ich den Köder nicht geschluckt hätte. Klar wollte ich wissen, wie diese Sache ausgehen würde.

Als ich wieder im Hôtel du Nord war, sah ich *frisson* in meinem Wörterbuch nach. *Schauer, Schauder,* stand da. *Ein angenehmes Gefühl des Schreckens* oder der *Schwermut*. Toll.

Ich ging ins Bett und verbrachte den Nachmittag damit, den Rest meines durch die Zeitverschiebung verpaßten Schlafes nachzuholen. Eins stand jedenfalls fest: Ich würde meine fünf Sinne beisammen haben müssen.

5

»Okay, ich hab' eine Frage an dich«, sagte Calvin, der auf dem Sofa an der gegenüberliegenden Wand saß.

»Mhm?« Ich blinzelte in den Spiegel über der Kommode und versuchte, die letzten der verschiedenen Knöpfe, Träger und Schnallen durchzustecken, einzuhaken und festzuzurren, mit denen man zu tun hat, wenn man sich in eine Smokingausstattung zwängt. Daß ich blinzelte, lag daran, daß das du Nord ungeachtet seiner vielen Vorzüge wie die meisten französischen Hotels nichts von Beleuchtung hielt. Es gab eine 25-Watt-Stehlampe (auf der anderen Seite des Raums als der Spiegel) und zwei winzige Nachttisch»lese«lampen mit stark mattierten kleinen Glühbirnen, die wie Kerzen geformt und etwa ebenso leistungsstark waren. Und das war's. Die dachstubenartige Düsternis verlieh dem Raum einen gewissen schummrigen Reiz, machte es einem jedoch keineswegs leichter, sich im Spiegel zu finden.

Es war 17.25 Uhr. Um 18.00 Uhr wurden wir zu einem Galadiner anläßlich der Ausstellungseröffnung in den berühmten alten Küchen des Herzogspalasts von Dijon erwartet, die Vachey zu diesem Zweck gemietet hatte. Anschließend waren die privilegierten Gäste zu einem Empfang und einer Privatschau der Bilder in Vacheys Galerie geladen. Calvin war in mein Zimmer gekommen, um mich abzuholen, da mein Hotel zwei Häuserblöcke näher bei der Galerie lag als seins.

»Laß hören«, sagte ich. »Was für eine Frage hast du?«

»Was machst du, wenn du's dir heute abend ansiehst und dann die ganze Woche lang ansiehst und dann immer noch nicht weißt, ob es gefälscht ist oder nicht? Willst du vorschlagen, daß wir's vergessen und die ganze Chose lassen?«

»Oh, ich glaub' nicht, daß es gefälscht ist, Calvin. Dafür ist Vachey bestimmt zu gewieft.«

»Was? Warst du denn gestern nicht meiner Meinung, daß sie gefälscht sind?«

»Ich war der Meinung, daß sie unecht sein könnten. Es gibt einen Unterschied zwischen unecht und gefälscht.«

Calvin sah mich an, bereit, sich erheitern zu lassen. »Gut, ich beiß' an. Was ist der Unterschied zwischen unecht und gefälscht?«

»Nein, ich mein's im Ernst. Wer ein Bild fälscht, macht das mit Absicht – malt einen falschen Rembrandt, trimmt ihn auf alt und dreht ihn jemandem als Original an.«

»Und das ist kein unechtes Bild?«

»Doch, natürlich, es ist *eine* Art von unechtem Bild, aber es gibt andere Arten, die durchaus keine Fälschungen sind, und das sind die harten Nüsse. Du mußt bedenken, daß Rembrandt Hunderte von Schülern hatte und daß es seinerzeit zur Ausbildung gehörte, die Gemälde des Meisters zu kopieren. Je schwerer die Kopien vom Original zu unterscheiden waren, desto mehr Schulterklopfen entlockten sie Rembrandt. Es schwirren also immer noch Tausende von Kopien – völlig rechtmäßigen Rembrandt-Kopien – in der Welt herum. Außerdem mußten die Schüler seine Techniken in ihren eigenen Bildern kopieren. Also gibt's auch jede Menge Bilder, die zwar keine Kopien irgendwelcher Werke Rembrandts sind, aber in seinem Stil gemalt wurden. Diese Sachen haben das richtige Alter, um von Rembrandt zu sein, sie sind auf die richtige Art von Leinwand oder Tafel gemalt, sie enthalten die richtigen Pigmente und Bindemittel, sie weisen sogar die richtigen Pinselstriche auf.«

»O Gott«, sagte Calvin.

»Das ist noch nicht alles. Rembrandt stand auch direkt neben seinen Schülern und nahm Verbesserungen vor, oftmals direkt an ihrer Arbeit, so daß gar nicht wenige von diesen Bildern tatsächlich zu fünf oder zehn Prozent echte Rembrandts sind. Na ja, gewissermaßen.«

»Kann sein, aber sie tragen nicht seine Signatur.«

»O doch. Seinerzeit trug jedes ordentliche Stück, das eine Werkstatt verließ, die Signatur des Meisters. Wir reden also über eine Menge Bilder, die nicht drei Jahrhunderte später, sondern geradewegs aus dem Atelier hinaus, noch feucht, als Rembrandts verkauft wurden. Sie haben 350 Jahre alte Provenienzen.«

»Oh Gott«, sagte Calvin.

»Ganz recht.« Die Fliege saß endlich gerade, und ich schlüpfte in mein Jackett. »Gehen wir. Wir wollen nichts verpassen.«

Draußen auf der Rue de la Liberté, der Hauptgeschäftsstraße der Altstadt, war ein milder Abend angebrochen, und die Bürgersteige wimmelten von Kauflustigen und Spaziergängern. Die Rue de la Liberté war eine Straße nach dem Geschmack Tony Whiteheads, eklektischer ging's nicht. Einfache Fachwerkbauten aus dem fünfzehnten Jahrhundert standen unmittelbar neben eleganten, mit Mansardendächern gedeckten Stadthäusern aus dem neunzehnten Jahrhundert. Selbst bei den Läden im Erdgeschoß gab es bisweilen erstaunliche Nachbarschaften. An der Ecke zur Rue de Chapeau beispielsweise war der eifrige Senflieferant Moutarde Maille ebendort tätig, wo Messieurs Grey und Poupon im Jahr 1777 ihre Geschäftsverbindung aufgenommen hatten. Zwei Türen weiter teilte ein ebenso florierender McDonalds emsig *beignets d'oignon* und *frites* sowie ab und an einen Hamburger aus.

Wir schlenderten dahin, ohne daß unsere Smokings und Lackschuhe irgendwelches Aufsehen erregten, und ich setzte meinen Bericht über unechte Rembrandts fort.

»Außerdem darf man natürlich die Gauner nicht vergessen, die Jahrhunderte später daherkamen und einige der alten Schülerbilder, die er *nicht* signiert hatte, mit seiner Signatur versahen. Das war dann alles, was sie nachzumachen hatten, die Signatur. Sehr viel einfacher als ein ganzes Bild. Und sehr viel schwerer zu entdecken, da der Rest des Bildes, technisch gesehen, in Ordnung ist.«

»Nein, nein, irgendwas stimmt hier nicht«, sagte Calvin. »Okay, kann sein, daß sie in Ordnung sind, was das Material und so weiter angeht, aber es handelt sich doch bloß um Schüler, stimmt's? Und wir reden hier über Rembrandt, oder? Ich mein', *den* Rembrandt. Willst du mir wirklich erzählen, daß es so schwer ist, den Unterschied zu sehen?«

Ich lachte. »Rembrandt hatte ein paar ziemlich gute Schüler: Fabritius, Aert de Gelder, Hoogstraten, Dou, Bol, Maes ...«

Calvin sah mich skeptisch an, was begreiflich war. Für die meisten Leute war das nicht gerade ein Who's Who der großen Künstler der Welt. Aber für einen gebildeten Menschen (Sie oder mich, zum Beispiel) waren sie Künstler ersten Ranges.

»Du kannst es mir ruhig glauben, Calvin, es sind Maler von Weltklasse, über die wir hier reden. Und sie hörten nicht unbedingt auf, wenn sie die Werkstatt verließen. De Gelder produzierte noch fünfzig Jahre nach Rembrandts Tod Bilder in Rembrandts Stil. Ich würd' nicht meinen Kopf drauf wetten wollen (und deinen auch nicht), ob ein bestimmtes Bild ein Rembrandt ist oder ein de Gelder im Stil Rembrandts. Nicht dem bloßen Augenschein nach.«

Calvin bedachte dies alles eine Weile. »Ja, dann«, sagte er fröhlich, »würd' ich sagen, daß du da ein Problem hast.«

Er wußte noch nicht mal die Hälfte. Es sind wahrscheinlich mehr zweifelhafte Rembrandts im Umlauf als Bilder von irgend jemand sonst, vielleicht mit Ausnahme Corots. Den Unterlagen der Zollbehörde zufolge wurden allein zwischen 1910 und 1950 9428 Werke von Rembrandt in die U.S.A. eingeführt. Das bedeutet mehr als eins jeden zweiten Tag. Vierzig Jahre lang zweiundfünfzig Wochen im Jahr vier pro Woche Es genügt wohl zu sagen, daß diese Zahlen ein wenig über Rembrandts tatsächlicher Produktionsrate liegen. Es gibt keine Zeit, in der nicht drei oder vier von ihnen heftig umstritten sind. Und die mindestens ebenso hohe Zahl in Europa ist darin noch gar nicht enthalten. Ebensowenig wie die Zahlen der U.S. Zollbehörde seit 1950, die ich nicht kannte und auch nicht kennen wollte.

Und selbst das war noch nicht das schlimmste. Diese Zeiten waren, um es einfach auszudrücken, nicht danach, daß man sich im Hinblick auf Rembrandts allzu sicher fühlen dürfte. *Der Mann mit dem Goldhelm* war nicht der einzige, der unlängst in Schwierigkeiten geraten war. Das bekannte *Eine junge Frau an der Tür* des Art Institute of Chicago war kürzlich Hoogstraten neu zugeschrieben worden.

Rembrandts waren, um die Wahrheit zu sagen, das Pendant der Kunstwelt zum Afrikanischen Elefanten und zum Berggorilla.

»Bedroht« ist gar kein Ausdruck. Unter den High-Tech-Analysen der modernen Naturwissenschaft waren früher unumstrittene Rembrandts fast allenthalben umgefallen. 1921 gab es 711, 1968 noch 420. Und wenn das internationale, furchterregend wissenschaftliche Rembrandt Research Project (von grimmigen Kuratoren hinter geschlossenen Türen als Rembrandt-Richter bezeichnet) seine lange und unerbittliche Ausrottungsarbeit beendet haben wird, so werden, wie man annimmt, nur noch etwa 300 übrig sein.

Und erst vor kurzem kam die Schreckenskunde, daß sogar der herrliche, unvergeßlich evokative *polnische Reiter,* der Stolz der Sammlung Frick, nicht ist, was er schien. Es ist keine glückliche Zeit für diejenigen unter uns, die wir so sicher zu sein pflegten, daß wir unsere Rembrandts kannten.

»Ich würd' auch sagen, daß ich ein Problem hab'«, sagte ich.

»Okay, fangen wir also noch mal von vorne an«, sagte Calvin. »Was machst du, wenn du dieses Ding von jetzt bis Freitag anstarrst und dich immer noch nicht entscheiden kannst?«

Ich schüttelte den Kopf. »Calvin«, sagte ich, »das weiß der Himmel.«

Wir kamen einige Minuten zu spät inmitten einer Woge dunkler Luxuslimousinen, die elegante Paare wie Hollywood-Stars am Straßenrand absetzten, beim Eingang zum Palasthof in der Rue Rameau an. Ein paar Touristen standen auf dem Bürgersteig herum und wußten nicht recht, was sie da anschauten. Auf der anderen Straßenseite verfolgten an Cafétischen auf der Place de la Libération bequemer postierte Einheimische das Geschehen bei einer Karaffe Burgunder oder Chablis. Sogar ein französisches Fernsehteam war zur Stelle, das einige der eintreffenden Gäste beiseite nahm und dazu überredete (es bedurfte keiner großen Überredungskünste), ein paar Worte vor der Kamera zu sagen.

Prunk und Feierlichkeit kamen nicht überraschend. Calvin hatte einen Teil des Nachmittags mit Vacheys Galeriedirektorin Madame Guyot zugebracht und erfahren, daß wir in einer überaus illustren Runde speisen würden. Zu den hundert geladenen Gästen zählten die einflußreichsten Kunstkritiker, -verleger und -rezensenten Frankreichs sowie einige hohe Regierungsvertreter einschließlich der Kulturministerin.

Die Ausstellung selbst, hatte Calvin mir erzählt, war eine viel größere Sache, als wir angenommen hatten. Außer dem Rembrandt und dem Léger wurden weitere vierunddreißig niederländische und französische Gemälde, die Glanzstücke der Sammlung Vacheys, gezeigt. Viele waren mir bekannt. Einige waren zu Recht berühmt. Soweit ich wußte, war keins von ihnen umstritten. Und alle vierunddreißig sollten im kommenden Jahr zu Vacheys fünfundsiebzigstem Geburtstag dem Louvre übermacht werden – seine Art, Dankbarkeit gegen das großartige Land auszudrücken, das ihm, dem Sohn eines analphabetischen litauischen Einwanderers erlaubt hatte, weit über die unwahrscheinlichsten Träume seines Vaters hinaus Erfolg zu erzielen.

Calvin und ich, die wir bei Zuschauern und Fernsehleuten kein Interesse erregten, gelangten ungehindert über den Hof zu dem Palastflügel, der die Küchen beherbergte. Dort wurden unsere Einladungskarten entgegengenommen, und ein livrierter Lakai – mit Kniebundhose, Spitzenmanschetten und so fort geradewegs einer Zeichnung von Thomas Rowlandson entsprungen – dienerte uns durch die mächtige Eichentür.

»Das wird hier eine phantastische Sache werden«, sagte Calvin anerkennend.

Möglicherweise kommt es Ihnen merkwürdig vor, daß ein phantastisches Essen, von einem kultivierten und extravaganten Mann wie Vachey für eine erlauchte Runde wie diese gegeben, ausgerechnet in einer Küche, und sei's in einer Palastküche, stattfand. Das liegt dann daran, daß Sie die Küchen des Palais des Ducs et des États de Bourgogne nicht kennen.

Diese Küchen waren wahrscheinlich die größten, die die westliche Welt je erlebt hat, größer noch als die Ludwigs XIV. in Versailles, da der Sonnenkönig, was immer seine sonstigen Meriten gewesen sein mögen, den Herzögen von Burgund nicht das Wasser reichen konnte, wenn's um gutes Essen ging. Hier, in diesen Küchen, nahmen die großen kulinarischen Traditionen Burgunds – viele sagen, Frankreichs – im fünfzehnten Jahrhundert mit den legendären Banketten Philipps des Guten ihren Ausgang.

Natürlich wurde seinerzeit nicht in den Küchen gegessen, aber die alten herzöglichen Speisesäle sind inzwischen verschwunden oder vielmehr mit dem Rest des Palasts in Büroräume für den Bürgermeister von Dijon umgewandelt worden, was eine gute Sache für *le maire*, aber eine schlechte für uns andere ist. Zum Glück sind dank der gehörigen Ehrerbietung der Franzosen vor der gastronomischen Geschichte die Küchen erhalten geblieben und werden bei Staatsanlässen und hohen gesellschaftlichen Zusammenkünften immer noch als Empfangs- und Speiseräume genutzt.

Mehr als groß genug für Vacheys hundert Gäste, bestanden sie aus einem riesigen Raum mit Steinsäulen, deren Oberfläche übersät war mit kleinen Löchern, düsteren gotischen Bögen und einem Fußboden aus abgewetzten Steinplatten, die sich ihrem Aussehen nach und wohl auch tatsächlich dort befanden, seit Philipp sie im Jahr 1433 hatte verlegen lassen. Damals konnte man nicht nur einen, sondern sechs ganze Ochsen gleichzeitig braten (und machte das auch oft), aber die sechs gewaltigen, jeweils mit einem eigenen, riesigen Rauchfang ausgestatteten, überwölbten Feuerstellen entlang den rauchgeschwärzten Wänden waren seither abgerissen worden, um noch mehr Platz zu schaffen.

Drinnen nahmen Leute in fließenden Abendkleidern und eleganten Smokings an Vierer- und Sechsertischen Platz. Augen glänzten, Lachen perlte, die Stimmen, eifrig und erregt, waren vielfach in lebhafter Diskussion erhoben. Ich hörte, wie Vachey zu meiner einen Seite begeistert gepriesen, zu meiner anderen leidenschaftlich verdammt wurde. Es war unmöglich, nicht das Gefühl der Erwartung und Privilegs zu spüren, das in der Luft lag. Dies war das *corps d'élite* des französischen Kunstestablishments, und man wußte es sehr gut; man wußte auch, daß man – fast von Rechts wegen – zu einem Ereignis eingeladen worden war, von dem die Weltpresse am nächsten Tag berichten würde, bei Vacheys Ruf als Regisseur dramatischer Geschehnisse vielleicht auch darüber hinaus.

Kaum waren wir drinnen und stehengeblieben, um uns zu orientieren, als ich merkte, daß Calvins wache Äuglein verräterische, glänzende Stiele bekamen. Seiner Blickrichtung folgend, entdeckte ich einen Tisch, an dem ein streng wirkendes Paar mittleren Alters saß sowie eine auffallende junge Frau mit ebenfalls schweifendem Blick – ganz Calvins Typ –, die so aussah, als könnte sie die Tochter sein. Der vierte Stuhl war frei.

»Nur zu, Calvin«, sagte ich.

Er machte sich nicht die Mühe, so zu tun, als ob er nicht wisse, wovon ich sprach. »Ach, nein, es ist nur ein Stuhl da, Chris, und ich möchte dich nicht allein …«

»Calvin, würdest du, bitte, gehen? Es sind ganz bestimmt ein paar andere Leute hier, die ich kenne. Ich werde alte Bekanntschaften auffrischen. Außerdem kann ich's nicht ausstehen, wenn du schmachtest.«

»Na ja, wenn du wirklich meinst …«

Und schon war er fort. Ich glaubte nicht, daß er unter Mamas und Papas unheilvollen Blicken sehr weit kommen würde, aber bei Calvin konnte man das nie wissen. Ich war gerade im Begriff, mich einem französischen Kunstprofessor anzuschließen, den ich flüchtig kannte, als ein Gesprächsfetzen durch das allgemeine Stimmengewirr an mein Ohr drang, wahrscheinlich, weil's ein englischer und kein französischer und zudem einer mit stark italienisch gefärbtem Akzent war.

»Aber sind nicht eben diese Unterscheidungen selbst bloß die alten, abgenutzten objektivistischen Reifikationen?« fragte die singende, hohe Stimme. »Gewiß stimmen Sie mit mir darin überein, ahaha, daß Begriffe wie ›echt‹ und ›falsch‹ und ›authentisch‹ und ›nicht-authentisch‹ überholte Konstrukte sind, deren Gültigkeit nie mehr als bestenfalls kontingent war. Gewiß können wir doch die Vorstellung, daß irgendein Daseinsbereich eine ›Realität‹ außerhalb seines eigenen Bezugssystems besitzt, kurzerhand zurückweisen?«

Mag sein, daß es mehrere Menschen auf der Welt gibt, die zu solchen Verlautbarungen imstande sind, mir persönlich aber war nur einer bekannt: der facettenreiche Lorenzo Bolzano, kunstsammelnder Sohn eines kunstsammelnden Vaters, außerordentlicher Professor für die Philosophie der Kunstkritik an der Universität Rom und europäischer Herausgeber des umwerfend abstrusen *Journal of Subjectivistic Art Commentary* (von dem mir bislang noch kein einziger, einsamer Abonnent begegnet war). Der gebildete Lorenzo war bestimmt der überspannteste Gelehrte, den ich je erlebt hatte. Seine Ansichten reichten von leicht komisch bis hin zu bestürzend unverständlich. Es überraschte mich nicht gänzlich, seine Stimme zu hören. Wie seinerzeit sein Vater war auch Lorenzo ein langjähriger und zweifellos hochgeschätzter Kunde der Galerie Vachey, und ich hatte mir schon gedacht, daß er auf der Einladungsliste zu der exklusiven Veranstaltung heute abend stehen könnte.

Und da war er nun und ritt; wenn mich nicht alles täuschte, eins seiner liebsten metaphysischen Steckenpferde, die Hirn verrenkende Vorstellung, daß es keinen vertretbaren Unterschied zwischen einem Originalkunstwerk und einer Fälschung gibt. Wenn Sie meinen, na und, das sei doch nichts anderes als das, was Vachey mir am Morgen gesagt hatte, dann haben Sie den Kern der Rede Lorenzos nicht erfaßt. (Machen Sie sich keinen Vorwurf daraus.) Vachey hatte nach den Elementen der Wahrnehmung gefragt, die unsere Einstellung gegenüber Kunst und Fälschung beeinflussen. Ein beunruhigendes Thema eingedenk der Situation, aber an sich nicht abwegig. Lorenzo führte die Dinge einen Riesenschritt weiter, indem er behauptete, daß es einfach keinen Unterschied – buchstäblich keinen Unterschied – zwischen originaler Kunst und gefälschter Kunst gebe und daß jede Unterscheidung, die wir vorzunehmen suchten, völlig künstlich und ohne ästhetische, empirische oder sonstwie geartete Grundlage sei.

Glaubte er das wirklich? Soweit ich sehen konnte: ja. Das und eine Menge anderer, ebenso blödsinniger Dinge. Oder aber er glaubte sie nicht ganz, war aber so verliebt in die Worte und die tollen, gewundenen philosophischen Labyrinthe, durch die sie führten, daß es fast aufs selbe hinauslief.

Aber wenn er ein Spinner war, so war er ein liebenswerter Spinner, einer, mit dem man gern debattierte, unfanatisch und nicht so sehr von seinen verrückten

Theorien als von den Freuden des Debattierens besessen. Er konnte sogar anhaltend klar und nüchtern sein – manchmal eine Stunde lang ohne Unterbrechung – und war überdies einer der liebenswürdigsten, sanftmütigsten Menschen, die ich kannte, jemand, dem man immer gern über den Weg lief. Und da war er nun und gestikulierte über seinen Teller hinweg, schlaksig und hohlbrüstig, kahl und adlernasig, mit Knopfaugen, die vor Redeeifer glänzten.

Er saß an einem Tisch mit zwei anderen Männern, die ich beide von früher her kannte. Einer war der dicke und dünkelhafte Edmond Froger, Direktor des Musée Barillot und Teilzeit-Kunstkritiker der Revue *Critique d'Art*. Das Barillot, wie Sie sich vielleicht erinnern, war das kleine Museum in Dijon, aus dem Vachey vor etwa zehn Jahren sechs Bilder gestohlen hatte – pardon, hatte holen lassen. Wenn dieser Vorfall auch viele Leute erheitert hatte, so hatte er doch nie Frogers Zwerchfell gekitzelt, und seine anhaltende Abneigung gegen Vachey war kein Geheimnis. Was er hier als Vacheys Gast machte, mochte der Himmel wissen.

Der andere war Jean-Luc Charpentier, ein Mitglied der *Chambre des Experts d'Objets d'Art*, einer der verschiedenen einflußreichen Vereinigungen unabhängiger, geprüfter Kunstexperten in Frankreich, die für Händler und Auktionshäuser Kunstgegenstände schätzten und Echtheitszertifikate ausstellten. Die *Chambre des Experts* war eine der bedeutenderen unter den *chambres*, die sich auf die europäische Kunst des neunzehnten und zwanzigsten Jahrhunderts spezialisiert hatten, wobei Charpentiers Spezialität letztere war.

Der mit Entschlossenheit barsche und scharfzüngige Mann widmete seine Aufmerksamkeit in diesem Augenblick der vorweg aufgetischten *pâté de champagne* und schimpfte mit gedämpfter Stimme in sich hinein oder auch in Richtung der Pastete, während er sie auf einer Scheibe Brot verteilte. Lorenzo zu lange zuzuhören, wirkte sich auf die Menschen verschieden aus, und mit der durchgedrehten Leber zu reden, schien eigentlich nicht ganz und gar außergewöhnlich.

Wie üblich machte eine leichte Unaufmerksamkeit Lorenzo nichts aus. »Wenn wir andererseits«, fuhr er munter fort, »eine postexistenzielle, das heißt, eine subjektivistische und daher multidimensionale Perspektive zu unserem Ausgangspunkt machen, dann erkennen wir, ahaha, daß ›Realität‹ nichts anderes ist als eine bequeme Metapher für eine vielschichtige ... Christopher! Ha, ich habe gehört, daß Sie hier sein würden!«

Er rief das mit einer offenkundigen Freude, die meinem Herzen wohltat, und sprang auf, die schlaksigen Arme ausgebreitet. Nach einer unbeholfenen mediterranen Umarmung (Lorenzo besaß darin nicht mehr Geschick als ich) trieb er mich zu dem einen freien Stuhl. »Kommen Sie, setzen Sie sich zu uns!«

Froger grunzte mich an und streckte eine Hand aus, als ich mich setzte. Charpentier grunzte nur.

Ich sah mit Bedauern, wie die Kellner die Pastete wegräumten, bevor ich Gelegenheit gehabt hatte, sie zu probieren, wurde jedoch wieder fröhlicher, als gleich darauf stattliche, aber zarte Lachsklößchen an Sauce Bernaise in einer kunstvollen Umrandung aus gewundenen, rosigen Garnelen folgten. Dazu wurde eine Runde Clos Blanc de Vougeot ausgeschenkt – Vachey ließ sich wahrhaftig nicht lumpen – und wir machten uns ans Werk. In Burgund wird erwartet, daß man dem Essen Beachtung zollt.

Aber Lorenzo gehörte zu den Leuten, die lieber reden als essen, wo immer er sich befand, und nach ein oder zwei Minuten begann er, mit der Gabel fuchtelnd, als wolle er die leckeren Knödel die Kehle hinunterhetzen, von neuem.

»Wissen Sie, Christopher«, sagte er, »Sie kommen gerade zur rechten Zeit, um eine Diskussion zwischen uns zu beenden.«

Ich lachte, einer kleinen Lorenzischen Haarspalterei

nicht abgeneigt. »Was für eine Diskussion?« Bis jetzt hatte ich keine Diskussion gehört. Nur Lorenzo.

»Die Kernfrage ist«, sagte er, »unterwerfen wir uns einer falschen objektivistischen Kontexttreue...«

»Objektivistische Kontexttreue«, hörte ich Charpentier mit gesenktem Kopf murmeln. Jetzt redete er mit seinen Fischklößchen.

»... Kontexttreue, die ihr eigenes armseliges, künstliches Bezugssystem beharrlich verwechselt mit dem universellen Dynamismus der...«

»Nein, das ist nicht die Kernfrage«, sagte Edmond Froger in einem Ausbruch von Ungeduld. Er beugte sich über den Tisch, bullig und aggressiv, und riß das Gespräch an sich. »Die Kernfrage ist, was hat unser Freund Vachey vor?«

Lorenzo, der im Grunde ziemlich leicht zu unterbrechen war, wenn man nur eine Stelle dafür fand, blinzelte und schwieg.

»Passen Sie auf«, sagte Froger. »Dies ist ein großer Tag für Frankreich, ja? Jedermann weiß, daß er heute abend bekanntgeben wird, daß er die größten Bilder seiner Sammlung dem Louvre schenkt. Unumstrittene Meisterwerke allesamt; ich gebe es offen zu. Eine großartige Geste und uneingeschränkter Bewunderung wert, wenn es damit sein Bewenden hätte. Aber was tut er? Er beschließt, das, was ein unverfänglicher Beweis der Großzügigkeit sein sollte, dazu zu benutzen, zwei bislang unbekannte ›Meisterwerke‹ zu ›enthüllen‹ – das ist sein Ausdruck, meine Herren –, die keineswegs unumstritten sind. Aus ihnen hat er bis heute abend ein sorgsam gehütetes Geheimnis gemacht. Warum hat er ein Geheimnis aus ihnen gemacht?«

Er hielt inne, um uns alle, einen nach dem anderen, scharf ins Auge zu fassen. Niemand schlug eine Antwort vor. Wir wußten, was eine rhetorische Frage ist.

»Und er weigert sich, naturwissenschaftliche Untersuchungen, welcher Art auch immer, an ihnen zuzulassen. *Welcher Art* auch *immer*. Ich bitte Sie. Warum?«

Er führte sein Glas zum Mund und trank, während er kaute. Kleine Augen beobachteten uns über den Rand des Glases hinweg.

»Ich werde es Ihnen sagen«, erklärte er, wie ich nicht anders erwartet hatte. »Es sind Fälschungen, deswegen. Fälschungen. Ich habe es von Anfang an gesagt, ich sage es jetzt, und ich bezweifle nicht, daß ich es sagen werde, nachdem sie ›enthüllt‹ worden sind. Ich bin kein Heimlichtuer; ich habe es offen gesagt, nicht wahr, Jean-Luc?«

»Ziehen Sie mich nicht in diese Sache rein, Edmond«, sagte Charpentier übellaunig. »Ich bin nicht so genial wie Sie. Ich halt' es immer noch für erforderlich, Kunstwerke zu sehen, bevor ich sie beurteile.«

Charpentiers Gesicht paßte zu seiner Art: ungebärdige, buschige, diabolische Augenbrauen, die den Eindruck erweckten, daß er finster blicke, selbst wenn er's nicht tat, ein mürrischer Mund, der immer kurz davor schien, sich spöttisch oder höhnisch zu verziehen, und ein großer, grober, geröteter Jutesack von einer Nase, der oft zum verächtlichen Schnauben benutzt wurde. Trotz alledem muß ich zugeben, daß ich seine Gesellschaft immer ganz gern gehabt hatte. Es kam selten Langeweile auf, wenn Charpentier in der Nähe war.

Froger beäugte ihn eine Weile. »Pah«, sagte er. »Das Ärgerliche an mir ist, daß ich sage, was ich denke, ich schleiche nicht wie die Katze um den heißen Brei herum, nur weil sich jemand beleidigt fühlen könnte. Vachey weiß sehr gut, was ich denke. Es ist eine allgemein bekannte Tatsache.«

Das war's wohl. Froger verpaßte keine Gelegenheit, Vachey in den monatlichen Kolumnen, die er für die *Revue* schrieb, anzuprangern. In Anbetracht der Umstände kann ich nicht sagen, daß ich es ihm verübelte.

»Und was genau will er, unser besagter Vachey?« fuhr Froger fort. »Erlauben Sie mir, daß ich Ihnen erzähle, was in seinem Kopf vor sich geht.« Er aß seine Fischklößchen auf, nahm einen Schluck Wein und gab einige feierliche Räusperlaute von sich, während er seine Gedanken ordnete, um uns mitzuteilen, was in Vacheys Kopf vor sich gehe.

Oh, fast hätt' ich's vergessen. Dies war natürlich derselbe Froger, den Tony unlängst als Schafskopf bezeichnet hatte. Eine seiner treffenderen Beurteilungen, meiner Meinung nach.

»Er ist ein ungebildeter Mann, unser Vachey«, belehrte uns Froger. »Reich, natürlich, sehr reich und zugegebenermaßen nicht ohne selbsterworbene Kenntnisse, aber durchdrungen von Neid auf jene, die wie wir ein tieferes Kunstverständnis, ein besser ausgebildetes und disziplinierteres Auge besitzen. Es ist der natürliche Neid des Selfmademan auf jene, deren Geschmack durch Generationen hindurch entwickelt und verfeinert worden ist. Was war sein Vater?« Er lachte. »Ein Zuschneider in einer Gürtelfabrik. Ein *litauischer* Gürtelzuschneider!«

Lorenzo, der keinen Widerspruch darin sah, einer der reichsten Männer von Florenz und zugleich ein ausgewachsener Egalitarist zu sein, protestierte in seiner sanften Art. »Oh, ich weiß nicht, ich glaub' nicht, daß ich sagen würde ...«

Frogers Rede floß weiter, gespreizt und orakelhaft. »Und so schmiedet er seine Pläne, leckt er sich die Lippen, legt er seinen Fallstrick aus. Er will der Welt zeigen, wer der Klügere ist. Meine Herren ...« Er machte eine dramatische Pause. »... lassen Sie sich nicht zum Narren halten. Gehen Sie ihm nicht in die Falle. Ich wende mich insbesondere an Sie, Mr. Norgren.«

»Wie bitte?« Meine Aufmerksamkeit hatte ein wenig nachgelassen. Wie Charpentier war ich immer noch intensiv mit den Fischklößchen beschäftigt. (Allerdings redete ich noch nicht mit ihnen.)

»Dieser sogenannte Rembrandt«, sagte er. »Ich hoffe, Sie erwägen nicht ernstlich, ihn anzunehmen.«

»Vielleicht schon«, sagte ich. »Ich werd' mich morgen entscheiden, nachdem ich ihn angesehehn habe.«

Er schüttelte den Kopf und schrieb mich als aussichtslosen Fall ab. »Und sein sogenannter Léger, wem vermacht er dieses kostbare Meisterwerk? Hat er es Ihnen gesagt?«

»Mir gesagt? Nein.«

»Sie wissen es nicht?«

»Nein.«

»Soviel ich weiß, hat er die Absicht, es einem Museum hier in Frankreich zu schenken«, warf Lorenzo ein.

»Nicht, wenn ich etwas dazu zu sagen habe«, entgegnete Froger grimmig. »Ich werde tun, was ich kann, um es zu verhindern. Was das Seattle Art Museum in Amerika tut, geht mich nichts an. Meine Sorge gilt Frankreich, das stets der Fackelträger der Zivilisation gewesen ist.« Seine Stimme bebte vor Erregung. »Ich werde nicht müßig danebenstehen und zusehen, wie die Museen Frankreichs genarrt und lächerlich gemacht werden. Ich werde nicht danebenstehen und zusehen, wie der Glanz unserer Nation erneut getrübt wird von diesem Hanswurst Vachey.« Seine schwere Faust schlug auf dem Tisch nieder. Geschirr wackelte. Echos der Marseillaise zitterten in der warmen Luft.

Es war zuviel für Charpentier. »Herr im Himmel«, murmelte er. »Fackelträger der Zivilisation« … »Glanz unserer Nation.« Er wischte sich die Lippen mit einer Serviette ab. Er wischte sich die Hände ab. Er warf die Serviette auf die Tischdecke.

Froger sah ihn kalt an. »Sie nehmen Anstoß an diesen Formulierungen?«

»Mein lieber Edmond. Wer genau hat die Fackel der Zivilisation in die Obhut Frankreichs gestellt? Wo war Frankreichs ›Glanz‹ 1940, als …«

»Dies«, sagte Froger und wurde tiefer rot beziehungsweise violett, »ist keine Art und Weise, vor – *les étrangers* zu sprechen.« Er wies mit dem Kopf auf Lorenzo und mich, falls es irgendwem unklar sein sollte, wer die »étrangers« am Tisch waren.

Charpentier lachte nachsichtig. »Mr. Norgren, welches ist Ihr Symbol?«

»Mein Symbol?«

»Das Symbol Ihres Landes, Ihr Wappen, das Lebewesen, das Amerika verkörpert.«

»Oh. Ein weißköpfiger Seeadler.«

»Ein Adler. Und Ihres, Mr. Bolzano?«

»Nun ja, das ist nicht so leicht zu sagen, ahaha. Der Name ›Italia‹ leitet sich aller Wahrscheinlichkeit nach von der Bezeichnung der alten Römer für ›Land der Ochsen‹ ...«

»Ja, gut. Adler, scharfsichtig und kühn. Ochsen, stark und entschlossen. Selbstverständlich. Natürlich. Und unseres?« fragte Charpentier Froger. »Welches ist Frankreichs?«

Froger musterte ihn feindselig mit aufeinandergepreßten Lippen, aber Charpentier wartete ab.

»Le coq«, murmelte Froger schließlich zwischen zusammengebissenen Zähnen hindurch.

»Genau«, sagte Charpentier trocken. *»Le coq«.* Er nahm seine Serviette wieder auf, schüttelte sie aus und legte sie auf seinen Schoß zurück. »Was ich gerne wüßte«, sagte er und ließ das Kinn sinken, so daß er uns mürrisch und komisch zugleich unter seinen wirren Augenbrauen hervor anblinzelte, »ist, wie wir eigentlich erwarten können, daß die Welt ein Land ernst nimmt, das einen Hahn zu seinem Nationalsymbol macht?«

Lorenzo und ich schafften es (eben und eben), nicht zu lachen, aber die Unterhaltung flaute dennoch deutlich ab. Froger war eingeschnappt und blieb eingeschnappt. Charpentier hatte nur noch einen Beitrag zu leisten, indem er uns nämlich in beiläufigem Ton mitteilte, daß der Begriff *chauvinisme* von einem gewissen Nicholas Chauvin abgeleitet sei, einem patriotischen Franzosen des neunzehnten Jahrhunderts. Danach schied auch er aus, um sich wieder mit seinem Essen zu besprechen, und selbst der stets übersprudelnde Lorenzo konnte anscheinend nicht rauskriegen, wie sich die Dinge wieder in Gang bringen ließen.

Das Hauptgericht machte auch nichts besser. Mit einem unüberbietbaren, samtenen Burgunder aus den geheiligten Romanée-Conti-Weinbergen gereicht, war es Burgunds bekanntestes Geschenk an die Haute Cuisine, zart und nach dem Thymian, den Schalotten und dem Rotwein duftend, in dem es gegart worden war.

Coq au vin, was sonst?

6

Danach kam der traditionelle, mit Essig und Öl angemachte französische Blattsalat (Gorgonzola und Walnüsse standen nicht zur Wahl), gefolgt von verschiedenen einheimischen Käsesorten, zu denen man den Wein austrank, wie es hierzulande heißt und was eine sehr angenehme Gepflogenheit ist. Anschließend ein Schokoladensoufflé, für das ich zu satt war, obwohl es mich schmerzte, es vor mir stehen zu sehen, und eine kleine, willkommene Tasse starken schwarzen Kaffees.

Charpentier und Froger häuften gerade ungeheure Zuckermengen in ihren Kaffee – einer der wenigen ernsthaften Mängel des französischen Gaumens – als vom Ehrentisch her, der an einem Ende des Raums unter vier Flügelfenstern mit alten Butzenscheiben stand, jemand um Aufmerksamkeit bat.

Einen Augenblick später erhob sich Vacheys magere, rüstige Gestalt hinter der Mitte des Tischs. Schmuck und adrett, wenn auch ein wenig altertümlich in seiner unmodernen weißen Smokingjacke, wartete er ab, bis man sich zu ihm umgedreht hatte und das Scharren der Stühle auf dem Steinfußboden beendet war. Seine Augen, die über das Publikum huschten, funkelten nicht weniger als am Morgen in seinem Arbeitszimmer, vielleicht sogar mehr. Einen Moment lang ruhte sein Blick warm auf mir, und seine Augenbrauen zogen sich zu einem raschen Gruß in die Höhe, bevor er sich seinen Zuhörern zuwandte.

»Meine lieben Freunde«, sagte er auf französisch mit lebhafter und deutlicher Stimme, »vielen Dank, daß Sie gekommen sind, um mit mir an diesem frohen Ereignis teilzunehmen. Ich weiß, daß Sie darauf gespannt sind, zum erstenmal öffentlich an einem Ort die schönsten

Kunstwerke versammelt zu sehen, die zu bewahren mir vergönnt war …«

Sauvegarder, das gefiel mir. Nicht »besitzen« oder »erwerben«, wie so viele Sammler sagen würden, sondern »bewahren«. Ich wußte, daß Charpentier ebenso dachte, denn ich sah, wie sich sein Kopf in einem winzigen zustimmenden Nicken senkte.

»… und natürlich die wunderbaren, neuentdeckten Meisterwerke von Rembrandt und Léger, die durch so glückliche Zufälle einer staubigen und gefahrvollen Vergessenheit entrissen wurden.«

»Meisterwerke«, schnaubte Froger gedämpft.

Einige Leute applaudierten Vachey. Andere starrten ihn in tiefgefrorenem Schweigen an. Die Versammlung schien ungefähr zu gleichen Teilen aus Vachey-Verächtern und Vachey-Verehrern zu bestehen, sofern die Verächter nicht eine leichte Mehrheit hatten. Mir wurde immer weniger klar, in welches Lager ich gehörte.

Dann bat Vachey die Kulturministerin, eine lächelnde, aber wachsame Frau namens Irène Lebreton, sich zu erheben. Mit ihr an seiner Seite gab er das öffentliche, an seinem fünfundsiebzigsten Geburtstag in Kraft tretende Versprechen, dem Louvre sämtliche an diesem Abend ausgestellten Bilder zu vermachen, »natürlich mit Ausnahme des Rembrandts und des Légers«. Unter dem Klicken und Surren von Blitzlichtkameras – die Photographen und Fernsehleute hatten sich auf einer leergeräumten Fläche vor dem Tisch installiert – schüttelte Madame Lebreton seine Hand und nahm das Geschenk höflich, aber vorsichtig im Namen der Nation entgegen. Bei Geschenken von Vachey, wußten die Leute, mußte man auf der Hut sein.

Es gab erneut Beifall, ein wenig lebhafter als zuvor, als die Ministerin an ihren Platz zurückkehrte, nachdem sie sich zunächst vorgebeugt und ein paar Worte an einen grinsenden, übergewichtigen jungen Mann gerichtet hatte, der an Vacheys anderer Seite saß.

Dies, erzählte mir Lorenzo, war Vacheys Sohn Christian, zur Zeit nicht gerade der Augapfel seines Vaters. Er hatte unlängst bei einem obskuren Ausflug in den Bauxitbergbau in Venezuela fast alles verpulvert, was ihm vom Erbe seiner Mutter, Vacheys verstorbener Frau, noch übriggeblieben war. Davor war es eine tansanische Zementfabrik und davor eine Anlage zur Verarbeitung von Meeresalgen in Neukaledonien gewesen. Er war in der Vergangenheit wegen Steuerhinterziehung verurteilt worden und hatte wohlbegründeten Gerüchten zufolge sowohl in Frankreich als auch in den Vereinigten Staaten Kontakte zu kriminellen Vereinigungen unterhalten. Im letzten Jahrzehnt hatte er jeweils die Hälfte des Jahres in Miami zugebracht, aber vor sechs Monaten sein Haus dort aufgegeben – laut Lorenzo, kurz bevor der Arm des Gesetzes ihn erreicht hatte – und war mit eingezogenem Schwanz nach Dijon zurückgekehrt, wo er seither, von seinem Vater nur geduldet, lebte.

Lorenzos Miene während all dieser Ausführungen sagte mir, daß Christian nicht zu seinen liebsten Mitmenschen zählte. Ich kann nicht behaupten, daß er auf mich einen sonderlich sympatischen Eindruck machte, aber ich zog keine Schlußfolgerungen daraus. Wer weiß, vielleicht hätte auch ich keinen so sehr sympathischen Eindruck gemacht, wenn ich gerade gezwungen gewesen wäre mitzuerleben, wie mein Vater ein Vermögen von ein paar hundert Millionen Dollar wegschenkte, das anderenfalls mir hätte zufallen können. Er hatte wohl ein Recht darauf, ein wenig verdrießlich auszusehen.

Vachey hob die Hand, um den Applaus zum Schweigen zu bringen. »Was die Gemälde von Léger und Rembrandt angeht …«

»Sofern sie von Léger und Rembrandt sind«, sagte Froger, scheinbar nur zu uns Tischgenossen, doch sein kräftiger Baß drang durch den ganzen Raum. »Was mich betrifft, man erlaube mir, daran zu zweifeln.«

Vachey lachte, anscheinend wirklich belustigt. »Das

ist *ein* Standpunkt, Edmond. Ich habe den Verdacht, daß er von anderen geteilt wird, aber ich hoffe, daß Sie Ihre Ansicht ändern werden, wenn Sie sich die Bilder angesehen haben.«

Froger betrachtete ihn finster, seine Hände mit den dicken, gespreizten Fingern über dem beträchtlichen Bauch gefaltet. »Mal sehen.«

Vachey verneigte sich in seine Richtung. »Wie dem auch sei, Sie haben auf jeden Fall recht, wenn Sie uns daran erinnern, daß sie noch von jemand anders als mir selbst für echt erklärt werden müssen. Das wird gewiß bald geschehen. Wie vielen von Ihnen bekannt, ist Dr. Christopher Norgren vom Seattle Art Museum …«

Ich erstarrte. Ich hatte ihm klargemacht, daß ich mich nicht festlegen würde, und ich war entschlossen, dabei zu bleiben. Ich würde ihm nicht erlauben, mir irgendwas in den Mund zu legen.

»… einer der bedeutendsten Rembrandt-Kenner der Welt …«

Lorenzo warf mir einen ironischen Blick zu. »Herzlichen Glückwunsch, Christopher.«

Ich zuckte mit den Achseln und hielt den Mund. Man konnte schließlich nicht gut von mir verlangen, daß ich an jedem Wort, das Vachey sagte, herumkrittelte.

»… im Zusammenhang mit meinem Rembrandt-Angebot an dieses hervorragende Museum nach Dijon gekommen. Wie Sie wird er es heute abend zum erstenmal sehen. Er wird es morgen ausgiebig untersuchen, und ich freue mich sehr darauf, dann sein Urteil …«

»Monsieur Vachey«, sagte ich, »es ist meine Erwartung, daß ich am Ende des morgigen Tages in der Lage sein werde, Ihnen als Abgesandter des Seattle Art Museum unsere Antwort auf das großzügige Angebot, das Sie uns gemacht haben, zukommen zu lassen. Ich kann Ihnen jedoch mit Sicherheit sagen, daß ich außerstande sein werde, zu einem Schluß bezüglich der Echtheit des Bilds zu gelangen, das heißt, ob es ohne Einschränkung Rembrandt van Rijn zugeschrieben werden kann oder nicht. Das kann, wie Sie wissen, nicht ohne die Hilfe analytischer Verfahren geschehen, die gemäß den Bedingungen Ihrer Schenkung untersagt sind.«

Tut mir leid. Man bedenke, daß ich französisch sprach. Und nervös war.

Meine Bemerkungen lösten ein Geraune aus, das wohl nicht ausschließlich auf das Erstaunen über meine Sprachkenntnisse zurückging. Aber Vachey selbst nahm sie liebenswürdig auf. »Selbstverständlich, verzeihen Sie mir. Nun denn. Was den Léger angeht …«

»Den sogenannten Léger«, sagte Froger spöttisch, vorgeblich an Charpentier gewandt, doch sein dröhnendes Organ klang, als stiege es aus der Tiefe eines Brunnens auf. Wenn er sich nicht amüsierte, so lieferte er eine gute Nachahmung eines Menschen, der es tat.

Ohne Anzeichen von Groll stimmte Vachey in das leise Gelächter, das diesen Worten folgte, ein. Auch er unterhielt sich nicht schlecht. Seine Laune war lebhaft und ausgelassen; er schnurrte nachgerade.

»Monsieur Froger, würden Sie mir die Ehre erweisen, sich hierher nach vorn zu mir zu begeben?«

»Jetzt kommt der *frisson*«, dachte ich.

»Was?« Froger war überrumpelt worden. Er beäugte Vachey mißtrauisch und räusperte sich. »Ich bleibe hier, danke.«

Ich wäre auch besorgt gewesen an seiner Stelle. Was immer Vachey im Schilde führte, und ich glaubte, es zu wissen, würde Froger wohl kaum zusagen.

»Wie Sie wünschen. Es ist Gegenstand meines Bedauerns, meine Damen und Herren, daß die Beziehungen zwischen Monsieur Froger und mir nicht immer herzlich gewesen sind. Dafür übernehme ich die Verantwortung. Etwas, was ich vor einigen Jahren getan habe« – seine Stimme war ernst, aber er konnte dieses Glitzern in seinen Augen nicht unterdrücken – »war für unser hervorragendes Musée Barillot und seinen vorzüglichen Direktor, Monsieur Edmond Froger, ganz gegen meine Absicht Anlaß zum Kummer. Dafür möchte ich nun Wiedergutmachung leisten. Ich tue das im Geiste der Versöhnung und in der Hoffnung auf künftige Freundschaft.«

Froger sah so aus, als ob er das bezweifelte. Ich bezweifelte es auch.

»Es ist mir ein Vergnügen bekanntzugeben«, sagte Vachey, »daß das großartige Bild, das Sie heute abend sehen werden, *Violon et Cruche* von Fernand Léger, hiermit dem Musée Barillot von Dijon als vorbehaltloses Geschenk angeboten wird. Ich hoffe, man wird mir die Ehre erweisen, es anzunehmen.«

Er strahlte Froger gelassen an.

Um über Zwickmühlen zu reden: Es waren keine fünf Minuten vergangen, seit Froger ausgiebig und öffentlich klargestellt hatte, daß, soweit es ihn betraf, das Bild unecht und Vachey ein Scharlatan sei. Was konnte er jetzt also anderes tun, als es ablehnen? Was aber, wenn Vachey ihn reingelegt hatte, wie's plötzlich sehr gut möglich schien? Was, wenn's sich als echt erwies? Wenn er's ablehnte, würde er den Léger verlieren und außerdem als Schwachkopf dastehen. Wenn er's annähme, würde er das Bild kriegen, aber immer noch als Schwachkopf dastehen, noch dazu als Kröten schluckender. Sofern es Vacheys Absicht gewesen sein sollte, seinen alten Gegner in eine unmögliche Situation zu manövrieren, was ich nicht eine Sekunde lang bezweifelte, so war's ein meisterhafter Schachzug.

Froger begann zu stammeln.

»Es ist nicht … ich kann nicht … das heißt, es ist nicht an mir, eine Entscheidung zu treffen. Der Museumsvorstand, das heißt …«

Er stotterte bis zum Verstummen und saß einfach da, während er röter und ärgerlicher wurde und vor unseren Augen anschwoll. Seine Züge, ohnehin zierlich für seine Größe, schienen sich in dem vollen Fleisch seines Kopfes zu verlieren wie ein zu kleines, auf einen Ballon gemaltes Gesicht.

»Was Ihre löbliche Sorge bezüglich seiner Echtheit

angeht, Edmond«, fuhr Vachey ruhig fort, »so haben wir das Glück, einen der herausragendsten Experten für das Werk dieses großen französischen Meisters des zwanzigsten Jahrhunderts unter uns zu haben. Monsieur Charpentier, ich bin davon überzeugt, daß wir alle Ihrer Begutachtung des Légers – Pardon, des sogenannten Légers – mit atemloser Spannung entgegensehen.«

Charpentier, der sich eine zweite kleine Tasse Kaffee mit Zucker vollud, sah spitzbübisch auf. »Aha. Ich verstehe. Ist das der Grund für meine Einladung? Ich muß etwas tun für mein Essen?«

»Sie sind eingeladen worden, weil ich mir nicht vorstellen konnte, einen bedeutenden Léger anders als in Ihrer Gegenwart zu enthüllen, Jean-Luc, das ist alles. Aber es versteht sich von selbst, daß eine Begutachtung durch Sie begrüßt werden würde.«

»Das ist sehr erfreulich«, entgegnete Charpentier, »aber wie die Dinge liegen, sind meine Gutachten mein Lebensunterhalt. Leider kann ich's mir nicht leisten, sie zu verschenken.« Nach einem Augenblick fügte er hinzu: »Habe ich Sie je um ein kostenloses Bild gebeten?«

Vachey lachte. »Nein, und Sie würden's wohl auch kaum bekommen. In Ordnung, Ihr Fachgutachten also.«

Charpentier, der sich eine Zigarette angezündet hatte, nahm einen Zug und ließ den Rauch langsam aus den Mundwinkeln entweichen, während er Vachey finster und nachdenklich betrachtete. »Sie wollen ein Fachgutachten von mir?«

»Gewiß. Zu Ihrem üblichen astronomischen Honorar.«

»Moment mal«, sagte Froger nervös. »Ich weiß nicht, ob ich ermächtigt bin, Mittel zu bewilligen, die …«

»Das zu bezahlen mir selbstverständlich ein Vergnügen sein wird«, erklärte Vachey.

Froger verstummte und biß sich auf die Lippe.

»Ich muß gestehen«, sagte Charpentier zu Vachey, »daß es mich wundert, gefragt zu werden.«

»Ah, Sie doch vor allen anderen, Jean-Luc. Bei Ihnen

nimmt wohl wenigstens keiner an, Sie könnten zu meinen Gunsten voreingenommen sein.«

Es gab da irgendeine Geschichte zwischen ihnen, denn mehrere Leute lachten. Selbst Charpentier, möglicherweise durch den Gedanken an sein unerwartetes Honorar milder gestimmt, erlaubte sich ein Lächeln. »Das ist allerdings wahr. Also gut, warum gucken wir nicht mal?«

»Ganz recht.« Vachey dankte mit einem Kopfnicken. »Warum, meine Damen und Herren, schauen wir nicht alle mal? Meine Galerie steht Ihnen bis Mitternacht zur Verfügung. Es gibt dort Cognac, Champagner und Kaffee.« Er lächelte. »Und wenn Sie mögen, ein paar Bilder, um die Zeit zu vertreiben.

Die meisten Gäste beschlossen, die drei Häuserblöcke vom Palast zu Vacheys Galerie zu Fuß zu gehen. Es war eine merkwürdige Art von Verdauungsspaziergang: eine weit auseinandergezogene, elegante Prozession aus Dreier- und Vierergrüppchen, die langsam über die mondbeschienene Place des Ducs mit ihrer Statue eines nachdenklichen, wenig attraktiven Philipps des Guten schritt, sich dann links die schöne mittelalterliche Rue de la Chouette entlang und schließlich rechts in die Rue de la Préfecture wand. Wir bewegten uns in einem gemütlichen, lockeren Mief aus Zigarrenrauch und Weinatem, doch die Gespräche waren alles andere als locker. Man nahm die bisherigen Ereignisse des Abends eifrig auseinander, spekulierte über das, was noch bevorstand oder hielt gelehrte Reden.

Wenige Meter vor mir zum Beispiel hatte Calvin sich in eine selbstsichere Erörterung der Schwierigkeiten gestürzt, Kunstwerke für echt zu erklären. »Nehmen Sie beispielsweise Rembrandt, Nadia«, erzählte er seiner bewundernden neuen Freundin und ihren nicht ganz so bewundernden Eltern. »Haben Sie eine Ahnung, wie viele glänzende Schüler Rembrandt hatte? Da waren, warten Sie, Hoogstraten, Dou, äh, Bol ...«

Und in meiner eigenen Gruppe versuchte Lorenzo, während Charpentier und ich schweigend nebenher gingen, einen schnaubenden Froger zu besänftigen, indem er ihm den hochfliegenden Rat gab, seinen Stolz zu überwinden und das Bild anzunehmen, wenn Charpentier es verifizierte – oder auch, wenn er's nicht verifizierte, vorausgesetzt, Froger selbst fände es schön. Warum sollte es ihn kümmern, ob's mit so künstlichen, irreführenden Etiketten wie »echt« oder »falsch« behaftet war, die an nichts, aber auch gar nichts, etwas änderten, da sie doch bloße Wahrnehmungskonstrukte, vergänglich und fragwürdig seien? Man müsse die Dinge nur postexistenziell betrachten, das sei alles.

Irgendwie wirkte Froger nicht beruhigt.

Auch ich fühlte mich nicht sehr beruhigt. In wenigen Minuten würde ich endlich das Bild zu sehen bekommen, und ich machte mich auf das Schlimmste gefaßt: daß es sich nämlich als Riesenniete erweisen würde, nichts als einer dieser »Rembrandts«, die mit fast ermüdender Regelmäßigkeit alle paar Jahre auf dem Kunstmarkt auftauchen. Wenn sie nicht von einem gierigen Sammler geschluckt werden, sind sie bald entlarvt und werden von den Händlern oder Auktionshäusern, die sie zum Verkauf angeboten haben, eilends und unter tausend Entschuldigungen zurückgezogen – nur um nach einem Jahr oder zwei, gewöhnlich durch andere Händler, manchmal in anderen Ländern, erneut ans Tageslicht zu gelangen.

Überrascht? Sie dachten, wenn ein Bild einmal als unecht erkannt worden sei, dann wär's das? Dachten, daß es irgendeine gesetzliche Vorschrift geben müsse, derzufolge es vernichtet oder richtig ausgezeichnet oder *irgendwas* gemacht werden müsse, damit arglose künftige Käufer sicher vor ihm seien?

Tut mir leid, aber nichts dergleichen. Unechte Bilder sind nicht illegal. Sie können so viele Rembrandts kopieren, wie Sie nur wollen. Sie können sie mit seinem Namen signieren, sie können sie mit Carquelé versehen und dunkel färben, damit sie alt aussehen, Sie können gefälschte Stempel und Inschriften aus dem siebzehnten Jahrhundert auf den Rückseiten anbringen. Alles völlig legal, solange es aus Spaß an der Freude geschieht. Sie können sogar rumgehen und den Leuten erzählen, daß sie echt seien. Aber Sie dürfen nicht versuchen, sie als solche zu verkaufen. Deswegen verkaufen vorsichtige Fälscher ihre eigenen Arbeiten der Öffentlichkeit nie direkt; es ist zu leicht, ihnen betrügerische Absicht nachzuweisen. Aber mit Kunsthändlern verhält es sich anders. Sie können schließlich getäuscht werden wie jeder andere auch, und sie können nicht automatisch betrügerischer Absichten bezichtigt werden, wenn ein Teil ihrer Angebote sich als unecht erweist. Wenn das Met sich irren kann, warum dann nicht auch sie?

Was meinen Sie also, wo all die als unecht entlarvten Bilder, von denen Sie ständig lesen, landen, wenn der ganze Rummel sich gelegt hat? Sie werden erneut in Umlauf gebracht. Nach einer angemessenen Frist, versteht sich. Und viele von ihnen werden am Ende zum stolzen Besitz reicher, leichtgläubiger Privatsammler in der ganzen Welt. Nicht, daß ich Vachey für leichtgläubig hielt, ganz und gar nicht. Wenn sein neuer Rembrandt unecht war, und wenn hier Täuschung im Spiel war, dann war René Vachey der Täuscher.

Raten Sie mal, wen das als Getäuschten übrig ließ.

In der Rue de la Préfecture 39 standen zwei von Vacheys Lakaien unter Pepins pedantischer, hektischer Aufsicht an der Haustür, um unsere Einladungskarten zu prüfen und uns den Weg hinauf zur Galerie zu weisen oder vielmehr sicherzustellen, daß wir uns nicht in Vacheys Privaträume im Erdgeschoß verirrten. Oben waren die leinenbezogenen Stellwände zurückgeschoben worden und hatten einen ziemlich großen Empfangsbereich freigegeben, in dem die Gäste, Cognac oder Kaffee schlürfend, auf und ab wandelten.

Natürlich dachte ich nur daran, meinen ersten Blick

auf den Rembrandt zu werfen, doch der Zugang zum Hauptteil der Ausstellung blieb versperrt durch einen Tisch, der vor die Stellwände gezogen worden war. Geöffnet war nur die Abteilung auf dem Treppenabsatz bei Vacheys Arbeitszimmer: Villon, Duchamp und die anderen Kubisten. Und an denen war ich nicht sehr interessiert. In der Nähe des Tischs beriet Vachey sich energisch mit seinem Sekretär Marius Pepin und einer rundlichen, duftigen, aufgeregten Frau jenseits der Sechzig, die Calvin zufolge Vacheys Galeriedirektorin Clotilde Guyot war. Offenkundig war die Ausstellung noch nicht ganz zur Eröffnung bereit.

Unruhig und darauf bedacht voranzukommen, schnappte ich mir ein Glas Cognac von einem vorübergehenden Kellner, zog mich in eine einsame Ecke zurück und wartete. Ich hatte mich bereits geistig darauf vorbereitet, dem Rembrandt – dem sogenannten Rembrandt – von Angesicht zu Angesicht gegenüberzustehen und wollte mich vorher mit niemandem mehr unterhalten müssen. Um die Wahrheit zu sagen, war ich zu nervös für ein vernünftiges Gespräch, aber Calvin, der mich ausfindig machte und wohl eine halbe Stunde lang glücklich drauflosschwatzte, nahm daran keinen Anstoß. Ich glaube, er schilderte mir ausgiebig die Eigenschaften der jungen Frau, mit der er diniert hatte oder vielleicht auch die einer der anderen anwesenden Frauen, aber ich könnte weder das eine noch das andere beschwören. Ich stürzte den Cognac hinunter und wartete.

Endlich war von vorn ein geschäftsmäßiges Klopfen zu hören. Der Tisch, der den Zugang versperrte, wurde beiseite geschoben. Madame Guyot hob, um Ruhe bittend, ihre umfänglichen, kissenförmigen weißen Arme und wandte uns ihr sonniges, rosiges Gesicht zu.

»Meine Damen und Herren«, verkündete sie atemlos, »ich habe die Ehre, Sie heute abend in der Galerie Vachey willkommen zu heißen und Ihnen zu danken, daß Sie gekommen sind, und gestatten Sie mir, Sie zu bitten, einzutreten und die Bilder zu betrachten und – einen Augenblick, bitte – bitte seien Sie so freundlich, Ihre Getränke nicht mit in die Ausstellung zu nehmen.« Dies war in aufgeregtem Französisch ohne erkennbare Pausen hervorgestoßen worden (kein Wunder, daß sie außer Atem war), bevor sie hastig beiseite und hinter den Tisch trat, gerade rechtzeitig, um nicht von der Herde zertrampelt zu werden.

Calvin und ich, die wir dicht beim Eingang überrascht worden waren und nicht hinter irgendwas verschwinden konnten, hatten weniger Glück. Hilflos wurden wir mit in die Galerie getragen, wo weitere Stellwände die sofortige Entscheidung erzwangen, entweder nach rechts, in den französischen, oder nach links, in den niederländischen Flügel zu gehen. Calvin wurde mit dem größeren Teil der Menge nach rechts fortgespült und hüpfte im Strom wie ein Plastikbecher in der Brandung, aber ich schaffte es, mich nach links durchzukämpfen, wo ich mich in einem etwa drei mal neun Meter großen, korridorartigen Raum mit niedriger Decke und einer wohlgeordneten Abfolge niederländischer Gemälde aus dem siebzehnten Jahrhundert an den beiden Längswänden wiederfand.

Ich erhaschte flüchtige Blicke von einem Honthorst, einem Bloemaert, einem Cuyp, alle meisterhaft und mehr als genug, um unter normalen Umständen meine Aufmerksamkeit zu erregen, aber im Moment hätten sie mich nicht weniger interessieren können. Wie die meisten anderen strebte ich zielbewußt auf einen Alkoven am Ende des Korridors zu, wo die Stellwände mit üppigem grünen Baumwollsamt drapiert waren, offenkundig der Ehrenplatz, wenngleich seine Hauptwand, den Blicken entzogen, hinter der Ecke des Korridors lag.

Aber in der letzten Sekunde bekam ich kalte Füße. Ich trat in eine Nische unmittelbar vor dem Alkoven zurück und ließ die anderen vorbeiziehen. Jetzt, da es soweit war, stellte ich fest, daß ich es mir nicht ansehen wollte, noch nicht. Der Augenblick der Wahrheit war gekommen, und ich war nicht ganz bereit, ihm entgegenzutreten. Denn trotz der Vorbehalte, die ich gegenüber Tony und Calvin geäußert hatte, und trotz der quälenden Zweifel, denen gegenwärtig das gesamte Werk Rembrandts ausgesetzt war, wußte ich, daß ich in Wirklichkeit keinen Tag oder auch nur eine Stunde zur Prüfung brauchte. Um zu wissen, ob das Bild dort an der Wand ein Original war, würde es mir völlig genügen, es ein einziges Mal gut anzusehen.

Ich behaupte nicht, daß es immer so wäre – durchaus nicht –, aber wenn's um einen Maler ging, den ich so gut kannte wie Rembrandt, und wenn ich gerade so mächtig gepaukt hatte, wie ich es vor meinem Abflug aus Seattle getan hatte, dann würd' ich nicht sehr viel Zeit brauchen – und auch keine Laser-Mikroanalyse oder Röntgenfluoreszenzanalyse – um zu wissen, woran ich war.

Sicher, ich würde sie zur Bestätigung brauchen, aber wenn es länger als drei Minuten dauern sollte, bis ich selbst zu einem Schluß gelangte, würde es mich ganz außerordentlich wundern. Wenn in dem Alkoven da hinten ein Rembrandt hing, würd' ich das wissen. Wenn da keiner hing, würde ich auch das wissen.

Ich wartete, bis sich der Tumult im Alkoven ein wenig gelegt hatte und ein paar Leute rausgekommen waren, dann holte ich Luft und schob mich um die Ecke. Das Bild sprang mir entgegen, knapp einen Meter von meinem Gesicht entfernt, frisch und leuchtend dank seiner kürzlichen Reinigung, ein schönes Porträt eines älteren Mannes. Ich starrte es an, die Augen zusammengekniffen, das Hirn freigeräumt von allem anderen, und bündelte meine gesamte Konzentration, alles, was ich in fünfzehnjähriger Versenkung in barocke Kunst gelernt hatte. Ich vergaß das Stimmengewirr um mich herum. Ich prüfte die Pinselführung, die Palette, die tausend Nuancen des Stils und der Technik.

Nach ein paar Minuten atmete ich aus und trat zurück.

Ich wußte nicht, ob's in drei Teufels Namen ein Rembrandt war oder nicht.

7

Na ja, ganz so einfach war's nicht. Nicht, daß es nicht wie ein Rembrandt ausgesehen hätte; das Problem war, daß es zu sehr wie ein Rembrandt aussah – aber es war der falsche Rembrandt. Ich meine, nicht der falsche Maler, aber der falsche Stil.

Im siebzehnten Jahrhundert war ein berühmtes Bonmot gewesen, daß Rembrandts Farben so dick seien, daß man seine Porträts an der Nase aufheben könne. (Seine knurrige Antwort war gewesen, daß er ein Maler und kein verflixter Färber sei.) Seither galten diese klumpigen Farbbrocken als Merkmale seines Werks, ebenso wie die erstaunlich freien, unglaublich sicheren Pinselstriche, die düstere, gedankenvolle Atmosphäre, die nachdenklichen Personen, die aus schwachem, verschwommenem Schattengebüsch in Lachen aus goldenem Licht eintauchen.

Wenn Sie den Ausdruck »Rembrandt-Porträt« hören, sehen Sie so etwas vor sich, stimmt's? Na, und das hatte auch ich erwartet. Und mit Recht. So hatte jedes neuentdeckte Rembrandt-Porträt der letzten fünfzig Jahre ausgesehen und jedes falsche auch. Das war der Rembrandt, den ich drei ganze Tage lang gepaukt hatte.

Aber dies hier war anders, dies war im Jugendstil des Künstlers gemalt, bevor er jener Rembrandt wurde, den die meisten von uns kennen, der berühmteste Maler der Welt. Keine dicken Farbkleckse, keine geschwungene, spontane Pinselführung. Dies hier war niederländische Malerei des frühen siebzehnten Jahrhunderts – genaugenommen niederländische Malerei, bevor der reife Rembrandt sie für alle Zeit veränderte – auf ihrem Gipfel: sauber konturiert, vollendet ausgeführt, treffend realistisch. Und das machte es so außerordentlich überraschend.

Paradoxerweise, verstehen Sie, ist es der spätere, größere Rembrandt, der am häufigsten und am erfolgreichsten gefälscht wird. So manches zweitrangige Bild ist als Rembrandt durchgerutscht, wenn die Ocker-, Braun- und Gelbtöne nur zähflüssig genug aufgeklatscht, die Umrisse hinreichend verwischt, und die ganze Sache mit melancholischem Flair gemacht war. Aber die Genauigkeit des frühen Rembrandts nachzuahmen, verlangt Disziplin, um von hohen handwerklichen Fertigkeiten gar nicht zu reden, und diese sind schon immer knapper bemessen gewesen als Flair.

Alle meine Hausaufgaben hatten sich also um Rembrandts reifen Stil gedreht. Mir war einfach nie der Gedanke gekommen, daß ich es mit einem unechten frühen Rembrandt zu tun haben könnte. Natürlich war ich völlig durcheinander. Wer wäre das nicht gewesen?

Und, ich geb's zu; vielleicht war ich mir meiner Sache ein ganz kleines bißchen zu sicher gewesen, als ich reinging.

Das Bild vor mir zeigte einen gegerbten, verlebt aussehenden Mann jenseits der Sechzig mit einer langen Nase und einem schütteren grauen Bart. Er blickte traurig unter einem ausladenden schwarzen Hut mit einer gewaltigen Feder hervor, die von einer glitzernden Goldkette gehalten wurde. Sein Gesicht über einer Halskette aus mattem Metall auf einem schwarzen Überwurf war elend und stoisch und auch ein wenig listig, eines von denen, die man heutzutage um acht Uhr früh in einem Lebensmittelgeschäft der Innenstadt antreffen könnte, während es sich prüfend über eine schmutzige Handvoll Zehn- und Fünfundzwanzigcentstücke beugt, die für ein Viertel Tawny Port reichen sollen.

Dieses einst für Rembrandts Vater gehaltene menschliche Wrack taucht, aufgeputzt mit irgendwelchem Flitterkram – Turbanen und Phantasiehelmen, Kaftanen und pseudobiblischer Rüstung –, auf mindestens einem Dutzend Ölbildern und Radierungen auf, die um 1630 nicht nur von Rembrandt, sondern auch von vielen anderen Leidener Malern geschaffen wurden. Auf diesem hier war er dem weißen Titelschild neben dem Bild zufolge *Un Officier* – ein Offizier.

Wie immer war er ernst, introspektiv und leicht verwirrt durch all die Kinkerlitzchen. Rembrandt hat ihn auf so vielen Bildern untergebracht, daß ich nie einen klaren Überblick über sie besaß. Und ich hatte vergessen, welche im Lauf der Jahre in die Kategorie »zweifelhaft« gefallen waren und welche immer noch für Rembrandts gehalten wurden. Von außerordentlich unterschiedlicher Qualität, reichen sie von groben Skizzen bis hin zu hochvollendeten Arbeiten. Und dieses hier, bei dem ich mich nicht erinnerte, es in dem maßgebenden *catalogue raisonné* der Werke Rembrandts gesehen zu haben, schien mir zu den allerbesten zu gehören.

War's also möglich, daß ich wirklich einen Rembrandt vor Augen hatte? Einen unbekannten Rembrandt? Konnte etwas wie dies hier fast vierhundert Jahre lang unentdeckt erhalten geblieben sein? Ich stellte mit Bestürzung fest, daß ich halb davon überzeugt war, vielleicht auch mehr als halb. Wenn Vachey nicht verfügt hätte, daß es nicht untersucht werden dürfe, glaube ich, ich wär' vielleicht ganz überzeugt gewesen.

Nein, nicht ganz. Diese beunruhigenden »philosophischen« Bemerkungen über Kunst und Fälschung schossen mir immer wieder durch den Kopf, was nicht zu dessen Wohlbefinden beitrug. Ebensowenig wie die vorangegangene Malträtierung des armen Froger, wenn man auch nicht sagen konnte, daß Froger nicht recht geschehen wäre. Ich wußte nicht, wieso mir oder SAM recht geschehen würde, aber wer konnte das schon sagen bei einem komischen Kauz wie Vachey?

Die Sache war die: Nur weil's gut genug war, um ein Rembrandt zu sein, war's deswegen noch keiner. In ihrer Höchstform hätten einige der hervorragendsten Zeitgenossen oder besten Schüler Rembrandts vielleicht etwas ebenso Gutes wie dies hier zustande bringen können, denkbar war das. Gerrit Dou, beispielsweise, oder Rembrandts eigener Lehrer Pieter Lastman.

Nach einer Signatur suchend, fand ich in der Nähe des oberen rechten Rands, wo das matte Steingrün des Hintergrunds sich zu einem öligen Gelb aufhellte, ein schlichtes Monogramm: RHL, ohne Datum. Das würde für Rembrandt Harmenszoon Leidensis stehen und entsprach der Art, in der er Anfang der dreißiger Jahre des siebzehnten Jahrhunderts, als er in Leiden arbeitete, seine Bilder signierte. Erst 1633 beginnt der Name »Rembrandt« in der eleganten, bekannten Schrift des Künstlers auf seinen Bildern zu erscheinen.

Der Gebrauch des jugendlichen Monogramms stimmte also haargenau; da gab's nichts, was mich mit Zweifel hätte erfüllen können. Andererseits gab's da auch nichts, was mich mit Zuversicht hätte erfüllen können.

Das Problem war, daß die erste Tat eines Gauners, der ein schönes altes Bild eines weniger bekannten Künstlers als ein schönes altes Bild eines berühmten Alten Meisters durchkriegen will, darin besteht, die Originalsignatur zu entfernen und eine falsche aufzubringen. Alle unechten Bilder dieser Art sind signiert. Ohne Signatur ist es schier ausgeschlossen, daß sie als etwas Besseres denn als »X-Schule« akzeptiert werden, und Gauner nehmen nicht all diese Mühe auf sich, um sich damit zufriedenzugeben.

Gleichgültig, ob der fragliche Maler seine Bilder in der Regel gar nicht signierte oder ob der Fälscher keine Ahnung davon hatte, wie die Signatur des Künstlers aussah. Es gibt zum Beispiel Bilder in verschiedenen Privatsammlungen – und sogar eins, das in einem Museum hing –, die die stolze Signatur *El Greco* tragen – obwohl der Maler seine Bilder nachweislich ausnahmslos mit seinem tatsächlichen Namen, Doménikos Theotokópoulos, signierte. Auf griechisch.

Ich wußte nicht mehr, als ich schon vorher gewußt hatte.

Inzwischen hatten der Lärm, die Hitze und das Gedränge der Horde im Alkoven angefangen, mir lästig zu werden. Ich ging raus und zurück in den Empfangsbereich, während meine Gedanken Purzelbäume schlugen. Dieses Bild würde eingehender untersucht werden müssen, von hinten ebenso wie von vorn, und in dieser Enge konnte ich das nicht gut machen. Beziehungsweise, selbst wenn ich gekonnt hätte, wollte ich nicht. Morgen würde ich es für mich allein haben und so viel Zeit mit ihm verbringen können, wie es mir gefiel.

Ich hatte da drinnen einen wohlverdienten Dämpfer bekommen und war nicht mehr sicher, ob's mir gelingen würde, die Aufgabe, derentwegen ich hier war, auch auszuführen. Was sollte ich tun in dem von Calvin so fröhlich und wiederholt gesetzten Fall, daß ich's mir den ganzen Tag und dann den Tag darauf und noch einige Tage dazu ansah und noch immer nicht wußte, ob's echt war oder nicht? Nachdem ich es gesehen hatte, wußte ich jedoch wenigstens, daß wir nicht mit einer grotesken Hochstapelei irregemacht wurden. Wenn's ein unechtes Bild war, dann ein erstklassiges.

Was ich in diesem Moment brauchte, war ein wenig Ruhe, um meine Gedanken zu sortieren, aber im Empfangsbereich war's fast so voll wie in der Galerie. Die Bar an der einen Wand hatte geöffnet, und inzwischen hatten die Leute genug zu trinken gehabt, so daß der Lärmpegel in etwa da lag, wo er bei einer erfolgreichen Cocktailparty in fortgeschrittenem Stadium liegt. Ich schielte um eine Stellwand und sah in die etwas für sich gelegene Abteilung mit den Bildern von Duchamp, Villon etc. direkt vor Vacheys Arbeitszimmer. Zu meiner Erleichterung war nur eine Person dort drinnen, eine Frau in den Sechzigern, die, in sich zusammengesunken, in einem der beiden Sessel in der Mitte still an einem Cognac nippte und den Duchamp betrachtete. Auf einem Beistelltisch in ihrer Nähe hatte ein Kellner ein Tablett mit sieben oder acht vollen und ein paar leeren Cognacgläsern abgesetzt und vergessen.

Inzwischen hatte ich entschieden, daß auch ich einen zweiten Cognac brauchen könnte; also bediente ich mich beim Tablett und schenkte meiner Gefährtin, als sie mir einen kurzen Blick zuwarf, ein flüchtiges Lächeln. Ich bekam ein unfreundliches Kopfnicken zurück, setzte mich aber trotzdem in den anderen Sessel. Wenn sie mich nicht störte, hatte ich nicht die Absicht, sie zu stören.

Der Cognac schmeckte schal und schwer. Trotzdem trank ich ihn fast aus. Mein Kopf war auch schal und schwer. Vielleicht wollte ich gar nicht denken; vielleicht brauchte ich ebenfalls nur ein paar Minuten Kontemplation. Die gegenüberliegende Wand der Abteilung bestand größtenteils aus der Glastür zu Vacheys antikem Arbeitszimmer, das jetzt von indirektem, bernsteinfarbenem Licht sanft erhellt war wie ein Interieur von Rubens. Eine Zeitlang ließ ich meine Blicke in einem milden, sinnlosen, aber irgendwie wohltuenden Anfall von Begehrlichkeit auf dem Mobiliar ruhen. Dann wandte ich mich dem silbrigblauen Duchamp an der benachbarten Wand zu. Ich konnte den Titel auf dem Schild lesen: JEUNE FILLE QUI CHANTE. Singendes Mädchen.

»Sie finden ihn ganz wundervoll, nicht wahr?« sagte die Frau ziemlich laut auf französisch.

»Wie bitte?« Ich dachte, sie rufe vielleicht jemandem draußen im Empfangsbereich was zu.

»Ich habe gesagt«, erwiderte sie, während sie das Bild, nicht mich, anstarrte, »Sie finden ihn alle ganz wundervoll, nicht wahr?«

»Äh … Duchamp?«

»Nein, nicht Duchamp.« Sie bewegte ihren Kopf ruckartig nach links, in Richtung auf Vacheys Arbeitszimmer zu. »Den aufrechten, den rechtschaffenen René Vachey. Sie stehen alle Schlange, um seinen Arsch zu küssen, nicht wahr? Der große Wohltäter der Gesellschaft. Ja? Nun, ich sage Scheiße dazu.«

Ich verstand, warum sie die Abteilung für sich hatte.

Ich erkannte auch, daß das Cognactablett nicht versehentlich von einem geistesabwesenden Kellner zurückgelassen worden war. Es gehörte ihr allein, und bis ich aufgetaucht war, um mich daran zu beteiligen, hatte sie sich ohne Mithilfe darauf vorangearbeitet.

Sie blickte sich nach mir um, eine dicke, rotgesichtige, schlampige Frau mit einer gräßlichen kupferroten Perücke und kupfrig gefärbten Augenbrauen, die, in schmerzhaft dünne, dürftige Bögen gezupft und gerupft, jedes einzelne Härchen erkennen ließen. Ihr im Augenblick trockenes Gesicht war fleckig und verschwommen vom Weinen, die Wimperntusche verschmiert, der grelle Lippenstift verwischt und verrutscht. In ihrem Haar steckte, mädchenhaft und mitleiderregend, links eine schwarze Samtschleife mit glitzerndem Straß.

»Sie mögen ihn?« fragte sie.

»Äh ... Vachey?«

»Nicht Vachey, Duchamp.«

Die Unterhaltung machte keine Fortschritte.

»Also?« half sie nach. »Sagen Sie. Mögen Sie das Bild?«

»Ja, es ist sehr schön«, erwiderte ich, während ich mein Glas absetzte und ans Gehen dachte. Aber sich jetzt zu entfernen, hätte allzusehr nach Flucht ausgesehen (was es auch gewesen wäre), und ich brachte es nicht übers Herz, unhöflich zu dieser einsamen und verlassenen alten Frau zu sein. Zweifellos würde Louis mir erklären, daß ich um mich selbst besorgt war, nicht um sie – daß ich auf Schuldgefühle reagierte, die sich aus der kindlichen Unterdrückung aggressiver Impulse gegenüber meiner Mutter generalisiert hätten etc., etc. – und vielleicht hätte er recht. Jedenfalls würde ich's wohl noch ein bißchen länger aushalten können.

Sie schnaubte ein wenig. »Er mag es sehr schön.«

Sie stand auf, ein wenig schwankend und auch ein wenig kopflastig, eine dieser kastenförmigen, dünnbeinigen Frauen, die oberhalb, nicht unterhalb der Taille zunehmen. Sobald sie einigermaßen sicher stand, ging sie auf das Bild zu und stellte sich daneben, hob beide Arme und blickte nach oben, die hängenden roten Lippen geöffnet und das Gesicht zu einem Ausdruck verzogen, den sie wohl für sorglos hielt. Als sie merkte, daß sie immer noch ihr Glas umklammerte, drückte sie es mir in die Hand und kehrte zu ihrer alten Haltung, ihrem alten Gesichtsausdruck und so fort zurück.

»Sehen Sie?« fragte sie aus dem Mundwinkel heraus.

Das tat ich nicht.

Langsam senkte sie ihre Arme. »Dies ist eins der letzten Bilder, das Duchamp gemalt hat«, sagte sie mit schlichter, genuschelter Würde. »Ich bin das kleine Mädchen, das Modell.« Sie nahm noch einmal kurz dieselbe Haltung ein. »Sie sehen es nicht? Die Linie des Arms? Die Neigung des Kopfes? Den Ausdruck kindlicher Selbstvergessenheit?«

Nun weiß ich nicht, wie vertraut Sie mit den Werken Marcel Duchamps sind. *Akt, eine Treppe hinabsteigend?* Wir reden hier über die treibende Kraft des Dadaismus, den Mann, dem wir alle die Konzeptkunst verdanken, und dieses Bild war haargenau von dieser Art: ein Wirbel hartkantiger, sich überschneidender Formen, die an Stahlplatten erinnerten und zu einer komplizierten Spirale angeordnet waren. Vielleicht konnte man die Linie eines Arms oder die Neigung eines Kopfes ausmachen, wenn man bereit war, aufgeschlossen an die Sache ranzugehen, aber einen Gesichtsausdruck? Kindlicher Selbstvergessenheit noch dazu? Quark mit Soße.

Als mir nichts einfiel, was ich hätte sagen können, stieß sie einen aufgebrachten Seufzer aus. »Natürlich, Monsieur, man verändert sich mit der Zeit. Ich bin nun einmal, hm, achtundsechzig Jahre alt.«

Erstaunlicherweise glaubte ich ihr – nicht die achtundsechzig Jahre, sondern daß sie für Duchamp gesessen hatte. »Sie kannten ihn also, Madame? Sie waren Modell?«

»Nein, nein«, sagte sie, erfreut über die Frage. »Ich

hatte einen Onkel, der eine Zeitlang Duchamps Schachpartner war und mich dem Künstler als Modell empfahl. Nur das eine Mal. Nein, mein Leben war der Musik geweiht, nicht der bildenden Kunst. Ich war Opernsängerin. Leider ein wenig vor Ihrer Zeit. Mein Name ist ...« Sie richtete sich auf. Eine der haarfeinen Augenbrauen hob sich, als sie mir unter gesenkten Lidern hervor einen kurzen Blick zuwarf. »... Gisèle Grémonde.«

»Gisèle Grémonde«, wiederholte ich staunend. »Ja, natürlich. Sie waren berühmt für – war es nicht ...«

»Meine Gilda ... ja, das stimmt«, schnurrte sie. »Und meine Violetta.«

Nein, natürlich hatte ich nie von ihr gehört, aber es schien mir die richtige Reaktion zu sein.

Madame Grémonde verwandelte sich vor meinen Augen in eine Primadonna, nahm ihren Cognac zurück und setzte sich, als ob sie auf der Bühne wäre, königlich und aufrecht nieder. Sie leerte ihr Glas, griff nach dem nächsten und wies huldvoll auf das Tablett. »Bitte bedienen Sie sich, Monsieur.«

Aber es war nicht von Dauer. Als sie vom nächsten Glas trank und über den Rand hinweg den Duchamp betrachtete, traten ihr die Tränen aus den Augen, liefen die Wangen hinab und hinterließen zwei schmierige Spuren. Die Wimperntusche, die Kinne und der Körper in seinem Sessel verloren allesamt gleichzeitig ihren Halt. Sie stellte das Glas ab und rieb sich mit einem feuchten, zerknautschten Taschentuch, das die ganze Zeit über in ihrer Hand gewesen war, an der Nase.

»Wollen Sie die Wahrheit wissen?« fragte sie, die Tränen hochschniefend. »Möchten Sie die ganze, traurige, jämmerliche Geschichte hören?«

Ich bin vielleicht ein leichtes Opfer, aber ich wußte, daß ich auf keinen Fall die ganze jämmerliche Geschichte hören wollte. Ich stellte mein Glas auf den Tisch. »Madame, ich habe Ihre Zeit schon zu lange in Anspruch genommen. Es war mir ein Vergnügen ...«

»René besitzt dieses Bild bereits seit über vierzig Jahren, wußten Sie daß? Er kaufte es 1951, um mir eine Freude zu machen. Es hing viele Jahre lang in seinem Pariser Appartement. Wir haben es beim Frühstück immer von unseren Plätzen aus gesehen.«

»Beim Frühstück?« Gegen meinen Willen horchte ich auf. »Sind Sie … Waren Sie und Vachey …?«

»Wir waren nicht verheiratet, nein. Selbstverständlich hätte René seine Frau auf ein Wort von mir verlassen, das war allgemein bekannt, aber meine Operntermine erlaubten es nicht, verstehen Sie, und meine Kunst kam immer an erster Stelle. Aber wir waren sehr eng miteinander befreundet.« Ihr schlaffer, karmesinroter Mund zitterte und festigte sich dann. »Nun ja. Das ist jetzt einige Zeit her. Ich hege keinen Groll. Die Leidenschaft geht ihren Gang. Man wendet sich dem Neuen zu.«

Sie legte ihre Hand schwer auf meinen Unterarm. »Aber immer sollte es mir gehören, dieses Bild, verstehen Sie? Er versprach es mir eines Tages, *mir.* Und nun erfahre ich, daß er es praktischerweise vergessen hat. Ich erfahre …« Eine zornige Röte sprenkelte ihr Gesicht. »Warum sollte der Louvre es haben? Ist ein freiwillig gegebenes Versprechen nichts mehr wert, wenn die Liebe erloschen ist? Braucht der Louvre so dringlich noch ein Bild?«

Sie hielt mich immer noch fest. Ich tätschelte unbeholfen ihre Hand. »Madame…«

»Sie sehen also, er ist nicht so wundervoll, wie Sie glauben, oder? O ja, und ich könnte Ihnen auch noch ein paar andere Dinge erzählen.«

Sie benutzte meinen Arm, um sich schwerfällig hochzustemmen. Zum Glück sah ich's kommen, oder wir hätten beide auf dem Fußboden landen können. Sie lehnte sich mit ihrem vollen Gewicht gegen die Glastür zu Vacheys Arbeitszimmer.

»Sehen Sie das Buch dort, das blaue, das dort am Ende des Regals liegt? Das dicke? Würden Sie nicht gerne wissen, was da drinnen steht?«

»Wissen Sie, Madame, ich glaube, ich sollte …«

»Ich werd's Ihnen sagen, Monsieur. Die private Chronik all seiner ›großen Entdeckungen‹, jawohl. Folgen Sie mir?« Ihre Augen sahen jetzt verschlagen und gemein aus. »Aller. Wo sie *wirklich* herkamen, was sie *wirklich* sind. Ja, so ist es.« Mit dem boshaften Kichern einer Betrunkenen hielt sie einen Schlüssel hoch, den sie aus ihrer mit Pailletten besetzten Handtasche hervorgegraben hatte. »Sehen Sie, was ich hier habe?«

Der Schlüssel kratzte unbeholfen am Türbeschlag und fand den Schlitz. Die Zuhaltungen bewegten sich. Die Tür öffnete sich etwas. »Kommen Sie, ich zeig's Ihnen. Nur keine Angst.«

Unhöflich oder nicht, es war allerhöchste Zeit, hier rauszukommen. Ich täuschte durch ein paar ungeschickte stumme Gebärden vor, in der Nähe der Bar einen Bekannten zu sehen, entschuldigte mich und floh.

Um die Wahrheit zu sagen, war ich drauf und dran gewesen, sie beim Wort zu nehmen. … seine »großen Entdeckungen« … wo sie wirklich *herkamen,* was sie wirklich *sind.* Wenn Gisèle wußte, wovon sie redete, was kaum sicher war, könnte alles, was ich wissen mußte, in dem Buch da stehen. Ich hätte nur mit ihr durch jene Tür zu gehen und nachzuschlagen brauchen. Aber diese Art von unmoralischem Abenteuerertum liegt mir nicht. Ich halte nichts davon, unaufgefordert in den Büros anderer Leute rumzuschnüffeln, wie gut der Zweck auch sein mag, und ehrlich gesagt, hab' ich auch nicht die Nerven dazu. Ich meine – was, wenn ich erwischt werde?

Wie Sie sich vorstellen können, hatte das Gespräch nicht viel dazu beigetragen, mich zu beruhigen. Ich ging in die Galerie zurück, um mir den Rembrandt noch mal anzuschauen. Je länger ich schaute, desto verdächtiger sah er aus, aber ich führte das auf die Wirkung Madame Grémondes und des Cognacs zurück. Trotzdem machte es mich nervös, und ich beschloß erneut, bis morgen zu warten, wenn ich sowohl frisch als auch nüchtern sein würde. Jetzt wollte ich mal sehen, wie Charpentier mit dem Léger zurechtkam.

Violon et Cruche hieß es. Ein etwa sechzig mal neunzig Zentimeter großes, für einen Léger vergleichsweise unkompliziertes Bild, das eine Geige und einen Krug auf einem kleinen Tisch vor einem außerordentlich bunten Hintergrund aus geometrischen Strukturen – Quadraten, Rauten, Kreisen, Rechtecken – darstellte. Ich hatte nicht die geringste Ahnung, ob es echt oder unecht oder gut oder schlecht war. Meinem Eindruck nach – und mehr war's nicht in diesem Fall, nicht mal eine Vermutung – war's kein übles Bild, vorausgesetzt natürlich, daß man Légers mochte. Die Farben waren lebhaft, die Linien klar, die Perspektive auf ansprechende Weise verdreht und die Gegenstände amüsant verzerrt.

Mir schien es alles in allem ein recht fröhliches, sogar komisches Bild zu sein, doch die ernste, erwartungsvolle Gruppe, die da vor ihm stand und den Alkoven, in dem es hing, fast völlig ausfüllte, hätte einen gewiß nicht auf diesen Gedanken gebracht. Ich nahm an, daß die Zuschauer darauf hofften, einem weiteren Wortwechsel zwischen Vachey und Charpentier beizuwohnen. Die beiden Männer standen auf einer freien Fläche vor dem Bild. Charpentier studierte es von oben herab, den Kopf zurückgeworfen, die Arme auf dem Rücken, die Hände um die Ellbogen geklammert. Vachey stand neben ihm und strahlte Zuversicht aus. Als ich reinkam, warf er mir ein kleines Lächeln zu.

Nach ein oder zwei Minuten ließ Charpentier seiner Nase ein langes, geräuschvolles Schnauben entweichen, holte die Arme nach vorn und umklammerte die Ellbogen erneut mit seinen Händen.

»Ja«, sagte er.

»Ja?« sagte Vachey.

Charpentier sah ihn überrascht an. »Sie wollen es jetzt erfahren? Hier, in der Öffentlichkeit?«

»Warum nicht? Wovor sollte ich Angst haben? Ich weiß bereits, was es ist.«

»Gut. Nun, Sie haben zufällig recht. Ich gratuliere Ihnen. Es ist wirklich ein Léger.«

Niemand sagte was, aber man konnte spüren, wie ein Funke durch den Raum sprang. In einer Ecke sah ich Froger ein Gesicht machen, als wisse er nicht, ob er einen Freudenschrei ausstoßen oder weinen sollte.

Vachey lächelte Charpentier so selbstgewiß – oder selbstbeherrscht – an, daß nicht ein Schimmer der Erleichterung, die er empfunden haben mußte, sichtbar wurde. Ich war beeindruckt. Niemand kann derartig überzeugt von einem Bild sein.

»Allerdings kein sehr guter«, bemerkte Charpentier.

Vachey hielt den Atem an, als sei er in die Brust geboxt worden, dann reagierte er heftig. »Kein – kein sehr gut – wie können Sie ...«

»Ja, was wollen Sie denn von mir hören?« knurrte Charpentier noch knurriger als er. »Wollen Sie nun die Wahrheit wissen oder nicht? Der Bildaufbau ist unsicher, die Handhabung der Ölfarben läßt Légers subtilste Sensibilität vermissen, das Ganze ist zaghaft und unentschieden. Es ist ein Versuch. Sicher können Sie das selbst sehen. Ich möchte annehmen, daß es kurz nach dem Krieg entstanden ist, als Léger sich, sagen wir mal, zur deutlicher figürlichen Tradition seiner späteren Jahre vortastete. Ich würde es um 1918 herum datieren, vielleicht auch erst 1920. Es könnte ...«

»Unentschieden!« platzte Vachey heraus. »*Zaghaft?* Ich kann kaum glauben, daß Sie im Ernst ... Sehen Sie doch nur ... Und Sie nennen sich einen ...« Er würgte an seinen Worten.

»Sie haben ein Gutachten bei mir bestellt, Monsieur, und Sie haben es bekommen«, sagte Charpentier scharf. »Ich habe nicht die Absicht, mit Ihnen darüber zu streiten.«

Vachey starrte ihn mit funkelnden Augen und zusammengepreßten Lippen erbittert an.

»Sehen Sie doch, René«, sagte Charpentier, eine Spur weniger eisig, »was wir hier vor uns haben, kann beim besten Willen nicht als bedeutendes Werk gelten, aber als Ergänzung des bekannten Œuvres Légers ist es nicht ohne Interesse und nicht ohne Wert. Wenn Ihnen das nicht reicht, holen Sie bei jemand anders ein Gutachten ein.«

Vachey sah aus, als ob er die Sache ausfechten wolle, überlegte es sich aber anscheinend anders.

»Danke, Jean-Luc«, sagte er steif. Können Sie mir noch etwas dazu sagen?«

»Gewiß, aber nicht jetzt. Ich würde mich länger mit dem Bild beschäftigen müssen.«

Vachey nickte mit steinernem Gesicht, aber kurz darauf stahl sich das Lächeln wieder zurück, ein wenig schief jetzt. »Nun denn, der Ruf Jean-Luc Charpentiers bleibt unangetastet. Keiner kann ihm vorwerfen, er halte mit seiner Meinung hinter dem Berg.«

»Auch Sie haben einen Ruf zu verlieren«, konterte Charpentier rasch. »Vergessen Sie mein Honorar nicht.«

Vachey stimmte in das leise Lachen ein, das dieser Bemerkung folgte. Er war im Begriff, noch etwas zu sagen, wurde jedoch durch einen Tumult unterbrochen. Gisèle Grémonde stand aufgelöst, mit schwerer Schlagseite und verrutschter Perücke, am Eingang des Alkovens.

»Sie finden ihn alle ganz wundervoll, nicht wahr?« sagte sie. »Komm, Gisèle«, sagte Vachey.

»Der aufrechte René Vachey«, sagte sie mit anschwellender Stimme. »Der rechtschaffene René Vachey.«

Bevor sie voll in Fahrt war, ging ich hinaus. Einmal hatte gereicht.

Ich glaube nicht, daß ich bewußt zu Vacheys Arbeitszimmer hatte zurückkehren wollen, aber dort, in der für sich gelegenen Abteilung vor der Glastür, fand ich mich wieder. Die Metallstange, die sich in den Türrahmen schiebt, wenn der Schlüssel umgedreht wird, war noch zurückgezogen. Die Tür war aufgesperrt.

Neun Meter von mir entfernt lag, verlockend und erreichbar, das dicke blaue Buch. Ich starrte es durch die Scheiben an, unschlüssig und hin- und hergerissen. Glauben Sie mir, ich hab' vorhin die Wahrheit gesagt. Mich unaufgefordert in ein fremdes Büro zu schleichen, um meine Nase in die Privatangelegenheiten anderer Leute zu stecken, ist im Prinzip nicht meine Art. Ich wußte nur allzugut, daß ich korrekterweise von hier fort und zu Vachey hingehen müßte, um ihn wegen des Bilds zur Rede zu stellen. Aber ich bezweifelte wirklich, daß ich eine klare Antwort bekommen würde. Und was immer er sagte, konnte ich ihm denn glauben?
Je mehr ich darüber nachdachte, desto deutlicher wurde mir bewußt, daß ich es mir selbst, SAM und vielleicht sogar der Kunst überhaupt schuldete, nachzusehen, ob in diesem Buch irgendwas über den Rembrandt stand. So schien es jedenfalls nach den zwei Cognacs und den vier (oder fünf?) Gläsern Wein, die ich an diesem Abend getrunken hatte.
Ich warf einen raschen Blick über meine Schulter zurück, drückte die Klinke runter und ging rein. Schlich rein.

Diesmal machte ich mir keine Gedanken um den Aubusson. Ich ging direkt auf die beiden bemalten Bücherschränke aus dem achtzehnten Jahrhundert zu, die an der Wand hinter Vacheys Stuhl standen. Das Buch lag neben verschiedenen aufwendig gepunzten Bänden in Reichweite des Stuhls auf dem zweiten Regal des rechten Schranks. Es war das blaue Buch mit den losen Blättern, das aufgeschlagen gewesen war, als ich Vachey am Vormittag besucht hatte, und wie Madame Grémonde gesagt hatte, handelte es sich offensichtlich um eine Art Sammelbuch; an den Rändern der Seiten, die durch Klebstoff wellig und steif geworden waren, ragten die Zipfel von Zeitungsausschnitten raus.

Im Gegensatz zu den anderen Büchern in den Regalen war dies kein Prachtstück der Buchbinderkunst. Der

Einband bestand aus einfachem, robustem Buckram, der an den Ecken durch den Gebrauch dunkel geworden war. Ich blickte erneut verstohlen über meine Schulter – ich muß ganz genauso hinterhältig ausgesehen haben, wie ich mich fühlte – schnappte es mir und trug es in einen Teil des Raums, wo die Wand zurücksprang und vor den hohen Fenstern eine Nische bildete. Dort konnte ich von der anderen Seite der Tür aus nicht gesehen werden. Ich schlug das Buch auf.

In der Mitte der ersten Seite stand in großer, sauberer Handschrift *Les peintures de René Vachey*. Darunter stand noch eine Zeile, aber die Tinte war alt, und die beiden pergamentbeschirmten Lampen, die in Vacheys Arbeitszimmer brannten, waren dem goldenen Rubensschen Ambiente förderlicher als den Sichtverhältnissen. Ich wagte nicht, die Raumbeleuchtung einzuschalten, doch öffnete ich leise die mit Vorhängen versehenen hohen Fenster, um ein wenig Licht von den Außenstrahlern hereinzulassen, die den Hof erhellten. Wenn Vachey sich keine Sorgen über die Auswirkungen der städtischen Luftverschmutzung auf seine fünfhundertjährige Täfelung machte, brauchte ich das wohl auch nicht zu tun.

Ich rückte nahe ans Fenster, um das Licht direkt auf die Seite fallen zu lassen. Ein unerwarteter Duft stieg von ihr auf, nicht nach muffigem alten Papier, sondern nach etwas Frischem, Zitrusartigen. *Collection complète, à partir du 4 novembre, 1942.*

Die Bilder René Vacheys. Die vollständige Sammlung ab 4. November 1942. Ah, mein Einschleichen war gerechtfertigt; hier war was. Wenn sich hier Informationen über den Rembrandt fanden, überlegte ich, dann wahrscheinlich gegen Ende, also blätterte ich rasch …

Etwas traf mich hart zwischen die Schulterblätter. Die Luft fuhr mir aus den Lungen. Das Buch flog mir aus den Händen. Ich schoß kopfüber durchs offene Fenster und stürzte haltlos in die Nacht hinaus und dem alten gepflasterten Hof ein Stockwerk tiefer entgegen.

8

Ein Wort zu den Fenstern in Vacheys Haus. Sie waren in zwei an den Seiten aufgehängte Flügel ohne Mittelpfosten unterteilt und fast so hoch wie Türen. Viele französische Häuser aus dem 17. Jahrhundert haben solche Fenster, die gewöhnlich, da sie nun mal keine Türen sind, ein wenig unterhalb der Kniehöhe enden, und zwar über einem breiten Sims, der heute gern benutzt wird, wünschenswerte, aber unansehnliche moderne Verbesserungen wie Heizkörper zu verbergen. Auf der Außenseite setzt sich dieser Sims oft als kleiner Zierbalkon fort, der zu schmal ist, als daß man darauf stehen könnte, und der von einer niedrigen Brüstung aus Stein oder Schmiedeeisen eingefaßt wird, die ebenfalls rein dekorative Zwecke erfüllt.

Hier nun also das, was passierte. Als der unerwartete Stoß kam, hatte ich einen Fuß auf den inneren Sims gestellt und das Buch auf meinem Knie liegen. Das war schlecht für mich, denn ich war bereits auf dem halben Weg nach draußen. Es konnte nicht viel dazu gehört haben, mich auf den ganzen Weg zu bringen, und so geschah's. Wenn es Ihnen nichts ausmacht, möchte ich mich eigentlich nicht länger bei der nächsten halben Sekunde oder so aufhalten, in der ich mich in der Luft befand, und nurmehr gut sechs Meter dünne Nachtluft meine Nase, mit der ich zu diesem Zeitpunkt führte, von dem unebenen Kopfsteinpflaster, den schräg abgestellten Autos und den rostigen Eisengittern trennten. Es möge genügen zu sagen, daß die Behauptung, der Boden scheine auf einen zugerast zu kommen, entmutigend berechtigt ist.

Ich versuche nicht, Sie auf die Folter zu spannen, ich versuche nur zu erklären, was passierte.

Mein Kopf sauste in die Nacht hinaus und mein

Oberkörper folgte ihm. Sowie der ganze Rest, bis hinab zu den Fußknöcheln, bei denen dann die niedrige Brüstung ins Spiel kam. Meine Füße, verstehen Sie, verhakten sich in dem Eisengeländer, als ich drüber hinwegschoß. Anstatt also diese lange und unheilvolle Parabel fortzusetzen, drehte ich mich scharf um das Geländer und schwang mit dem Kopf nach unten auf das Haus zu, während meine Füße noch in dem Geländer steckten. Irgendwie schaffte ich's, die mir entgegenkommende Wand mit meinem linken Arm abzuwehren, während ich gleichzeitig mit der anderen Hand einen schmiedeeisernen Schnörkel der Brüstung neben meinem rechten Knöchel packte. Für jemanden, dessen Bewegungsabläufe gewöhnlich nicht auf das Harmonischste zusammenspielen, war das eine Wahnsinnsleistung – Reflexe in Reinkultur, wie ich Ihnen versichern kann. Als mir dämmerte, daß ich weder auf dem Kopfsteinpflaster noch an der Wand zerschellt war, langte ich mit einer zitternden linken Hand nach oben – das heißt, in Richtung meiner Füße – und bekam ein weiteres Stück schmiedeeisernes Filigran neben meinem linken Knöchel fest zu fassen. Und da hing ich nun, benommen und schwindelig.

»Ey!« sagte ich.

Fragen Sie mich nicht, was ich mir dabei dachte. Ich konnte kaum erwarten, daß derjenige, der mich aus dem Fenster rausgestoßen hatte, mich nun wieder reinziehen würde, aber irgendwas mußte ich tun. Das Blut hämmerte gegen meine Schläfen, der Druck auf meine beiden Spanne war mörderisch, und ich glaubte nicht, daß ich mich noch sehr lange an dem unebenen, schmalen Eisen würde festhalten können.

Wie erwartet, kam aus dem Arbeitszimmer keine Reaktion, aber wenigstens lehnte der Kerl sich nicht raus, um mir auf die Hände zu hacken. Ich verlagerte mein Gewicht ein wenig und stöhnte. Durch ein paar komplizierte Drehungen, die mich um Haaresbreite mit dem Kopf zuerst auf den Steinen hätten landen lassen, gelang es mir, einen Fuß nach dem anderen in eine Stellung zu bringen, die den ärgsten Druck von ihnen nahm, aber meine Schultern begannen zu glühen. Ich machte einen Versuch, mich auf den Balkon zurückzuziehen, aber die erste Bewegung brachte mich so aus dem Gleichgewicht, daß ich fast abstürzte. Ich schrie auf, schluckte, klammerte mich an Brüstung und Leben und beschloß, es nicht noch einmal zu probieren. Noch nie hatte ich mich so hilflos gefühlt. Nicht einmal sehen konnte ich, geblendet von den beiden Strahlern über dem Fenster.

Ich schrie erneut um Hilfe, aber glauben Sie mir, das Hirn unter Streß ist ein merkwürdig Ding. Mir graute fast so sehr davor, entdeckt zu werden, wie davor loszulassen. Ich fühlte mich wie ein kompletter Idiot. Ich meine, da hing ich nun an Händen und Füßen im Smoking vor Vacheys Fenster wie ein bizarres, blindes Faultier und schrie *»Au secours! Au secours!«* Die Sache würde umfänglicher Erklärungen bedürfen.

Wie es sich traf, stellte der Bedarf sich nicht ein. Niemand kam. Ich konnte das anhaltende Geplapper in der Galerie hören, aber sie konnten mich nicht hören. Ich würde also fallen, doch ich wollte nicht auf den Kopf fallen. Solang ich noch etwas Kraft in den Fingern hatte, drehte ich mich weiter und schaffte es, während meine Arme vor Anstrengung zitterten, beide Füße aus der Brüstung zu ziehen. Nun hing ich an den Händen mit den Füßen nach unten. Ich dachte daran, mich hoch und über die Balustrade zu schwingen, aber ich wußte, daß ich nicht mehr die Kraft dazu hatte. Ich konnte nur noch da hängen, und auch das nicht mehr viel länger. Wenn ich losließe, würde das vielleicht zwei Beinbrüche, vielleicht auch einen Beckenbruch bedeuten, aber keinen Schädelbruch. Schon besser, aber nichts, worauf man sich freuen konnte.

Ich versuchte, mich an alles zu erinnern, was ich über Sprünge aus der Höhe gehört hatte: Muskeln lockern, Knie beugen, wenn man auf dem Boden aufkommt …

Aus dem Arbeitszimmer klangen Schritte von verschiedenen Füßen und aufgeregte Stimmen.

»Aber hier ist niemand«, sagte jemand auf französisch. »Ich dachte ...«

»Ich bin hier draußen!« krächzte ich. »Ich bin ...«

»Es kommt von draußen«, sagte eine andere Stimme. »Von unten, dem Hof.«

»Gehen wir«, sagte jemand.

»Nein, halt!« versuchte ich zu rufen, aber sie rasten schon zur Treppe, und ich kriegte sowieso nicht genug Luft dazu. Ich wußte, daß ich nicht aushalten würde, bis sie draußen waren. Ich konnte nicht atmen, meine Arme fühlten sich an, als ob sie aus den Gelenkpfannen gerissen würden, überall zuckten Muskeln, und meine Finger spürte ich überhaupt nicht mehr. Trotzdem schaffte ich es, noch ein paar Sekunden länger hängenzubleiben, beziehungsweise meine Finger schafften es allein, und dann, gerade als ich die zu meiner Rettung Heraneilenden unten durch die Tür stürmen hörte, löste sich mein Griff, und ich stürzte nach unten.

Nein, ich landete auf niemandem, wenn ich auch annehme, daß ich vielleicht auf ihn zugehalten hätte, sofern er in Reichweite gewesen wäre. Ich weiß nicht, ob ich mich daran erinnerte, entspannt zu bleiben (unter uns gesagt, bezweifle ich's eher) oder meine Knie zu beugen. Woran ich mich erinnere, ist ein gänzlich unerwartetes *wumm*, als meine Füße aufstießen, gefolgt von einem wuchtigen, elastischen Hopser, etwa in der Art einer Boing 747, wenn sie die Landebahn berührt. Meine Knie beugten sich – ohne jede Anweisung von mir, danke schön – meine Füße schossen unter mir hervor und ich landete mit einem zweiten, leichteren *wumm* auf meinem Hinterteil, auf dem ich allmählich ausschaukelte.

Zu diesem Zeitpunkt war mein Denkvermögen weit von seinem Höhepunkt entfernt, aber ich war ziemlich sicher, daß man, was immer sonst passieren mochte, wenn man aus einem Fenster im ersten Stock fiel, eigentlich nicht hopste. Unter meinen Schenkeln konnte ich eine glatte, kühle Oberfläche spüren – auf keinen Fall Pflastersteine, aber was dann? Ich öffnete die Augen (wann hatte ich sie geschlossen?), und obwohl ich von den Strahlern noch etwas geblendet war, sah ich gut genug, um zu erkennen, was passiert war.

Diese Autos, diese beiden glänzenden, grauen, wunderschönen Renaults, die in einer Ecke des Hofs abgestellt waren. Ich war wahrhaftig auf der Kühlerhaube des einen gelandet – ein bewundernswertes, großartiges Automobil mit herrlichen, gut gepflegten Stoßdämpfern. Keine gebrochenen Beine, kein gebrochenes Becken, nur zwei immer noch zitternde Arme, die sich wie Wackelpeter anfühlten. Ich begann zu lachen, nicht ohne einen schrillen Anflug von hysterischer Erleichterung, brach aber ab, als mir die Leute einfielen, die in den Hof runtergelaufen waren, um mich zu retten.

Ich nahm mich zusammen und drehte mich zu ihnen um. Sie standen wie erstarrt, ein halbes Dutzend Personen, die auf den Stufen arrangiert waren wie in einem Tableau und mich allesamt sprachlos anstierten. In dem kräftigen, abgeschirmten Licht des Hofs war es ziemlich leicht, in ihren Mienen zu lesen: Ungläubigkeit. Erstaunen. Verblüffung. Bestürzung.

»Guten Abend«, sagte ich. Vorsichtig rutschte ich von der Kühlerhaube runter auf meine Füße. *Plus distingué,* Sie verstehen.

Einige Leute blinzelten. »Was zum Teufel geht hier vor sich?« knurrte einer von ihnen, aber die meisten sahen mich nach wie vor verwirrt an.

Und kein Wunder. Sie hatten Hilferufe aus dem Hof gehört. Sie waren runtergestürzt und gerade rechtzeitig gekommen, um zwei widerhallende *wumms* aufzufangen und mich auf der Kühlerhaube eines Autos vorzufinden, wo ich in mich hineinkicherte, während das Auto langsam ausschaukelte.

Den Fall selbst hatte wohl keiner von ihnen beobachtet, da die beiden Seitenflügel von Vacheys Haus – sein

Arbeitszimmer war im rechten untergebracht – rund drei Meter hinter den Mittelteil zurücktraten, in dem der Eingang lag. Ich mußte hinter ihnen gewesen sein, als sie rausstürmten, und sie hatten ein paar Schritte auf dem Treppenabsatz oder sogar die Treppe hinab machen müssen, bevor sie um die Ecke des Vorsprungs hatten sehen können.

»Ich dachte, ich hätte jemanden um Hilfe rufen hören«, erzählte ich ihnen. »Ich kam nach unten, aber es war niemand da.«

Sie können sich denken, wie glaubwürdig das war, aber was anderes fiel mir nicht ein.

Zum Glück fragte niemand, warum ich auf dem Renault herumgehopst war. »Vielleicht war es jemand auf der Straße?« mutmaßte eine Frau schließlich skeptisch.

Irgendwer ging zum Torhaus, öffnete das Tor und trat auf die Rue de la Préfecture. Er kam kopfschüttelnd zurück und sah mich merkwürdig an. »Nichts.«

Sie liefen ein wenig umher und verschwanden dann, miteinander murmelnd und mich aus den Augenwinkeln betrachtend, wieder nach drinnen. Unter den zuletzt Angekommenen war Calvin gewesen, der nun zurückblieb und zu mir trat, als die anderen reingegangen waren.

»Um Himmels willen, Chris, was ist passiert?«

»Du hast meine Erklärung nicht überzeugend gefunden?«

Er griff nach meiner Schulter und zupfte an einem lockeren Hosenträger. Ich blickte an mir runter. Beide Haken hatten sich gelöst, und die Träger lagen mir um den Hals. Meine Jacke hatte ihre Knöpfe abgesprengt, mein Hemd hing aus der Hose, und meine neuen Lackschuhe sahen aus, als wären sie von einem Trecker überfahren worden. Meine Fliege hing von einem Knopf in halber Brusthöhe herab.

»Nicht unbedingt überzeugend, nein«, sagte Calvin. »Was zum Teufel ist mit dir passiert?«

Ich legte es ihm kurz dar.

Seine stets leicht hervorstehenden Augen quollen noch etwa weiter vor. »Wer hat dich gestoßen, Vachey?«

»Wenn ich das nur wüßte, Calvin.«

Er blickte zum Balkon hoch. »Aus *dem* Fenster 'raus?«

Ich blickte auch hoch und zuckte zusammen.

»Gott, Chris, bist du bestimmt okay?«

»Ich glaub' schon. So ziemlich.«

Vorsichtig probierte ich meine beweglichen Teile aus. Alles funktionierte, sogar meine Finger, wenn sie sich auch mehr wie Klauen anfühlten. Es ging mir keineswegs toll. Meine Arme waren noch schwach und zitterten, meine Schultern taten weh und brannten, meine Spanne fühlten sich an, als wären sie gehäutet worden, und meine Handteller waren von tiefen, schmerzenden, roten Furchen durchzogen. Ich hatte einen blutigen Geschmack im Mund, weil ich mich in die Wange gebissen hatte, als ich auf den Renault geprallt war. Alles Kleinigkeiten, wenn man bedenkt, wie die Sache hätte enden können, aber ich fühlte mich hundsmiserabel.

»Dieses Buch könnte noch da oben sein«, sagte ich. »Ich will ...«

»Du bleibst schön hier«, verfügte Calvin gebieterisch. »Ich gehe.«

Ich widersprach nicht. »Groß und blau, mit losen Blättern wie ein Sammelbuch«, rief ich hinter ihm her. »Alt.«

Als er fort war, lehnte ich mich wieder gegen die Motorhaube. Sie war nicht mal eingebeult. Ich fuhr zärtlich über das Metall. Schöne Autos, Renaults. Zuverlässig. Vertrauenswürdig.

Calvin war gleich wieder zurück. Kopfschüttelnd kam er die Treppe runter.

»Nicht mehr da?« fragte ich.

»Nichts. Was jetzt?«

»Als erstes müßte man wohl mit Vachey sprechen. Ob

er mich gestoßen hat oder nicht, er weiß, was in dem Buch steht.«

»Gut, er ist noch in der Galerie.«

Ich schüttelte den Kopf. »Nicht heute abend. Jetzt möchte ich nur noch ins Bett kriechen. Morgen früh werd' ich mir Vachey sofort vornehmen.« Vorsichtig ließ ich eine Schulter kreisen, um die Schwachstellen herauszufinden. »Autsch. Vorausgesetzt, daß ich aus dem Bett rauskomme.«

»Was ist mit der Polizei?«

»Was soll mit ihr sein?«

»Na ja, irgendwer hat versucht, dich umzubringen. Ich hab' immer gedacht, man sollte es der Polizei gegenüber erwähnen, wenn so was passiert.«

»Mich umzubringen?« Merkwürdigerweise hatte ich das nie so gesehen. Irgendwer hatte mich davon abhalten wollen festzustellen, was in dieser Mappe war, oder hatte sie selbst haben wollen. Zu diesem Zweck hatte er's – ich glaubte nicht, daß es eine Frau war: Ich war sehr kraftvoll gestoßen worden – für nötig gehalten, mich durch das Fenster zu schubsen. Weiter hatte ich noch nicht gedacht.

»Du hast recht«, sagte ich nach einer Weile, »aber ich glaube, nein.«

»Keine Polizei?« fragte er ungläubig.

»Jedenfalls nicht, bevor ich Gelegenheit gehabt habe, mit Vachey zu sprechen.«

»Du bist verrückt.«

»Wie soll ich denn erklären, was ich in Vacheys Arbeitszimmer gemacht habe, Calvin? Würde man mir überhaupt glauben?« Ich tippte auf meine gewellte Hemdbrust. »Ich seh' doch aus wie die Karikatur eines Säufers, und ich muß riechen wie eine Weinkellerei. Was, meinst du, wird wohl passieren, wenn ich der Polizei erzähl', daß ich von jemandem, den ich nicht gesehen hab', aus dem Fenster gestoßen worden sei und mit meinen Füßen vom Balkon runtergehangen hätte und dann auf dem Auto gelandet sei?«

»Na ja, es klingt schon ein bißchen ...«

»Du weißt, was man sagen würde: 'Hmm, Sie 'aben vielleischt ein wenisch Wein getrunken, 'eute abend, Monsieur?« Begleitet von einem wohlwollenden Zwinkern.

»Da ist was dran. Und denk nur, was die Zeitungen draus machen würden, wenn sie's zwischen die Finger bekämen: ›ANGESTELLTER DES SEATTLE MUSEUMS BEIM PLÜNDERN VON KUNSTSAMMLERBÜRO UNTER UNGEKLÄRTEN UMSTÄNDEN AUS DEM FENSTER GEWORFEN«. Die Vorstellung erheiterte ihn sichtlich.

»Ich geh' zurück ins Hotel«, sagte ich matt und stieß mich vom Auto ab.

»Ich bring' dich hin«, erwiderte Calvin. »Du siehst etwas klapprig aus.«

»Du brauchst mich nicht hinzubringen. Ich bin nicht klapprig.«

Ich war's aber doch. Wir waren erst ein paar Meter die Rue de la Préfecture runtergegangen, als ich merkte, daß sieben Häuserblöcke zuviel für mich sein würden. Zum Glück war an der nächsten Ecke ein Taxistand.

»Hey, mir ist gerade was aufgegangen«, bemerkte Calvin, als wir uns auf dem Rücksitz niederließen. »Es war nicht Vachey.«

»Was meinst du?«

»Vachey hat dich nicht aus dem Fenster gestoßen. Als ich runterkam, stand er immer noch vor dem Léger und versuchte, die verrückte Dame zu beruhigen.«

»Gut«, sagte ich.

»Was meinst du mit ›gut‹?«

»Ich weiß nicht, was ich meine. Wahrscheinlich bin ich froh, daß er's nicht war, das ist alles.«

»Mm, er ist ein sympathischer alter Schwachkopf. Aber er hat was an sich ...«

»Ich weiß. Trotzdem will ich morgen bei ihm anfangen. Ich glaub', als erstes sollte man rauskriegen, was in diesem Sammelbuch steht.«

»Ich komm' mit.«

»Du brauchst nicht mitzukommen, Calvin.«

»Ich weiß, aber was soll ich sonst machen? Wieviel Uhr, acht?«

Ich schüttelte mich. »Großer Gott, nein. Ich ruf' dich an, wenn ich aufsteh'. Vielleicht um zehn.«

Das Taxi hielt vor dem Hôtel du Nord. Ich stieg leicht knackend aus; allmählich wurde ich steif.

»Vergiß nicht, mich anzurufen«, sagte Calvin.

Ich lehnte mich gegen den Türrahmen. »Hör zu, Calvin, niemand wird morgen früh versuchen, mich umzubringen, falls du dir darüber Gedanken machst. Es gibt keinen Grund dafür. Und ich glaube, ich sollte mit Vachey lieber allein sprechen.«

Calvin ließ mich ausreden. »Ruf mich nur an, okay? Noch besser, ich ruf' dich an. Um zehn.«

»In Ordnung.« Ich richtete mich auf. »Übrigens, hat Tony dich gebeten, auf mich aufzupassen oder so? Um sicherzustellen, daß ich keinen Blödsinn mache?«

Calvin bedachte mich mit seinem kaninchenartigsten Grinsen. »Du hast es erfaßt«, sagte er.

Gewöhnlich mied ich den Hotelaufzug, einen klapprigen Vogelkäfig mit viel Reiz und wenig anderem. Heute abend war ich jedoch dankbar, schwankend zum dritten Stock in ihm raufzurasseln. In meinem Zimmer angekommen, nahm ich zwei Aspirin, prüfte meinen Körper auf Schnittwunden (keine) und Hautabschürfungen (einige) und stieg in ein heißes Bad, in dem ich mich eine Dreiviertelstunde lang, hin und wieder eindösend, träumerisch einweichte.

Es war nach 1.00 Uhr, als ich wieder ausstieg, entspannt, aber völlig erschöpft. Ich bestellte einen Weckruf für 9.30 Uhr und sank in meine Kissen.

Um 7.50 Uhr klingelte das Telefon. Ich bekam ein Auge auf und blickte es finster an. Beim vierten Läuten brachte ich meine Muskeln in Gang, langte nach dem Hörer und grummelte was in die Muschel.

»Hi, Chris.« Es war Calvin. »Hab' ich dich geweckt?«
»Es ist keine zehn«, bemerkte ich.
»Hör zu«, sagte er, »es steht was in der Zeitung, was ich dir zeigen möchte.«
»Zeig's mir um zehn.«
»Ich bin in einer Viertelstunde da, okay?«
Ich gab's auf. »Okay, aber bring etwas…«
»Tschüs.« Das Telefon klickte.
»… Kaffee mit«, schloß ich lahm.

Ich nahm noch zwei Aspirin aus der Flasche auf dem Nachttisch, stellte mich unter eine heiße Dusche, um meine knackenden Gelenke zu lockern, rasierte mich und zog mich an. Physisch ging's mir besser als erwartet; abgesehen von einer vorhersehbaren Steifheit taten nur meine Spanne noch richtig weh, und zwar kurz vor den Knöcheln, wo sie, gegen das schmiedeeiserne Gitterwerk gepreßt, den Großteil meines Gewichts getragen hatten. Sie fühlten sich an, als seien die Knochen selbst gequetscht worden, was nicht verwunderlich war. Ich saß auf dem Sofa und tat ihnen was Gutes, indem ich in ein Paar unansehnliche, aber weite Joggingschuhe schlüpfte, als Calvin reinkam.

»Jedenfalls wird niemand Schwierigkeiten haben, dich als Amerikaner zu erkennen«, meinte er mit einem Blick auf die Schuhe. »Soweit mir bekannt, haben Klettverschlüsse noch nicht den Weg in die französische Modeszene gefunden.«

»Es hat sowieso niemand Schwierigkeiten«, entgegnete ich mürrisch. »Was ist los? Wieso bin ich um 8.15 Uhr wach?«

»Hier«, sagte Calvin munter. »Ich hab' gedacht, du könntest einen Schuß brauchen.« Er reichte mir einen riesigen Plastikbecher *café au lait*, groß wie ein Milkshake. »Unterwegs aufgegabelt.« Sich selbst hatte er einen kleineren mitgebracht.

Ich lebte augenblicklich auf. »Calvin, ich nehm' alles zurück, was ich über dich gedacht hab'.«

»Kein Problem«, sagte er und setzte sich mit seinem

Becher auf den einzigen Holzstuhl neben dem Sofa, während ich von meinem den Deckel abhob, das Aroma einsog und einen langen, milchigen, resozialisierenden Schluck nahm.

»Nun denn«, sagte ich im Wiederbesitz meiner üblichen guten Laune, »was wolltest du mir in der Zeitung zeigen?«

Er reichte mir ein Exemplar der *Echos Quotidiens – Echo des Tages* – eins der lebhafteren französischen Revolverblätter. »Seite eins, unten rechts. Du wirst begeistert sein.«

Sein Ton ließ mich daran zweifeln. Ich wandte mich dem Artikel zu.

»PEINTURE DE MON PERE VOLEE PAR COLLECTIONNEUR!« dröhnte die Schlagzeile. Bild meines Vaters von Sammler gestohlen! Darunter der Untertitel: René Vachey ein Werkzeug der Nazis, behauptet Mann aus Saint-Denis.

»Herrgott noch mal«, murmelte ich. »Mußte das gerade jetzt passieren.«

»Es wird noch besser«, versicherte mir Calvin. »Relevanter, wie du vielleicht sagen würdest.«

Meine Befürchtungen wuchsen. Ich las weiter.

> In einem Exclusivinterview mit Les Echos Quotidiens hat M. Julien Mann, ein Mitarbeiter der Pariser Métro, eine Reihe sensationeller Vorwürfe gegen den umstrittenen Kunsthändler und Philanthropen René Vachey aus Dijon erhoben. Gipfel dieser Vorwürfe ist die Behauptung, daß ein unlängst von M. Vachey dem Seattle Art Museum geschenktes Rembrandt-Gemälde in Wirklichkeit ein Gemälde von Govert Flinck ist, das M. Vachey aus dem Besitz von M. Manns Vater erlangt hat, als dieser sich während der deutschen Besatzung im Zweiten Weltkrieg in einer extremen Zwangslage befand.

»Uah«, sagte ich.

Calvin zuckte mit den Achseln. »Hab' ich dir doch gesagt.«

Mit einem Seufzer lehnte ich mich ins Sofa zurück, nahm noch einen Schluck von dem Kaffee und las weiter.

> M. Mann zufolge war M. Vachey seinerzeit Besitzer der Galerie Royale an der Pariser Place des Vosges. In dieser Eigenschaft kaufte er jüdische Kunstsammlungen zu erzwungenen, stark gedrückten Preisen auf und veräußerte sie anschließend mit beträchtlichem Profit für sich selbst an Nazikäufer zum Abtransport nach Deutschland.

Ich ließ die Zeitung sinken. Ein langsamer Schauder rutschte mir zwischen den Schulterblättern runter. René Vachey ein Nazi-Kollaborateur und noch dazu ein besonders widerwärtiger? Ich konnte mich kaum dazu bringen, darüber nachzudenken. Ein Schelm, gewiß, ein Hochstapler, zweifellos, ein Halunke, gut, ja, auch davon was – aber eine Bestie, die sich an dem furchtbaren Leid der Juden unter den Nazis mästete? Von ganzem Herzen hoffte ich, daß es nicht so war.
Ich wandte mich wieder dem Artikel zu.

> M. Mann behauptet, das angebliche Rembrandt-Gemälde, das sich jetzt im Besitz des Seattle Art Museum befindet, sei seinem Vater 1942 solchermaßen zu einem Preis von 5000,– Besatzungsfrancs, weit unter seinem tatsächlichen Wert, abgekauft worden. Diese Behauptung steht in scharfem Widerspruch zu M. Vacheys Erklärung, er habe das Bild 1992 in einem Pariser Antiquitätengeschäft gekauft.
> »Es war dasselbe wie Diebstahl«, erzählte M. Mann unserem Reporter verbittert. »Wie jüdische Familien in ganz Frankreich waren wir verzweifelt

und verfolgt, entrechtet und enteignet. Was für eine Wahl hatten wir? Wenn wir das Bild M. Vachey nicht ›verkauft‹ hätten, hätten die Nazis es so genommen. Es fortzugeben, hat meinem Vater das Herz gebrochen. Mein Vater war kein rechter Mann, kein Sammler. Er war wie ich im öffentlichen Dienst tätig. Das Bild war der einzige Wertgegenstand, den wir besaßen. Es war ihm 1936 von einer Tante in den Niederlanden hinterlassen worden. Es hing in unserem Wohnzimmer. Ich bin mit ihm aufgewachsen.«

Das Bild ist laut M. Mann, der seinerzeit ein Kind von sieben Jahren war, das Porträt eines alten Soldaten von der Hand Govert Flincks, eines weniger bekannten Malers des siebzehnten Jahrhunderts. Auf die Frage, wieso M. Vachey und das Seattle Art Museum es jetzt Rembrandt van Rjin zuschrieben, entgegnete er: »Das müßte man sie fragen.«

M. Mann sagt, daß das Bild seiner Meinung nach rechtmäßig seiner Familie gehörte und daß er vorhabe, Strafanzeige gegen M. Vachey zu erstatten und sich energisch um die Wiedererlangung seines Eigentums zu bemühen. Er sagt, daß er M. Vachey den Verkaufspreis von 20000 Besatzungsfrancs mit Vergnügen ersetzen werde. In heutiger Währung beliefe sich dieser Betrag auf 125 Francs. Wie unsere Nachforschungen bestätigt haben, trifft es auch zu, daß M. Vachey während der deutschen Besatzung die jetzt nicht mehr existierende Galerie Royale führte. Gerüchte über seine Geschäfte mit Nazi-Funktionären hat es schon früher gegeben, aber *Les Echos Quotidiens* glauben, daß jetzt zum erstenmal eine geschädigte Partei konkrete Behauptungen aufstellt. Ob Beweise folgen, bleibt vorerst abzuwarten.

Beweise. Ich hob den Kopf. »Dieses Sammelbuch«, sagte ich langsam. »Es hätte die Ankäufe aufgeführt, die er während der Besatzungszeit tätigte. Es hätte dies hier aufgeführt.«

»Vielleicht, vielleicht auch nicht«, erwiderte Calvin. »Du wirst es nicht wissen, bevor du mit Vachey gesprochen hast.«

»Vielleicht ist es das, was jemand mich nicht hat sehen lassen wollen.«

Calvin breitete seine Arme aus. Ich nahm die Zeitung wieder auf.

> M. Vachey, der vor einigen Jahren in einen aufsehenerregenden Prozeß verwickelt war, in dem es um seinen eingestandenen Diebstahl von Gemälden aus dem Musée Barillot in Dijon ging, hat es abgelehnt, unseren Reportern gegenüber Stellung zu nehmen. Auch von Vertretern des Seattle Art Museum in den Vereinigten Staaten war keine Stellungnahme zu erhalten.
> *Les Echos Quotidiens* glauben, mit der Fortführung ihrer Nachforschungen in dieser Angelegenheit im öffentlichen Interesse zu handeln. M. Manns Vorwürfe werfen schwerwiegende Fragen hinsichtlich M. Vacheys unlängst erfolgter Schenkung an den Louvre auf, die 34, angeblich von verschiedenen französischen und niederländischen Meistern des siebzehnten bis zwanzigsten Jahrhunderts stammende Gemälde umfaßt.
> Wir berichten weiter!

Ich legte die Zeitung nieder, ging an das hohe Fenster, stützte die Ellbogen auf die Fensterbank und das Kinn auf die Unterarme und starrte hinaus auf die alten, schmalen Türme von Saint-Bénigne, auf denen die helle Morgensonne lag.

»Wer zum Teufel«, fragte Calvin meinen Hinterkopf, »ist Govert Flinck?«

9

Govert Flinck (oder Govaert Flink), geb. Kleve, 1615, gest. Amsterdam, 1660.

Oder vielleicht auch 1670. In jedem Fall, erzählte ich Calvin, war das eine schlechte Nachricht. Flinck war ein weiterer Schüler Rembrandts gewesen. Nicht mehr so berühmt wie einige der anderen es noch sind, aber zu seiner Zeit sehr bekannt und – dies war die schlechte Nachricht – besonders begabt mit der Fähigkeit, den Stil seines Meisters zu kopieren, wie jeder, der sein Rembrandt-Porträt in der Londoner National Gallery gesehen hat, bezeugen kann. So begabt sogar, daß er mit ziemlicher Sicherheit noch lange, nachdem er die Werkstatt verlassen hatte, rumging und seine eigenen Bilder als Rembrandts verkaufte. Und damit durchkam.

Wäre er in der Lage gewesen, das fragliche Porträt zu malen? wollte Calvin wissen.

Ja, das war die Frage. Govert Flinck war ein hervorragender Künstler gewesen, gut genug, um in den vierziger Jahren des siebzehnten Jahrhunderts – aufgrund seiner eigenen Verdienste – einem Rembrandt Aufträge wegzunehmen. Seine Bilder hingen nicht nur in der National Gallery, sondern auch im Met, im Louvre und in der Eremitage. Wenn er in Form war, konnten ihn nicht allzu viele seiner Zeitgenossen übertreffen.

»Also, ich werd's mir noch mal ansehen müssen«, sagte ich, »aber ich glaube, daß er auf dem Gipfel – dem absoluten Gipfel – seines Könnens wahrscheinlich dazu imstande gewesen wäre.«

Und wäre ich in der Lage zu sagen, ob er's gewesen war, bohrte Calvin weiter.

»Ich weiß nicht. Vielleicht.«

»Oh Gott«, sagte Calvin. »Diese Sache wird nicht eben übersichtlicher, oder?«

»Weißt du, Calvin«, bemerkte ich, noch immer aus dem Fenster schauend, »diese Frage, wer das Bild gemalt oder nicht gemalt hat, scheint nicht mehr ganz so wichtig zu sein. Wir haben jetzt ein größeres Problem, mit dem wir uns rumschlagen müssen.«

Er sah hoch und kniff die Augen gegen das Sonnenlicht zusammen. »Wem's gehört, meinst du. Kann dieser Knabe Mann seine Sache beweisen?«

»Genau.«

In den fünfzig Jahren seit dem Zweiten Weltkrieg seien eine Menge Forderungen dieser Art geltend gemacht worden, erklärte ich. Einige seien anerkannt, aber sehr viel mehr seien zurückgewiesen worden. Zum einen wurde es mit jedem Jahr, das verging, schwieriger, in irgendeiner Sache irgendwas zu beweisen, insbesondere, wenn es die Besatzungszeit betraf, eine Epoche, die jedermann zu vergessen vorzog. Zum anderen war nicht jeder, der einen solchen Anspruch erhob, ehrlich. Gauner und Wichtigtuer waren dazugestoßen, wie überall, wo's um viel Geld ging, und infolgedessen waren die Beweisregeln sehr streng geworden. Überdies machte das französische Recht es außerordentlich schwer, im Fall eines Verbrechens, das länger als dreißig Jahre zurücklag, etwas zu unternehmen. Im übrigen: Was für ein Verbrechen hatte Vachey begangen? M. Mann selbst sagte, daß das Bild für 5000 Francs gekauft, nicht gestohlen, worden war, so daß Vachey in Wirklichkeit nicht …

»Nein«, sagte ich, indem ich mich mit einem Seufzer vom Fenster abwandte, »wem soll ich was vormachen? Die Frage ist nicht, wie viele Beweise er vorbringen kann, die Frage ist, ob wir – Tony, du, ich, der SAM-Vorstand – mitten in einen Streit um zweifelhafte Eigentumsverhältnisse reingeraten wollen, besonders in einen wie diesen?«

»Ich finde nicht, daß wir mittendrin sind«, sagte Calvin. »Dies ist eine Sache zwischen diesem Knaben und Vachey. Was haben wir damit zu tun?«

»Wir müssen uns entscheiden, ob wir das Bild nehmen oder nicht. Nehmen wir's, dann muß er uns verklagen, um es zurückzukriegen.«

»Na und? Angenommen, die Richter sagen, er ist der rechtmäßige Eigentümer. Das wär's dann, er bekommt's. Kein Problem. Niemand am SAM wird es ihm streitig machen, Chris. Das weißt du doch.«

»Sicher, aber sagen wir, er verliert. Vielleicht ist es rein formal gesehen nicht seins. Vielleicht genügt seine Geschichte nicht den Beweisregeln. Was für einen Unterschied würde es machen? Ungeachtet der richterlichen Entscheidung – würden wir es haben wollen, solange wir der Meinung wären, es könnte in dem, was er sagt, auch nur ein Funken Wahrheit stecken?«

Ich schüttelte heftig den Kopf. »Ich weiß nicht, die ganze Sache ist so – so häßlich geworden ... Ich fang' an zu glauben, daß wir nichts damit zu tun haben wollen.«

Calvin setzte seinen Kaffee auf dem Ecktisch ab und stellte sich neben mich ans Fenster. »Nun hör mal zu«, sagte er mit fester Stimme. »Du ziehst da voreilige Schlüsse. Warum machst du nicht einfach deine Arbeit und wartest ab, was passiert? Selbst wenn dieser Knabe glaubt, daß er die Wahrheit sagt, muß es nicht so gewesen sein, weißt du. Er war seinerzeit wie alt? Sieben? Es kann also gut sein, daß er Dinge wiederholt, die er von seinem Vater gehört hat, nicht Dinge, an die er sich selbst erinnert.«

Das war Calvin bei der Arbeit, Calvin, der Realist, der nüchterne Betriebswirt, der den benommenen, übersensiblen Kunsthistoriker aus seiner Depression riß und wieder auf die rechte Bahn brachte. Oder es versuchte.

»Das heißt nicht, daß sie nicht wahr sind«, sagte ich störrisch.

»Hör mal, Chris, woher konnte er überhaupt wissen, wie das Bild aussieht? Vachey hat es vor jedermann geheimgehalten. Zum Teufel noch mal, uns wollte er es geben, und nicht einmal uns hat er es vorher sehen lassen. Wenn M. Mann nicht einer dieser hundert Leute von gestern abend war, was er nicht war, kann er überhaupt gar keine Ahnung haben, ob dies das Bild seines Vaters war oder nicht. Ich will dir mal was sagen, der Kerl könnte sich die ganze Sache aus den Fingern gesogen haben. Er ist wahrscheinlich nur einer der vielen Gauner.«

Er grinste. »Denk positiv.«

Ich trank meinen Kaffee aus und lächelte zurück, aber positiv denken war mehr, als ich fertigbrachte. Ich hatte ein komisches Gefühl tief in der Brust, als ob mir der Magen nach oben gerutscht wäre, wo er nicht hingehörte. Der Rembrandt – der Flinck? – war von Anfang an dubios genug gewesen, und aus einem Fenster gestoßen zu werden, hatte meine Einstellung ihm gegenüber nicht verbessert. Aber nun war er mit etwas wirklich Widerwärtigem behaftet. Sosehr ich mir wünschte, Manns Geschichte nicht zu glauben, sie klang wahr. Ich wollte nichts damit zu tun haben, und ich wollte nicht, daß mein Museum was damit zu tun hatte.

»Ich werde Tony anrufen und ihm empfehlen, daß wir's vergessen«, sagte ich.

»Jetzt wirst du ihn jedenfalls nicht anrufen. Es ist tiefe Nacht in Seattle. Hör zu, wir sehen Vachey heute vormittag sowieso. Trag ihm doch diese Nazisache vor und wart ab, was er sagt.«

»Calvin, es ist gleichgültig, was er sagt. Es gibt da zuviel. Ich will einfach raus. Ich hab' ein erbärmliches Gefühl, was die ganze ...«

»Mein Gott, gib dem Menschen doch eine Chance, sich zu verteidigen, Chris. Was kann es denn schaden?«

Ich zuckte mit den Achseln. Er hatte wohl recht. »In Ordnung, du ...«

Das Telefon läutete.

»Ist dort M. Norgren?« fragte die unbekannte Stimme auf französisch.

Ich bejahte.

»Vom Kunstmuseum in Seattle?«

Ich bejahte.

»Sehr gut. Ich bin Wachtmeister Huvet von der Police Nationale. Sie würden uns helfen, wenn Sie um zehn Uhr in die Galerie Vachey in der Rue de la Préfecture kommen könnten. Paßt das?«

Ich runzelte die Stirn. »Hat das etwas zu tun mit – mit den Ereignissen von gestern abend?«

»Wie bitte?«

»Worum handelt es sich, bitte?«

»Es geht um Angelegenheiten«, antwortete der Wachtmeister mit geschäftsmäßiger Distanz, »im Zusammenhang mit dem Tod von Monsieur René Vachey.«

Vachey war am frühen Morgen tot im Square Darcy, einer an die Place Darcy angrenzenden kleinen Grünanlage unweit der Stadtmitte, aufgefunden worden. Die Todesursache schien eine Schußwunde zu sein.

»Sie meinen nicht – meinen Sie, daß er *umgebracht* worden ist?«

»So sieht es aus.«

Das war alles, was der Wachtmeister mir sagen wollte. »Sie werden um zehn Uhr dort sein, Monsieur?«

Ich bejahte es.

»Ihr Kollege, Monsieur Calvin Boyer – er meldet sich nicht am Telefon. Vielleicht wissen Sie, wo wir ihn erreichen können?«

»Ich werde dafür sorgen, daß er dort ist«, sagte ich benommen.

»Sehr gut.«

Ich setzte mich langsam aufs Bett; meine Gedanken überschlugen sich.

»Wer ist umgebracht worden?« fragte Calvin.

»Vachey«, sagte ich. Ich erzählte ihm das bißchen, was ich wußte, saß da und starrte auf meine abgewetzten Joggingschuhe.

»Wir sollten losgehen«, sagte Calvin als ich fertig war. »Es ist Viertel nach neun.«

Natürlich sprachen wir auf dem Weg zu Vacheys

Haus über den Mord. Nicht, daß ich mich an viel erinnere. Ich schien fast wie im Stupor, einer Art wirrköpfiger Träumerei, zu funktionieren. Wie kann er nur tot sein, dachte ich immerzu. Hatte ich ihn nicht gestern abend noch gesehen – ach, vor neun, zehn Stunden? – und hatte er nicht vor Leben gesprüht, schelmisch und herzlich? Wie konnte er heute morgen tot sein? Ich hörte, wie ich unwillkürlich laut fragte: Wie kann er nur tot sein, wie kann er nur tot sein?

»Hör zu, Chris«, sagte Calvin schließlich ein wenig aufgebracht, »so ist es nun einmal. Ein Mensch lebt, und dann ist er tot.«

»Ich weiß, aber … ja, ich weiß.«

Wir kehrten kurz in ein Café in der Rue Musette ein, um noch einen *café au lait* und ein Croissant zu uns zu nehmen, was meine Gedanken klären half, aber nichts daran änderte, daß ich mich flau und leer fühlte und Angst davor hatte, mit der Polizei sprechen zu müssen. Zum Teil rührte mein Widerhallen wohl aus dem Bewußtsein, daß ich von meinem undurchdachten Eindringen in Vacheys Arbeitszimmer würde erzählen müssen; vor allem aber war's mir schrecklich, mir vorzustellen, daß er tot war. Erschossen. Ich wußte nicht, wo er getroffen worden war oder wie oft oder was sonst passiert war, und ich wollte es auch nicht wissen. Ich hatte nicht daran gedacht zu fragen, ob jemand festgenommen worden war. Ich wollte es einfach nicht akzeptieren.

Ich war fertig mit dem Essen, bevor mir mit einiger Verspätung etwas dämmerte. Es spielte keine Rolle, was ich Tony empfahl; die Sache mit dem Rembrandt war erledigt. Vachey war gestorben, ohne daß wir auf seine Bedingungen eingegangen waren, ich wußte also nicht, wie die Schenkung rechtskräftig sein konnte. Das Bild gehörte demjenigen, der es bei Vacheys Tod bekommen hätte, wenn er nicht beschlossen hätte, es uns zu vermachen. Dasselbe galt für den Léger. Wenn das sein Sohn Christian war, wie ich annahm, dann glaubte ich irgendwie nicht, daß sie jemals an den Wänden des Barillot oder des SAM enden würden.

Calvin nickte zustimmend. »Ich glaube, du hast recht. Ein nicht angenommenes Angebot erlischt mit dem Tod des Anbieters, so läuft das. Hoffen wir mal, daß der Louvre für seinen Teil was Schriftliches hat.«

»Hoffentlich.«

Tatsächlich war mir das in diesem Moment piepegal. Mir war erbärmlich zumute.

Auf mein Betreiben trödelten wir – na ja, drückten wir uns – noch eine trübsinnige zweite Tasse Kaffee lang und trafen fünf Minuten zu spät bei der Galerie ein.

10

Wir hatten angenommen, daß wir verhört werden sollten, aber das war durchaus nicht der Fall. Es handelte sich hier um eine Gruppenveranstaltung, die in einem großen, spärlich möblierten Raum im hinteren Teil des von Tageslicht erhellten Souterrains unter Vacheys Wohnräumen stattfand. Teils Lagerfläche, teils Büro für Vacheys Sekretär Marius Pepin, wies der Raum eine Reihe von unregelmäßigen Nischen auf, die verschiedene Dinge von hochgestellten Matratzen über zusammengeklappte Kartentische bis hin zu zerbrochenen römischen Skulpturen enthielten. In der Mitte saßen sieben Leute auf zusammengewürfelten Stühlen, die ungefähr in einem Halbkreis vor einem schlichten Holzschreibtisch aufgestellt worden waren. Ein magerer Mann mit beginnender Glatze, der abseits und ein wenig hinter den anderen saß, wies uns mit einem gebieterischen kleinen Fingerschnipsen die einzigen verfügbaren Sitze, zwei zusammenklappbare Metallstühle rechts außen, zu.

Ich nickte Clotilde Guyot, Vacheys Galeriedirektorin, zu, die neben mir saß und ein zusammengeknülltes Taschentuch umklammerte. Ihr rundes Gesicht war fleckig vom Weinen. Ihr Nachbar auf der anderen Seite, Froger, sah nicht so aus, als hätte er über das Hinscheiden seines alten Feindes Tränen vergossen. Ein wenig blaß wirkte er allerdings, wahrscheinlich, weil er im Hinblick auf das Schicksal der beiden Bilder zum selben Schluß gelangt war wie wir und seinem Léger nachtrauerte. Der neben ihm sitzende Sohn Vacheys, Christian, machte den Eindruck eines Mannes, der einen Kater auskuriert. Er hatte eine Flasche Mineralwasser von einem seitlich abgestellten Tablett genommen und rollte sie ungeöffnet an seiner Schläfe entlang. Dann kam

Pepin, nervös und zerstreut, und dahinter ein Mann, den ich nicht kannte, der aber am Vorabend am Ehrentisch gesessen hatte.

Gisèle Grémonde, ohne ihre Perücke, ohne ihr grelles Make-up, rundete den Halbkreis ab. Geistesabwesend knetete sie ihre Finger, ein Bild der völligen Erschütterung. Natürlich hatte sie vor nicht allzu vielen Stunden eine Cognacmenge getrunken, die ausgereicht hätte, um einen Elefanten zu erschüttern, aber das allein war's nicht. Ich erkannte sie kaum wieder. Sie saß da wie ein Haufen altes Fleisch, knochenlos und zusammengeschrumpft. Mit ihrem dünnen grauen Haar und dem grauen, eingefallenen Gesicht sah sie aus wie eine Hundertjährige.

»Ich denke, wir können jetzt anfangen«, sagte der Mann mit der beginnenden Glatze kühl und näselnd. »Es sprechen alle Französisch? Gut. Ich bin Chefinspektor Lefèvre von der Gerichtspolizei. Ich werde, wie die meisten von Ihnen bereits wissen, die Ermittlungen hinsichtlich des Todes von Monsieur René Vachey leiten.«

»Ich möchte wissen, warum ich hierher bestellt worden bin«, sagte Froger.

Lefèvre beachtete ihn nicht. »Als ich erfuhr, daß Monsieur Sully beabsichtigte, sich mit den in Monsieur Vacheys Testament bestimmten Erben zu treffen, bevor einige von ihnen – daß heißt, einige von Ihnen – sich genötigt sähen, die Gegend zu verlassen, bat ich darum, teilnehmen zu dürfen. Ich bitte um Entschuldigung dafür, daß ich zu diesem traurigen Zeitpunkt stören muß.«

Er schlug die Beine übereinander und lehnte sich zurück. »Monsieur Sully – würden Sie die Freundlichkeit haben?«

Monsieur Sully saß hinter dem Schreibtisch, ein fülliger Mann mit Hühnerbrust und silbernem Haar, dessen Miene den Eindruck erweckte, als habe ihn irgend etwas schwer verärgert.

»Das trifft nicht ganz zu, Inspektor«, sagte er,

während er gereizt an ein paar mit der Hand beschriebenen Seiten weißen Linienpapiers herumfingerte. »Ich möchte darauf hinweisen, daß diese Zusammenkunft von Ihnen veranlaßt worden ist. Ich füge mich Ihren Anweisungen, aber ich möchte deutlich machen, daß ich sie für außerordentlich ungewöhnlich halte.«

Lefèvre blickte ihn starr und ausdruckslos an. »Wie Sie wünschen.«

»Außerdem möchte ich, daß Sie klar zum Ausdruck bringen, daß niemand, der es vorzieht zu gehen, gezwungen ist zu bleiben. Ich werde mich zu gegebener Zeit mit allen betroffenen Personen in Verbindung setzen.«

»Gewiß«, sagte Lefèvre. »Allen, die zu gehen wünschen, steht es frei, das zu tun.«

Niemand bewegte sich.

Lefèvre warf Sully einen langen Blick zu. »Sie haben Ihre Pflicht getan, Monsieur. Fahren Sie fort.«

Sully räusperte sich. »Wie einigen von Ihnen bekannt ist, bin ich Charles Sully, Monsieur Vacheys langjähriger Anwalt. Sie alle sind hier, weil Sie auf die eine oder andere Weise mit dem Nachlaß René Vacheys zu tun haben.«

Calvin und ich wechselten überraschte Blicke. Was sollte das heißen? Waren wir in Vacheys Testament erwähnt? Sollte er uns den Rembrandt tatsächlich *hinterlassen* haben, was ich überhaupt nicht in Erwägung gezogen hatte? Aus dem Augenwinkel heraus nahm ich wahr, wie Froger sich aufrichtete; offenkundig bewegten sich seine Gedanken in den gleichen Bahnen. Zu meiner Überraschung spürte ich auch meine eigene Aufmerksamkeit wachsen. Trotz allem, was geschehen war, stand ich dem Rembrandt anscheinend nicht so unbeteiligt gegenüber, wie ich Calvin – und mir selbst – hatte weismachen wollen.

»Ich muß Ihnen sagen«, fuhr Sully fort, »daß ich Ihnen nur einige der wichtigeren Verfügungen aus Monsieur Vacheys Testament darlegen kann. Es ist ein kompliziertes Dokument, und ich habe keine Abschrift dabei. Das Original liegt in einem Tresorfach des Crédit Lyonnais in Paris, für das Monsieur Vachey und ich eine gemeinsame Vollmacht haben. Es wurde dort nach seiner Fertigstellung im Januar dieses Jahres hinterlegt …«

»Im Januar letzten Jahres«, sagte Christian Vachey.

Der jüngere Vachey war nicht so jung, wie ich beim Essen am vergangenen Abend, als ich mich von einem sanft gerundeten Kinn, glatten Babywangen und einem Halbwüchsigengrinsen hatte täuschen lassen, gedacht hatte. Von nahem gesehen, war er einiges über Vierzig, ein stämmiger, lässiger, an Hollywood erinnernder Mann mit dunklen, lockigen, gefönten Haaren, die ihm hinten fast bis auf die Schultern herabhingen und vorn in einer Supermantolle in die Stirn fielen. Er trug einen todschicken grauen Anzug ohne Schlips, aber mit einem bis zum Kragen hochgeknöpften weißen Hemd. Von seinem linken Ohrläppchen baumelte ein goldener Ohrring in Form eines altägyptischen Henkel-Kreuzes mit einer Schlinge anstelle des oberen Arms.

Sully hielt inne. »Nein, dieses Jahres.«

»Nein, letzten Jahres. Ich sollte das doch wohl wissen, finden Sie nicht?«

»Ich finde, ich sollte es wissen, Monsieur«, entgegnete Sully, »und ich versichere Ihnen, es war im Januar dieses Jahres.«

»Also, hören Sie …«, fing Christian an, brach dann abrupt ab und wedelte mit der Hand. »Zum Teufel damit. Es lohnt sich nicht, darüber zu streiten.« Aber auf beiden Wangen war plötzlich ein glutroter Fleck in der Größe eines Fünfcentstücks erschienen.

Sieh mal einer an, Inspektor Lefèvre hatte seine erste Information erhalten, mal vorausgesetzt, daß er aus diesem Grund hier war. René Vachey hatte sein Testament geändert und seinem Sohn, diesem schwarzen Schaf, nichts davon gesagt. Mehr noch, das Testament lag in einem Tresorfach, zu dem sein Anwalt Zugang hatte, sein Sohn aber nicht. Interessant.

Ich runzelte die Stirn. Warum zum Teufel sollte ich das denn interessant finden? Begann die Ermordung Vacheys an mir zu nagen, nachdem die anfängliche Betäubung jetzt vorbei war? Suchte ich nach Konflikten, Motiven, Reibungsflächen?

Ja, so war's wohl. Ich hatte mich rasch für René Vachey erwärmt. Die Vorwürfe Julien Manns waren beunruhigend gewesen, hatten jedoch nichts daran geändert, wie ich auf den Mann als Person reagiert hatte. Ich hatte Vachey aufrichtig gemocht; er war einmalig in seiner Art gewesen. Es tat mir leid, daß er tot war, und ich wollte wissen, wer ihn umgebracht hatte. Was war so merkwürdig daran? Es war mir auch nicht entgangen, daß ich irgendwie – vielleicht durch das blaue Sammelbuch oder durch das geschenkte Bild – indirekt beteiligt sein könnte.

Ich sah zu Lefèvre rüber, der den Wortwechsel zwischen Christian und Sully aufmerksam, aber zurückhaltend verfolgte.

Sully lächelte Christian süffisant an und fuhr fort. »Er sah darin eine Reihe von Vermächtnissen für Erben vor, die sich nicht in diesem Raum befinden. Das größte dieser Vermächtnisse lautet über rund zweihundertfünfzigtausend Francs und ist zu gleichen Teilen der Großnichte seiner verstorbenen Frau, Astrid, wohnhaft in der Schweiz, und dem Sohn seiner verstorbenen Schwester, Armand, zugedacht, der, glaube ich, in Lille lebt.«

So ging es noch eine Zeitlang weiter. Es gab Vermächtnisse an Vacheys Friseur, an ein Vogelschutzgebiet, an verschiedene Wohltätigkeitsorganisationen. Unruhe breitete sich aus. Auch ich wurde etwas nervös.

Er legte das oberste Blatt beiseite. »Kommen wir nun also zu denjenigen Vermächtnisnehmern oder ihren Vertretern, die an diesem Morgen anwesend sind.«

Damit war die Unruhe vorbei.

»Zunächst die Kunstsammlung. Der überwiegende Teil der persönlichen Sammlung René Vacheys, rund vierunddreißig Bilder in Öl und Tempera, wird dem

Louvre vermacht. Es sind dieselben Bilder, die gegenwärtig in der Galerie über uns ausgestellt sind und deren geplante Schenkung gestern abend von Monsieur Vachey bekanntgegeben wurde.« Er sah zu dem Mann am anderen Ende auf, den ich nicht kannte. »Haben Sie irgendwelche Fragen, Monsieur Masseline?«

Aha. Jacques Masseline, der Chefkurator der Gemäldesammlung des Louvre. Schweigend schüttelte er den Kopf.

»Herzlichen Glückwunsch«, sagte Christian. »Ich freu' mich sehr, daß die Sammlung meines Vaters an die Nation geht.«

Ich hatte meine Zweifel hinsichtlich seiner Freude, doch schien er mir jedenfalls nicht überrascht zu sein – was dafür sprach, daß auch die frühere Fassung von Vacheys Testament so gelautet hatte.

Sully fingerte an einem kleineren Stück Papier herum, das zwischen den anderen lag. Es war von einem Spiralblock abgerissen und mit ein paar diagonal hingekritzelten Zeilen beschrieben. Einen Augenblick lang sah er unschlüssig aus, dann sammelte er sich und sprach weiter.

»Es gibt da allerdings eine Sache, die meines Erachtens hier erwähnt werden sollte. Ziemlich spät gestern abend nahm René – Monsieur Vachey – mich beiseite. Er sagte mir, daß er an eine Verpflichtung gegenüber einer alten Freundin erinnert worden sei, eine, die er nie hätte vergessen dürfen, und er wünschte, ihr nachzukommen, obwohl das bedeuten würde, daß er eine jüngere nicht einhalten könne. Ich sollte bei meiner Rückkehr nach Paris in dieser Angelegenheit tätig werden. Da ich mich nicht so sehr gut mit all seinen Bildern auskenne, schrieb er mir das folgende auf.«

Er hob das abgerissene Blatt hoch, räusperte sich und las laut vor: »'Duchamps *Jeune fille qui chante* – aus dem Louvre-Vermächtnis herausnehmen, Gisèle geben.« Er legte den Zettel nieder. »Er meinte natürlich Madame Grémonde.«

Alle sahen sie an. Sie starrte ausdrucklos zurück und rang immer noch ihre Hände. Ich fragte mich, ob sie wußte, wo sie war.

Nach einem kurzen Moment sprach Christian durch ein träges und nicht überzeugendes Lächeln hindurch. »Ich hör' ja wohl nicht richtig. Wollen Sie wirklich sagen, daß wir diesen Schmierzettel hier als rechtsförmliche Urkunde ansehen sollen? Ich will ja kein Spaßverderber sein, aber vielleicht darf ich Sie darauf aufmerksam machen, daß wir es mit einem bedeutenden Kunstwerk zu tun haben und nicht mit irgendwelchem sentimentalen Nippes? Hören Sie, mein Vater hat gestern ungefähr sechs Drinks zuviel zu sich genommen …«

»Entschuldigen Sie, Monsieur, aber ich bin nicht der Meinung, daß Sie das etwas angeht«, konterte Sully. »Ich gebe allerdings zu, daß dieses Papier nicht rechtsverbindlich ist: Es trägt keine Unterschrift und auch keine Zeugenunterschrift.« Er blickte Masseline an. »Ich kann Ihnen jedoch versichern, Monsieur, und wäre gern bereit zu bezeugen, daß es seine Absicht war, das Bild Madame Grémonde zu vermachen.«

»Madame Grémonde?« wiederholte Gisèle dumpf.

»Und wir werden diese Absicht respektieren«, sagte Masseline geradeheraus. Von seinem Stuhl aus machte er ihr eine galante halbe Verbeugung. »Mit großem Vergnügen, Madame.«

»Ich – den Duchamp?« flüsterte Gisèle, und als Sully sagte: »Ja, Madame, den Duchamp«, traten ihr die Tränen aus den Augen. Der neben ihr sitzende Pepin reichte ihr löblicherweise sein sauberes, zusammengelegtes Taschentuch. Als sie's nahm und hineinschnupfte, zuckte er zusammen.

Ich lehnte mich in meinem Stuhl zurück, während mir, wie man so sagt, ganz warm ums Herz wurde – das letzte Gefühl, das ich heute morgen erwartet hätte. Ja, gut gemacht, René, dachte ich.

Und gut gemacht, Masseline. Und Sully. Meine Empfindungen gegenüber Christian waren weniger wohlwollend, aber ich konnte seine Reaktion begreifen. Nicht viele Kinder stehen den Liebschaften ihrer Väter hochherzig gegenüber.

»Nun denn«, sagte Sully fest und brachte uns wieder zur Sache zurück. »Mein Mandant hinterläßt die Galerie Vachey einschließlich ihres Inventars, ihrer Außenstände und ihres Mobiliars Clotilde Guyot in Anerkennung ...«

Madame Guyot neben mir hob ihr zusammengeknülltes Taschentuch an den Mund. »Nein, ist das Ihr Ernst? Ich hatte keine Ahnung ... Also, ich kann kaum glauben – nicht ein einziges Mal hat er mir Veranlassung gegeben zu meinen ...«

»Sie sind überrascht?« fragte Inspektor Lefèvre, ziemlich überflüssigerweise, wie mir schien.

»Ja, oh ja, ich bin – ich wußte nichts von einem neuen Testament. Ich hatte immer gedacht, die Galerie würde an ...« Sie errötete und stockte. »Das heißt, es war von Anfang an klar gewesen, daß Monsieur Vachey die Absicht hatte, die Galerie an ...«

Christian kam ihr zu Hilfe, hob die Arme und neigte den Kopf in spöttischer Imitation eines Menschen, der Beifall entgegennimmt. Vacheys Sohn hatte eine unappetitliche Gewandtheit an sich, die glitschige Glätte eines Salonkünstlers aus Las Vegas, der die Frühvorstellung für Rentner abzieht.

Sully nahm den Faden wieder auf. »Darüber hinaus hat Monsieur Vachey Ihnen die weitere Nutzung der in diesem Gebäude befindlichen Räumlichkeiten der Galerie für einen Zeitraum von bis zu einem Jahr gewährt. Außerdem drückte er in seinem Testament die Hoffnung aus, daß Sie Monsieur Marius Pepin weiterhin in seiner gegenwärtigen Eigenschaft beschäftigen würden. Das ist nicht als rechtsverbindlich aufzufassen, sondern nur als ...«

»Marius beschäftigen?« Sie lachte. »Aber gewiß werde ich das tun. Es ist unmöglich, sich die Galerie Vachey ohne den guten Marius vorzustellen ...« Sie schien zu bemerken, daß sie ein wenig aufgekratzt klang in Anbetracht der Umstände, und dämpfte ihren Ton. »Ich werde die Verbindung der Galerie Vachey mit Monsieur Pepin sehr gern fortsetzen«, sagte sie ernst, aber immer noch glühend, »vorausgesetzt, daß ihm das recht ist.«

»Es wäre mir eine Ehre zu bleiben«, entgegnete Pepin förmlich.

Inspektor Lefèvre sprach ihn an. »Sie waren Monsieur Vacheys Sekretär?«

»Sein Sekretär, ja. Außerdem war ich verantwortlich für – für die Sicherheit der Sammlungen.«

Von Froger kam ein kurzes, häßliches, bellendes Lachen. Ich sah ihn überrascht an.

Genau wie Lefèvre. »Etwas erheitert Sie, Monsieur?«

Froger schüttelte den Kopf und winkte ab. Lefèvre hakte nicht nach, aber ich konnte sehen, daß er sich im Geist eine Notiz machte. Er wird nachhaken, wenn er die Zeit für gekommen hält, dachte ich. Pepin, der verstimmt wirkte, hielt den Blick gesenkt.

»Machen wir weiter«, sagte Sully. »Der nach Abzug der vorher genannten Legate verbleibende Rest von Monsieur Vacheys Nachlaß wird seinem Sohn Christian vermacht. Er umfaßt die Wohnsitze in Dijon und Paris sowie Kunstwerke aus dem persönlichen Besitz, über die nicht anderweitig verfügt ist.«

Christian würde also doch nicht übel abschneiden, wenn auch nicht ganz so gut, wie er gehofft hatte. Ich schaute zu ihm rüber. Er ließ sich etwa so viel ansehen wie eine Nacktschnecke.

Sully lehnte sich zurück. »Und das sind die Verfügungen des Testaments, soweit sie für die Anwesenden von Bedeutung sind.« Er nahm seine Papiere auf und steckte sie in einen Aktenkoffer.

»Warum bin ich hierher bestellt worden?« fragte Froger barsch. Er hatte im Lauf der Sitzung, seufzend und schnaufend und auf seinem Stuhl herumrutschend, wachsende Ungeduld erkennen lassen. Ich hatte nicht geseufzt oder geschnauft, begann aber, mir dieselbe Frage zu stellen.

»Dazu komme ich jetzt«, sagte Sully, erneut verärgert. Er hatte einen zweiten Stapel Papiere, die mit der Maschine beschrieben waren und amtlich wirkten, aus seinem Koffer hervorgeholt. »Was die Bilder von Fernand Léger und Rembrandt van Rijn betrifft, so stehen wir vor einer etwas anderen Situation. Diese sind im Testament nicht erwähnt, jedoch Gegenstand gleichlautender vorbehaltlicher Schenkungen, ersteres an das Musée Barillot, letzteres an das Art Museum von Seattle. In ...«

»Was für Vorbehalte?« fragte Froger. »Ich weiß von keinen Vorbehalten.«

Sully blickte ihn stirnrunzelnd an. »Diese Schenkungen wurden förmlich aufgesetzt – und von meinem Mandanten unterzeichnet –, und brauchen von den Empfängern nur noch angenommen zu werden. Es werden verschiedene Bedingungen dargelegt ...«

»Bedingungen, was für Bedingungen?« fragte Froger.

Sully wandte sich an Lefèvre. »Darf ich fortfahren?«

»Versuchen Sie, sich zurückzuhalten, Monsieur Froger«, sagte Lefèvre mild.

Sully las die Vorbehalte laut vor. Es waren die mir bereits bekannten: Es sollte keinerlei naturwissenschaftliche Analyse zugelassen werden, unsere Entscheidungen sollten nicht später als Freitag getroffen werden (Vachey hatte Wort gehalten und in einem Zusatz die Frist verlängert), wobei die Bilder unserer visuellen Prüfung in den üblichen Geschäftsstunden jederzeit zugänglich sein sollten, Vachey würde den Transport ins Barillot und ins SAM am Ende der zweiwöchigen Ausstellung für geladene Gäste in der Galerie Vachey bezahlen und für ihre weitere Erhaltung und Versicherung aufkommen, die Bilder waren im SAM beziehungsweise im Barillot an auffälliger Stelle für eine Zeitspanne von mindestens fünf Jahren als Rembrandt und Léger auszustellen.

Froger hörte sehr genau zu. »Diese Bedingungen gelten auch für das Seattle Art Museum?«

»Ich sagte Ihnen bereits«, entgegnete Sully, »sie sind gleichlautend.«

Christian stieß einen herablassenden Seufzer aus. »Darf ich mal eben auf etwas aufmerksam machen? Mein Vater ist tot. Die Bedingungen sind nicht erfüllt worden – diese Leute haben nichts unterzeichnet, stimmt's? Wie können die Angebote also für den Nachlaß meines Vaters bindend sein?«

Sully sah ihn lange an. »Sie sind es aber«, sagte er. »Es handelt sich hier nicht um Verträge, Monsieur, sondern um vorbehaltliche Schenkungen. Sie sind de facto bereits erfolgt. Wenn die Empfänger die Vorbehalte anerkennen, ist die Angelegenheit im selben Moment abgeschlossen. Der Tod des Schenkers ist unerheblich.«

»Unerheblich?« wiederholte Christian, dann lachte er. »Das würde ihm gefallen. Hören Sie, Monsieur Sully, ich akzeptiere nicht, was Sie uns erzählen und ich sage Ihnen hier und jetzt, daß ich die Absicht habe, mich mit meinem eigenen Anwalt darüber zu beraten.«

Sully zuckte gleichgültig mit den Achseln. »Beraten Sie sich mit zwanzig Anwälten. Die Rechtslage ist eindeutig.«

»Unterdessen nehme ich an, daß ich den Zugang zu meinem eigenen Haus verweigern kann, wenn mir danach zumute ist?«

Sully sah ihn ungeduldig an. »Was besagen soll?«

»Was besagen soll, daß ich Edmond Froger und ihm – er neigte seinen Kopf in meine Richtung – die Erlaubnis verweigere, die Bilder zu prüfen.«

»Einen Augenblick«, sagte Froger, dessen Stimme einen empörten Klang annahm. »Dieser Léger befindet sich zufällig in der Galerie Vachey, die jetzt Madame Guyot gehört und nicht …«

»Aber die Galerie Vachey befindet sich zufällig in einem Haus, das jetzt mir gehört, und ich verweigere

Ihnen den Zutritt«, sagte Christian mit triumphierendem Grinsen. »Ihm auch.« Das war wieder ich.

Froger begann zu stottern. »Sie ... ich ...« Er sah hilflos zu Sully hinüber. »Darf er das?«

»Nein«, sagte der Anwalt. »Das Testament läßt keinen Zweifel daran, daß ...«

»Nein?« sagte Christian. »Nein? Hören Sie, Sully, ich habe selbst ein paar juristische Kenntnisse, und als Testamentsvollstrecker meines Vaters hab' ich verdammt noch mal das Recht ...«

Sully unterbrach ihn. »Sie sind nicht der Testamentsvollstrecker Ihres Vaters. Ich bin der Testamentsvollstrecker Ihres Vaters.«

Christians Verblüffung war fast komisch. Seine Lippen schlossen sich, trennten sich dann mit einem feuchten Knall und blieben offen. Seine Kampflust war so vollständig verpufft, als ob ein Korken rausgeflogen wäre.

»Und als Testamentsvollstrecker«, fuhr Sally fort, »gewähre ich diesen Leuten zum Zweck der Beurteilung der Bilder freien Zugang zur Galerie. Sie haben allerdings das Recht auf Ihrer Seite, wenn sie ihnen den Zugang zu den Wohnräumen verweigern.«

Froger hatte seine Fassung zurückerlangt. Er wirkte wieder glatt und zuversichtlich. »Ich möchte außerdem, daß Monsieur Charpentier das Bild näher untersucht.«

»Sie können sich helfen lassen, von wem Sie wollen.«

»Und darf ich davon ausgehen, daß sein Honorar aus dem Nachlaß bezahlt wird? Gestern abend ließ René keinen Zweifel daran, daß ...«

»Ich war zugegen«, sagte Sully. »Ja, Monsieur, der Nachlaß wird dafür aufkommen.«

»Ich erwähne es, verstehen Sie, weil es nur fair zu sein scheint ...«

»Ich sagte bereits, der Nachlaß wird dafür aufkommen. Keine weiteren Fragen?« Er sah zu Lefèvre rüber. »Sind wir entlassen?«

»Selbstverständlich. Monsieur Vachey, Madame

Guyot, Madame Grémonde – Madame Grémonde? – vielleicht würden Sie alle einen Moment hierbleiben? Ich würde Sie gern einzeln sprechen. Monsieur Vachey, gibt es einen geeigneteren Raum, wo das geschehen könnte?«

»Was?« Christian war noch dabei, sich von dem letzten Schock zu erholen. »Oh – ja, okay. Das Arbeitszimmer meines Vaters.« Etwas später fügte er hinzu: »Clotilde, sagen Sie Madame Gaillard, sie soll etwas Kaffee kochen.«

Clotilde Guyots sonnige Züge verdüsterten sich. »Wer sind Sie, daß Sie mir Befehle erteilen? Ich bin nicht Ihre Angestellte. Und ich bin eine Galeriebesitzerin, kein Dienstmädchen, warum sollte ich Kaffee holen?«

Nein, sie sprach es nicht aus – sie war kaum der Typ dafür –, aber die Franzosen können eine Menge in eine bebende Augenbraue, ein angehobenes Kinn und einen frostigen Blick legen. Vielleicht hab' ich nicht jede Einzelheit richtig gedeutet, aber im großen und ganzen war die Botschaft unmißverständlich. Und ich hatte auch nicht den Eindruck, daß es ein Fall von ungezügeltem Feminismus war. Ich hatte den Eindruck, daß es ganz einfach ein Fall von heftiger Animosität gegenüber Christian war. Der Junge begann mir leid zu tun. Niemand mochte ihn. Selbst das Gesicht des guten Lorenzo hatte sich verzogen, als sein Name fiel.

Nichtsdestoweniger nickte Clotilde, hob ihre weiche Fülle aus dem Stuhl und ging hinaus, um Anordnungen zu treffen. Auch Lefèvre stand auf, sagte, daß er in fünf Minuten zurück sein werde und ging.

11

Ich folgte ihm. Es war an der Zeit, ihn mein Abenteuer von gestern abend wissen zu lassen und die Prügel, die ich dafür beziehen mochte, einzustecken. Er stand draußen auf der Treppe und rauchte eine Zigarette.

»Inspektor?«

Er drehte sich um, stieß zwei dicke Rauchfahnen aus seinen Nasenlöchern und sah auf mich herab. Er war größer, als ich gedacht hatte, etwa 1,90 Meter, stocksteif und hatte eine Haltung, die einigermaßen streng war, um's freundlich auszudrücken. Oder ihn einbalsamiert erscheinen ließ, um es anders auszudrücken.

»Ja? Monsieur Norgren, kenne ich Sie?«

»Ich glaube nicht.«

»Bestimmt nicht? Ihr Name ist mir geläufig.«

Ich erwog, ihn zu fragen, ob er vielleicht meine unlängst erschienene Monographie über Andrea del Sarto und die frühen italienischen Manieristen gelesen habe, dachte aber, er könnte es am Ende falsch aufnehmen.

»Tut mir leid«, sagte ich. »Ich wüßte nicht, woher.«

Er musterte mich kühl. »Waren Sie nicht kürzlich in einen Kunstraubskandal in Bologna verwickelt?«

»Nun – ja – letztes Jahr. Eigentlich nur aus Versehen. Ich war zufällig gerade da, wissen Sie. In einer ganz anderen Angelegenheit. Ich war in der Lage, den *carabinieri* ein wenig, äh, behilflich zu sein.«

Der Grund für dieses unterwürfige Gewinsel war, daß meine Begegnung mit den Gesetzeshütern in Bologna mich gelehrt hatte, wie wenig Polizisten dazu neigten, Gefallen an Amateuren zu finden, die ihre Nase unaufgefordert in Polizeiangelegenheiten steckten. Selbst wenn man die besten Absichten hatte. Ja, selbst wenn man schließlich ihren Fall für sie löste.

Und obwohl ich bis jetzt meine Nase nirgends reingesteckt hatte und das auch nicht beabsichtigte, hatte ich keine Eile, es mit dem stählernen Inspektor Lefèvre zu verderben.

»Das entspricht nicht ganz meinen Erinnerungen«, sagte er steif. »Wenn mein Gedächtnis nicht trügt, schienen Sie im Mittelpunkt einer Reihe von Mißgeschicken zu stehen, die den *carabinieri* die Arbeit nicht wenig erschwerten.«

»Nicht mit Absicht«, erwiderte ich mit einem Grinsen und in der Hoffnung, ein wenig amerikanische Selbstpersiflage könnte ihn erweichen. »*Colonello* Antuonos Theorie zufolge hat jemand einen bösen Blick auf mich geworfen, als ich noch im Mutterleib saß.«

Lefèvre blieb ungerührt. »Nun, was die italienische Polizei anbelangt, so kann ich dazu nichts sagen, aber wir hier in Frankreich sind durchaus in der Lage, unsere Verbrechen ohne unerbetene Hilfe aufzuklären. Wenn Sie sachdienliche Hinweise haben, würden wir sie gerne bekommen. Wenn wir Fragen haben, würden wir ehrliche Antworten zu schätzen wissen. Darüber hinaus seien Sie bitte so freundlich, die Dinge uns zu überlassen.«

»Voll und ganz«, sagte ich. »Bestimmt.«

Sein Blick wanderte zu einem Mann, der in Hemdsärmeln, mit gelockertem Schlips und einem im Mundwinkel wippenden Zahnstocher aus dem Haus kam. »Anruf vom Staatsanwalt, Inspektor. Will Sie jetzt gleich sehen.«

»Moury will mich jetzt sehen? Weiß er denn nicht, wieviel wir zu tun haben?«

Der Mann zuckte mit den Achseln. Der Zahnstocher wackelte. »Er hat einige Anweisungen für Sie.«

Ich habe seither ein wenig über das System der französischen Strafgerichtsbarkeit erfahren, in dem Polizeiinspektoren nicht den Anordnungen polizeilicher Vorgesetzter, sondern der Staatsanwälte unterworfen sind. Die Polizei nimmt an diesen Einmischungen, wie zu erwarten, häufig Anstoß.

Lefèvre machte keine Ausnahme. »*Mon dieu*«, murmelte er inbrünstig. (Ich lass' es auf französisch stehen, um die authentische gallische Atmosphäre zu vermitteln.) Er drehte seine Augen himmelwärts und ließ sie lange in dieser Stellung verharren, bevor er sie wieder abwärts lenkte. Seine Zigarette flog auf das Kopfsteinpflaster und wurde brutal ausgetreten.

»In Ordnung, Huvet«, sagte er. »Gehen Sie rein und sagen Sie ihnen, daß wir erst in einer halben Stunde anfangen.«

Huvet grinste. »Sie wollen Moury in einer halben Stunde zum Schweigen bringen?«

Lefèvre seufzte. »Ich weiß. Aber sagen Sie ihnen trotzdem Bescheid.«

Huvet nickte und ging wieder rein.

»Entschuldigen Sie«, sagte Lefèvre zu mir. »Sie hatten mir etwas sagen wollen? Ich habe einen Augenblick Zeit.«

»Es wird etwas länger dauern als einen Augenblick.«

»Trotzdem.«

»Also, es geht, äh, um etwas, das, äh, gestern abend passierte«, fing ich an. »Ehem ...«

Da wir gerade von Mißgeschicken sprachen. Lefèvre würde hiervon begeistert sein. Ich seufzte, räusperte mich und fuhr nervös fort. »Es betrifft ein Geschehen, das gestern abend – geschah. Es ist vielleicht sachdienlich, ehem, das heißt, relevant in bezug auf die Sache, die ...«

»Sie können englisch sprechen, wenn Sie wünschen«, sagte er schonungslos. Ein hellhöriger Mann. Kein Wunder, daß er Chefinspektor war.

»Jemand hat mich aus dem Fenster in Vacheys Arbeitszimmer gestoßen«, sagte ich.

Er betrachtete mich einen langen Moment ohne Kommentar, während er seine Nase zwischen Daumen und Zeigefinger quetschte. Dann drehte er sich um und sah, ins Sonnenlicht blinzelnd, zum Fenster hoch.

»Jemand hat gestern abend versucht, Sie aus dem

Fenster da oben zu stoßen«, sagte er, als ob er die Worte für sich selbst ausprobierte und keinen besonderen Gefallen an ihnen fand.

»Jemand *hat* mich hinausgestoßen.«

Er sah wieder zum Fenster hoch. Er sah auf das unebene Kopfsteinpflaster – jetzt standen dort keine Autos mehr – dann, ohne Hast, wieder hinauf. Dann sah er mich an.

»Ich, äh, bin auf einem Auto gelandet. Es ist jetzt nicht mehr da.«

»Aha. Und werde ich erfahren, wer es war, der Sie aus jenem Fenster hinaus und auf das Auto, das jetzt nicht mehr da ist, hinabgestoßen hat?«

Er hatte, wie ich festzustellen begann, dieses bedrückende Talent, einem das Gefühl zu geben – mir das Gefühl zu geben –, im Unrecht zu sein, was immer ich auch sagte, oder wenigstens immerfort ins Fettnäpfchen zu treten. Praktisch im Umgang mit Bösewichten, nahm ich an.

»Hören Sie, Inspektor …«, begann ich durch zusammengebissene Zähne hindurch, besann mich dann aber eines Besseren. Ich konnte es dem Menschen wirklich nicht übelnehmen. Aus seiner Sicht hatte ich mich, berauscht von meinem kürzlichen Erfolg bei den *carabinieri,* nun aufgemacht, der Police Nationale die Arbeit zu erschweren.

Ich schluckte meinen Ärger runter und erzählte ihm die ganze Geschichte: von meinem Unbehagen über Vacheys Auflagen hinsichtlich des Rembrandt, von Gisèle Grémondes Hinweis auf das blaue Sammelbuch, von meinem heimlichen Eindringen in Vacheys Arbeitszimmer, wo ich es mir hatte ansehen wollen, von meinem anschließenden Abgang durch das Fenster und vom Verschwinden des Buches.

Als ich fertig war, wirkte er resigniert, als habe er im tiefsten Innern seiner Seele von dem Moment an, als er meinen Namen erkannt hatte, gewußt, daß ich auch ihm das Konzept vermasseln würde.

Er zog eine Packung Gauloises aus der Tasche und zündete sich eine neue Zigarette an. »Es würde mich interessieren zu erfahren«, sagte er, »was genau Sie in diesem Buch zu finden hofften.«

»Ich weiß nicht genau. Aufzeichnungen darüber, wo dieser Rembrandt wirklich herkam. Einige Hinweise auf seine Vergangenheit.«

»Sie glauben diese Geschichte vom Flohmarkt nicht?«

»Trödelladen. Vom Flohmarkt kam der Léger. Sagen wir mal, daß keine der beiden Geschichten sehr wahrscheinlich ist. Das Buch sollte auch Informationen über seine anderen Geschäfte während der Besatzungszeit enthalten … Er fing es 1942 an. Ich würde Madame Grémonde gern fragen …«

»*Ich*«, sagte er, »werde Madame Grémonde fragen. *Sie* werden so freundlich sein …«

Huvet tauchte wieder auf. »Tut mir leid, Inspektor. Moury hat wieder angerufen. Er hat einen seiner Anfälle. Ich glaube, es wäre das beste …«

»Ich geh' ja schon, verdammt noch mal«, bellte Lefèvre. »Mr. Norgren, ich werde mich noch mal mit Ihnen unterhalten wollen. Ich nehme an, daß Sie in den nächsten Tagen erreichbar sein werden?«

Mein Herz sank. Heute abend würde Anne in Seattle sein. Ich hatte angefangen zu hoffen, daß ich morgen dort sein könnte. »Um die Wahrheit zu sagen, ich hab' gehofft, in die Staaten zurückzukehren. Es gibt da einige Dinge …« Seine Miene verhärtete sich. »Nun ja, natürlich«, sagte ich, »wenn ich behilflich sein kann, werde ich bleiben.«

»Gut«, entgegnete er. »Sagen Sie Wachtmeister Huvet, wie Sie zu erreichen sind. Ich muß jetzt gehen.« Er schüttelte mir förmlich die Hand, wie's die Franzosen bei jeder Gelegenheit tun, seufzte tief, straffte die Schultern und marschierte seinem Treffen mit dem Staatsanwalt gerade so freudig entgegen, als begäbe er sich auf den Weg zum Schafott.

»Nun ja, er hat's nicht leicht, wissen Sie«, sagte

Huvet sachlich, während wir ihm mit unseren Blicken folgten.

Huvet schien ein gelassenerer Mensch zu sein als sein Chef, und ich überlegte mir, ob er wohl weniger dazu neigen würde zu beißen, wenn ich's wagte, eine Frage zu stellen. »Wachtmeister«, sagte ich, »ob Sie mir wohl irgendwas über René Vacheys Tod sagen können? Ich weiß gar nichts Genaueres.«

»Genaueres? Er wurde heute morgen gegen fünf Uhr dreißig getötet«, erwiderte er. »Eine einzige, kleinkalibrige Kugel hinter dem rechten Ohr, nicht selbst beigebracht. Seine Leiche wurde um sieben im Teich des Square Darcy entdeckt. Blutspritzer und Gewebeteile weisen daraufhin, daß er erschossen wurde, während er auf einer wenige Meter entfernten Bank saß. Ist es das, was Sie wissen wollten?«

Es war mehr, als ich hatte wissen wollen. »Was hat er morgens um halb sechs im Square Darcy gemacht?«

»Er ist spazierengegangen. Er litt an Schlaflosigkeit. Er ging meistens morgens um fünf Uhr spazieren, wenn das Wetter gut war. Um halb sieben pflegte er dann in einer der *brasseries* Kaffee zu trinken.«

Aber das muß die Sache für Sie überschaubarer machen«, sagte ich. »Wie viele Leute konnten wissen, daß er um diese Zeit unterwegs sein würde?«

»Nicht mehr als ein paar Millionen«, sagte Huvet und schob den Zahnstocher auf die andere Seite des Mundes. »Er war Gegenstand verschiedener Zeitschriftenartikel. Diese einsamen Spaziergänge vor Tagesanbruch wurden groß herausgestellt. Eine Zeitschrift zeigte ein Photo von ihm vor einem wolkenreichen Sonnenaufgang. Aufgenommen im Square Darcy.«

»Womit dieser Punkt erledigt wäre«, sagte ich.»

»So ist es«, entgegnete er betrübt.

Als ich wieder ins Haus kam, erwartete Calvin mich im unteren Flur vor Pepins Büro.

»Was jetzt, Chef?«

»Jetzt müßten wir die Galerie eigentlich ganz für uns haben. Sehen wir doch mal nach, ob ich einen Flinck von einem Rembrandt unterscheiden kann.«

Er sah mich mit geneigtem Kopf an. »Wozu? Ich dachte, du wolltest nichts mit ihm zu tun haben.«

»Das war vorher. Jetzt ist es was anderes.«

»Ja, wieso denn?«

»Vachey ist tot«, sagte ich.

»Was hat das denn damit zu tun? Dieser Knabe in Saint-Denis behauptet immer noch, daß es ihm gehört.«

»Ja schon, Calvin, aber... Ich weiß nicht, ob ich erklären kann, was ich meine, aber daß Vachey umgebracht worden ist, ändert alles. Er wollte, daß wir das Bild bekommen, er hat eine Menge Umstände auf sich genommen, um sicherzustellen, daß wir es kriegen, und jetzt hat ihn jemand umgebracht.« Ich zuckte mit den Achseln. »Ich möchte die Sache jetzt nicht fallenlassen; ich hab' das Gefühl, ich schulde ihm etwas mehr.«

Er nickte. »Das versteh' ich.« Gut, dachte ich; ich war mir nicht sicher, daß *ich* es verstand.

»Gehen wir also rauf«, sagte er. »Wer weiß, vielleicht lern' ich ja was dazu.«

Ich lachte. »Damit du deine neue Freundin noch mehr beeindrucken kannst, stimmt's?«

»Klar«, sagte Calvin, »wozu sonst?«

Wir gingen in den ersten Stock hinauf, aber die Stellwände oben an der Treppe waren zusammengeschoben und abgeschlossen worden, so daß wir wieder hinuntergehen und Pepin dazu bringen mußten, uns einzulassen. Ihn zu überzeugen, war nicht leicht; das Zeitschloß würde entriegelt werden müssen, nörgelte er, die Alarmanlagen würden ausgeschaltet werden müssen, seine Aufmerksamkeit werde zur Zeit von vielen anderen Dingen in Anspruch genommen etc., etc. Aber wir gaben nicht nach, und schließlich kam er unwillig mit, wahrscheinlich in der Annahme, daß es schneller gehen würde, uns einfach reinzulassen, als noch weiter mit uns darüber zu streiten.

Ein paar Minuten später schob er die Wände auseinander und machte unsicher Platz, um uns vorbeizulassen. »Bitte fassen Sie nichts an. Sagen Sie mir Bescheid, wenn Sie gehen? Ich muß die Anlagen wieder einschalten.«

»Selbstverständlich«, versicherte ich ihm.

»Die Anlagen einschalten, von wegen«, sagte Calvin, als Pepin uns widerstrebend allein gelassen hatte. »Wahrscheinlich will er die Bilder zählen, wenn wir gehen.«

Ich lachte. »Mach dir nichts draus, das ist nun mal seine Art. Nicht persönlich gemeint. Komm, schauen wir uns das Bild an. Vielleicht lern' ich auch was dazu.«

»Macht einen guten Eindruck auf mich«, sagte Calvin hilfsbereit.

Wir waren seit einer Stunde im Gang. Calvin hatte meinen gemurmelten Kommentaren zu den Farben, dem Farbauftrag, dem Craquelé, der Leinwand, dem Bau des Rahmens klaglos, möglicherweise sogar verständnisvoll zugehört.

»Auf mich auch, Calvin.«

»So gut wie ein Rembrandt?«

Das war nicht leicht zu entscheiden. Die technischen Einzelheiten waren alle so, wie sie auf einem echten niederländischen Bild aus dem siebzehnten Jahrhundert, das mit echten niederländischen Materialien aus dem siebzehnten Jahrhundert gemalt worden war, hätten sein sollen. Was das anging, hatte ich praktisch keine Zweifel. Aber was bewies das? All das galt auch für Flinck. Dieselbe Zeit, derselbe Ort, die gleichen Materialien, die gleichen Utensilien. Und dieselben Techniken, im Lauf mehrerer Jahre geduldig vom Meister selbst erworben.

Ich trat ein paar Schritte zurück, um von den Details Abstand zu gewinnen und die nicht-technischen, nichtgreifbaren Subtilitäten aufzunehmen. Und je länger ich es studierte, desto mehr war mir, als könne ich Anzeichen dieser rätselhaften, grüblerischen Kraft erkennen, die Rembrandts spätere Werke durchdringen sollte, die einzigartige Fähigkeit, dem Betrachter das Gefühl zu geben, daß er in die Gedanken und sogar in den Charakter des Porträtierten Einblick nähme. Je länger ich das erschöpfte, verlebte Gesicht anschaute, desto mehr schien ich in ihm zu sehen. Kein Zweifel, dieser wehmütige alte Penner begann mir zu gefallen.

»Ich glaube«, sagte ich langsam, »es könnte echt sein.«

Calvin sah mich interessiert an. »Ja? Das ist ja phantastisch.«

»Auf der anderen Seite«, sagte ich.

Er schüttelte den Kopf. »Das gefällt mir so an euch Jungs. Es gibt immer eine andere Seite.«

»Es ist ein Appell an mein Urteilsvermögen, das ist alles. Ich glaube, daß es ein Rembrandt ist, aber ich würde nicht mein Leben darauf wetten.« Um ihn aufzuheitern, fügte ich nach einem Augenblick hinzu: »Deins vielleicht.«

»Danke. Sag mir eins: Angenommen, es gehört nicht Julien Mann – ist es gut genug, um im SAM zu hängen?«

Ich nickte. »Es ist ein Spitzenwerk des niederländischen Barock. Wer immer es gemalt hat.«

»Wenn das deine Ansicht ist, wo liegt dann das Problem? Unterschreib den Vertrag, und wir können uns später den Kopf darüber zerbrechen, wo's herkam.«

»Ich hab's dir doch gesagt. Ich bin nicht sicher, daß es ein Rembrandt ist.«

»Na und?« fragte Calvin. »Du bist nicht sicher. Du hast mir auch gerade erzählt, daß es unabhängig davon ein bedeutendes Kunstwerk ist. Müssen wir denn sagen, was es unserer Meinung nach ist oder nicht ist? Können wir nicht einfach ein paar unverbindliche Bemerkungen machen, die Papiere unterschreiben und danke schön sagen? Was tut's denn, wenn sich herausstellt, daß es von Flinck oder jemand anders ist? Uns bleibt doch in jedem Fall ein großartiges Bild, oder? Es sei denn, es gehört in Wirklichkeit Julien Mann, und dann übergeben wir es ihm. Was haben wir zu verlieren?«

»Geht nicht, Calvin. Du vergißt da eine Sache.«

»Was ver …? Ach ja.« Er setzte sich. »Die Bedingungen. Wir müssen es als Rembrandt ausweisen.«

»Und wenn's dann keiner sein sollte, würden wir als Esel dastehen, egal, wie einleuchtend wir alles zu erklären versuchten – genau das, was wir von Anfang an befürchtet haben, nicht wahr?«

»Ja, aber …«

»Du weißt doch, was *Les Echos Quotidiens* schon jetzt mit uns gemacht haben. Nicht genug damit, daß sie uns das Bild annehmen lassen, ihnen zufolge halten wir's auch noch für einen Rembrandt. Und dabei haben wir kein Sterbenswort gesagt.«

Über die Trennwände hinweg hörten wir die Stimmen Pepins und Jean-Luc Charpentiers. Charpentier war offenbar auf Wunsch Frogers gekommen, um sich den Léger anzuschauen, und Pepin belehrte ihn mit der gleichen Pedanterie wie vorher uns darüber, daß er nichts anfassen solle.

»Siehst du?« fragte ich Calvin. »Er hackt auf allen rum.«

Kurz darauf erschien Pepin selbst im Alkoven. Er fuhr sich mit der Hand durch die dunklen, sich lichtenden Haare. »Ist alles in Ordnung? Sind sie fertig?«

»Nicht ganz«, sagte ich. »Könnten wir es bitte abnehmen?«

Er starrte mich an. »Abnehmen?«

»Ja, ich würde gern die Rückseite untersuchen.«

»Die *Rückseite?*« Er sah mich an, als ob ich ihn darum gebeten hätte, das Bild freundlicherweise in acht gleiche Teile zu zerlegen. »Warum wollen Sie die Rückseite untersuchen?«

»Ich muß nachgucken, was darauf zu sehen ist. Die Rückseite ist ein Teil des Bildes.«

Nicht ganz. Ein Bild dieses Alters war fast mit Sicherheit doubliert worden, möglicherweise sogar mehr als einmal, so daß die jetzt sichtbare Rückseite nicht die ursprüngliche sein würde. Trotzdem findet man alles mögliche darauf – Zettel, Zahlen, Notizen, Stempel, die etwas über seine Geschichte aussagen können. Und dieses Bild hier brauchte so viel Provenienz, wie es nur kriegen konnte.

Er bedachte erst mich, dann seine Uhr mit einem finsteren Blick. »Nein, das geht nicht, ich müßte einen *tournevis* holen.«

Dieses Wort kannte ich nicht. »Wie bitte?«

Er machte eine drehende Handbewegung. Einen Schraubenzieher.

»In Ordnung«, sagte ich.

»Nein, Monsieur, nicht in Ordnung«, entgegnete er gereizt. »Ich müßte auch noch eine zusätzliche Alarmanlage ausschalten. Ist Ihnen klar, was heute alles von mir erwartet wird? Ich muß mich um sehr viele wichtige Dinge kümmern. Ich bin außerordentlich beschäftigt. *Außerordentlich* beschäftigt«, wiederholte er, falls ich nicht verstanden haben sollte, worum es ging.

»Trotzdem«, sagte ich entschieden.

Ich bin eigentlich gar nicht so penetrant. Im allgemeinen gibt es kein Wesen unter der Sonne, das weniger zur Anmaßung und mehr zur Anpassung neigt als ich. Fragen Sie, wen Sie wollen. Tony macht sich gern über mich lustig, weil ich der einzige Mensch in der Kunstwelt sei, der anscheinend keine Feinde hat, ein Umstand, der seiner Meinung nach offenbar eine Persönlichkeitsstörung verrät. Mein Freund, der unendlich hilfsbereite Louis, erklärte mir eines Tages bei einem italienischen Essen, daß mein narzißtisches, von meinem Ich-Ideal motiviertes Bedürfnis, gemocht zu werden, zu einer ungesunden Vermeidung jeglicher Konfrontation, insbesondere dyadischer Konfrontation geführt habe. Das habe, wie er mir ferner mitteilte, erheblich zum Scheitern meiner Ehe und zu verschiedenen anderen Katastrophen nach der Scheidung beigetragen.

Nun ja, Louis und Tony wären heute beide stolz auf mich gewesen. Ich war gewiß nicht im Begriff, Marius Pepin zum Freund zu gewinnen. Aber ich konnte mich nicht des Gefühls erwehren, daß er sich viel Mühe gab, hinderlich zu sein, ohne daß ich gewußt hätte, warum.

Er starrte mich frostig an. »Wie Sie wünschen, Monsieur.« Er drehte sich mit militärischer Knappheit um und ging beleidigt von dannen.

»Nein, es liegt an dir«, bemerkte Calvin. »Er mag dich nicht.«

»Ich bin auch nicht gerade wild auf ihn. Irgendwas sagt mir, daß er sich nicht übermäßig bemühen wird, mit seinem *tournevis* hierher zurückzuhasten. Gucken wir doch mal nach, wie Charpentier im anderen Raum zurechtkommt.«

Wir sahen ihn genau wie gestern abend vor dem Bild stehen: den großen Kopf zurückgeworfen, die Hände auf dem Rücken und um die Ellbogen geklammert. Er trug eine schmuddelige, gelblichbraune Tweedjacke mit Lederflecken auf den Ellbogen (zum Schutz vor diesen ständigen Umklammerungen?), einen ausgeleierten hellbraunen Pullover, ein glanzloses braunes Hemd mit hochgedrehten Kragenspitzen und einen uralten, senffarbenen Schlips. Es war die Kleidung eines Mannes, dem sein Äußeres gleichgültig war, und sie paßte sehr viel besser zu ihm als der Smoking.

Er blickte sich bei unserem Eintreten um und nickte geistesabwesend, als ich ihm Calvin vorstellte. »Sie haben von Vachey gehört?« fragte er, während er sich wieder dem Bild zuwandte.

»Ja«, sagte ich, »es ist schwer zu glauben.«

Seine violettfarbenen Lippen kräuselten sich. »Seien wir doch ehrlich, Christopher. Es ist ein Wunder, daß niemand den alten Schurken schon vor Jahren umgebracht hat.« Charpentier würde nie als ein Mann gelten, der mit dem Herzen auf der Zunge rumging.

Mir fiel keine Antwort ein. Vachey hatte mir auf Anhieb gefallen, aber trotzdem wußte ich, was Charpentier meinte. René Vachey war ein Mann gewesen, der ein Talent dafür – und möglicherweise seine Freude daran – gehabt hatte, sich Feinde zu machen, und er hatte eine beträchtliche Anzahl von Jahren darauf verwendet, es zu tun. Inspektor Lefèvre, dachte ich, würde keine Schwierigkeiten haben, plausible Tatverdächtige zu finden.

Ich wechselte das Thema und wies auf den Léger. »Was halten Sie heute morgen von ihm?«

Er zuckte mit den Achseln. »Dasselbe wie gestern abend, warum sollte es was anderes sein?«

»Es ist echt? Sie hegen keinerlei Zweifel?«

»Zweifel?« fragte Charpentier. »Machen Sie Witze? Überhaupt keine, nicht die geringsten. Alles hier ruft ›Léger‹. Nicht nur der Bildaufbau, der natürlich erfolgreich nachgeahmt werden kann, sondern auch Besonderheiten der Ausführung. Schauen Sie zum Beispiel die Schattierung auf der Innenseite des Krugs an, wie sie dünner aufgetragen ist als das Weiß – Sie sehen, wie die Grundierung und auch die locker gewebte Leinwand durchscheinen? Wie außerdem die Grundierung selbst den größeren Teil des weiß-schwarzen Hintergrunds bildet? Was könnte charakteristischer sein?«

Er trat dichter an das Bild heran, um behutsam auf einige – jedenfalls in meinen Augen – unidentifizierbare Gegenstände auf dem Tisch hinzuweisen. »Beachten Sie, wie die Grautöne sich bei genauer Betrachtung als eine Reihe sorgfältig abgestufter Cremefarben erweisen. Und sehen Sie, wie die Farbe durchgehend dick aufgetragen ist – ein Impasto ist es aber nicht – und sehr wenig Pinselspuren zeigt? Dies alles sind unverwechselbare Kennzeichen Légers, unmöglich, sie so genau nachzuahmen.«

Wenn Charpentier das sagte, wer war ich, dagegen anzureden? Er war wirklich einer der gefragtesten Kubistenkenner der Welt, und er stand nicht zum erstenmal einem bislang unbekannten Léger gegenüber. Vor fünf oder sechs Jahren hatte er selbst für bescheidene Schlagzeilen gesorgt, als ein Bild, daß dreißig Jahre lang in einem Baseler Restaurant an einer Flurwand zwischen den Telefonen und den Toiletten gehangen hatte, von einem internationalen Team unter seiner Leitung für einen echten Léger erklärt worden war. Ursprünglich war es vom Besitzer widerwillig zur Begleichung einer Dreißig-Dollar-Rechnung entgegengenommen worden. Drei Jahre nach seiner Wiederentdeckung wurde es in London zur Versteigerung angeboten und ging für etwas über zwei Millionen Dollar weg.

Es ließ sich also kaum bezweifeln, daß er was von seiner Sache verstand. Trotzdem konnte ich nicht so recht finden, daß die Dinge, die er da beschrieb, so ganz und gar unnachahmlich schienen. Warum sollte ein kenntnisreicher und kompetenter Fälscher das alles *nicht* tun können? Ich nehm' an, daß ich mich einem gewissen Wunschdenken hingab. Seit meinem ersten rätselhaften Gespräch mit Vachey war ich das unbestimmte Gefühl nicht mehr losgeworden, daß irgend etwas in seiner Ausstellung gefälscht war. Ich wußte, daß es keins der Bilder sein konnte, die für den Louvre bestimmt waren; die waren alle einwandfrei dokumentiert. Dasselbe galt für den Duchamp, den Gisèle bekam. Es mußte also der Léger oder der Rembrandt oder sowohl der eine wie der andere sein. Ich wollte um nichts in der Welt, daß es der Rembrandt war, was den Léger als meinen bevorzugten Kandidaten übrigließ.

Aber Charpentier hatte kein Interesse daran, meine Sache zu unterstützen. »Sie können«, fuhr er gnadenlos fort, während seine ungebärdigen Augenbrauen fast die Leinwand streiften, »die charakteristischen Bleistiftmarkierungen erkennen, die durch die Grundierung hindurchschimmern. Und sehen Sie hier, meine Herren, wo dieser kadmiumgelbe Streifen offensichtlich zweimal – nein, dreimal – versetzt worden ist. Solche Änderungen nahm Léger, um die Vervollkommnung seiner Wirkung ringend, ständig vor.«

Er richtete sich auf. »In diesem Fall leider, ohne sie zu erreichen. Wie ich gestern abend deutlich gemacht zu haben glaube, handelt es sich zwar um einen Léger, aber bestenfalls um ein drittrangiges Werk der Art, wie selbst der größte Künstler es von Zeit zu Zeit hervorbringt. In der Regel vernichtet er es. Offengestanden wünschte ich, Léger hätte das in diesem Fall getan.«

»Na ja, wenigstens wird's ins Barillot passen«, sagte ich.

»Ja, der Trost bleibt immerhin«, sagte er fast lächelnd. »Froger, dieser pompöse Elefant, wird sich zweifellos davon überzeugen, daß er ein Meisterwerk hat, was immer ich sage. Ach, dabei fällt mir ein: Ich werde zu ihm gehen, wenn ich hier fertig bin. Er bat mich, Sie zu fragen, ob Sie mitkommen wollen, falls ich Sie sehe. Wenn's Ihnen lieber ist, werd' ich ihm sagen, daß ich Sie nicht gesehen hätte.«

»Nein, das ist ist Ordnung. Ich komm' mit.«

Pepin steckte seinen Kopf in den Alkoven. »Hier sind Sie also«, sagte er zu mir, freundlich wie immer. »Entschließen Sie sich, wollen Sie es nun herunterholen oder nicht?«

»Ja, bitte.« Und zu Charpentier gewandt: »Ich brauch' noch ein paar Minuten für den Rembrandt, Jean-Luc. Wollen Sie mit uns kommen?«

Er schüttelte den Kopf. »Der Barock«, sagte er, während er sich erneut dem Léger mit seinem Wirwarr sich beißender Farben, miteinander im Widerstreit liegender Winkel und schroffer Perspektiven widmete, »ist nicht mein Fall.«

In die niederländische Abteilung zurückgekehrt, standen Calvin und ich daneben, während Pepin seinen *tournevis* dazu benutzte, die Klemmen abzuschrauben, durch die zwei kräftige Ösen auf der Rückseite des Bildrahmens an den Haken am Ende zweier Metallstäbe festgehalten wurden, die ihrerseits von einer an der

Decke entlanglaufenden Stange herabhingen. Als er sie gelöst hatte, machte er sich daran, das Bild von der Wand zu heben, wobei er meine Hilfe zunächst ablehnte; ich wurde jedoch wieder penetrant. Alte Bilder abzunehmen, ist eine Arbeit für zwei. Gemeinsam hoben wir es behutsam von den Haken und stellten es aufrecht, mit der Rückseite zu uns, auf einen niedrigen, mit Teppichware ausgelegten Transportwagen, den er mitgebracht hatte.

Das Ergebnis war der Mühe nicht wert. Wie ich vorausgesehen hatte, war das Bild doubliert worden, das heißt, die altersschwache Originalleinwand war zur Verstärkung auf eine neue Leinwand geklebt und die ganze Angelegenheit auf einen neuen Keilrahmen gespannt worden. Es waren keinerlei Spuren zu sehen.

»Erst vor kurzem gemacht«, sagte ich. »Neue leichte Leisten, thermoplastischer Kleber, alles funkelnagelneu … Vachey hat es wahrscheinlich selbst machen lassen.«

An sich war nichts dagegen zu sagen. Es ist die richtige Art und Weise, alte Bilder zu behandeln, und es war durchaus nicht schlecht gemacht worden. Andererseits ist es auch das erste, was ein Gauner macht, wenn an der Rückseite des Bildes etwas ist, was er verbergen möchte. Nicht, daß ich irgendwas gefunden hätte, was nahelegte, daß …

»Nadia abholen, Viertel vor eins, zum Lunch im Toison d'Or«, sagte Calvin sachlich über meine linke Schulter hinweg.

Ich drehte mich stirnrunzelnd zu ihm um. »Was?«

»Nicht du, ich«, sagte er. »Das war mein Schreiber.«

Es dauerte einen Moment, bis es angekommen war. »Dein Schreiber spricht? Wieso überrascht mich das wohl nicht?«

»Klasse, wie? Also, wenn du mich nicht mehr brauchst, sollte ich mich auf den Weg machen.«

»Ich komm' schon zurecht«, sagte ich, »irgendwie.«

»Kann ich irgend etwas tun, was uns heute nachmittag weiterhelfen würde?«

»Klar, vielleicht könntest du versuchen, was Nützliches rauszukriegen.«

»Und was?«

»Alles mögliche. Der Name des Trödelladens, in dem Vachey dies hier angeblich gekauft hat, wäre 'ne feine Sache.«

»Wo soll ich den denn herbekommen?«

Ich senkte meine Stimme. »Du könntest es mit Pepin probieren. Er scheint recht entgegenkommend zu sein.«

»Okay. Klar. Wird gemacht. Aber jetzt muß ich los.«

Ich nickte ihm stumm zu, als er ging, die Kaninchenzähne zu einem großspurigen Grinsen entblößt. Nadia abholen. Die schmiegsame, begehrenswerte, hübsche Nadia. Wie machte der Junge es bloß, fragte ich mich niedergeschlagen. Und wo, da ich einmal beim Thema schmiegsamer, begehrenswerter, hübscher Menschen war, hielt Anne sich gerade auf? Ohne Zweifel schlief sie; es war eben erst 4.00 Uhr an der Westküste. In einer Stunde würde das fahle Licht des frühen Morgens anfangen, durch die Vorhänge zu dringen und auf ihr Gesicht zu fallen. Sie würde sich regen.

»Sind wir fertig?« fragte Pepin, der genug davon hatte, mich in die mittlere Entfernung starren zu sehen.

»Wir sind fertig«, erwiderte ich. Zusammen hievten wir das Bild wieder hoch. Ich muß zugeben, daß niemand es zartfühlender hätte handhaben können als Pepin.

Mir war heiß von der leichten Anstrengung, was mir merkwürdig vorkam. Gemäldegalerien verfügen gewöhnlich über genaue Klimaüberwachungsanlagen, und die ideale Temperatur liegt nach allgemeiner Übereinkunft bei zwanzig Grad. Ich hatte aber das Gefühl, daß es eher drei- oder vierundzwanzig Grad seien. Das hatte ich auch am vergangenen Abend gehabt, aber da hatte ich's auf das Gedränge zurückgeführt. Außerdem kam mir die Luft trocken vor, unterhalb des üblichen

Feuchtigkeitsgehalts von fünfzig bis fünfundfünfzig Prozent, aber da war ich mir nicht ganz so sicher.

»Monsieur Pepin, haben Sie den Eindruck, daß es hier ein wenig warm ist?«

Pepin nahm dies, wie so ziemlich alles, als persönliche Beleidigung auf.

»Danke. Haben Sie noch andere Beschwerden, die Sie an Monsieur Va – an Madame Guyot weitergeleitet wissen wollen?«

»Ich beschwere mich nicht, ich ... Ach, lassen Sie nur.«

Zum Teufel damit, dachte ich. Ein paar Wochen bei dreiundzwanzig Grad würden meinem Rembrandt nicht weh tun. Nicht, wenn man bedachte, daß er offenkundig über 360 Jahre lang ohne meinen fachmännischen Rat beziehungsweise jeglichen fachmännischen Rat über die Runden gekommen war. Trödelläden und Dachböden sind nicht für ihre strikte Temperaturüberwachung bekannt.

Huch. Hatte ich das Bild gerade einen *Rembrandt* genannt? Keine Anführungszeichen, kein »angeblicher«? Hatte ich es gerade *meinen* Rembrandt genannt? Paß auf, Norgren, leg dich nicht fest, bevor du mußt. Selbst nach seinem Tod könnte Vachey gut und gern noch den einen oder anderen Trick in petto haben.

Ich dankte Pepin für seine Hilfe und holte Charpentier ab.

»Offen gesagt, Christopher«, bemerkte er, als wir *la maison Vachey* verließen, »ich bin froh, daß Sie mitkommen. Sie können mich zurückhalten, wenn Froger wieder das wilde Tier in mir hervorkehrt.«

Ich lachte. »Wir können uns gegenseitig zurückhalten.«

12

Miesepetrig mit einer locker in den Mundwinkel geklemmten Zigarette dahinstapfend, die Hände in die Taschen seiner ausgebeulten Tweedjacke, das Kinn in einen warmen Wollschal versenkt und die schwarze Baskenmütze bis auf die Ohren runtergezogen – dies alles trotz des milden Herbstwetters – erinnerte Charpentier mich an eins dieser Schwarzweißphotos aus dem Nachkriegsfrankreich, auf denen jedermann radfuhr oder ein Baguette trug oder beides tat und ganz verteufelt gallisch aussah.

Es trägt hier immer noch jedermann Baguettes, aber es gibt nicht mehr so viele Fahrräder, und Baskenmützen sind ein Relikt der Vergangenheit, das nur noch von Spaniern und Amerikanern und ein paar Einzelgängern wie Charpentier aufgesetzt wird. Nahm man diese Neandertaleraugenbrauen und die rote Gumminase hinzu, so wirkte er wie ein Atavismus, ein Arbeitsmann, der sich nach seinem mittäglichen Glas Rotwein, krossem Brot und Käse wieder ans Werk machte.

Ich kam mir inmitten von Scharen gutaussehender, gutgekleideter Studenten, die in ihre Seminare zurückkehrten, selbst ein bißchen wie ein Neandertaler vor. Zweimal am Tag – zur Kaffeepause und zum Mittagessen – überfluteten die Studenten, in Cafés und Imbißstuben hinein- und wieder hinausströmend, kurzfristig die sonst ruhige Altstadt. Sie fallen auch sehr ins Auge, und zwar nicht nur aufgrund ihrer Zahl. Französische Studenten sehen bemerkenswert anders aus als ihre amerikanischen Kommilitonen – nonchalant und modisch in Bomberjacken und übergroßen Pullovern mit hochgeschobenen Ärmeln, sind sie sorgfältig so zurechtgemacht und gekleidet, daß es den Anschein hat, als seien sie nachlässig zurechtgemacht und gekleidet. Meinem kritischen amerikanischen Auge erschienen sie mehr wie wandernde Werbung für Arpels oder Calvin Klein als wie ernsthafte, richtige Studenten. Wo, um Himmels willen, waren ihre zerrissenen Jeans mit den abgeschnittenen Beinen, ihre Kampfstiefel, ihre Nasenringe? Wo waren ihre Frisbeescheiben?

»Jean-Luc«, sagte ich, »kannten Sie Vachey sehr gut?«

»Sehr gut nicht, nein.«

»Wirklich nicht? Ich hatte gestern abend den Eindruck, daß Sie alte Freunde gewesen seien.« Alte Bekannte, jedenfalls.

»Nein, nein, ich hab' einige seiner Bilder rezensiert, vor vielen, vielen Jahren, als ich für *ActuelArt* schrieb. Ich glaube, meine Bemerkungen gefielen ihm nicht besonders.«

»Meinen Sie seine Ausstellung ›Das turbulente Jahrhundert‹?«

»Nein. Um die Wahrheit zu sagen, schrieb ich auch die Kritik für ›Das turbulente Jahrhundert‹, aber nein, ich beziehe mich jetzt auf seine eigenen Bilder.«

»Seine eigenen Bilder?«

Er warf mir durch den Zigarettenrauch einen finsteren Blick zu. »Wußten Sie nicht, daß er früher gemalt hat?«

»Ich hatte keine Ahnung davon. Was hat er denn so gemalt?«

Als wir aus der schmalen, schattigen Rue des Forges auf die sonnige, offene Fläche der Place François Rude mit ihrem Brunnen und den Straßencafétischen traten, schien Charpentier zu bemerken, daß der Tag alles andere als winterlich war. Die Baskenmütze wurde mit einer Hand vom Kopf gerissen und in eine Tasche seiner Tweedjacke gestopft, der Wollschal mit der anderen Hand vom Hals gezerrt und in die Tasche auf der anderen Seite gestopft. Das ließ ihn etwas weniger anachronistisch erscheinen, wirkte sich jedoch nicht vorteilhaft auf die Form seiner Jacke aus. Und selbst in der Sonne ging er, als ob er sich einem antarktischen Sturm entgegenstemme.

»René Vachey war ein *artiste* mit einem Anliegen«, sagte er, ohne einen Zweifel an seiner Auffassung von »artistes« mit einem Anliegen zu lassen. »Er glaubte, daß die Abstrakten die Kunst fast ruiniert hätten. Er wollte, daß die Malerei zum figurativen Kubismus Braques und Picassos – und Légers, was das angeht – zurückkehre. Und so hat er auch gemalt.«

Er nahm einen gewaltigen Zug an seiner Zigarette, ohne sie aus dem Mund zu nehmen. Eineinhalb Zentimeter davon verglühten zu Asche, fielen ab und landeten auf seinem Revers. »Na ja, was die abstrakte Malerei betrifft, hatte er recht, das will ich ihm zugestehen.« Er hielt inne, um eine lange Rauchwolke auszustoßen. »Die Malerei geht seit den zwanziger Jahren dieses Jahrhunderts unaufhaltsam zum Teufel – seit Mondrian und seinen verfluchten Neoplastizisten. Steril. Nichts als eine Sackgasse nach der anderen. Sie stimmen mir zu, nehme ich an?«

Das tat ich; nur, wenn Sie mich fragen, geht die Malerei schon seit sehr viel längerer Zeit zum Teufel, seit nämlich Daubigny und seine Schule von Barbizon um die Mitte des letzten Jahrhunderts daherkamen.

Tut mir leid, Tony, ist mir nur so rausgerutscht.

»Aber natürlich«, fuhr er fort, »haben diese reaktionären Bewegungen keine Chance. Sie sind nichts als haltlose Träumereien, ohne jede Aussicht auf Erfolg. Sehen Sie sich die Präraffaeliten an – und Vachey war kein Rossetti, das kann ich Ihnen versichern.«

»Aber er war tatsächlich gut genug, um eine eigene Ausstellung zu haben?«

Charpentier schnaubte; vielleicht war's auch ein Lachen. »Wie gut muß man sein, um eine Ausstellung in der eigenen Galerie zu haben? Es wurden, begleitet von all seinem üblichen öden Tamtam, Arbeiten des kleinen neokubistischen Kaders in seinem Kreis gezeigt. Ich hatte das zweifelhafte Privileg, sie für *ActuelArt* zu rezensieren.«

»Nicht positiv, nehme ich an.«

»Sie waren Mist. Und die sechs oder sieben Sachen von Vachey selbst waren lächerlich – epigonal, seicht, farblos, plump, kenntnislos. Das hab' ich auch geschrieben, und zwei Jahre später mußte ich es wieder schreiben, als er töricht genug war, an einer zweiten Ausstellung teilzunehmen. Offenbar überzeugte ihn diese – zugegeben wenig großzügige – Rezension davon, daß seine Karriere darin lag, Bilder zu verkaufen, was er bereits erfolgreich tat, nicht darin, sie zu malen.«

Er blieb stehen, um seinen Zigarettenstummel in einem Abfallbehälter zu deponieren. »Ich habe es immer«, sagte er, »als meinen größten Einzelbeitrag zum Wohl der Kunst betrachtet.«

Wir kehrten in einem von Studenten geplünderten Stehcafé ein, um die beiden letzten nicht sehr krossen, mit Schinken und Tomaten belegten Brote zu verzehren, und gingen anschließend die Rue Neuve Dauphine einen Häuserblock weiter in Richtung auf das Musée Barillot runter. Charpentier zündete sich eine Zigarette an, als wir das Stehcafé verließen, und inhalierte den Rauch so gierig, als ob er seit Wochen keine Zigarette mehr gehabt hätte. In Frankreich wird das Rauchen noch ernst genommen.

»Jean-Luc...«

Er wandte sich mir zu, während er an seinen Zähnen sog. »Hm?«

»Mir ist da gerade ein Gedanke gekommen. Ich weiß wohl, daß alles darauf hinweist, daß dieses Bild ein echter Léger ist und doch ... Also, nachdem Sie mir davon erzählt haben, daß Vachey im Stil der Kubisten malte, na ja – ist es irgendwie denkbar ...«

Ich überlegte, wie ich die Sache dem reizbaren Charpentier auf einfühlsame Weise vortragen könnte, aber es fiel mir nichts ein. »... *irgendwie* denkbar, daß das Bild doch gefälscht ist?«

Die wirren Augenbrauen zogen sich unheilverkündend zusammen. »Gefälscht?«

»Von Vachey.«

Die Augenbrauen sprangen auseinander. »Vachey?« Seine Kinnlade rutschte nach unten. Die an der Unterlippe klebende Zigarette blieb an Ort und Stelle. »Herrgott noch mal, haben Sie mir denn überhaupt nicht zugehört?«

»Doch, natürlich, ich werd' nur das Gefühl nicht los …«

Er brachte mich mit einer Handbewegung zum Schweigen. »Ich weiß, ich hab' es auch. Vachey führte etwas im Schilde, aber was? Er spielte Katz und Maus, wie ließe sich das bezweifeln? Aber mit wem?« Er ging ein paar Schritte weiter, ohne was zu sagen. »Und zuletzt«, fragte er mit einem bedeutungsvollen Seitenblick, »hat sich da die Maus auf die Katze gestürzt und sie zerrissen?«

Er nahm die Zigarette lang genug aus dem Mund, um mit einem Finger Essensreste zu bearbeiten, die zwischen seinen Backenzähnen steckengeblieben waren. »Ich kann Ihnen nur dies sagen: Was immer er im Schilde führte, ein gefälschter Léger war nicht mit von der Partie. *Violon et Cruche* ist echt, Christopher, es geht über die Fähigkeiten eines René Vachey weit hinaus. Im übrigen dürfen Sie nicht vergessen, daß er seit über fünfzehn Jahren nicht mehr gemalt hat.«

»Aber wer kann sagen, wann dieses Bild entstanden ist?«

Er schüttelte nachsichtig den Kopf, erstaunt über meine Beharrlichkeit. »Sagen Sie mir, wie beurteilen Sie die Möglichkeit, daß Vachey Ihren Rembrandt selbst gemalt hat?«

»Meinen Sie das im Ernst? Nicht vorhanden. Eins zu einer Billion.«

»Und warum ist es dann so schwer, mir zu glauben, wenn ich Ihnen dasselbe über das andere Bild sage? Natürlich bin ich mir darüber im klaren, daß Sie kein großer Bewunderer der Werke Légers sind …«

»Ich habe nie gesagt …«

»Das ist auch kaum nötig«, unterbrach er mich. »Aber selbst Sie müssen zugeben, daß sein technisches Können sogar in einer künstlerisch unbefriedigenden Arbeit wie *Violon et Cruche,* überwältigend ist. Der Gedanke, daß überhaupt irgendein Fälscher, und dann noch ein unbedarfter Kleckser wie Vachey, imstande gewesen sein soll, es zu fabrizieren, ist einfach ... Nein, so amüsant Ihre Theorie auch ist, sie liegt nicht im Bereich des Möglichen. Ich fürchte, wir brauchen eine andere.«

Wir standen vor dem Eingang zum Barillot. Charpentier warf seinen Zigarettenstummel fort und klopfte mir unbeholfen auf die Schulter. »Kommen Sie, auf in die Höhle des Löwen.

Das Barillot war, wie ich schon angedeutet habe, ein Museum von der Art, die Museen in Verruf bringt, die Art, die ihre Existenz hauptsächlich damit rechtfertigt, daß der ursprüngliche Stifter das Bauwerk – und die Sammlung – der Stadt vermacht und bescheidene Mittel zu ihrer Erhaltung hinterlassen hat. Es besaß vielleicht drei gute Werke (vier mit der Kohlestudie von Goya, die Vachey ihm nach seinem nur zum Spaß veranstalteten und von keinem übelzunehmenden Diebstahl geschenkt hatte), aber es wäre zu deprimierend gewesen, in den winzigen, schlecht beleuchteten Räumen, die oft buchstäblich von der Decke bis zum Fußboden mit tristen, dunklen Bildern vollgestopft waren, nach ihnen zu suchen. Neben vielen Bildern waren Schildchen wie ATTRIBUE A ABRAHAM VAN DEN TEMPEL oder D'APRES JEROME BOSCH angebracht, nicht gerade sehr eindrucksvolle Zuschreibungen. Auch im SAM haben wir einige davon – jedes Museum hat welche –, aber die Bilder hier waren ganz offenkundig nur Amateurarbeiten, bestenfalls Schülerübungen, zum Teil schlichtweg fürchterlich. Die kühner identifizierten Bilder, und einige waren von echten Alten Meistern, waren fast ebenso schlecht. Jeder Künstler hat natürlich auch weniger gute Tage, und das Barillot lieferte den anschaulichen Beweis dafür. In dieser Hinsicht war es nicht zu überbieten. Es besaß einen schlechten Murillo, einen schlechten Steen, einen schlechten Tintoretto und einen schlechten Fragonard, und von wie vielen Museen kann man das sagen? Es besaß sogar einen schlechten Velázquez, und das dürfte wahrhaftig einzigartig sein.

Und nun sah es so aus, als sollte es auch noch einen schlechten Léger zur Gesellschaft bekommen.

Das Gebäude selbst, ein Stadthaus aus dem achtzehnten Jahrhundert, war immer noch beeindruckend, aber es tat mir weh, die einst feinen Verzierungen an Tür- und Fensterstürzen und -pfosten, an Türen und Decken unter so vielen Schichten dicker weißer Farbe begraben zu sehen, daß sie nur noch unförmige Klümpchen waren. Zum Glück konnte niemand der Haupttreppe allzuviel anhaben, einer sehr schlichten Steinspirale, die Charpentier und mich zu Frogers Büro hinaufführte.

Oben legte Charpentier mir die Hand auf den Arm. »Hätten Sie Lust, eine Wette abzuschließen?« fragte er. »Frogers erste Worte werden uns versichern, daß das Ableben seines teuren Freundes René Vachey ihn zutiefst erschüttert habe und daß er selbst nicht ruhen und nicht rasten werde, bis der Gerechtigkeit Genüge getan sei. Vielleicht hat er sogar Tränen in den Augen. Das schließe ich sogar in die Wette ein.«

Ich lächelte. »Nein, danke.«

Froger wurde auf unser Kommen gründlich vorbereitet, denn wir mußten durch drei winzige »Galerien« gehen, deren Holzböden so heftig quietschten, daß wir wie eine Armee klangen. Und wir waren die einzigen Besucher, denn wir befanden uns in der Nebensaison, was Touristen anging, und die Einwohner Dijons wußten sich besser zu beschäftigen.

Frogers Büro war größer als die meisten anderen Räume. Es enthielt keine Gemälde, aber in einer Ecke gab es einen Sockel mit einer frühen Fassung der Marmorbüste Mirabeaus von Houdon, in einem Wandschrank drei gute Sèvres-Vasen und an einer Wand einen großen, ausgeblichenen Gobelin mit jagenden Göttinnen und Hirschen, der seit zweihundert Jahren nicht gereinigt worden war. Im übrigen stand nur ein eleganter Schreibtisch in der Mitte des Raums, genaugenommen ein umgewandelter Spieltisch aus dem achtzehnten Jahrhundert mit herunterklappbaren Seitenteilen, und zwei herrliche Empire-Stühle. Komisches Museum, dachte ich, in dem die nobelsten *objets d'art* sich im Büro des Direktors befanden.

Hinter seinem Schreibtisch, das Gesicht uns zugewandt, saß Froger selbst, die Hände auf dem Bauch gefaltet und das rote Gesicht ernst und beherrscht.

»Es hat also endlich jemand den arroganten Scheißkerl umgebracht«, sagte er.

Ich schwor mir, daß ich das nächste Mal, wenn Charpentier mir eine Wette anbot, darauf eingehen würde.

»Weiß man, wer's war?« fragte er mich.

»Woher sollte ich das wissen?«

»Sie sind heute morgen mit dem Inspektor hinausgegangen und haben sich mit ihm unterhalten.«

Ich hatte vergessen, daß er bei der Sitzung um Vacheys Testament dabei gewesen war. »Nun, wenn er's weiß, hat er's mir nicht gesagt«, erwiderte ich.

Er winkte uns auf die Empire-Stühle. »Es sollte weiß Gott keinen Mangel an Tatverdächtigen geben.«

In diesem Punkt wenigsten waren er, Charpentier und ich uns alle einig. Ich fragte mich, ob ihm schon mal der Gedanke gekommen war, daß er mit einiger Wahrscheinlichkeit selbst dazu gehörte. Seine Fehde mit Vachey war lang und bitter gewesen, und der spitze, hochöffentliche Zusammenstoß von gestern abend hatte die Lage nicht verbessert.

»Angefangen bei mir«, sagte er mit einem dröhnenden Lachen.

Ich begann, etwas mehr Respekt vor Froger zu haben. Vielleicht war er ein Schafskopf, aber er war kein hundertprozentiger Schafskopf.

»Nun denn, Jean-Luc«, sagte er, »Sie haben das Bild noch einmal untersucht?«

»Jawohl.«

»Und?«

»Und es ist immer noch ein Léger. Immer noch ein äußerst mieser.«

Frogers Kinn löste sich von seiner Brust. »Ein äußerst mieser? Gestern abend war er nur nicht so gut.«

Charpentier schürzte die Lippen. »Ich war barmherzig. Vielleicht habe ich unbedacht gesprochen.«

Froger blickte vorübergehend finster drein, dann ordnete er seine Züge wieder und lächelte. Offenbar hatte er beschlossen, Charpentier diesmal nicht auf die Palme zu bringen. »Wie dem auch sei«, sagte er, seine Lippen anfeuchtend, »Sie empfehlen mir, es anzunehmen?«

»Ich empfehle gar nichts. Ich werde nicht dafür bezahlt, daß ich etwas empfehle.«

»Aber es ist ein Léger? Da sind Sie sicher?«

»Es ist ein Léger«, sagte Charpentier mit wahrhaft erstaunlichem Langmut, wenn man bedenkt, daß er's inzwischen ziemlich leid sein mußte, seine Expertise angezweifelt zu sehen. »Wenn's Ihnen nur darum geht, nehmen Sie's an.«

Froger zwängte seine Finger in seinen Kragen, unter die Fleischwülste, und zerrte an ihm. »Hören Sie, Jean-Luc, nehmen Sie's mir nicht übel, aber mir ist ganz und gar nicht wohl bei dieser Sache. Niemand kennt Léger besser als Sie, das gebe ich offen zu, aber nicht einmal Sie können *sicher* sein, daß er echt ist.«

»Nein, aber ich bin bereit, meinen guten Ruf dafür zu verpfänden«, sagte Charpentier ruhig.

Aber Frogers Sorge galt Frogers gutem Ruf. Er zog seine massigen Schultern unbehaglich hoch. »Es ist nur, daß ich nicht weiß, worauf ich mich einlasse, und ich möchte nicht zum Narren gehalten werden.«

Charpentier hatte endlich die Nase voll. Er schlug mit der Faust auf den Schreibtisch. »Wenn Sie meinem Urteil nicht vertrauen, dann fragen Sie doch in drei Teufels Namen jemand anders. Er wird Ihnen haargenau dasselbe sagen, was ich Ihnen gesagt habe.«

So wird's auch gerade kommen, dachte ich. Sich an jemand anders wenden, hieße, daß nicht Vacheys Nachlaß, sondern das Barillot für das Honorar zuständig wäre. Wie vorauszusehen, begann Froger herumzudrucksen. »Also, nein, das heißt, natürlich vertraue ich Ihrem Urteil, Jean-Luc. Vorbehaltlos. Das versteht sich von selbst. Äh… Christopher, was ist mir Ihrem Rembrandt? Wollen Sie ihn annehmen?«

»Wahrscheinlich ja, wenn ich ein paar Fragen hinsichtlich seiner Vergangenheit klären kann. Ich glaube, daß er echt ist.«

Sieh einmal einer an, ich hatte es wahrhaftig ausgesprochen. Es war ein gewisser Schock, es zu hören.

»Meine Herren.« Froger hatte seinen aus der Tiefe des Brunnens kommenden Bariton aufgeboten. Er lehnte sich vor, die dicken Ellbogen auf die seidige, riffelige Oberfläche des Schreibtischs gestützt. »Meine Herren, wenn Sie recht haben, wenn dies ein echtes Bild von Léger, ein echtes Bild von Rembrandt ist – was haben wir dann von Vacheys Finten und Possen zu halten, von seiner strikten Weigerung, Untersuchungen zuzulassen? Was bezweckte er damit?«

»Ihnen zufolge«, sagte Charpentier, »liegt der Grund darin, daß es sich um Fälschungen handelt. Es sind nun aber keine Fälschungen, und ich hätte gedacht, daß Ihnen das genügen würde. Was Vachey angeht und was er vorhatte, wird nun aller Wahrscheinlichkeit nach niemand jemals erfahren.«

Damit war Froger nicht zufriedengestellt. »Gut, drücken wir es einmal anders aus, Jean-Luc. Sagen wir mal, ich hätte Sie selbst gebeten, mir zu raten, ob ich dieses Bild, eben dieses Bild, kaufen sollte oder nicht. Sagen wir mal, es gäbe keine Auflagen hinsichtlich irgendwelcher Untersuchungen. Würden Sie mir empfehlen, daß ich es vor dem Erwerb in ein Labor schicke, um absolut sicherzugehen, daß es echt ist?«

Charpentier rieb sich die Nase. Er zog seine Packung Gitanes hervor und zündete sich eine Zigarette an. Froger holte eilends einen Aschenbecher aus Onyx herbei und stellt ihn vor ihm hin.

»Nur wenn Sie Geld hätten, das Sie unbedingt verschleudern wollten«, sagte er. »Erstens weist jedes, aber auch jedes Kriterium es als einen Léger und nichts anderes aus. Zweitens müssen Sie bedenken, daß Léger ein Meister des zwanzigsten Jahrhunderts ist, kein Barock- oder Renaissancemaler, so daß die Naturwissenschaften ohnehin nur sehr beschränkte Hilfe leisten können.«

Das schien mir eine Übertreibung zu sein. Gewiß, selbst die fortschrittlichsten Datierungsverfahren würden bei einem Bild, das keine hundert Jahre alt war, nicht viel nützen, aber wie stand es mit Infrarotaufnahmen zur Hervorhebung der Maltechniken, mit der Spektralanalyse zur Bestimmung der Farbzusammensetzung und so weiter und so fort? (Nicht, daß ich behaupten konnte, von und so weiter und so fort eine überwältigend klare Vorstellung zu haben.)

»Wollen Sie sagen, daß Sie Ihren Kunden nie empfehlen, moderne Bilder untersuchen zu lassen?« fragte ich ihn.

»Ganz hin und wieder mach' ich das, wenn ein Problem auftaucht, daß mit einer sachverständigen Untersuchung nicht zu lösen ist. Aber im allgemeinen nicht. Eine naturwissenschaftliche Untersuchung ist nicht besser als der Fachmann, der sie durchführt. Fachleute sind Menschen, und Menschen machen Fehler, Christopher.«

»Auch Sachverständige sind Menschen«, sagte ich.

Charpentier lächelte mich durch einen bläulichen Schleier hindurch schwach an. »Denken wir einmal einen Augenblick an den Rembrandt und nicht an den Léger. Sie würden ihn gern untersuchen lassen? Sehr gut. Aber was, wenn der Fachmann voller Unschuld eine Farbprobe aus einer Ecke nimmt, die im neunzehnten Jahrhundert restauriert worden ist, was passiert dann mit der Datierung? Dergleichen ist bereits vorgekommen, mein lieber Christopher.«

»Das weiß ich wohl. Auch ein sachkundiges Urteil ist erforderlich. Deshalb wäre ich auch nicht glücklicher gewesen, wenn Vachey die Sache umgedreht und gesagt hätte, wir könnten die Bilder nach allen Regeln der Kunst untersuchen lassen, dürften sie uns aber nicht anschauen. Es ist beides erforderlich, nicht nur ...«

»Und wie steht es mit Irrtümern, die nicht so unschuldig sind? Fälscher können Metallsalze in die Untermalung mischen und so die Röntgenanalyse durcheinanderbringen. Auch das ist schon vorgekommen, und zwar vor gar nicht so langer Zeit. Sie können Infrarotaufnahmen beeinflussen, indem ...«

»Ich möchte einfach nicht zum Narren gehalten werden«, murmelte Froger wieder. *Irgend etwas* stimmt da nicht. Selbst nach seinem Tod trau' ich dem Scheißkerl nicht.«

»Niemand wird Ihnen da widersprechen, Edmond«, sagte Charpentier.

»Ich erinnere mich noch an dieses Fiasko mit dem ›turbulenten Jahrhundert‹«, fuhr Froger fort. »Ich rezensierte es damals für die *Revue*, wissen Sie. Steigen Sie jetzt nicht auf das hohe Roß zurück, Jean-Luc. Ich weiß, daß Sie viel davon hielten ...«

»Ich hielt nicht viel davon«, sagte Charpentier gereizt. »Bringen Sie nichts durcheinander. Ich hielt viel von dem Teil, der den figurativen und den analytischen Kubismus betraf. Auf diesem Gebiet hatte Vachey einige bemerkenswerte Arbeiten gesammelt. Was den Rest der Ausstellung anging, war's nicht an mir, darüber zu befinden, aber ich hatte schon meine Zweifel hinsichtlich der Qualität einiger der Werke.«

»Ja, nun, zu Ihren analytischen Kubisten kann ich nichts sagen, aber Seurat und die Neoimpressionisten kenn' ich, weiß Gott; die sind *mein* Spezialgebiet. Und ich kann Ihren sagen, diese Ausstellung strotzte vor

Mist, mit dem Vachey uns reinlegen wollte. Es war eine Schande. Das sagte ich seinerzeit – ich halte nicht den Mund, wenn ich etwas zu sagen habe, Sie wissen das – und das sage ich immer noch. Na ja, natürlich mach' ich mir jetzt Sorgen. Wie denn nicht?«

»Edmond, meinen Sie regelrechte Fälschungen?« fragte ich. Ich hatte nie gelesen, was er oder Charpentier oder irgendwer sonst über Vacheys berüchtigte Ausstellung geschrieben hatte, aber ich hatte angefangen, mich dafür zu interessieren.

Der Ausdruck machte ihn nervös. Seine Hand fuhr wieder zum Kragen. »Fälschungen? Nein, wann hab' ich von *Fälschungen* gesprochen? Haben Sie mich von *Fälschungen* sprechen hören? Wir könnten dieses Museum – auch Ihr Museum und den Louvre und das Metropolitan – mit umstrittenen Zuschreibungen füllen, ohne je mit Fälschungen in Berührungen zu kommen, stimmt doch, oder?

Ich mußte zugeben, daß es stimmte.

»Nein«, sagte er, »ich habe nicht von Fälschungen gesprochen, ich habe nur von – ich meinte nur – minderwertige Arbeiten.«

»Worüber machen Sie sich also Sorgen?« fragte Charpentier schroff. »Habe ich Ihnen nicht eben erst erzählt, daß Ihr Léger hier eine minderwertige Arbeit ist? Welche finstere Überraschung ist noch zu befürchten?«

Froger schüttelte düster den Kopf. Er traute Vachey noch immer nicht.

Charpentier drückte seine Zigarette im Aschenbecher aus und erhob sich. »Ich wüßte nicht, was ich Ihnen sonst noch sagen könnte. Ich werde Ihnen in ein paar Tagen einen Bericht zukommen lassen, aber er wird nichts Überraschendes enthalten. Werden Sie das Bild annehmen?«

»Ich ... Ja, ich glaube schon. Das empfehlen Sie mir doch auch, oder? Darauf läuft es doch hinaus, oder? Wenn es nicht zu weit geht, Sie um eine Empfehlung zu bitten.«

»Ich empfehle Ihnen, es in eine der dunklen Ecken zu hängen, mit denen das Barillot so reichlich versehen ist. Wenn Sie Glück haben, wird niemand es bemerken. Auf Wiedersehen, Edmond.«

13

Es war erst zwei Uhr, aber ich fühlte mich vom Zwischenfall der vergangenen Nacht immer noch ein wenig wackelig auf den Beinen, so daß ich ins Hotel zurückkehrte, um sie hochzulegen, und wiederum den klapperigen alten Fahrstuhl zum dritten Stock rauf nahm, anstatt zu Fuß zu gehen. Im Zimmer angekommen, zog ich meine Schuhe aus, schüttelte die Kissen auf und lehnte mich auf dem Bett zurück. Es war ein angenehmes Gefühl.

Charpentiers Bemerkungen hatten mich dazu gebracht, erneut über die Sache mit den Untersuchungen nachzudenken. Er hatte übertrieben, aber im Prinzip stimmte es, daß Laboranalysen sich bei Fälschungen moderner Gemälde weniger bewährten als bei Fälschungen alter Gemälde. Das Beste, was eine Untersuchung zur Bestimmung eines unechten Bilds leisten kann, ist der Nachweis, daß ein dem Anschein nach 360jähriger Rembrandt auf eine 50jährige Leinwand gemalt ist oder ein Bild von Ford Farlaine aus dem Jahr 1960 verdeckt oder Pigmente enthält, die erst am Ende des neunzehnten Jahrhunderts entwickelt wurden. Je älter ein Gemälde angeblich ist, desto mehr kann ein Labor mit ihm anfangen. So gesehen, sollte man meinen, daß von den beiden – dem Léger und dem Rembrandt – eher der Rembrandt gefälscht wäre. Das hatte Charpentier sagen wollen.

Aber wir hatten es hier nicht mit einer modernen Rembrandt-Fälschung zu tun, dessen war ich mir sicher. Es gab übrigens auch gar nicht viele davon – eben weil so viele Bilder, die fast wie Rembrandts aussahen, aus Rembrandts eigener Zeit nur Verfügung standen. Schlimmstenfalls war *Ein Offizier* genau das. Und alle naturwissenschaftliche Hexerei der Welt kann einem nicht helfen, ein 360jähriges Bild dieser Art als unecht zu entlarven. Es geht nicht.

Was also bezweckte das Verbot? Ich stand wieder einmal ganz am Anfang, wie Calvin schon so treffend bemerkt hatte. Wieder einmal? Wann hatte ich je woanders gestanden?

Ich legte mich behaglicher zurecht, um die Sache einer eingehenderen Betrachtung zu unterziehen.

Um 18.20 Uhr klingelte das Telefon. Ich hob den Hörer ans Ohr, ohne meine Augen zu öffnen.

»Hallo, Chris ...«

»Calvin, warum weckst du mich immer?«

»Warum schläfst du immer?«

Ich gähnte und schwang meine Füße über die Bettkante.

»L'Atelier Saint-Jean«, sagte Calvin. »Rue de Rivoli 89, *propriétaire* M. Gibeault.«

Ich beendete mein Gähnen. »Hm. Französisch, *n'est-ce pas?*«

»Es ist der Trödelladen, Chris.«

Das öffnete mir die Augen. »Der... du meinst, wo er angeblich den Rembrandt gekauft hat? Pepin hat ihn dir tatsächlich genannt?«

»Machst du Witze? Nicht, daß ich ihn nicht gefragt hätte, aber er behauptet, nichts über den Rembrandt zu wissen. Anscheinend gab's eine Menge Sachen, in die Vachey niemanden reinschauen ließ, und dies war eine davon.«

»Ja, und wer hat dir dann erzählt ...«

»Ich hab's von Madame Guyot.« Er hüstelte bescheiden. »Sie hat irgendwie Gefallen an mir gefunden.«

»Calvin, das ist Klasse«, sagte ich. »Ich kann morgen einen Zug nach Paris nehmen ...«

»Ich habe auch ein paar andere interessante Dinge rausbekommen. Wenn du glaubst, daß diese ganze Angelegenheit bereits so irre ist, wie's nur geht, denk noch mal nach. Hast du schon zu Abend gegessen?«

»Ich hab' geschlafen. Ich bin nicht übermäßig hungrig.«

»Am Ende der Rue de la Liberté, praktisch gegenüber von deinem Hotel, gibt's eine *brasserie*. Wir können ein Omelett oder so was nehmen. Ich seh' dich da dann in fünf Minuten.

»Rat mal«, sagte Calvin und beobachtete mich selbstzufrieden über den Rand seines Glases Weißwein hinweg, »wer Pepin ist.«

»Was meinst du, wer er ist? Vacheys Sekretär, sein Sicherheitschef, was weiß ich.«

»Oho, das ist noch nicht alles, mein Lieber.«

Ich schenkte mir den größten Teil der winzigen Flasche Badoit-Mineralwasser ein (für Wein fühlte ich mich noch nicht gut genug). »Calvin, das ist ja sehr amüsant, aber wie wär's, wenn du's mir einfach sagen würdest?«

»Also gut, du erinnerst dich an diesen Diebstahl im Barillot, den Vachey vor zehn Jahren inszenierte?«

»Es war kein ›Diebstahl‹«, sagte ich gereizt. »Er hat da auf was aufmerksam gemacht. Sie haben ihre Bilder zurückbekommen und noch mehr dazu.«

Calvin bekam große Augen. Auch ich war überrascht. Wann war ich so weit in Vacheys Lager übergelaufen, daß ich einen Kunstraub verteidigte, was immer ihn veranlaßt haben mochte? Ich verbesserte mich rasch. »Okay, ja, es war ein Diebstahl. Entschuldigung. Aber was ist damit?«

»Und wie Froger seinen Sicherheitschef wegen mangelnder Vorsichtsmaßnahmen gefeuert hat? Na, willst du den Namen dieses gefeuerten Sicherheitschefs mal raten?«

»Willst du mir erzählen, daß es Pepin war?«

»Du hast es erfaßt. Vachey hat ihm in der Woche drauf einen Job verschafft, und seither ist Pepin dort.« Er grinste. »Du glaubst wohl nicht, daß das erklären könnte, warum er ein kleines bißchen paranoid reagiert, wenn jemand in die Nähe irgendwelcher Sachen in der Galerie Vachey gerät?«

Ich nickte. Gebranntes Kind scheut das Feuer. »Weißt du, es könnte auch …«

Der Kellner setzte unsere Bestellungen ab. Ein Schinkenomelett für Calvin, ein Käseomelett für mich, beides neben zwei winzigen Stückchen Tomate auf einem zwergenhaften Salatblatt serviert. Dazu kamen ein Korb mit Brötchen, ein Ständer mit Essig- und Ölflasche und – wie zu fast allen Gerichten in dieser Stadt – ein Töpfchen Dijon-Senf.

»Es könnte auch was?« fragte Calvin, als mein Satz erstarb.

Stirnrunzelnd brach ich ein Brötchen auf. »Ich dachte gerade … Mal angenommen, dir passierte so was. Daß Vachey dich bei sich einstellt, nachdem Froger dich entlassen hat. Was würdest du empfinden?«

Calvin zog die Achseln hoch. »Erleichterung, nehm' ich an. Es hat nicht allzu viele Leute geben können, die danach bereit gewesen wären, es mit ihm zu riskieren.«

»Was würdest du Vachey gegenüber empfinden?«

»Ich weiß nicht – Dankbarkeit?«

»Obwohl er es ist, der überhaupt erst dafür gesorgt hat, daß du gefeuert worden bist? Obwohl du auf diesem Gebiet nirgends wieder Arbeit finden würdest?«

»Ah, ich versteh', was du meinst. Man hätte sozusagen gemischte Gefühle, nicht wahr? Man wäre dankbar – aber immer, wenn man ihn sähe, würd' einem der Haß hochkommen.«

»Genau«, sagte ich. »Ich hab' mich gerade gefragt, ob er ihn genug gehaßt haben könnte, um ihn umzubringen.«

»Aber warum gerade jetzt? Das liegt alles Jahre zurück.«

»Zum einen, um den Eindruck zu erwecken, daß es was mit der Ausstellung zu tun habe oder mit diesen Vorwürfen in *Les Echos Quotidiens* oder mit irgendeiner der anderen Sachen, die gerade ablaufen.«

Calvin schüttelte den Kopf. »Mag sein, aber in meinen Ohren klingt das ziemlich weit hergeholt, Chris. Viele Leute haben Vachey wahrscheinlich genug gehaßt, um ihn umzubringen. Mein Gott, wir kennen selbst an die zwanzig.«

»Und wen, zum Beispiel?«

»Zum Beispiel Gisèle Grémonde.«

»Du meinst, wegen des Duchamp? Aber er hat ihn ihr geschenkt, bevor er gestorben ist.«

»Ja, aber das hat sie erst heute morgen erfahren, nachdem er bereits tot war.«

»Ja, schon, aber ...«

»Und wie steht's mit diesem widerwärtigen Sohn, Christian? Hast du gemerkt, wie schockiert er war, als er von dem neuen Testament erfuhr? Vielleicht dachte er, Vachey habe nur *geplant*, sein Testament zu ändern, und hat ihn umgebracht, um ihm zuvorzukommen. Und dann hört er heute morgen, daß er ein Jahr oder so zu spät gekommen ist. Hast du nicht gesehen, wie sein ganzes Gesicht ›Oh, Scheiße‹ ausdrückte?«

»Das stimmt wohl...«

»Und vergiß auch Julien Mann nicht. Da wir gerade von persönlichen Interessen reden. Soweit wir wissen, war er all diese Jahre hinter Vachey her und hatte gerade rausgekriegt, wo er wohnte.«

Ich seufzte. Das waren zwar noch keine zwanzig, aber es reichte. »Du hast recht. Ich hab' wohl nur laut gedacht.«

»Und vergiß nicht all die Leute, die wir nicht kennen und die wahrscheinlich einen Haß auf ihn hatten.«

Ich fing mit dem Omelett an, und ein oder zwei Minuten aßen wir, ohne zu reden.

»Rat mal, wer Clotilde Guyot ist«, sagte Calvin.

Ich sah mit der Gabel in der Hand auf. »Du steckst voller Überraschungen, was? Wer?«

»Das ist etwas, worüber du wahrscheinlich besser Bescheid weißt als ich. Du weißt doch, was ›Arisierung‹ war?«

Ja, das wußte ich. Im Zweiten Weltkrieg waren gleich am Anfang der Besatzung jüdische Unternehmen unter Treuhandschaft gestellt worden. Ihre Inhaber wurden aufgefordert, ihren Betrieb »freiwillig« an Geschäftsleute von unzweifelhaft arischer Abstammung zu verkaufen. Weigerte sich der Inhaber, so sorgte der Treuhänder dafür, die nicht-arische Verschmutzung des Betriebs durch Verkauf oder Liquidation zu beseitigen. Die einstigen Inhaber der so »arisierten« Betriebe wurden in Viehwaggons in die Todeslager im Osten geschafft oder in Frankreich interniert oder kauften sich, wenn sie Glück hatten, ihren Weg aus Europa raus oder schafften es sonstwie, von der Bildfläche zu verschwinden. Zwar kam es hier und dort zu Protesten gegen dieses Verfahren, aber die Franzosen waren nicht in einer Position, in der sie Beschwerden mit viel Nachdruck hätten vortragen können; im übrigen waren zahlreiche bedeutende Bürger Nutznießer dieser Politik.

»Und so ist auch Vachey an seine erste Galerie gekommen«, erzählte mir Calvin. »Es war die Galerie Royale in Paris – du weißt schon, diejenige, die Vachey 1942 besaß. Und davor hatte sie Clotildes Onkel gehört.«

Ich legte meine Gabel nieder. Mein von Anfang an nicht sehr herzhafter Appetit war mir vergangen. »Oh, verdammt noch mal, Calvin«, sagte ich leise.

Er sah überrascht aus. »Warum ›verdammt noch mal‹? Ich meine, sicher, es war ein miserables Geschäft, aber es ist nicht so, daß Vachey es dem Knaben persönlich gestohlen hätte. Wahrscheinlich hatte auch er keine andere Wahl in dieser Angelegenheit.«

»Nein, Calvin, so war es nicht. Was meinst du, wem die Nazis diese Firmen gaben? Den Leuten, mit denen sie schon vorher gern Geschäfte gemacht hatten. Den Speichelleckern, den Handlangern, den Kollaborateuren, den Parasiten.« Und ob ich's glauben wollte oder nicht, es begann so auszusehen, als ob René Vachey zu einer oder auch zu allen der obengenannten Gruppen gehört habe.

Calvin schüttelte den Kopf. »Also, sie hat da andere Erinnerungen. Aus ihrer Sicht wandelte Vachey auf Wasser.« Er legte seine Gabel nieder und beugte sich vor. »Hör zu, ich erzähl es dir.«

Wenn die Geschichte, die sie Calvin erzählt hatte, auch nur halbwegs stimmte, und ich hoffte, daß es so war, konnte ich verstehen, warum sie so empfand. Weit davon entfernt, ein verabscheuungswürdiger Profitgeier zu sein, der sich am Elend anderer bereichert hatte, war er Clotilde zufolge ein wahrer Held gewesen. Ja, er hatte die Galerie Royale ihres Onkels Joachim Lippe den Verordnungen der Nazis entsprechend übernommen, aber er hatte seine Einkünfte und seinen Einfluß genutzt, um anderen, weniger vom Glück Begünstigten zu helfen. Er hatte 80 000 Francs – richtige Francs, kein Besatzungsgeld: eine gewaltige Summe in jenen Tagen – ausgegeben und war bei dem Versuch, die Flucht der Familie Lippe aus dem besetzten Europa zu arrangieren, überdies ein enormes persönliches Risiko eingegangen.

In Joachims Fall war er gescheitert – die Gestapo hatte den bereits älteren Mann drei Stunden, bevor er Paris verlassen sollte, verhaftet, und er war auf dem Weg nach Auschwitz in einem Viehwaggon an Unterkühlung gestorben –, doch gelang es Vachey, Joachims Frau und zwei kleine Töchter in den unbesetzten Teil Frankreichs, dann nach Portugal und schließlich nach Kanada zu schaffen. Danach hatte er ihnen weiterhin Geld geschickt, bis Mme. Lippe sich Mitte der fünfziger Jahre wieder verheiratete.

Die damals sechzehnjährige Clotilde war selbst keine Jüdin, aber soweit es die Gestapo betraf, hatte es gereicht, einen jüdischen Onkel zu haben. Ihre Verhaftung, Deportierung und Zwangsarbeit in Osteuropa vor Augen, hatte Vachey sie, ihre Mutter und Clotildes sechsjährigen Bruder sieben Wochen lang in seinem eigenen Keller versteckt gehalten – eine Tat, die ihn das eigene Leben gekostet hätte, wenn sie herausgekommen wäre –, während er französische und deutsche Amtspersonen dazu beschwatzte und bestach, die kostbaren Papiere auszustellen, die bezeugten, daß die Guyots nicht-jüdisch waren.

Als die Gefahr vorbei war, hatte er Clotilde einen Job in der Galerie gegeben, und seit dieser Zeit hatte sie für ihn gearbeitet.

»Fünfzig gottverfluchte Jahre, kannst du dir das vorstellen«, fragte Calvin. »Wie würde es dir gefallen, fünfzig Jahre lang für Tony zu arbeiten? Ich will dir was sagen, sie glaubt, er war das Größte, was je auf zwei Beinen durch die Welt spazierte.« Er wiegte seinen Kopf. »Und kein Wunder.«

Ich hatte trotzdem meine Zweifel. Clotildes Beziehung zu Vachey war noch unklarer als Pepins. Vachey hatte sein eigenes Leben aufs Spiel gesetzt, um sie und ihre Familie zu retten – aber er war auch der Mann, der vom Tod ihres Onkels und von der Konfiszierung der Galerie profitiert hatte, der Mann, der sie mit Billigung und vielleicht auf Anweisung der Nazis übernommen hatte. Jetzt, zum Schluß, hatte er sie Clotilde zurückgegeben, aber zuvor hatte er sie als Sprungbrett zum Reichtum gut genutzt, während sie ein halbes Jahrhundert lang eine bezahlte Angestellte geblieben war.

Haßte sie ihn? Liebte sie ihn? Beides? Was hätte ich an ihrer oder Pepins Stelle empfunden? Ich konnte es mir nicht vorstellen. Ich hatte den Mann doch nur einen Tag gekannt, und ich war nicht imstande, mir darüber klarzuwerden, ob ich ihn bewunderte oder verachtete.

»Was hat sie sonst noch gesagt?«

»Nicht viel. Warum, was hättest du sonst noch gern gehört?«

»Vielleicht was über diese Geschichte mit dem Flinck. Wenn sie seit 1942 für Vachey gearbeitet hat, wird sie wissen, ob an Julien Manns Vorwürfen was dran ist.«

Calvin aß sein Omelett auf und schob den Teller beiseite. »Ja, aber wird sie es sagen? Sie ist dem Knaben wirklich treu ergeben, Chris. Wenn du willst, könnte ich morgen mit ihr reden und mal sehen.«

»Laß mich mit ihr reden, Calvin. Ich werd' morgen früh bei ihr vorbeigehen, bevor ich nach Paris fahr' und diesen Trödelladen ausfindig mache. Aber weißt du, was du tun kannst? Du kannst *Les Echos Quotidiens* anrufen und sie über unsere tatsächliche Position in bezug auf den Rembrandt aufklären.« Ich lächelte. »Die natürlich gar keine Position ist.«

Er nickte. »Wird gemacht. Tony hat mich auch schon gebeten, mit ihnen zu sprechen. Auch mit der übrigen Presse. Die Anweisungen lauten zu mauern. Das kann ich echt gut.«

»Tony? Wann hast du mit ihm gesprochen?«

»Heute nachmittag. Die Leute von *Les Echos Quotidiens* versuchten, eine Erklärung von ihm zu kriegen, und er wußte nicht, wovon sie redeten.« Er zog die Augenbrauen hoch. »Jetzt weiß er's.«

»Du hast ihn über alles aufgeklärt?«

Er nickte. »Ach ja, abgesehen davon, daß du dich besoffen hast und in Vacheys Arbeitszimmer geschlichen und aus dem Fenster gefallen bist. Den Teil hab' ich vergessen.«

»Was hat er gesagt?«

»Na ja, du kennst Tony ja. Er ist nicht leicht aus der Ruhe zu bringen. Aber er muß mit dir reden.«

»Ich muß mit ihm reden. Es ist acht Uhr«, sagte ich mit einem Blick auf eine Wanduhr. »Elf in Seattle. Wenn ich ihn jetzt gleich anruf', erwisch' ich ihn wahrscheinlich, bevor er zum Mittagessen geht.« Ich bedeutete dem Kellner, uns die Rechnung zu bringen.

»Geh nur«, sagte Calvin. »Ich werd' bezahlen. Und wenn ich an deiner Stelle wäre, würd' ich mich früh in die Falle hauen. Du siehst ziemlich kaputt aus.«

Ich stand auf. »Ich glaub', das mach' ich. Danke, Calvin.« Ich ging zur Tür und drehte mich dann mit einem Lachen um. »Und vielen Dank dafür, daß du den Teil mit Vacheys Arbeitszimmer vergessen hast.«

Er grinste zurück. »Mein Gott, das hätt er doch eh' nicht geglaubt.«

14

Ich erreichte Tony um 11.20 Uhr Ortszeit in Seattle. Der Anruf wurde ihm von seiner Sekretärin durchgestellt.

»Hallo, Chris, wie geht's, wie steht's in Frankreich?« fragte er leutselig. »Alles in Ordnung?«

Tony Whitehead war ein Mann, der mehr als eine Telefonstimme besaß. Ich erkannte diese hier als die onkelhafte, die er in Gesprächen mit Mitarbeitern annahm, wenn bedeutende Leute – Vorstandsmitglieder, Stifter, Journalisten – in Hörweite waren. Dadurch sollte, glaube ich, der (mehr oder weniger zutreffende, von der gelegentlichen Krise einmal abgesehene) Eindruck erweckt werden, daß wir eine große, glückliche, problemlose Familie seien.

»Ruf zurück, wenn du allein bist«, sagte ich. »Ich werde den Rest des Abends im Hotel sein.«

»Das werd' ich auf jeden Fall tun«, dröhnte Tony. »Wie schön, von dir zu hören. Mach weiter so.«

Sechzig Sekunden später klingelte mein Telefon. »Calvin hat mir gesagt, daß du in Schwierigkeiten geraten bist.« Er klang wieder wie Tony, nicht wie der Weihnachtsmann. »Das tut mir leid.«

»Na ja, du hattest mir ja gesagt, daß es interessant werden würde.«

»Weiß man, wer Vachey umgebracht hat?«

»Ich glaub' nicht.«

Ich hörte ein vertrautes knick-knack durchs Telefon, das Geräusch, das mein Bürostuhl von sich gibt, wenn er zurückgekippt wird. Tony war den Flur runtergegangen, um von meinem Büro aus anzurufen. Ich stellte mir vor, wie er sich zurücklehnte, auf die Elliott Bay hinausblickte und die grün-weißen Fähren ins Coleman Dock einlaufen sah.

»Calvin sagt, daß dir das Bild gefällt.«

»Es ist wunderschön«, erklärte ich begeistert. »Es ist ein Porträt des alten Mannes, der früher als Rembrandts Vater bezeichnet wurde. Es ist ungefähr so gut wie das in Malibu, Tony.«

»Das will viel heißen«, erwiderte er, und ich konnte seine unterdrückte Erregung hören.

»Also – ist es von Rembrandt?«

»Vielleicht. Wahrscheinlich.«

»Nicht von Govert Flinck?«

»Ich glaube nicht, aber darum geht's jetzt gar nicht mehr in erster Linie, Tony. Jetzt sind Vacheys Aktivitäten während des Krieges zu bedenken. Selbst wenn dies nicht das Bild ist, von dem Julien Mann spricht, ist es immer noch möglich, daß Vachey es auf dieselbe Weise bekommen hat. Wenn das zutrifft, glaub' ich nicht, daß wir was mit ihm zu tun haben wollen – oder?«

»Auf keinen Fall«, entgegnete Tony, ohne zu zögern. »Ich würde wünschen, daß es dorthin zurückkehrt, wo's hingehört. Indessen ...« Er stieß einen langen Seufzer aus. »Ich hab' eine große Bitte an dich, Chris.«

Er wartete auf eine zustimmende Reaktion, aber ich hielt den Mund. Wenn Tony auf jeden faulen Zauber verzichtet und einem geradeheraus mitteilt, daß er eine große Bitte an einen richten will – dann kann man sich darauf verlassen, daß sie in der Tat groß sein wird.

»Wir brauchen erst am Freitag zu unterschreiben, daß wir es annehmen, stimmt's?« fragte er, als ich nicht antwortete. »Noch drei Tage?«

»Das stimmt. Vachey hatte die Frist verlängert.«

»Also, ich weiß, daß du morgen zurückfliegen willst – nein, unterbrich mich nicht – und ich weiß, wie lang es her ist, seit du Anne gesehen hast und daß sie nur bis Samstag hier sein wird, aber ... also, es wäre mir lieb, wenn du noch ein paar Tage in Frankreich bleiben könntest.«

»Tony...«

»Ich weiß, und glaub mir, ich bitte dich sehr ungern

darum. Aber dies könnte die bedeutsamste Neuanschaffung ...«

»Wenn es echt ist. Und wenn es nicht Manns Vater oder jemand anders abgepreßt worden ist.«

»Genau. Und darum geht es mir. Wir haben noch drei Tage Zeit. Ich möchte, daß du versuchst, doch noch irgend etwas über seine Provenienz in Erfahrung zu bringen, Julien Manns Anspruch nachzugehen, herauszufinden, ob's sonst noch irgendwo im Gebälk knistert. Vielleicht kannst du den Trödelladen finden, in dem Vachey es angeblich gekauft hat. Fahr nach Paris, wenn nötig ... Äh, Chris, bist du noch da?«

Ich war noch da. Ich fragte mich nur gerade, ob ich Tony gegenüber erwähnen sollte, daß Inspektor Lefèvre klargestellt hatte, daß ich Frankreich in den nächsten paar Tagen sowieso nicht verlassen dürfe und daß ich den Namen des Trödelladens bereits kannte und die Fahrt nach Paris schon geplant war. Das zu hören, würde Tonys Gewissen zweifellos beruhigen. Andererseits wär's auch angenehm, ihn in dem Glauben zu lassen, daß er mir was schulde.

Es war ein moralisches Dilemma, mit dem ich mindestens zwei Nanosekunden rang.

»Ja, ich bin noch hier, Tony«, sagte ich stoisch. »Okay, wenn du meinst, es wäre das beste ... dann bleib' ich noch.«

»Danke, Chris«, sagte er herzlich. »Ich wußte, daß auf dich Verlaß sein würde.«

»Laß nur.« Nun begann er, mir ein schlechtes Gewissen einzuflößen. »Noch was?«

»Nur noch *ein* Vorschlag. Vielleicht hättest du Lust, Ferdinand Oscar de Quincy aufzusuchen und zu sehen, ob er Licht in diese Angelegenheit bringen kann.«

Ich blinzelte den Hörer blöd an. »Ferdinand de Quincy lebt noch?«

De Quincy war der Mann, der in den frühen fünfziger Jahren Direktor des SAM gewesen war, der Mann, der ein Jahrzehnt davor angeblich einige Bilder Vacheys ausfindig gemacht und ihm zurückgegeben hatte, nachdem sie mit den Nazis gen Osten verschwunden waren, der Mann, dessentwegen Vachey uns den Rembrandt überhaupt schenken wollte. Es war mir nie in den Sinn gekommen, daß er noch am Leben sein könnte.

»Tja, ich war auch überrascht. Aber plötzlich dämmerte mir, daß er 1945 erst um die Dreißig gewesen war, so daß er jetzt in den Siebzigern sein müßte, und ich bat Lloyd nachzuforschen, ob er was in Erfahrung bringen könnte. Und es stellte sich heraus, daß er in der Nähe von Paris lebt.«

»Aber – warum war er dann nicht auf dem Empfang? Bestimmt hätte Vachey ihn eingeladen, bestimmt hätte er kommen wollen …«

»Ich hab' keine Ahnung. Warum versuchst du nicht, es rauszukriegen? Er muß einiges über Vachey wissen. Seine Nummer ist …«

»Warte. Schreiber. Okay, laß hören.«

»Seine Nummer ist 43-54-23-31.«

Ich notierte es auf dem Vorsatzblatt eines Taschenbuchs von Wallace Stegner, das ich mitgenommen hatte, um mir die Zeit zu vertreiben, wenn's langweilig werden sollte.

Selbstredend öffnete ich es jetzt zum erstenmal.

Nachdem ich aufgelegt hatte, saß ich auf der Bettkante und starrte trübsinnig das Telefon an. Meine Gedanken waren noch in Seattle, aber nicht bei Tony oder SAM. Ich dachte an das Haus, das ich in Magnolia gemietet hatte, etwa drei Kilometer vom Museum entfernt. Anne würde heute abend ankommen, und ich wollte mit ihr sprechen. Es sah so aus, als ob ich bis Freitag hier festsitzen würde und also erst am Samstag wieder in Seattle sein könnte, was uns gerade einen einzigen gemeinsamen Tag übriglassen würde. Einen Tag – und keine Nächte, ein trostloser Ertrag nach all diesen Monaten erwartungsvoller Planung.

Aber ich hatte eine Idee, wie sich was retten ließe.

Annes Konferenz dauerte nur einen Tag. Sie würde morgen, Mittwochabend, zu Ende sein. Und wenn sie morgen abend einen Militärflug zurück nach Europa bucht? Es gab jede Menge davon nach England und Deutschland. Sie könnte Donnerstagabend hier in Dijon sein. Das würde uns den Freitag und den Samstag zusammen geben und den Sonntag dazu, denn Kaiserslautern war nur drei Stunden von Dijon entfernt, und sie würde erst am späten Nachmittag abreisen müssen. Außerdem lief die Frist, in der ich eine Entscheidung hinsichtlich des Bilds treffen mußte, Freitag bei Geschäftsschluß ab, so daß meine Arbeit hier am Tag nach ihrer Ankunft so oder so erledigt sein würde. Wir könnten zwei Tage in Paris verbringen oder ein Auto leihen und durch die Provence fahren oder machen, was immer sie wollte.

Je länger ich darüber nachdachte, desto sinnvoller erschien mir das. Sollte sie keinen Militärflug nehmen können, würde ich ihr einen normalen besorgen. Vielleicht würde ich das von vornherein tun und First Class buchen. Das wäre dann meine Einladung. Wie könnte ich mein Geld besser verprassen?

Aber noch war es kaum Nachmittag in Seattle, sie war also noch irgendwo unterwegs, wahrscheinlich auf der Olympic Peninsula in der Nähe von Kalaloch oder Ruby Beach, wenn sie die Route nahm, die wir geplant hatten. Es tat weh, daran zu denken, welche Freude es gemacht hätte, ihr diese unberührten, märchenhaften Orte zu zeigen. Indessen, besser etwas als gar nichts.

Ich seufzte, tippte meine eigene Telefonnummer und wartete darauf, daß meine Stimme erklang. Anne würde bei ihrer Ankunft den Anrufbeantworter abhören, um zu erfahren, ob ich mich bei ihr gemeldet hatte.

»Hallo«, sagte eine Grabesstimme. »Hier ist Chris Norgren.« Sie hielt inne, damit diese Mitteilung in ihrer ganzen Tragweite erfaßt werden könne und fuhr dann düster fort: »Tut mir leid, daß ich im Augenblick nicht ans Telefon kommen kann, aber wenn Sie darauf warten und nach dem Signal eine Nachricht hinterlassen wollen, werde ich …«

Ich klopfte unbeduldig mit dem Fuß auf den Boden. Klang ich wirklich so, oder sorgte eine rätselhafte Macke der Anrufbeantworter dafür, daß jeder wie ein Zombie klang?

Endlich kam der Piepton. »Hi, Anne«, sagte ich mit äußerster Anstrengung, um wie ein lebendiger Mensch zu wirken, »herzlich willkommen in der grünen Stadt, und ich hoffe, du hast eine tolle Fahrt hinter dir. Im Kühlschrank steht jede Menge guter Sachen, und du weißt, wo die Alkoholika sind. Alles, was im Kühlschrank steht, sollte mehr oder weniger frisch sein. Paß auf, ich hatte gerade eine phantastische Idee. Ruf mich an, wenn du da bist. Mach dir keine Gedanken wegen der Uhrzeit …«

Klick. »Chris?«

Es dauerte einen Augenblick, bevor ich umschalten und meine Stimme wieder in Gang bringen konnte. »Anne? Was machst du dort?«

»Ich bin früher hier angekommen. Ich bin bei Portland auf den Highway 5 abgebogen. Ich wollte die Halbinsel aufsparen, damit ich sie mit dir sehen kann.«

Und tausend Dank dafür, dachte ich mit Wärme. »Paß auf, ich bin froh, daß ich dich so früh erreicht habe. Ich werd' noch zwei oder drei Tage hier in Frankreich bleiben müssen …«

»Drei Tage! Aber dann bleiben uns nur noch … Warum mußt du drei Tage länger bleiben?«

»Na ja, die Polizei hat's von mir verlangt …«

»Polizei? Was ist da los?«

Und also mußte ich erneut umschalten und Erklärungen abgeben, was eine Weile dauerte; es waren zwei ereignisreiche Tage gewesen. Ich erzählte ihr sogar, daß ich aus dem Fenster geworfen worden war, wobei es mir gelang, die eher grotesken Elemente der Angelegenheit runterzuspielen, ohne die dramatischen Momente der Todesnähe zu verharmlosen.

»Mein Gott, Chris«, sagte sie erfreulich schockiert, »Ich bin nur froh, daß es dir gut geht. Es *geht* dir doch gut?«

»Es geht mir bestens. Und ich hab' eine großartige Idee. Ich möchte, daß du hierher nach Dijon kommst. Flieg früher nach Europa zurück.«

Ich erzählte ihr von dem herrlichen Herbstwetter in Europa. Ich schlug eine Fahrt ins Languedoc mit einer Übernachtung in einem der alten Gasthöfe innerhalb der Stadtmauern von Carcassonne vor (sie hatte mir mal gesagt, daß sie das gern machen würde). Ich wies darauf hin, daß der neue Plan uns einen gemeinsamen Sonntag bescheren würde, den wir sonst nicht bekämen.

»Geht nicht«, sagte sie.

»Warum nicht?«

»Wenn du wüßtest, wie viele Hebel ich in Bewegung setzen mußte, um meine Flüge zu bekommen, würdest du mich nicht bitten, sie umzutauschen.«

»Dann tausch sie nicht um. Nimm einen normalen Flug. Ich werd' deine Tickets von hier aus bestellen.«

»Chris, es geht einfach nicht. Es wäre zu – nun ja, zu peinlich, den Flug zu stornieren, nach all der Mühe, die ich ihnen gemacht habe. Es geht einfach nicht. Sie haben andere Leute rausgeworfen, um mich unterzubringen.«

»Aber könntest du nicht...« Aber ich hatte nichts vorzuschlagen. »Oh, verdammter Mist.« Ich tat mir mächtig leid.

»Chris, es ist nicht das Ende der Welt. Es ist nur ein logistischer Haken, mehr nicht. Es passiert nicht zum erstenmal.«

Ich lächelte. »Letzte Woche hab' ich dir das erzählt.« Ein Fetzen aus jenem Gespräch fiel mir wieder ein. »Hast du Gelegenheit gehabt nachzudenken?« fragte ich.

Sie zögerte. »Hab' ich dir gesagt, daß ich über was nachdenken wollte?«

»Ja.« Nun zögerte ich. »Du hast allerdings nicht gesagt, worüber.«

Ich hörte, daß sie einen Schluck Wein nahm. »Ich glaube, du weißt es.«

»Deinen Dienst«, sagte ich.

Anne befand sich an einem Scheideweg ihrer Laufbahn. Nach zehn Jahren bei der Luftwaffe hatte sie erwogen, den Dienst zu quittieren und ins Zivilleben zurückzukehren. Aber sie war auch für eine vorzeitige Beförderung zum Major vorgesehen, und ich wußte, wieviel ihr das bedeutete.

»Ja, meinen Dienst.«

»Und?«

»Und ich bin zu einer Entscheidung gelangt. Sozusagen.« Ich hörte, wie sie noch etwas trank und dann das Glas absetzte.

»Und hast du die Absicht, sie mir zu verraten?«

»Also, sie ist noch nicht ganz ausgereift. Ich muß – es steckt noch mehr dahinter.«

»Bekomm' ich einen Hinweis?«

»Nein, du bekommst keinen Hinweis«, sagte sie mit plötzlicher Schärfe, »denn wenn ich's mit dir bespreche, redest du so aufopferungsvoll und vernünftig daher, daß ich anfange, deine Bedürfnisse zu berücksichtigen, und ich finde nun mal, daß ich diese eine Entscheidung für mich selbst treffen sollte.«

»Die Entscheidung ist auch für mich wichtig, Anne, mehr will ich gar nicht sagen.« Vernünftig natürlich.

»Ach, Chris, das weiß ich doch.« Ich konnte hören, daß der Ausbruch ihr schon leid tat. »Aber lassen wir das Thema. Ich möchte nicht am Telefon darüber sprechen.«

»Natürlich«, sagte ich, »wenn das dein Wunsch ist.«

Ich war so vernünftig, daß ich anfing, mir selbst auf die Nerven zu gehen. Aber im Innern fühlte ich mich überhaupt nicht vernünftig, und wir wußten es beide. Ich wollte, daß sie ihren Abschied nahm. Ich wollte, daß sie in die Staaten zurückkehrte und einen richtigen Beruf ergriff. Ich wollte, daß sie in meiner Nähe lebte, wo sie hingehörte, verdammt noch mal. Ich wollte, daß sie mit mir zusammenlebte.

Aber offenbar liefen die Dinge nicht so. Warum sollte sie Bedenken haben, mir das am Telefon zu erzählen? Ich sagte lange Zeit nichts mehr, weil ich Angst hatte, etwas entschieden Unvernünftiges und nicht im geringsten Aufopferungsvolles zu sagen.

Schließlich sprach sie, und zwar sehr leise. »Ich nehme also an, daß ich dich Samstag sehe?«

»Ja. Wenn irgend möglich, komm' ich früher zurück. Ich – ich liebe dich.«

»Ich liebe dich auch, Chris.«

Ein Klicken und ein Summen, und ich saß allein auf einem Hotelbett in einem von drei 25-Watt-Birnen »erleuchteten« Zimmer, zehntausend Kilometer weit weg von zu Haus und der einzigen Person, die wirklich wichtig für mich war. Ich legte den Hörer auf die Gabel zurück.

Alles in allem hatte ich nicht das Gefühl, daß dieser Abend als einer meiner besseren in die Annalen eingehen würde.

Clotilde Guyots Augen glänzten feucht. »René Vachey war ein Heiliger.«

Ich hatte diese fröhliche, umgängliche Frau fast dazu gebracht, in Tränen der Entrüstung auszubrechen, indem ich ihr die, wie mir schien, ziemlich harmlose Frage gestellt hatte, ob sie mir etwas erzählen könne, was Julien Manns Vorwürfe vielleicht ein wenig erklären würde.

»Können Sie auch nur eine Ahnung davon haben, was es für ihn bedeutete, eine von den Nazis gesuchte Familie zu verstecken? Sie müssen wissen, daß nicht nur die Gefahr bestand, wir könnten gehört oder gesehen werden, oder einen überraschenden Besuch von der Gestapo bekommen. Außerdem gab es so viele Menschen, auf deren Güte man sich verlassen mußte – der Milchmann, der nichts zu bemerken schien, als ein

Junggeselle anfing, drei Liter Milch in der Woche zu kaufen, der Arzt, der keine Fragen zu einem noch nie gesehenen sechsjährigen ›Neffen‹ stellte, der an Keuchhusten erkrankt war. Wir wußten nie, wann jemand an einer eingebildeten Kränkung Anstoß nehmen und aus Rache eine Bemerkung gegenüber irgendeinem kleinen Funktionär fallen lassen würde. Niemals klopfte es an der Tür, ohne daß unsere Herzen stehenblieben.«

Sie sah mich vorwurfsvoll an. »Und er brauchte es nicht zu tun, Monsieur. Er tat es aus Mitleid, aus Güte.«

»Ich bitte Sie um Entschuldigung, Madame«, sagte ich aufrichtig. »Ich hatte nichts anderes andeuten wollen. Ich versuche nur, soviel wie möglich über den Rembrandt und seine Herkunft zu erfahren.«

Sie zuckte mit den Achseln. »Über seine privaten Käufe weiß ich nichts. Ich weiß, wo er es gekauft hat, das ist alles, wie ich ihrem Freund bereits sagte.«

»Ja«, sagte ich, darum bemüht, nicht zu plump vorzugehen, »aber Julien Mann sagt, es sei in Wirklichkeit ein Flinck, der ...«

»Ich weiß, was er sagt«, bemerkte sie knapp. Sie faltete ihre Hände auf dem Schreibtisch. »Ich bin mir ganz sicher, daß er sich irrt.«

»Ich glaube das auch, aber ich dachte, daß Sie sich vielleicht ein wenig an ihn erinnern, ich meine, an seinen Vater ...«

Sie verneinte mit einer ruckartigen Bewegung des Kopfes, den Tränen jetzt sehr nahe. »Es ist fünfzig Jahre her, Monsieur«, brachte sie durch einen fast zugeschnürten Hals hervor. »Ich erinnere mich überhaupt nicht an ihn.«

»Dann vielleicht an irgend etwas, was Sie mir über – über die Art und Weise erzählen können, in der Monsieur Vachey die Galerie Royale führte, etwas, was irgendwie ...«

Die Tränen, die ihr in den Augen gestanden hatten, traten endlich hervor, strömten die Wangen hinunter und tropften von ihrem weichen Kinn herab. Von irgendwoher wurde ein zerknülltes Taschentuch zum Abwischen hervorgezogen, aber die Flut ließ nicht nach. Clotilde weinte, ohne zu schluchzen oder zu schniefen, lautlos bis auf die Begleitung langer, dumpfer Seufzer. Ich begann mich zu entschuldigen und aufzustehen, aber sie winkte mich auf meinen Stuhl zurück, und nach einer Weile war sie in der Lage, ihre gerötete Nase ein letztes Mal abzutupfen und das Taschentuch wieder wegzustecken. Ein letzter, zitteriger Seufzer, und dann kam die Flut der Worte.

Was Julien Mann *Les Echos Quotidiens* erzählt hatte, war eine unbegründete Verzerrung des Lebens eines Patrioten. Ja, Vachey hatte mit den Nazis gearbeitet, das stimmte, aber nicht für sie, niemals *für* sie. Ja, er hatte jüdische Sammlungen aufgekauft, von denen er wußte, daß sie das Interesse der Nazis finden würden. Nein, er hatte nicht bezahlen können, was sie wert gewesen waren, wie denn? Er hatte bezahlt, soviel er konnte. Und ja, er hatte sie den Nazis verkauft, wenn man solche Transaktionen als Verkäufe bezeichnen konnte ... Manchmal hatte er ein paar Francs mehr bekommen, als er selbst bezahlt hatte. Ebensooft auch weniger. Und manchmal, wenn ihnen danach zumute war, hatten sie ihn mit wertlosen modernen Bildern »bezahlt«, die nicht einmal Hitler hatte haben wollen. Man versuchte nicht, mit den Nazis zu verhandeln.

»Ich weiß diese Dinge ganz sicher, Monsieur. Ich war dabei.«

»Ja, gewiß«, sagte ich demütig.

»Und wenn er's nicht getan hätte, was dann?« fuhr Madame Guyot, ohne innezuhalten, mit inzwischen fester und würdevoller Stimme fort. »Göring und Rosenberg und die übrigen hätten die in jüdischem Besitz befindlichen Kunstwerke geradewegs beschlagnahmt, wären einfach mit ihren Schlägern hereinmarschiert und hätten sie, wie in so vielen anderen Fällen, mitgenommen ohne auch nur daran zu denken, irgendwas dafür zu bezahlen. Was René Vachey getan hat, tat er für die Juden und für Frankreich, nicht für die Nazis. Durch ihn erhielten viele das Geld, das sie brauchten, um zu fließen, um sich zu retten. Meine eigene Mutter, mein kleiner Bruder …« Ihre Augen leuchteten.

»Ich weiß, Madame«, sagte ich sanft. »Mein Freund hat mir davon erzählt.« Ich war verlegen, war mir des privilegierten, problemlosen Lebens, das ich geführt hatte, peinlich bewußt – und auch meiner raschen Bereitschaft, Vachey anzuklagen, wenn auch nur in Gedanken. Es tat gut, eine andere Seite der Geschichte kennenzulernen. Ich begann mich zu fragen, wie viele Seiten es noch gab.

Auch Madame Guyot, deren Gesicht rosa strahlte, schien verlegen. Sie mochte wohl überschwenglich und redselig sein, aber ich glaube nicht, daß diese tiefen, unverhüllten Gefühle sehr oft zur Schau gestellt worden waren. Gleichzeitig wirkte sie jedoch erleichtert, gereinigt von der Flut der Erinnerungen und der Tränen. Einem abschließenden Seufzer, der ihre Schultern hob und senkte, folgte ein reizendes, stolzes, fast schelmisches Lächeln und ein Wechsel des Themas. »Wie gefällt Ihnen also das Büro der Besitzerin der Galerie Vachey, Monsieur Norgren?«

Ich blickte mich um, meinerseits gern bereit, das Thema zu wechseln. Clotilde Guyots Arbeitsplatz ließ mein Büro im SAM wie den großen Ballsaal in Fontainebleau erscheinen. Im rückwärtigen Teil des Hauses hinter der Galerie gelegen, erinnerte er eher an einen Mehrzweckraum (was er wohl auch einst gewesen war) als an ein Büro: ein fensterloses, 3,70 mal 3,70 Meter großes, kabinettartiges Kabuff mit Sicherungskästen, Feuerlöschern und Alarmanlagenanzeige anstelle von Kunstwerken. In zwei der Ecken standen Aktenschränke aus Metall, und auf dem Fußboden waren Kisten aus Holzfaserplatten übereinandergestapelt. Auf einem kleinen Tisch vor einer der Wände hatten ein Kopier- und ein Faxgerät Platz gefunden.

Es war, mit anderen Worten, noch immer ein Mehrzweckraum, nur daß zwischen das Kopiergerät und einen der Aktenschränke noch ein Schülerschreibtisch und zwei Stühle gezwängt worden waren.

Ich lächelte zurück. »Sie müssen sich darauf freuen, in Monsieur Vacheys Arbeitszimmer umzuziehen.«

Sie kicherte, als ob ich ihr einen unsittlichen Antrag gemacht hätte. »Oh nein, das könnte ich *nie* tun. Ich... nein, das wäre ganz und gar nicht recht.«

Aber ich konnte sehen, daß sie vorher einfach nicht auf diesen Gedanken gekommen war und daß sie, noch während sie ihn instinktiv abwehrte, bereits begann, ihn im Geist hin und her zu wenden.

»Nun ja, vielleicht nach einer angemessenen Frist«, räumte sie ein, die Idee an mir ausprobierend. »Natürlich würde ich nicht erwarten, das Mobiliar zu behalten, das wäre Christians...« Ein paar Sekunden lang entschwebte sie zwischen leuchtenden Bildern von Vacheys großem und luftigem Arbeitszimmer. Dann errötete sie, bedrückt durch die Unschicklichkeit solcher Vorstellungen und platzte heraus: »Oh, Monsieur, wer konnte so einen Mann nur umbringen?«

»Ich weiß es nicht«, sagte ich sanft. »Ich weiß, daß die Polizei sich nach Kräften bemüht, es herauszufinden.«

»Natürlich«, entgegnete sie, nicht sehr überzeugt.

»Madame, vielleicht können Sie helfen. Es gibt da einige Dinge...«

Ihre Augen leuchteten wieder auf. »Ja?«

Ich beugte mich über den randvollen Schreibtisch zu ihr vor. »Es gab in Monsieur Vacheys Arbeitszimmer ein blaues Buch, ein Sammelbuch mit eingeklebten Zeitungsausschnitten. Sie kennen es?«

Sie nickte.

»Sie wissen, was es enthält?«

»Oh ja.«

Ich versuchte nicht erregt zu klingen. »Ja? Was denn?«

Sie lächelte mich charmant an; in ihren vollen Wangen bildeten sich Grübchen. »Oh, das könnte ich Ihnen unmöglich sagen.«

Ich starrte sie an. »Aber ... enthält es irgendwas über den Rembrandt?«

Sie schüttelte den Kopf.

»Über den Flinck dann?« fragte ich nach einem Augenblick.

Sie schüttelte den Kopf.

»Aber es *sind* Aufzeichnungen über die Entstehung seiner Sammlung, das stimmt doch, oder?«

Aber sie wiegte nur ihren Kopf mit einem reizenden Lächeln von einer Seite zur anderen. Sie sagte nicht nein, sie bedeutete mir, daß ich keine Antwort von ihr bekommen würde.

Meine Lippen waren trocken. Ich feuchtete sie an. »Madame, ich *weiß*, daß es Aufzeichnungen darüber sind. Vielleicht hab' ich mich nicht klar ausgedrückt: Ich glaube, sie können etwas mit seinem Tod zu tun haben.«

»Oh, das glaube ich nicht. So leid es mir tut, Sie müssen Vertrauen zu mir haben.«

»Aber ...« Ich hielt inne, um mich zu beruhigen. »Ich glaube, es ist allen ziemlich klar«, sagte ich mit einem wissenden, ermutigenden Lächeln, »daß Monsieur Vachey irgendeinen Plan im Kopf hatte. Irgendein – Spiel. Alles, was diese beiden Bilder betrifft, ist gleich von Anfang an merkwürdig gewesen. Das kann Ihnen nicht entgangen sein.«

»O nein, es ist mir nicht entgangen«, versicherte sie.

»Und dieses Buch könnte uns einen Hinweis darauf geben, um was für ein Spiel es sich handelte.«

»Oh, daß weiß ich aber bereits.«

»Sie wissen es? Was für eins denn?«

»Auch das könnte ich Ihnen unmöglich sagen.« Jetzt zierte sie sich geradezu. Ich versuchte zu ergründen, an welcher Stelle genau mir die Kontrolle über das Gespräch entglitten war. Oder hatte ich sie nie gehabt?

»Aber er ist vielleicht deswegen umgebracht worden«, sagte ich.

»Oh, das bezweifle ich sehr.«

»Wenn Sie's mir nicht sagen, müssen Sie's der Polizei sagen.«

»Das muß ich keineswegs, Monsieur Norgren.«

»Madame Guyot«, sagte ich, sehr erfolgreich, wie mir schien, darum bemüht, nicht laut zu werden, »gewiß begreifen Sie, daß dieser Mord in Zusammenhang stehen könnte mit – mit seinen wie auch immer gearteten Plänen.«

»Aber ich wüßte nicht, wie. Es ist ja noch nicht passiert.«

»Trotzdem...« Ich starrte sie an. *Noch nicht?* »Wollen Sie sagen, daß es noch passieren wird?«

Ihr Lächeln war großmütterlicher und heiterer denn je. »Das hoffe ich allerdings, junger Mann.«

Gute Arbeit, Norgren. Deine geschickte Befragung, verschleiert durch eine raffinierte Fassade stotternder Zusammenhanglosigkeit, hatte der ausweichenden Madame Guyot ein bedeutungsvolles Faktum entrissen: »Es« war noch nicht passiert.

Ob »es« wirklich in irgendeiner Verbindung mit Vacheys Tod stand, wußte ich nicht. Trotz Clotildes felsenfester Überzeugung, daß dies nicht der Fall war, behielt ich mir mein Urteil vor. Die Frage, ob es in irgendeiner Beziehung zum Rembrandt stand, schien mir ziemlich eindeutig zu beantworten zu sein. Was gab's denn noch außer dem Rembrandt und dem Léger?

Natürlich gab es da eine Kleinigkeit, die ich nicht ganz hatte herausfinden können: Was war »es«? Alles, was ich jetzt wußte und vorher nicht gewußt hatte, war, daß noch nicht alles Pulver verschossen war. Was für eine Stinkbombe Vachey auch gelegt haben mochte, sie war mit einem Verzögerungszünder ausgestattet. Doch im Augenblick ließ sich nicht viel daran machen. Ich konnte eigentlich nichts anderes tun, als darauf waren, daß sie platzte. Und irgend etwas sagte mir, daß es einen Höllengestank geben würde.

Nachdem ich die Galerie Vachey verlassen hatte, kehrte ich zum Hôtel du Nord zurück und rief die Polizeipräfektur an, um Bescheid zu sagen, daß ich nach Paris fahren und im Hôtel Saint-Louis übernachten würde. Ich sprach mit einer Schreibkraft und legte auf, bevor Lefèvre dazwischenkommen konnte, um mir drohend zu befehlen, meine Nase nicht in amtliche Angelegenheiten der Polizei zu stecken. Nicht, daß meine Pariser Pläne in direkter Beziehung zu Vacheys Tod standen. Ich fuhr dorthin, um zu sehen, ob ich etwas in Erfahrung bringen könnte, was von Belang für den Rembrandt wäre, das war alles. Falls ich zufällig etwas rauskriegen sollte, was bedeutsam in Hinblick auf den Mord erschien, würde ich es schnurstracks an den Inspektor weiterleiten und den Beschimpfungen, die ich mir für meine Mühen zweifellos einhandeln würde, mutig die Stirn bieten.

Ich warf Kleidung zum Wechseln und ein paar Toilettenartikel in eine Reisetasche, machte am Empfang kurz halt, um zu sagen, daß ich am nächsten Tag spät zurück sein würde und ging drei Häuserblöcke weit auf der Avenue Maréchal Foch zur Bahnstation, wo ich fünfundzwanzig Minuten zu früh für den Zug um 12.16 Uhr nach Paris ankam. Für ein Mittagessen in dem vollen Restaurant reichte die Zeit nicht, aber ich ging nach unten, wo das Café war, um rasch einen doppelten Espresso zu trinken (ich war zu lang von Seattle fort gewesen; mein Blut begann dünn zu werden) und ein mit Käse und Schinken gefülltes Croissant zu essen. Ich trug meine Sachen an einen runden Stehtisch für vier Personen und sah flüchtig zu dem großen, gebeugten Mann mit beginnender Glatze auf, der mir gegenüberstand. Wir sprachen beide zur selben Zeit.

»Lorenzo! Ich dachte, Sie seien nach Florenz zurückgefahren.«

»Christopher! Ich wußte nicht, daß Sie noch hier sind.«

»Doch«, sagte ich, »ich versuche immer noch, mir

über den Rembrandt schlüssig zu werden. Aber Sie?«

»Solang ich hier in Frankreich bin – *ah, mi scusi, signora* – dachte ich, ich würde ein paar Kunsthändler aufsuchen. Wissen Sie, ich – *scusi, signore…*«

Wenn Lorenzo redete, neigten seine Arme und Ellbogen dazu, in alle Richtungen zu fliegen. Die Leute links und rechts von ihm warfen ihm finstere Blicke zu, ergriffen ihre Getränke, soweit sie nicht verschüttet waren, und suchten sich grummelnd einen anderen Platz.

Unberührt von ihren vernichtenden Blicken, fuhr Lorenzo fort: »Wissen Sie, ich nehme einige umfangreiche Änderungen in der Sammlung vor, Christopher.«

»Oh?« Die *Sammlung* war die große, an Alten Meistern reiche Gemäldekollektion, die von seinem Vater Claudio angefangen worden war – einem Mann, neben dem René Vachey sich fast wie ein kleinkrämerhafter Dilettant ausnahm.

»Ja, ich möchte, daß die Synthetisten so richtig Gewicht bekommen. Was meinen Sie?«

Was ich meinte? Ich meinte, daß es nach Lorenzo klang. Die Synthetisten waren eine Gruppe französischer Künstler, die eine naturalistische Wiedergabe zugunsten einer »expressiveren« Malweise ablehnten und Gegenstände durch leuchtende Farbfelder ohne räumliche Tiefe darstellten, die von starken, schwarzen Linien eingefaßt wurden. Bei aller Aufgeschlossenheit hab' ich nie viel mit ihnen anfangen können. Lorenzo mochte sie sicherlich.

»Jean-Luc Charpentier hilft mir. Wir fahren heute nach Lyon, um uns einen Anquetin und zwei Bernards anzusehen.« Er goß den Rest seiner Orangina in einen Pappbecher, nippte daran und leckte sich die Lippen. »Das trifft sich gut, wissen Sie. Es ist mir endlich gelungen, diese beiden Bronzinos zu verkaufen, erinnern Sie sich? – brr, so kalt, so förmlich –, und so kann ich es mir leisten, in andere Richtungen zu expandieren. Wann kommen Sie nach Florenz, Christopher? Ich möchte es Ihnen zeigen.«

Die Vorstellung, die eleganten, exquisit ausgearbeiteten Figuren und klaren, kühlen Farben Bronzinos durch den trüben Brei Redons und Kompagnons' ersetzt zu finden, genügte, um sich schaudern zu lassen. Lorenzos urteilsfähiger Vater würde sich inzwischen wohl im Grab umdrehen. Natürlich hatte es Claudio Bolzano an gewissen anderen Dingen gemangelt: Er war zum Beispiel ein Gauner und ein Mörder gewesen. Bei all seiner Verschrobenheit war Lorenzo so offen und ehrlich, wie ein Mensch nur sein konnte.

»Das würd' ich gern tun, Lorenzo. Darf ich Sie nach etwas anderem fragen?«

»Sicher, fragen Sie.«

»Es geht um Vachey...«

Sein lebhaftes Gesicht verdunkelte sich. »Ah, Vachey. Wie furchtbar.«

»Sie haben eine beträchtliche Zahl von Bildern bei ihm gekauft, nicht wahr?«

Er nickte und nippte an seiner Orangina.

»Hören Sie, wie Sie wissen, hab' ich guten Grund zu glauben, daß mit diesem Rembrandt vielleicht nicht alles stimmt – daß es vielleicht nicht einmal ein Rembrandt ist. Was ich gern wüßte: Haben Sie jemals Anlaß gehabt, die Echtheit irgendeines Bildes, das Vachey Ihnen verkauft hat, zu bezweifeln? Konnten Sie sich immer auf seine Zuschreibung verlassen?«

Lorenzos Kaffeebohnenaugen leuchteten. Ich hatte ihm die Art von Eröffnung verschafft, die er liebte. »Aber worin liegt eine Zuschreibung?« fragte er in seinem rhetorischen Singsang. »Gänzlich in der Wahrnehmung des Zuschreibenden, nicht wahr? Ahaha. Ihre Frage setzt eine einfache Dichotomie von Möglichkeiten voraus, die dem Gegenstand innewohnen – authentisch oder nichtauthentisch und sonst nichts, ja? Und dennoch würden Sie gewiß nicht bestreiten, daß die Sicherheitsgrade bei einer Zuschreibung unbegrenzt sind und mehr mit den künstlichen und prädeterminierten Konstrukten der Perspektive des Zuschreibenden zu tun haben …«

Ich ließ ihm genug Zeit zum Aufwärmen, um einen Teil meines Croissants essen zu können, dann hob ich die Hand. »Lorenzo, glauben Sie mir, nichts täte ich lieber, als diese Sache mit Ihnen auszudiskutieren, aber mein Zug fährt gleich ab. Sie verstehen, was ich meine: Hat er jemals wissentlich versucht, Ihnen ein unechtes Bild zu verkaufen?« Ich trank einen Schluck Kaffee. »Oder auch unwissentlich, was das betrifft.«

Der Kampf war seinem Gesicht abzulesen. Eine Frage, die nach einem Ja oder Nein verlangte, mit einem Ja oder Nein zu beantworten, fiel Lorenzo nicht leicht. Sein Adamsapfel hüpfte auf und ab. »Nein«, sagte er, vor Anstrengung fast in Schweiß ausbrechend.

»Lassen Sie die Bilder, die Sie kaufen, in der Regel selbst untersuchen?«

»Selbstverständlich nicht. Man braucht sie nicht untersuchen zu lassen, wenn man was von seiner Sache versteht.«

Vielleicht nicht, aber verstand Lorenzo was von seiner Sache? In all den Jahren unserer Bekanntschaft hatte ich diese Frage nie zu meiner Zufriedenheit geklärt. Als Professor der Kunstkritik und als Sammler bewies er eine beeindruckende Bandbreite. Andererseits: Wenn jemand wirklich der Ansicht war, daß es keinen Unterschied zwischen Kopie und Original gebe, wie sollte er dann das eine vom anderen unterscheiden? Irgendwann würde ich das eingehender mit ihm erörtern müssen.

»Einmal, vor Jahren, begann mein Vater, Zweifel hinsichtlich eines Ferdinand Hodler zu hegen, den wir von Vachey bekommen hatten«, räumte er ein. »Sie waren unbegründet, wie sich herausstellte, aber Vachey erbot sich sofort, ohne Gegenrede, ihn zurückzunehmen. Das war fünf Jahre, nachdem wir ihn erworben hatten. Ich denke also, wir können sagen, daß er ein Ehrenmann war, jedenfalls in dieser Hinsicht.«

Vielleicht ja, vielleicht nein. Die Bereitschaft, ein zweifelhaftes Bild zurückzunehmen, besagt nicht viel, weder so noch so. Kunsthändler sind notgedrungen sehr darum bemüht, ihren guten Ruf zu wahren. Sie zucken schon vor der Andeutung zurück, daß jemals ein unechtes Bild durch ihre Hände gegangen sei. Bevor sie es zu einer öffentlichen Debatte kommen lassen, beeilen sie sich lieber, Geld zurückzuerstatten oder einen stillen Umtausch vorzunehmen, sobald ein Käufer erste Zweifel zu erkennen gibt.

Was natürlich nicht bedeutet, daß nicht der nächste Dumme darauf sitzenbleibt.

Aber ich wußte wenigstens, daß Lorenzo und sein Vater, die zusammengenommen drei Jahrzehnte lang bei Vachey gekauft hatten, niemals Grund gehabt hatten, Vachey mit einem unechten Bild in Verbindung zu bringen, und das war immerhin was.

»Indessen …«, sagte Lorenzo, und ich erkannte am lebhafteren Klang seiner Stimme, daß unser Abstieg ins Konkrete vorbei war; wir waren wieder auf und davon und ganz in Lorenzos Fahrwasser. »Indessen, setzt nicht bereits die Formulierung Ihrer Frage a priori die Existenz eines eindimensionalen Realitätspols voraus, die völlig unvereinbar mit den Regeln der einheitlichen Feldtheorie Einsteins ist …«

Ich wurde vor der unvorstellbaren Vollendung dieses Gedankens durch das Erscheinen Jean-Luc Charpentiers bewahrt, der Lorenzo zum Zug nach Lyon fortschleppte. Ich winkte ihnen nach, schluckte den Rest meines Croissants runter und lief zum Zug nach Paris.

15

Die Rue de Rivoli ist eine der großen Prachtstraßen von Paris, ein breiter und geschmackvoller, am Louvre und den Tuilerien vorbeiführender Boulevard, der unter Napoleon entworfen und in der Regierungszeit Louis-Philippes vollendet wurde. Elegante Säulengänge ziehen sich von einer Straßenecke zur nächsten an der Stirnseite mächtiger, klassischer Bauten entlang, die von bemerkenswerten Mansardendächern gekrönt werden. Die Arkaden sind vollgestopft mit schicken Läden, Buchhandlungen und Kunstgalerien, und drei der vornehmsten Hotels der Welt – das Crillon, das Inter-Continental und das Meurice – liegen hier auf einem Abschnitt von drei Häuserblöcken beieinander. Architekturhistoriker beschreiben diese angenehme, harmonische Allee gewöhnlich als einen der städtebaulichen Triumphe des neunzehnten Jahrhunderts.

Sie sprechen von seiner westlichen Hälfte, von der Place de la Concorde bis zum Louvre. Die andere Hälfte findet in den Zeitschriften für Städtebau nicht viel Beachtung. Östlich des Louvre wird die Rue de Rivoli schlagartig proletarisch und innerhalb eines einzigen Häuserblocks zu einem turbulenten Zentrum des Plunders und Touristenramschs. Hier kommt man her, wenn man ein Kopftuch erstehen will, auf dem eine Karte des Pariser Metronetzes prangt, oder wenn man sein vergoldetes Modell des Eiffelturms zerbrochen hat und ersetzen muß oder wenn man nach einem Schnäppchen in einem taiwanesischen »Levi's« Ausschau hält.

Wollen Sie's wagen zu raten, in welchem Teil der Rue de Rivoli ich die Nummer 89 fand – die Adresse, bei der Vachey angeblich den Rembrandt erworben hatte? Richtig, aber warum auch nicht, da Vachey das Atelier Saint-

Jean auch immer nur als einen Trödelladen bezeichnet hatte?

Der Laden teilte sich eine kleine, etwas weiter von der Straße entfernte Arkade mit einer Wechselstube, einem Geschäft, das sich anscheinend auf gebrauchte Ausgaben von *Paris-Match* spezialisiert hatte, und einem Schnellimbiß namens Der Schnellimbiß. L'Atelier Saint-Jean selbst hatte sich in Top Souvenirs unbenannt, was ich nicht als ermutigendes Zeichen betrachtete, und schien sich nun auf Plastiksets mit Abbildungen Pariser Straßenszenen und winzige Kunstharzreproduktionen der Nike von Samothrake, der Venus von Milo und anderer unbezahlter Schätze des Louvre zu konzentrieren. Im ganzen Laden gab's nicht ein Stück originaler Kunst, ob alt oder neu.

Ich fragte die Verkäuferin, ob sie wisse, wo ich Monsieur Gibeault antreffen könne.

»Alphonse!« schrie sie aus vollem Hals, und kurz darauf kam ein kahler, gedankenverlorener Mann in einem schmutzigen gelben Hemd aus einem Nebenraum hervor. Er zog die Tür hinter sich zu, starrte mich an, während er einen erloschenen Zigarrenstummel zwischen den Lippen rumdrehte, nahm mich dann beiseite, ein kleines Stück fort von ein paar Leuten, die sich im Laden umsahen, hob sein Kinn und betrachtete mich aus zusammengekniffenen Augen.

»Sie sind Monsieur Gibeault, der Besitzer?« fragte ich auf französisch.

Er nickte.

»Ich versuche, etwas über ein Bild zu erfahren, das Sie einem Freund von mir vor einiger Zeit verkauft haben.«

»Ich verkaufe keine Bilder.« Er deutete auf die Auslage. »Sehen Sie irgendwo Bilder?«

»Ich weiß genau, daß er's hier gekauft hat ...«

»Nicht bei mir. Bei meinem Cousin.«

»Ihrem Cousin?«

»Der Laden gehörte früher ihm. Er verkaufte einige Bilder, Sachen, die er von Auktionen mitbrachte. Ich nicht, sie machen nichts als Ärger, sind die Mühe nicht wert.«

Meine Zuversicht sank um ein paar weitere Grade. »Könnten Sie mir sagen, wo ich ihn erreichen kann?«

Er lachte. »Sicher, versuchen Sie's mit dem Friedhof Montrouge.«

»Er ist tot?«

»Wie ein gedörrter Kabeljau.«

Irgendwie hatte ich den Eindruck, daß sie einander nicht sehr nahegestanden hatten. »Sie wissen wohl nicht, wo seine Geschäftsbücher sind?«

Achselzucken.

»Wenn ich sie mir ansehen könnte, würde vielleicht, äh, was für Sie dabei rausspringen.«

In Dingen dieser Art bin ich nicht sonderlich gewandt, und er lachte nur noch mehr. Er spuckte ein paar Tabakkrümel auf den Boden. »Was für ein Bild war das?«

»Vielleicht war's ein Rembrandt.«

Er starrte mich an. »Dieser Mensch – Ihr Freund – sagt, daß er *hier* einen Rembrandt gekauft hat?«

Ich mußte zugeben, daß es nicht sehr wahrscheinlich klang. »Nun ja, er sah damals nicht wie ein Rembrandt aus. Er war völlig verschmutzt ...«

Aber er lachte zu sehr, um mich zu hören, ein wahrhaft dröhnendes Lachen der Erheiterung. Er klopfte mir auf die Schulter. »Ich sage Ihnen was. Wenn Ihr Freund noch ein paar Rembrandts haben möchte, schicken Sie ihn vorbei. Ich mach' ihm einen guten Preis, einen besseren findet er nirgends. Auch für van Goghs, Michelangelos, was immer Sie wollen.«

Er lachte noch, als er wieder im Nebenraum verschwand. »Unglaublich«, hörte ich ihn prusten, während er die Tür schloß. Er wischte sich die Tränen aus den Augen.

Wenigstens einen Lacherfolg hatte ich zweifellos erzielt.

Diese unergiebige Begegnung war meine erste Tat in Paris gewesen. Ich hatte vom Gare de Lyon ein Taxi direkt in die Rue de Rivoli genommen. Nun hievte ich meine Schultertasche, trieb ein zweites Taxi auf und fuhr in mein Hotel auf der Ile Saint-Louis, um mich anzumelden und meine Sachen abzustellen; dem Fahrer sagte ich, daß er in zwanzig Minuten zurückkommen solle.

Das Hôtel Saint-Louis ist ebenfalls eine dieser ruhigen, gemütlichen, bescheidenen kleinen Herbergen – *sans prétensions*, wie man hier gern sagt –, in denen ich seit meiner Sudienzeit absteige, die jedoch dem murrenden Tony zufolge meiner vornehmen Stellung als Vertreter eines bedeutenden Museums nicht mehr angemessen sind. Vielleicht nicht, aber wie viele anständige Hotels gibt es in Paris, in denen man buchstäblich einen Steinwurf von Notre-Dame entfernt und trotzdem in der Lage ist, die ganze Nacht in frischer Luft bei offenem Fenster zu schlafen, ohne eine Spur von Abgas zu riechen oder ein einziges Auto zu hören? Nicht viele, glauben Sie mir.

Ich bekam wieder ein Zimmer im obersten Stockwerk (ich hab' was an mir, was Hotelangestellte dazu veranlaßt, mich unverzüglich ins Dachgeschoß zu schicken), packte die Kleidung für den nächsten Tag aus und hängte sie in den Schrank. Übrigens mag ich Mansarden. Oberhalb der Traufe am Fenster einer Gaube zu stehen und über die Dächer und Schornsteine einer alten Stadt wie Paris hinwegzusehen, gibt einem das Gefühl, um hundert Jahre zurückversetzt zu werden. Die Schaufenster drei oder vier Stockwerke weiter unten haben sich im Lauf der Zeit sehr verändert, und die Menschen in den schmalen Straßen sind unentrinnbar zwanzigstes Jahrhundert, aber die Dächer sind reinster Daumier. Ich könnte aus einem Fenster des neunzehnten Jahrhunderts auf eine Stadtlandschaft des neunzehnten Jahrhunderts hinabgeschaut haben. Gut, das tat ich auch, aber Sie wissen schon, was ich meine.

Aber heute waren meine Gedanken ganz und gar im zwanzigsten Jahrhundert, allerdings nicht in den neunziger Jahren, sondern in der dunkleren Zeit der vierziger Jahre. Um vier Uhr, in wenig mehr als einer halben Stunde, sollte ich vor der Tür Julien Manns stehen, jenes Mannes in Saint-Denis, der behauptete, daß der Rembrandt kein Rembrandt sei und daß René Vachey, der Nazihandlanger und -gewinnler, ihn seinem Vater vor fünfzig Jahren praktisch gestohlen habe.

Der tüchtige Calvin hatte seine Telefonnummer für mich rausgesucht, und ich hatte ihn am Abend zuvor nach dem Gespräch mit Anne angerufen. Ihn dazu zu bringen, mit mir zu sprechen, war nicht mal am Telefon leicht gewesen. Es hatte mich ein hartes Stück Arbeit gekostet, seine Frau davon zu überzeugen, daß ich erstens kein Reporter sei und zweitens, ob Museumskurator oder nicht, keinen Wunsch hätte, ihn um ein Bild zu betrügen, wenn er der rechtmäßige Eigentümer sei.

Er war mit unverhülltem Widerstreben ans Telefon gekommen. Ich hatte natürlich gehofft, daß er wie ein schmieriger Gauner klingen würde, der ein gutes Geschäft gewittert und die Gelegenheit, einen Riesenreibach zu machen, beim Schopf ergriffen hatte. Statt dessen war er unwirsch und kurzangebunden gewesen und hatte auf meine lange Erläuterung, wer ich sei und warum ich ihn sprechen wolle, mürrisch und einsilbrig geantwortet. Ihn dazu zu bewegen, sich bereit zu finden, mich heute zu sehen, nachdem er von der Arbeit im Lohnbüro der Pariser Métro zurückgekehrt sein würde, war alles gewesen, was ich hatte erreichen können.

Bedauerlicherweise hatte er nicht im entferntesten wie ein Gauner gewirkt.

Das Taxi brachte mich von der Insel aus nordwärts über den Pont de Sully, passierte die unverhüllte modernistische Oper an der Place de la Bastille – ein Bauwerk ganz auf der Höhe der Zeit, wie ich höre, aber ungefähr so anheimelnd wie das berüchtigte alte Gefängnis, das einst dort gestanden hat – und fuhr dann den Boulevard Beaumarchais rauf, eine dieser lebendigen Straßen, an die jeder denkt, wenn von einem Pariser Boulevard die Rede ist. Cafés mit grünen Markisen, *brasseries* und Restaurants folgen einander dicht an dicht, meistens mit Tischen und Stühlen vor der Tür, wie sie auf Kalenderblättern abgebildet sind. Horden von Menschen scheinen nichts Dringlicheres zu tun zu haben, als mit einer Zeitung und einer Tasse Kaffee oder einem Aperitif dazusitzen und die Welt an sich vorbeiziehen zu lassen. Selbst an einem trüben Nachmittag wie diesem war's ein einnehmender Anblick.

Aber etwas weiter oben ändert sich das Bild. Die Markisen werden spärlicher. Die Menschen auch. Die Gebäude werden sachlicher und zweckbetonter, und wenn man den Gare du Nord und die Rangierbahnhöfe hinter sich gelassen hat, befindet man sich in einer niederschmetternd trostlosen Gegend mit flachen Fabrikgebäuden der Leichtindustrie – Fensterglas, Matratzenbezüge, Nahrungsmittelverarbeitung, Elektronik –, zwischen denen sich hier und da magere zehn- oder zwölfstöckige Wohnhäuser wie Skelettfinger erheben. Von den Dächern dieser Häuser leuchten selbst um 16.00 Uhr riesige blaue oder rote Neonreklamen. MINOLTA, verkünden die Zeichen, oder MITA oder VOLVO oder SANYO; ein hochragendes Wort pro Dach, zusammen ein gespenstischer, dünner Wald aus gebogenem Neon. Sie stehen dort, um die Blicke der nach Paris fahrenden Zugreisenden auf sich zu ziehen. Daher sieht man sie, wenn man aus Paris kommt, von der Rückseite: OVLOV, ATIM, ATLONIM. Man beginnt sich zu fragen, ob man sich an der Peripherie von Paris oder Smolensk befindet.

In dieser reizlosen Gegend, im dritten Stock des OVLOV-Hauses, wohnte Julien Mann. Mme. Mann, eine zurückhaltende, leicht schielende Frau in einem einfachen Kleid mit aufgedrucktem Blumenmuster – eine Art Hauskleid, wie man's in den Vereinigten Staaten nannte, bevor es vor vierzig Jahren unmodern wurde – ließ mich in die Diele ein und führte mich dann durch eine altmodische Küche, in der es schwach und fettig nach Lamm roch, in ein Wohnzimmer mit schweren, dunklen Möbeln aus den fünfziger Jahren. Alles war pieksauber, staubfrei und aufgeräumt. Ich fragte mich, ob sie den ganzen Tag lang geputzt hatte.

Mann saß in einem von zwei zu stark gepolsterten Sesseln und wartete auf mich. Dem Zeitungsartikel zufolge war er 1942 sieben gewesen, also war er jetzt siebenundfünfzig Jahre alt. Er sah aus wie ein Siebzigjähriger, und zwar wie ein alter Siebzigjähriger – ein schmächtiger, finsterer, schulmeisterlicher Mann in Anzug und Schlips, mit spitzer Nase, schmalem Mund und grimmigen, zwinkernden Augen hinter dicken Linsen. Seine grauen Haare hatten sich auf die halbe Höhe der Kopfhaut zurückgezogen, aber was noch übrig war, stand in zwei steifen Wellen hoch, die an die »Hörner« – eigentlich Strahlen – von Michelangelos *Moses* erinnerten.

Er erhob sich halb und schüttelte mir flüchtig die Hand. »Guten Tag«, sagte er in knappem Französisch. Seine Nase war an der Spitze schwach blau. Er bedeutete mir mit einer Handbewegung, in der Ecke der mächtigen Couch ihm gegenüber Platz zu nehmen und setzte sich wieder, während er mich unter zusammengezogenen Brauen hervor musterte.

»Er ist also tot«, sagte er.

Mme. Mann murmelte etwas und ließ uns allein, zog die Tür hinter sich zu und ging raus – in die Küche? Die Diele? Ein Schweigen folgte. Ich hatte gedacht, daß Julien Mann mit dem Weitersprechen wartete, bis sie fort war, aber er saß bloß da, wachsam vorgebeugt, die Ellbogen auf den Lehnen seines Sessels, die Fingerspitzen der einen Hand gegen die der anderen pressend, und beobachtete mich mit beunruhigender Direktheit. »Er ist also tot«, war anscheinend alles, was er zu sagen beabsichtigte.

»Zu dem Bild«, sagte ich.

Seine Aufmerksamkeit war intensiv, aber er rührte sich nicht und sprach nicht. Das würde ich übernehmen müssen.

»Zunächst«, sagte ich, »möchte ich, daß Sie wissen, daß ich nicht gegen Sie bin. Wenn das Bild Ihr rechtmäßiges Eigentum ist – wenn Vachey es so bekommen hat, wie Sie sagen –, dann würde mein Museum einer Rückgabe an Sie niemals im Wege stehen.«

Er reagierte, wie er reagiert hatte, als ich ihm am vorangegangenen Abend so ziemlich dasselbe gesagt hatte, nämlich überhaupt nicht.

»Andererseits«, fuhr ich fort, »werden Sie verstehen, daß ich, da Vacheys Geschichte sich von Ihrer so stark unterscheidet, mein Bestes tun muß, um selbst soviel herauszufinden, wie ich kann.«

Schweigen. Seine Finger blieben gegeneinandergedrückt.

»Darf ich Ihnen ein paar Fragen stellen, Monsieur Mann? Über René Vachey zunächst einmal?«

Ein knappes Senken des Kinns, vorsichtig und reserviert. Das war mehr, als ich bisher bekommen hatte.

»Dem Artikel in *Les Echos Quotidiens* zufolge sagten Sie, daß Vachey jüdische Kunstsammlungen zu Schleuderpreisen aufkaufte und sie dann mit Profit an die Nazis weiterverkaufte.«

Noch ein winziges Nicken.

»Haben Sie, abgesehen von Ihrem eigenen Fall, irgendwelche Beweise dafür?« Ich zuckte zusammen, sobald die Worte heraus waren. Es klang wie ein Verhör.

Er erstarrte. »Alle wissen, daß es so war«, erwiderte er scharf.

»Aber Sie waren erst sieben«, sagte ich und versuchte, weniger wie ein Untersuchungsbeamter zu klingen. »Es wundert mich, daß ein Kind von solchen Dingen etwas gewußt haben soll.«

Ich drang nicht gern in ihn, aber ich mußte soviel wie möglich über Vacheys Aktivitäten während des Krieges in Erfahrung bringen. Wenn er seine Sammlung wirklich auf dem aufgebaut hatte, was er als Mittelsmann und Nutznießer der Nazis angeschafft hatte, dann mochte – selbst wenn sich der Rembrandt nicht als Manns Flinck erweisen sollte – Christian Vachey sie getrost behalten.

»Ich weiß es«, sagte Mann durch aufeinandergepreßte Kiefer hindurch, »weil mein Vater es mir erzählt hat. Später – im Lager.«

»Kannten Sie Vachey selbst? Waren Sie je in seiner Galerie?«

»Ich sah ihn, als er kam, um das Bild zu holen. Ein kalter Mann mit einem grausamen Lächeln. Ich hatte Angst vor ihm; ich klammerte mich an die Hand meines Vaters.« Er schüttelte die mageren Schultern wie ein Pferd, das sich von einem stechenden Insekt befreit. »Mein Vater bat um einen angemessenen Betrag, aber Vachey lachte ihm ins Gesicht und sagte, er habe Glück, daß er überhaupt etwas bekomme. Ich erinnere mich daran mit völliger Klarheit, Monsieur.«

Wirklich? Oder war es so, wie Calvin gemutmaßt hatte – daß er nicht unterscheiden konnte zwischen dem, woran er sich erinnerte, dem, was sein Vater ihm erzählt hatte und dem, was er im Lauf der Jahre in seinen Gedanken daraus gemacht hatte? Und welche Aussicht hatte ich, es nach all dieser Zeit herauszufinden?

»Vielleicht sollten wir über das Bild selbst reden«, schlug ich vor. »Sie haben es gar nicht gesehen, das stimmt doch, oder?«

Auch dies war eine wichtige Frage, die Calvin aufgeworfen hatte. Vacheys Empfang und Ausstellung waren nur für geladene Gäste bestimmt gewesen, die allgemeine Öffentlichkeit hatte keinen Zutritt gehabt. Woher konnte Mann also wissen, wie das Bild aussah oder gar, daß es dasselbe war, das im Haus seines Vaters gehangen hatte?

»Nicht seit 1942«, sagte er.

»Nein, ich spreche speziell von dem Bild, das jetzt in der Galerie Vachey hängt.«

Sein Mund wurde schmal. »Nicht … seit … 1942.«

Zeit, es anders zu versuchen.

»Was ich herausfinden möchte, ist, wie Sie darauf kommen, daß der Rembrandt, der jetzt in Dijon hängt, derselbe ist, der …«

»Flinck«, sagte er aggressiv, »nicht Rembrandt.«

»Na gut, wie auch immer, woher wissen Sie …«

»Woher ich es weiß?« fragte er scharf. »Ich werd' Ihnen sagen, woher ich es weiß.«

Er schob sich etwas weiter vor und reckte das Kinn nach vorn. Auf der Kante seines Sessels hockend, glich er mit seinem vorgebeugten Schultern und der spitzen Nase einem kampflustigen kleinen Sperber.

»Ich habe dieses Bild nie vergessen, Monsieur. Wie könnte ich? Und ich habe auch Vachey nicht vergessen, aber ich wußte nicht, was aus ihm geworden war. Vor ein paar Jahren erfuhr ich, daß er noch lebte, in Dijon, aber was konnte ich tun? Ich nahm an, daß das Bild längst fort sei. Dann begannen vor einigen Wochen Geschichten über einen rätselhaften Rembrandt zu kursieren, den er verschenken wollte – ein Bild eines alten Soldaten, hieß es. Und damit war die Sache klar, denn das Bild meines Vaters war das eines alten Soldaten gewesen, und man hatte einst geglaubt, daß es von Rembrandt sein könnte. Aber er hatte es untersuchen lassen, müssen Sie wissen.«

»Er hatte es schätzen lassen?«

»Ja, von einem Experten, von dem er gehört hatte, von der Sorbonne, glaub' ich. Es ist mit Gewißheit von Flinck. Er war Rembrandts Schüler, wissen Sie.«

»Aha. Aber könnte nicht trotzdem …«

»Lassen Sie mich ausreden. Der Sohn der Cousine meiner Frau kennt zufällig eine Reporterin der *Echos Quotidiens*, die über die Geschichte Bescheid weiß. Sie wurde zu dem Empfang am Montag eingeladen und rief mich sofort an, um das Bild zu beschreiben.« Sein Kinn war kämpferisch nach vorn gereckt, die Sehnen am Hals sahen aus, als könnten sie reißen. »Es ist haargenau dasselbe Bild, Monsieur!« sagte er triumphierend. »Der alte Soldat, der Hut, die Feder!«

»Trotzdem«, sagte ich, »wenn Sie's nicht selbst gesehen haben, können Sie nicht genau wissen ...«

»Und wie soll das geschehen?« fragte er zornig. »Mein Schwager – äh, das heißt, mein Anwalt – hat verlangt, daß ich Gelegenheit bekomme, mir das Bild anzusehen, aber Vacheys Leute lehnten es ab. Wie soll ich es unter diesen Umständen identifizieren? Ich frage Sie, ist das rechtens?«

Doch, das war es. Das Problem war, daß die Beweislast bei Mann lag und Sully nicht verpflichtet war, ihn das Bild sehen zu lassen. In einem Fall wie diesem, so argumentierte man, wär es für jemanden, der einen Anspruch vortäuscht, zu leicht, sich den fraglichen Gegenstand anzuschauen und zu sagen: »Ja, sicher, das ist genau das Bild, das meiner Familie vor fünfzig Jahren gestohlen wurde. Ich erinnere mich jetzt an diesen Fliegendreck, jenen Leimspritzer auf dem Rahmen, diese Reparatur.« Was ließe sich dagegen sagen? Das Bild allen Blicken zu entziehen, nahm andererseits einem Anspruchsberechtigten, der keine unabhängigen Beweise besaß – keine Photographien, keine Versicherungspapiere – praktisch jede Möglichkeit, seinen Anspruch durchzufechten.

Rechtens war das schon, aber nicht fair.

»Entschuldigen Sie, Monsieur«, sagte Mann plötzlich. »Hätten Sie gern einen Aperitif?«

Ich nickte dankbar. Ich hatte alles gern, was die Situation entkrampfen könnte.

Auf dem Beistelltisch neben ihm stand ein Tablett mit einer frisch entkorkten Flasche Chablis, einer Karaffe aus geschliffenem Glas, die mit *cassis* gefüllt war – dem blutroten Sirup aus schwarzen Johannisbeeren, den die Franzosen so sehr lieben –, und zwei Gläsern mit silbernen Rändern und reicher Gravur, die hervorragend in den Schrank meiner norwegischen Großmutter gepaßt hätten. Er mixte uns zwei *Kirs* – Wein und *cassis* – und reichte mir einen davon. »Auf Ihr Wohl, Monsieur.« Er schluckte.

Für meinen Geschmack ist das Zeug etwas zu süß, aber ich erhob mein Glas auf ihn und nahm einen Schluck. »Hatten Sie sich in dieser Angelegenheit an die Behörden gewandt, Monsieur Mann?«

Er nickte. »Das Kulturministerium, das Justizministerium. Sie gaben mir ein Formular zum Ausfüllen. Wissen Sie, was sie wissen wollen?« Er lachte bitter. »›Beschreiben Sie etwaige Erkennungsmerkmale auf der Rückseite. Beschreiben Sie die Art des Rahmens.‹ Halten Sie das für möglich? Von einem siebenjährigen Kind wird erwartet, daß es über so was Bescheid weiß und sich fünfzig Jahre später dann daran erinnert!«

Ich war froh, daß ich nicht mit der Liste von Fragen angefangen hatte, die ich mir für ihn ausgedacht hatte: In welche Richtung blickte die dargestellte Person? Welche Farbe hatte die Feder? Konnten Sie eine Hand, zwei Hände, keine Hände erkennen? Zum einen wäre Mann gekränkt gewesen und hätte mich vielleicht rausgeworfen. Zum anderen hatte er recht: Man konnte nicht erwarten, daß ein Kind ein halbes Jahrhundert später detailgetreue Angaben machen würde. Sollte er falsche Antworten geben, bewiese das nicht, daß seine Geschichte nicht stimmte. Und wenn die Antworten richtig sein sollten, bewies das nicht, daß er nicht entsprechend instruiert worden war.

»Ich habe keine derartigen Beweise vorzulegen, Monsieur; ich habe nur meine eigene Erinnerung an das Bild, das bei uns im Wohnzimmer hing.«

»Überhaupt keine Papiere? Wie steht's mit der Zuschreibung? Wurde sie nicht dokumentiert?«

Er zuckte mit den Achseln. »Verschwunden.«

»Und wissen Sie irgendwas über seine Provenienz, darüber, wem es vorher gehört hatte?«

»Es hatte meiner Tante Marthe gehört. Sie hat es lange gehabt. Ich glaube, daß es aus der Familie ihres Mannes stammte. Sie sind jetzt alle tot.« Er streckte die

Innenflächen seiner Hände aus. »Das ist alles, was ich weiß. Ich wünschte, ich wüßte mehr.«

Das wünschte ich auch. »Es gibt keine Verwandten, die bezeugen könnten, daß sie das Bild bei Ihnen im Haus gesehen haben?«

Er führte sein Glas mit beiden Händen zum Mund und trank. Sein Gesicht war verdeckt. »Aus jener Zeit«, sagte er, »habe ich keine Verwandten mehr.«

»Wie ist es – wie ist es mit Freunden, Nachbarn? Menschen, die damals bei Ihnen im Haus lebten?«

Er lächelte. »Ich werde Ihnen eine kleine Geschichte erzählen, Monsieur.« Er stand auf, ging ans Fenster und blickte auf die Rangierbahnhöfe hinab.

»Wir hatten damals eine schöne Wohnung im 13. Arrondissement. Sehr nette Nachbarn. Mein Vater war leitender Beamter bei der Post, ein nützlicher Mann. Aber am 28. Dezember 1942 – nur wenige Wochen, nachdem Vachey gekommen war und das Bild gekauft hatte – holten sie ihn ab. Ihn und meine Mutter und meinen Bruder Alfred und mich. Wir gingen nach Birkenau; Sie wissen, wo das ist?«

»In Polen«, sagte ich leise. Es war eins der Lager in Auschwitz.

»Ja, in Polen. Nun, drei Jahre danach kam ich zurück, jetzt ohne Familie, und ging nach Straßburg, wo ich bei der Familie eines älteren Jungen wohnte, den ich im Lager kennengelernt hatte. Dann, 1948, kehrte ich nach Paris zurück. Ich war vierzehn. Ich ging zurück, um unser Wohnhaus zu sehen. Es stand in der Avenue D'Ivry. Einige unserer alten Nachbarn lebten dort noch, ein sehr freundliches altes Ehepaar namens Odillard, direkt unter unserer Wohnung. Sie freuten sich, mich zu sehen und waren furchtbar bedrückt, als sie vom Tod meines Vaters und meiner Mutter und meines Bruder hörten, und sie nötigten mich, zum Essen zu bleiben. Es gab *boeuf à la mode*, damals nicht eben leicht aufzutreiben.«

Er stützte sich auf die Fensterbank und starrte in den

Dunst, ohne ihn zu sehen. »Sie setzten es mir auf dem Geschirr meiner Eltern vor«, sagte er gepreßt. »Auf den Tellern mit Weidenmuster und chinesischer Landschaft, die meine Mutter nach der Geburt meines Bruders Alfred gekauft hatte, und wir aßen es mit dem Besteck, das ein Hochzeitsgeschenk ihrer Schwester in Toulouse gewesen war. In der Ecke stand das Buffet, in dem wir diese Dinge aufzubewahren pflegten. Sie bemerkten es nicht einmal.« Er wandte sich zu mir um, als sei er neugierig, wie ich darauf reagieren würde.

Ich wußte nicht, was ich sagen sollte. »Sie hatten die Sachen gestohlen?«

Ich glaube, daß er lächelte, aber es war schwer zu erkennen. »Nicht gestohlen, nein. Es waren rechtschaffene, gutherzige Menschen, keine Diebe oder Ungeheuer. Dennoch, nachdem die Nazis uns abgeholt hatten, gingen sie einfach rauf und nahmen sich, was ihnen gefiel. Genau wie unsere anderen Nachbarn. Wir waren schließlich Juden. Und danach brachten diese rechtschaffenen, gutherzigen Nachbarn es irgendwie fertig zu vergessen, wo sie diese schönen neuen Sachen herhatten, brachten es fertig zu vergessen, wie meine Mutter einst *ihnen* Kaffee und Kuchen in ebendiesen Tassen, auf ebendiesen Tellern gereicht hatte. Und sie vergaßen es tatsächlich, verstehen Sie.«

Er kam zurück und setzte sich müde hin. »Und erwarten Sie nun wirklich, Monsieur Norgren«, sagte er, nach seinem Kir greifend, »daß ich Freunde und Nachbarn finden könnte, die sich an das schöne Porträt, das bei uns zu Hause hing, erinnern und sich für mein Anrecht darauf verbürgen würden?«

Wieder gab's nicht viel, was ich hätte sagen können. Ich nippte weiter an meinem Drink.

M. Mann hatte seinen ausgetrunken, und der Alkohol schien ihn milder gestimmt zu haben. Ich vermutete, daß er nicht oft welchen trank; beide Flaschen waren anfangs voll gewesen. »Sie scheinen ein netter junger Mann zu sein«, sagte er – der zweite, der mich an ein und demselben Tag als »junger Mann« bezeichnet hatte. »Aber ich muß Sie darauf hinweisen, daß ich nicht ruhen werde, bis das Bild zurückgegeben wird. Was Recht ist, muß Recht bleiben.«

Unter seiner Entschlossenheit war eine Art gedämpfter Verzweiflung zu spüren. Er schlägt sich für die gerechte Sache, dachte ich, aber im tiefsten Innern glaubte er nicht, daß er gewinnen kann. Nicht gegen den berühmten René Vachey. Nicht gegen ein großes amerikanisches Museum.

»Ich verstehe«, sagte ich. »Wir sind nicht gegen Sie, Monsieur Mann. Wir möchten, daß das Bild dahin geht, wo es rechtmäßig hingehört. Wenn es das Bild Ihres Vaters ist, hoffe ich, daß Sie es zurückbekommen. Ich meine das ehrlich.«

Manns kleine, grimmige Augen hinter den flaschenbodenartigen Brillengläsern unterzogen mich einer neuen Begutachtung. Er hatte zunächst angenommen, daß er einen Gegner empfange. Nun fragte er sich, ob ich – vielleicht kein Gegner sei.

»Danke«, sagte er rauh. »Ich möchte, daß Sie wissen, daß es mir nicht um Profit geht. Ich würde es nie verkaufen. Es ist alles, was von den Sachen meines Vaters übriggeblieben ist. Alles andere – alles aus meiner Kindheit – ist fort.«

»Ich verstehe«, sagte ich wieder. Ich fing fast an zu wünschen, daß es sich wirklich als sein Bild erweisen würde.

Er lehnte sich träumerisch in seinem Sessel zurück. »Es ist ein wunderbares Bild, finden Sie nicht? Als Junge hab' ich – noch ein Drink, Monsieur?«

Ich schüttelte den Kopf. Das Gespräch näherte sich seinem Ende, und ich fühlte, daß ich bald gehen würde. Um eine weitere Unterhaltung zu verbuchen, die keine Fragen beantwortet, keine Zweideutigkeiten geklärt hatte.

»Als ich ein Junge war, haben mein älterer Bruder und ich – Alfred hieß er – oft Soldat gespielt. Der alte

Mann auf dem Bild war unser Hauptmann; *Capitaine Le Nez* nannten wir ihn. Wir pflegten vor ihm anzutreten und zu salutieren …« Ein nicht zu deutender Ausdruck glitt über sein Gesicht. Seine Hand fuhr hoch und blieb zitternd auf seiner gewölbten Stirn liegen. »Mein Gott …«

Mein Interesse erhielt neuen Auftrieb. »Was ist?«

»Er ist kaputt«, sagte er staunend. »Das hatte ich ganz vergessen. Wir hatten ihn kaputtgemacht.«

»Sie hatten den Flinck kaputtgemacht?«

»Den Rahmen … Wir hatten den Rahmen kaputtgemacht. Ich kann's genau beschreiben.« Erregt griff er nach meinem Handgelenk und berührte es mit trockenen, spinnenartigen Fingern. »Das wäre doch ein Beweis, nicht wahr?«

Er und sein Bruder, sagte er, hätten *Capitaine Le Nez* eines Morgens Meldung gemacht, als das Spiel ein wenig wild geworden sei. Sie hätten das Bild versehentlich von der Wand gestoßen und ein Stück von der Ecke rechts unten abgeschlagen. Voller Angst hätten sie's wieder angeleimt und seien offenbar noch einmal davongekommen; ihr Vater habe die Reparatur nie bemerkt.

»Ich erinnere mich leider auch nicht daran, sie bemerkt zu haben«, sagte ich.

»Nun, wir haben's eben gut angeleimt!« Er rutschte vor Aufregung hin und her. »Sehen Sie nach, Sie werden es finden; die Ecke rechts unten! Ein – so großes Stück.« Er nahm seine Finger zu Hilfe, um einen Triangel von zwei bis drei Zentimeter Seitenlänge zu bilden.

»Was für ein Rahmen war das?«

Er machte eine ungeduldige Handbewegung. »Ich erinnere mich nicht an den Rahmen – nein, warten Sie, ich glaube, er war kunstvoll geschnitzt … aber die Bruchstelle … sehen Sie nach ihr!«

»Ich werde nachsehen«, sagte ich. »Sie sollten auch Ihrem Anwalt davon erzählen.«

Er verneinte mit einem Ruck seines Kopfes. »Ich vertraue ihm nicht. Ihnen vertraue ich, Monsieur. Sehen *Sie* bitte nach.« Er war von seinem Sessel aufgesprungen und zog mich praktisch hoch, als ob ich um so schneller wieder in Dijon wäre, je schneller er mich dazu brachte, aufzustehen und loszugehen.

»Ich werde nachsehen«, versprach ich nochmals, während ich mich erhob, »aber – so leid es mir tut, Monsieur Mann – ich glaube nicht, daß da eine Bruchstelle ist.«

16

Ich glaubte nicht nur nicht, daß da eine war, ich *wußte,* daß da keine war. Ich hatte jeden Millimeter dieses Bilds untersucht, und weder in der Ecke rechts unten noch irgendwo sonst gab es irgendwelche ausgebesserten Bruchstellen. Irgendwann war der Rahmen (der in der Tat kunstvoll geschnitzt war, aber wie schwer war es, das zu erraten?) bis auf das nackte Holz abgebeizt und anschließend hell gebeizt worden, so daß selbst ein fachmännischer Eingriff zu sehen gewesen wäre, von der Arbeit zweier verängstigter Jungens ganz zu schweigen.

Aber das bewies nichts, weder so noch so. Das Bild war unlängst doubliert worden; wer konnte wissen, ob es nicht auch neu gerahmt worden war?

Und der Rest von Manns Geschichte? Nun, im großen und ganzen glaubte ich sie; das heißt, ich glaubte, daß sein Vater Vachey *irgendein* Bild verkauft hatte, daß es wahrscheinlich ein Bild eines alten Mannes war, der einen Hut mit einer Feder trug, und daß *irgend jemand* erklärt hatte, es stamme von Govert Flinck. Ich glaubte auch, daß Mann die Wahrheit sagte, so wie er sie in Erinnerung hatte; warum sollte er die Geschichte mit dem beschädigten Rahmen erfinden, wenn sie nicht wirklich passiert war? Er hatte nichts davon, wenn er mich drängte, nach einer Bruchstelle zu sehen, die es nicht gab.

Darüber hinaus wußte ich nicht, wieviel ich unbesehen glauben durfte. Manns Beobachtungen lagen zu weit zurück, waren zu sehr von Bitterkeit geprägt. Eine sehr berechtigte Bitterkeit, gewiß, aber hatte Vachey – Vachey persönlich – sie verdient? Wie konnte ich Manns grausamen, lächelnden Profitgeier mit Clotilde Guyots barmherzigen Patrioten in Einklang bringen? Ich wußte, an welchen ich glauben wollte, aber ich wußte nicht, welcher der wahre war.

Und wie stand es mit dem Bild selbst, dem Bild, vor dem Mann und sein toter Bruder gespielt hatten – konnte es wirklich von Govert Flinck sein? Gewiß, aber dann war es nicht das Bild, das Vachey dem SAM geschenkt hatte. Je mehr ich über das Bild nachdachte – und ich hatte viel darüber nachgedacht – desto überzeugter war ich, daß dieser hintergründige, wunderbare alte Soldat über alles hinausging, was Flinck gemacht haben könnte. Doch, es war ein Rembrandt; in diesem Punkt irrte sich Mann. Wenn nötig, war ich bereit, der Rembrandt-Polizei die Stirn zu bieten und es zu verteidigen.

Aber das hieß nicht, daß ich aus dem Schneider gewesen wäre. Es war immer noch möglich, daß *Un Officier* doch das Bild war, das Vachey Manns Vater abgekauft hatte, daß es aber seinerzeit fälschlich Flinck statt Rembrandt zugeschrieben worden war und daß Mann die ganze Zeit von einem Rembrandt geredet und es nur nicht gewußt hatte.

Unter normalen Umständen hätte ich dem nicht viel Glauben geschenkt – es sind eine ganze Menge ähnlicher Bilder einer ganzen Menge ähnlicher alter Männer von einer ganzen Menge fähiger, aber weniger bedeutender niederländischer Maler (wie beispielsweise Govert Flinck) in Umlauf, und Manns Bild war höchstwahrscheinlich eins davon. In diesem Fall war es jetzt wohl irgendwo in Rußland oder Ostdeutschland, und Mann hatte keine Chance, es jemals wiederzusehen. Aber Vacheys kuriose Bedingungen und wunderliches Verhalten – und vor allem seine Ermordung – hatten die Umstände alles andere als normal gemacht. Und so war alles möglich.

Ich war inzwischen so konfus und hin- und hergerissen, daß ich Julien Mann halbwegs wünschte – vielleicht auch mehr als halbwegs –, beweisen zu können, daß er recht hatte, was angesichts meiner Position in dieser Sache ein ziemlich merkwürdiger Stand der Dinge war.

Dies waren meine ungeordneten Gedankengänge, als das Taxi, das ich von Manns Wohnhaus in Saint-Denis aus genommen hatte, mich vor der Rue Jean-Mermoz 27 absetzte, der schnieken Eigentumswohnanlage auf dem rechten Ufer, die, wie Calvin der Findige in Erfahrung gebracht hatte, die Adresse Gisèle Grémondes, der Ex-Diva und Ex-Geliebten René Vacheys war – der Frau, die so darauf gebrannt hatte, mir zu erzählen, was genau dieses rätselhafte blaue Buch enthielt, dessentwegen ich aus einem Fenster – und René Vachey vielleicht aus seinem Leben – gestürzt worden war.

Inzwischen hatte sie sich deutlich abgekühlt. »Ich habe Gäste«, teilte sie mir gebieterisch mit, wobei sie auf der Türschwelle stand und mir den Weg rundheraus versperrte. »Und ich bin im Begriff auszugehen. Man täte besser daran anzurufen, bevor man kommt, Monsieur.«

Sie war Lichtjahre von der gramgebeugten Schreckschraube entfernt, die während der Bekanntgabe von Vacheys Testament benommen dagesessen hatte – und auch von der rotgesichtigen, schlampigen und bösartigen Betrunkenen, die mich auf dem Empfang in Bedrängnis gebracht hatte. Ihre kupferrote Perücke saß wieder auf dem Kopf – diesmal nicht im geringsten schief –, ihr lebhaftes Make-up war vor kurzem und mit Entschiedenheit aufgekleistert worden, und sie war sichtlich Herrin ihrer selbst.

Hinter ihr lag eine kleine Diele, sehr anders als die bei Julien Mann, mit Parkettboden und einem kompakten Mazarin-Schreibtisch plus Louis-quatorze-Stuhl vor einer Wand, an der eine Sammlung signierter Photographien hing. Ich erkannte Toscanini, Pinza und die Callas. Aus dem dahinter liegenden Raum drang das kratzende Geräusch einer alten Aufnahme, ein Sopran, der eine schwungvolle, an Verdi erinnernde Arie sang. Mir schien, daß ich in den mittleren Tonlagen eine betörend liebliche Version der inzwischen altersrauhen Stimme Madame Grémondes ausmachen konnte.

Ich entschuldigte mich zum zweitenmal (ich hatte unten an der Gegensprechanlage recht hastig auf sie einreden müssen, um sie dazu zu bewegen, mich ins Haus zu lassen). »Vielleicht erinnern Sie sich nicht daran, vorgestern auf dem Empfang mit mir gesprochen zu haben«, sagte ich jetzt, »aber …«

»Sie haben recht, Monsieur Norgren, ich erinnere mich nicht.«

»Sie erzählten mir von einem Buch von Monsieur Vachey, einem blauen Sammelbuch …«

Sie beobachtete mich ungeduldig, eine der gezupften Augenbrauen leicht hochgezogen. »Ich erinnere mich nicht daran«, sagte sie kalt. »Ich habe keine Ahnung, wovon Sie reden.«

»Madame, wollen Sie mir erzählen, daß die Polizei sich nicht in dieser Sache an Sie gewendet hat?«

Ihr Mund wurde schmal. »Ihnen hab' ich das also zu verdanken. Nun, ich werd' Ihnen sagen, was ich der Polizei gesagt habe. Wenn ich tatsächlich gesagt haben sollte, was ich Ihnen zufolge gesagt habe, so habe ich leider nicht die geringste Ahnung, was ich mir dabei gedacht habe. Vielleicht habe ich etwas mehr getrunken, als gut für mich war. In solchen Fällen ist es schon vorgekommen, daß ich ein wenig, sagen wir einmal: wirklichkeitsfremd geworden bin.«

Nein, dachte ich, das ist es nicht. Der Unterschied zwischen jetzt und Montagabend lag nicht in ihrem Blutalkoholspiegel, er lag in ihren Gefühlen gegenüber Vachey. Am Montag hatte sie geglaubt, daß er den Duchamp, der ihr so viel bedeutete, einem anderen gebe, und sie hatte darauf gebrannt, ihn dafür zu vernichten. Jetzt wußte sie, daß er fast mit seiner letzten Tat sein altes Versprechen eingelöst hatte, und wie Clotilde Guyot war sie entschlossen, sein Andenken zu schützen.

»Ich werd' Ihnen sagen, was ich glaube, Madame«, sagte ich geradeheraus. »Ich glaube, es enthält Aufzeichnungen über seine Ankäufe während der Besatzungszeit. Ich glaube, Sie versuchen zu verhindern, daß sie bekannt werden, damit sein Ruf keinen Schaden nimmt, und ich glaube, daß Sie einen Fehler machen. Diese Dinge liegen fünfzig Jahre, ein Menschenleben, zurück.«

»Glauben Sie, was Sie wollen, Monsieur«, sagte sie. »Und jetzt, wenn das alles ist …«

Ich unternahm einen letzten Versuch, sie davon abzuhalten, mir die Tür vor der Nase zuzumachen. »Die Musik … Wie schön sie ist.« Sie taute ein wenig auf. »Danke. Sie mögen die große Oper?«

»Sehr«, sagte ich und fragte mich, warum ich nicht so angefangen hatte. Ich neigte den Kopf zur Seite, um die Musik besser aufnehmen zu können. »Ich habe Verdi immer sehr geschätzt, und dieser Sopran ist wundervoll …« Ich ließ ein langsames Lächeln auf meinem Gesicht erscheinen. »Oh, das sind ja Sie, nicht wahr?«

Abscheulich, ich geb es zu, aber es war ein verzweifelter Versuch. Wer sonst konnte mich über dieses elende Sammelbuch informieren?

Madame Grémondes Züge gefroren wieder. »Der Komponist ist nicht Verdi, sondern Bellini. Und die Sängerin bin nicht ich, es ist Lily Pons.« Sie schürzte ihre blutroten Lippen, hob ihre gepuderten Kinne und stieß die Tür zu. Gleich darauf öffnete sie sie einen Spaltbreit.

»*Ich* hatte keine Probleme mit meinen unteren Tonlagen. Guten Abend, Monsieur.«

Nach fast einem ganzen Tag in Paris, nach hektischem Rein ins Taxi, Raus aus dem Taxi, um Julien Mann, Gisèle Grémonde und Monsieur Gibeault von Top Souvenirs aufzuspüren, stand ich also praktisch mit leeren Händen da. Na gut, mit leeren Händen.

Eine Person war von meinem Pariser Programm noch übrig: Ferdinand Oscar de Quincy, ehemaliger Direktor des Seattle Art Museum, ehemaliger Captain in der Kunstschutz-Abteilung MFA & A der U.S. Armee, und der Mann, der einst ein Dutzend von Vacheys Bildern aufgefunden und ihm zurückgegeben hatte, womit er – Vachey zufolge – den Keim für dessen spätere Rembrandt-Schenkung ans SAM gelegt hatte. Ich hoffte, mir mit de Quincys Hilfe darüber klar werden zu können, wer René Vachey nun eigentlich gewesen war. Aber das würde nicht vor morgen früh sein, bei unserem geplanten Treffen im Louvre. Im Augenblick war ich frei, allein und ohne Beschäftigung in der *ville lumière.* Jedenfalls ohne Beschäftigung, zu der ich aufgelegt gewesen wäre.

Auf den meisten Auslandsreisen kommt irgendwann, besonders wenn nicht alles ganz nach Wunsch läuft, der Moment, in dem man sich nach den Tröstungen der heimischen Küche sehnt, und hier schien er nun zu sein. Ich ging von Madame Grémondes Eigentumswohnung aus zu Fuß zu den Champs Elysées hinab, bog dann rechts ein und stand zwei Querstraßen weiter vor dem riesigen, vielstöckigen Burger King. Umgeben von Schwarzweißphotos amerikanischer Filmschauspieler, die erstaunlich gallisch wirkten – ein wuschelköpfiger Clark Gable mit einem wehen und philophischen angedeuteten Lächeln, ein schläfrig blickender Gary Cooper im Dreiviertelprofil mit einer Zigarette im Mundwinkel, als liefere er eine Imitation Yves Montands – nahm ich dort ein einsames Mahl aus *le chicken deluxe, le milkshake au chocolat* und *les frites* zu mir, nicht ohne einen mitleidigen Blick des Servierers einzuheimsen, als ich ihn bat, mir statt der Mayonnaise etwas Ketchup zu den Pommes zu geben.

Anschließend ging ich in ein wenige Schritte entferntes Filmtheater und sah Keven Kostner in synchronisiertem Französisch *Robin de Bois, Prince des Voleurs* mimen.

Am nächsten Morgen hatte eine frische Brise die Düsternis, die über Paris gehangen hatte, fortgeblasen. Die Stadt sah herrlich aus, und ich war erfüllt von amerikanischem Optimismus, zweifellos die Folge der vielen Brathähnchen in meinem Blutkreislauf. Ich nahm das aus Kaffee, Brötchen und Croissants bestehende Pariser Standardfrühstück im Hotel ein und machte mich zu Fuß auf den Weg zum zweieinhalb Kilometer entfernten Louvre.

In Paris zu Fuß zu gehen ist inzwischen angenehmer als früher, hauptsächlich weil man nicht mehr ängstlich darauf achten muß, wohin man tritt; der notorisch widerwärtige Hundekot (die Pariser Hunde müssen eine fettere Kost erhalten als alle anderen) gehört weitgehend der Vergangenheit an. Das ist wohl den weiß getünchten Zeichen auf den Bürgersteigen zu verdanken, die einen aufgeweckt wirkenden Dackel im Profil darstellen, dessen Nase verständig auf die mehrmals täglich von einer reinigenden Wasserflut abgespülten Rinnsteine deutet. Unter den Dackeln zeigen sicherheitshalber weiße Pfeile in dieselbe Richtung, so daß selbst der dümmste Hund kapieren müßte, worum's geht.

Offenkundig ist das auch der Fall, denn *les déjections canines*, wie die Franzosen zartfühlend sagen, sind nicht mehr so ein Problem wie früher. Man kann jetzt ohne Bedenken seine Blicke heben und Paris anschauen.

Und an einem frischen, strahlenden Herbstmorgen ist Paris wirklich die hinreißendste Stadt der Welt. Es hat alles: Bäume, Parks, einen schönen Fluß, historische Brücken, atemberaubende Bauten. Und bestimmt ist keine Großstadt weniger erdrückend. Am Quai du Louvre – eigentlich auf der gesamten Länge der Champs Elysées – steht kein Gebäude, das über neun Stockwerke hinausginge, und die meisten sind angenehme, gleichförmige, sieben Stockwerke hoch. Abgesehen vom Eiffelturm ist nur ein einziges hohes Bauwerk zu sehen, und das ist ein verhältnismäßig bescheidener Wolkenkratzer weiter südlich, jenseits des Jardin de Luxembourg. Im Herzen von Paris sieht man anders als in der Innenstadt von London oder Tokio oder New York jede Menge Himmel.

Es war ein Morgen, an dem sich zügig ausschreiten ließ, und ich erreichte den Louvre in weniger als zwanzig Minuten, aber ich brauchte fast noch einmal zehn, um an der Südfront vorbei und um den Ostflügel herum zum neuen Eingang zu gelangen (bevor der Louvre das größte Museum der Welt wurde, was er immer noch ist, war er der größte Palast der Welt). Trotzdem war ich zehn Minuten zu früh an dem Treffpunkt, den de Quincy und ich ausgemacht hatten: dem glänzenden, säulenförmigen Sockel des an Sciencefiction erinnernden Fahrstuhls in der neuen unterirdischen Eingangshalle. Von jemand, der de Quincy hätte sein können, war nichts zu sehen. Die einzige andere Person, die den Eindruck machte, als ob sie auf jemanden warte, war ein knorriger, henkelohriger, kurzgeschorener, komischer alter Kauz mit großen Augen in gestricktem Sporthemd, wollener Sporthose und knalligen orange-violetten Joggingschuhen, zweifellos Amerikaner, aber ganz unverkennbar aus Boise, Idaho oder Billings, Montana, und auf seiner allerersten Europareise.

Ich spazierte um das große, neue Geschäft im Zwischengeschoß herum, wobei ich alle paar Minuten über die Brüstung nach einem Anzeichen von de Quincy ausspähte. Wir hatten beschlossen, uns im Louvre zu treffen, weil de Quincy, der außerhalb von Paris in dem Bildpostkartendorf Sceaux lebte, gesagt hatte, daß er einiges in der Stadt zu besorgen habe, und ob wir uns nicht in einem Museum treffen wollten, und was denn mein Lieblingsmuseum in Paris sei?

Er hatte es eilig gehabt, das Telefongespräch zu beenden, und ich hatte instinktiv den Louvre genannt, was man natürlich nicht tut, nicht als besichtigender Kenner. Man hat ein reizendes kleines Museum zu nennen, von dem gewöhnliche Sterbliche noch nie gehört haben: das Musée Cognacq-Jay, zum Beispiel, oder das Nissim de Camondo. Ebenso wie's in New York stillos ist, jemandem zu erzählen, man gehe am liebsten ins Met auf der Fifth Avenue. Man hat das Cloisters zu nennen oder das Cooper-Hewitt.

Aber der Louvre ist nun mal mein Lieblingsmuseum

in Paris, und ich hatte das gesagt, und de Quincy war einverstanden gewesen, und hier war ich nun. Und dort war, wenn mich nicht alles täuschte, de Quincy, ein hochgewachsener, aristokratisch wirkender alter Herr in einem gutgeschnittenen Zweireiher, der mit einiger Ungeduld – wohl nach mir Ausschau haltend – um sich blickte. Ich kenne ziemlich viele Amerikaner, die lang im Ausland gelebt haben, und es gibt da so ein bestimmtes Aussehen, das sie annehmen, einen exilamerikanischen Habitus, stolz, trotzig und verlassen zugleich. Und wie italienisch oder französisch sie sich auch geben mögen, immer bleibt ein undefinierbarer Kern von irgendwas, das sie als entwurzelte Yankees kenntlich macht.

Ich ging nach unten und auf ihn zu. »Mr. de Quincy? Ich bin Chris Norgren.«

»Pardon, monsieur«, sagte er höflich, *»je ne parle pas anglais.«* Er zog sich unauffällig zurück, um woanders zu warten.

Ein paar Meter weiter stand immer noch der andere alte Herr, der nachdenklich an seinem Ohrläppchen zupfte und mich scharf ins Auge faßte.

War das möglich? Ich trat zögernd näher. »Äh, Mr. de Quincy?«

Er grinste und streckte seine Hand aus. »Nennen Sie mich Fuzzy.«

Nun ja, es war ein begreiflicher Irrtum gewesen. Bei einem Namen wie Ferdinand Oscar de Quincy tritt einem keine Person in knalligen Joggingschuhen und Sportwolle vors geistige Auge. Aber wie sich zeigte, paßte das alles sehr gut zu ihm. Zu einer Zeit, in der es fast eine Selbstverständlichkeit war, daß Direktoren von Kunstmuseen von der kosmopolitischen Ostküste kamen, Sprößlinge kunstsammelnder Familien waren und an einer Eliteuniversität der Ostküste Examen gemacht hatten, war de Quincy auf einer Weizenfarm an der Grenze zwischen Idaho und Washington geboren (ich hatte also gar nicht so falsch gelegen) und seine akademische Ausbildung an der Gonzaga University in Spokane erhalten.

Er war als teilzeitbeschäftigter Buchhalter und Geschäftsführer ans Seattle Art Museum gekommen, hatte angefangen, sich für Kunst zu interessieren, und war in seiner Freizeit zur University of Washington gegangen, um einen M.A. in Kunstgeschichte zu machen. 1941 hatte er sich freiwillig zur Armee gemeldet, sich als Infanterist durch Frankreich und Belgien geschlagen und war dann zu MFA & A versetzt worden, wo er drei Jahre lang inmitten des aufregendsten und erfolgreichsten Unternehmens gearbeitet hatte, das je zur Bergung von Kunstschätzen in die Wege geleitet worden war. Anschließend war er zum SAM zurückgekehrt, und als die Direktorenstelle frei wurde, galt es als ausgemacht, daß er sie kriegen würde.

Das alles erfuhr ich innerhalb von zehn Minuten im Café im Zwischenstock, wo de Quincy einen *croquemonsieur* bestellte – zwei mit einer Schinken-Käse-Füllung getoastete Scheiben Weißbrot – und ich ein einfaches Omelett mit Bratkartoffeln aß. (Das französische Frühstückscroissant, so schmackhaft es auch ist, hält nicht lange vor.)

Ferdinand Oscar »Fuzzy« de Quincy war ein freundlicher, lebhafter und außerordentlich gesprächiger Mann. Ich brauchte nur eine interessierte Augenbraue hochzuziehen oder einen ermutigenden Einsilber zu murmeln, und schon nahm er den Faden auf und spann ihn munter fort. Nach dem gestrigen Tag, den ich damit zugebracht hatte, Informationen aus einem mißtrauischen, verschlossenen Individuum nach dem anderen rauszulocken, hatte ich meine wahre Freude an ihm.

Er hatte mit Betrübnis von Vacheys Tod gelesen, er hatte von Julien Manns Forderungen gehört, er wußte sogar, daß ich Vacheys Vergangenheit nachging, und er war entzückt – »einfach hin und weg« –, daß ich ihn aufgesucht hatte. Ich sei an den richtigen Mann geraten, versicherte er mir.

Er erklärte, daß er zu dem MFA & A-Team gehört habe, das Neuschwanstein zugeteilt worden war, dem bayrischen Märchenschloß, in dem die Deutschen den Großteil ihrer französischen Beute untergebracht hatten. Dort habe er zwölf französische Bilder aus dem achtzehnten Jahrhundert, die Vacheys Privatsammlung entstammten, identifiziert und ihre Rückgabe überwacht. Er sei ihrem Eigentümer kurz darauf zum erstenmal begegnet, und der überglückliche Vachey habe davon gesprochen, sich bei ihm zu revanchieren. De Quincy habe vorgeschlagen, daß er dem Seattle Art Museum eines Tages etwas geben möge, wenn er …«

»Könnten wir hier eben einen Augenblick anhalten, Mr. de Quincy?«

»Fuzzy.«

»Fuzzy. Sie behaupten, daß die Nazis ihm diese Bilder *weggenommen* hätten, stimmt das?«

»Klar haben sie das. Beschlagnahmten den größten Teil seiner Sammlung. Saugten sich irgendeine Beschuldigung aus den Fingern. Freundschaftliche Beziehungen zu Juden, was in dieser Art.« Redselig wie er war, hielt de Quincy doch nichts davon, Wörter zu verschwenden, nur um vollständige Sätze zu bilden.

»Wenn das zutrifft, läßt es darauf schließen, daß er durchaus nicht *für* sie arbeitete, daß Manns Geschichte nicht stimmt.«

Er schnaubte verächtlich. »Geschichte ist Quatsch. Vachey versuchte, diesen Juden zu helfen, nicht ihnen zu schaden. Konnte die Nazis nicht ausstehen. Typ ist ganz durcheinander, glauben Sie mir.«

Ich legte meine Gabel nieder. Das war's, was ich gehofft hatte zu hören. Und es kam von einem Mann, der keine persönlichen Interessen verfolgte. Ich spürte ein Kribbeln in den Muskeln meiner Schultern, als ob eine Bürde, die lange auf ihnen gelastet hatte, von ihnen genommen würde.

»Es stimmt also, was Clotilde mir erzählt hat«, sagte ich, mehr zu mir selbst als zu ihm.

De Quincy betrachtete mich aufmerksam, während er kaute. »Galeriedirektorin? Hängt davon ab, was sie Ihnen erzählt hat.«

Ich sagte es ihm: daß Vachey während der Besatzungszeit Bilder gekauft und an die Nazis weiterverkauft habe – aus Mitleid, nicht aus Geldgier –, daß er keine Gewinne gemacht und keine zu machen beabsichtigt habe, daß die Deutschen ihn oft nicht mit Geld »bezahlt« hätten, sondern mit wertlosen Bildern, zu deren Annahme sie ihn gezwungen hätten.

De Quincy schwenkte eine Ecke seines *croque-monsieur,* bis er den Bissen in seinem Mund runtergeschluckt hatte. »Geschichte ist auch Quatsch«, sagte er.

Meine Schultern hörten auf zu kribbeln. »Aber ...«

»Kennen Sie zufällig einen Schweizer Händler namens Gessner?«

»Ich glaub' nicht.«

»Zürich. Sollten mal mit ihm reden. Wenn er noch lebt. Kaufte Vachey vierundvierzig einen Packen dieser wertlosen Bilder ab. Hübsche kleine Odaliske von Matisse, paar Stilleben von Vlaminck ... was noch, Dufy, Rouault, Pierre Bonnard ...«

»Ich versteh' nicht.«

De Quincy lächelte. »Nun, was heißt ›wertlos‹? Hängt davon ab, wer die Bewertung vornimmt, meinen Sie nicht?«

Ich fragte ihn beinahe, ob er mit Lorenzo gesprochen habe, aber er erklärte rasch, was er sagen wollte. Hitler hatte moderne französische Kunst so sehr verabscheut, daß er ihren Transport nach Deutschland verboten hatte. Wenn die »Sammelstellen« der Nazis in Frankreich also französische Kunstwerke des zwanzigsten Jahrhunderts in ihren Netzen entdeckten, konnten sie nichts anderes mit ihnen anfangen, als versuchen, sie auf einem praktisch nicht vorhandenen französischen Markt zu verkaufen – oder, wie im Fall Vacheys – gegen

Kunstwerke einzutauschen, die den ästhetischen Ansprüchen des Führers gerecht wurden. So war Vachey in der Lage gewesen, beispielsweise einen Flinck zu einem niedrigen Preis zu kaufen, ihn bei den Deutschen beispielsweise gegen einen Matisse einzutauschen und dann einen Riesengewinn auf dem Schweizer Markt zu erzielen, der während des Krieges aktiv geblieben war. Das machte er mehr als einmal, und de Quincy zufolge hatten die Erlöse den Grundstock seines künftigen Vermögens geliefert.

»In der Schweiz, verstehen Sie«, sagte de Quincy, »konnte er richtiges Geld bekommen, nicht dieses Spielgeld, das sie hier während der Besatzungszeit hatten.«

»Ja, ich verstehe«, entgegnete ich steif. Ich verstand, daß Vachey am Ende doch gewesen war, was Julien Mann von ihm behauptet hatte: ein Parasit, der sich in den schrecklichsten aller Zeiten an der Hilflosigkeit seiner Landsleute bereichert hatte.

»Nun überstürzen Sie mal nichts«, sagte de Quincy. »Meiner Ansicht nach war Vachey ein richtiger Held, Chris. Nahm ein paar wirkliche Risiken auf sich – Risiken, die ihn vors Erschießungskommando gestellt hätten, mein' ich –, um Leuten fortzuhelfen, bevor die Nazis sie erwischten. Half ihnen, ihre Sammlungen loszuwerden, half ihnen, aus dem Land zu kommen …«

»Und machte einen Riesenreibach dabei.«

»Sicher machte er das, warum nicht? Der Mensch war kein Berufsheld, sondern Geschäftsmann, was erwarten Sie? Kann Ihnen verraten, er tat viel Gutes. Mehr als Sie wissen. Sehr vielschichtiger Mann. Kommen Sie, wollen Sie durchs Museum gehen oder nicht?«

Ich nahm einen letzten, halbherzigen Bissen von dem erkalteten Omelett. »Ja, sicher, gehen wir.«

Aber der Louvre ist kein Museum zum »Durchgehen«, es sei denn, man hat drei Tage Zeit dafür. Man muß sich sein Gebiet aussuchen, und ich entschied mich für den ersten Stock des Denon-Flügels, wo sich die Hauptgemäldesammlung befindet. Während wir langsam die breite Treppe an der *Nike von Samothrake* – der Marmorfassung in voller Größe – vorbei die Treppe hinaufstiegen, lernte ich Vacheys unendlich bewegtes Leben von einer Seite kennen, von der ich noch nichts gewußt hatte.

Wie es schien, war der Anfang der achtziger Jahre als Vermittler für die französische Regierung tätig gewesen und hatte mit undurchsichtigen Gestalten in Ostdeutschland erfolgreich um die Rückgabe einer berühmten Keramiksammlung verhandelt, die während des Krieges aus einem Museum in Nancy geraubt worden war. Diesen patriotischen Auftrag hatte er ohne jede Bezahlung und ohne jede öffentliche Anerkennung übernommen. Seine Beteiligung kam erst raus, nachdem der zuständige Minister der französischen Regierung aus dem Amt geschieden war und seine Memoiren veröffentlicht hatte. In jüngerer Zeit waren aus Regierungskreisen Hinweise darauf durchgesickert, daß es nicht die einzige delikate Mission gewesen war, die Vachey für sein Land ausgeführt hatte.

»Sie sehen also«, sagte de Quincy, während er oben an der Treppe stehenblieb, um sich zu verschnaufen, »hat mehr in dem Mann gesteckt, als auf den ersten Blick zu merken war.«

»Ja, wahrlich«, entgegnete ich. »Sind Sie die ganze Zeit über mit ihm in Verbindung geblieben?«

»Eigentlich nicht. Hab' seine Laufbahn natürlich verfolgt. Bin ihm hin und wieder zufällig begegnet. Hab' den Mann immer gemocht. War was an ihm dran.«

»Fuzzy, warum hat er Sie nicht zu dem Empfang neulich eingeladen? Dieses Geschenk hat er doch Ihnen zu Ehren gemacht.«

Er lächelte erfreut. »*Hat* mich eingeladen. Tatsache ist, geh' kaum irgendwo hin, wenn das bedeutet, daß ich auswärts übernachten müßte.« Er klopfte auf seine Hüfte. »Probleme mit den Bändern. Muß im eigenen Bett schlafen. Sagen Sie, wie sieht der Rembrandt aus?«

»Er sieht gut aus. Ich glaube, daß er echt ist, dem im

Getty-Museum sehr ähnlich, aber mit einer riesigen Feder und einem Anflug von Grün im Hintergrund. Ich bin sicher, daß er bei Bredius nicht aufgeführt ist. Hört er sich nach irgendwas an, was Ihnen je untergekommen ist?«

»Nee. War nicht in seiner Sammlung, als ich sie vor undenklichen Zeiten gesehen hab'.«

»Ich nehme an, Sie haben keine Ahnung, wo er es herhaben könnte?«

»Nee. Weiß nur, was er gesagt hat. Trödelladen. Wie ich ihn kenne, könnte das stimmen.«

Wir gingen durch die Galerie d'Apollon, wo Scharen von eifrigen Schulkindern in drei Reihen hintereinander Schaukästen mit den Kronjuwelen umlagerten, wandten uns nach rechts und standen an einem Ende der einst – und mit gutem Grund – sogenannten Grande Galerie. Inzwischen zur leichteren Orientierung der Touristen prosaisch als Denon-Räume 4 bis 8 bezeichnet, bilden diese hintereinanderliegenden Säle eine einzige, glorreiche Galerie von 275 Metern Länge (ich weiß es, weil ich sie einmal abgeschritten und 332 Schritte gezählt hab'), die längste, größte Kunstgalerie aller Zeiten, deren Wände zu beiden Seiten eng bedeckt sind mit Meisterwerken der französischen Malerei – Watteau, Poussin, La Tour, Fragonard – sowie ein paar Dutzend verschiedenen Italienern als Beigabe – Botticelli, Giotto, Giovanni Bellini für den Anfang –, damit nicht ein Gefühl provinzieller Beschränktheit aufkomme. Am anderen Ende folgt man einer Verschiebung der Raumfluchten und blickt auf weitere 90 Meter flämischer, niederländischer und spanischer Meisterwerke.

Dies alles ist eine Hälfte einer Etage eines Flügels. Kein übles Museum.

Während wir langsam hindurchgingen, hier und da auch stehenblieben, um ein bestimmtes Bild zu betrachten, erzählte ich de Quincy von den rätselhaften Auflagen, die Vachey sowohl dem Barillot als auch dem SAM gemacht hatte, und von den ganz allgemein sonderbaren Dingen, die sich danach abgespielt hatten.

Als ich fertig war, hatten wir das gesamte Stockwerk hinter uns gebracht – vier Fußballfelder, der Länge nach gemessen, wie ein amerikanischer Führer es erwartungsgemäß ausdrückt – und saßen, umgeben von El Grecos, Murillos und Riberas, auf einer Steinbank am oberen Ende der Osttreppe.

»Interessant«, sagte de Quincy, als ich schwieg. »Was halten Sie davon?«

»Das wollte ich Sie fragen. Was kann er Ihrer Meinung nach im Schilde geführt haben?«

Er wiegte den Kopf bedächtig hin und her. »Keine Ahnung.«

»Hören Sie, Fuzzy, ich muß morgen eine Entscheidung treffen. Würden Sie das Bild nehmen, wenn Sie an meiner Stelle wären?«

»Wenn es die Sorgen um das, was er in den vierziger Jahren getan oder gelassen hat, sind, die Sie davon abhalten, so würd' ich sagen, ja, verdammt klarer Fall, nehmen Sie's.«

»Das ist die Hauptsache, aber diese verrückten Bedingungen, die er daran geknüpft hat, machen mich auch nervös. Sie kannten ihn ziemlich gut…«

»Nicht so gut.«

»Aber Sie mochten ihn, Sie bewunderten ihn.«

Er nickte. »Das ja.«

»Also gut, würden Sie sagen, daß man ihn bei seinem Wort nehmen kann?«

»Also …«

»Wenn er Ihnen gesagt hätte, was er mir gesagt hat – daß hinter der Untersuchungsbeschränkung beziehungsweise hinter der Frist, die er gesetzt hatte, beziehungsweise hinter irgendwelchen anderen Dingen keine Tricks steckten, würden Sie ihm dann trauen?«

De Quincy zupfte sich nachdenklich am Ohrläppchen. »Nicht über den Weg.«

17

Um 15.00 Uhr war ich wieder in Dijon, was mir gerade siebenundzwanzig Stunden Zeit ließ, eine Entscheidung hinsichtlich des Rembrandts zu treffen. Sollte ich bis Freitag bei Geschäftsschluß nicht auf Vacheys Bedingungen eingegangen sein, so würde das Angebot nichtig werden und das Bild vermutlich mit Vacheys restlichem Nachlaß an seinen Sohn Christian fallen.

Christian, der mir den Rembrandt und Froger den Léger vorzuenthalten versucht hatte. Christian, der Gisèle Grémonde den Duchamp zu entreißen versucht hatte. Christian, der seinen Vater so sehr enttäuscht hatte, daß dieser ihm sein neues Testament verschwiegen hatte, ihn darin vom Besitz der Galerie Vachey ausgeschlossen und auch noch als Testamentsvollstrecker abgesetzt hatte.

Christian, der in den vergangenen sechs Monaten mit seinem Vater im selben Haus gewohnt hatte. Ob Vachey nun von seinem Sohn enttäuscht war oder nicht, es war doch wahrscheinlich, daß er ihm anvertraut hatte, was er mit den Bildern im Schilde führte, und noch wahrscheinlicher, daß Christian etwas über das Sammelbuch wissen würde. Bislang hatte ich aber nicht mal den Versuch gemacht, mit ihm zu sprechen. Zum einen glaubte ich nicht, daß er mich empfangen würde (er hatte sein Bestes getan, mir den Zutritt zum Haus ganz und gar zu verwehren), und zum anderen fragte ich mich, wie ich den Worten eines Mannes würde trauen können, der aller Voraussicht nach den Rembrandt kriegen würde, wenn ich ihn ablehnte? Also hatte ich mit verheißungsvolleren Quellen angefangen und eine nach der anderen abgehakt. Pepin behauptete, von nichts eine Ahnung zu haben; Gisèle kannte das Buch, verriet aber nichts. Und Clotilde

kannte das Buch und Vacheys Pläne, aber auch sie verriet nichts.
Blieb also Christian.

»Okay, ich sag's noch einmal«, erklärte Christian mit einer Art lässiger Gereiztheit. »Erstens: Ich weiß nichts von einem blauen Sammelbuch, ich habe nie von irgendeinem blauen Sammelbuch gehört, und ich habe nie irgendein blaues Sammelbuch gesehen. Zweitens: Ich bin 1956 geboren, wollen Sie mir also verraten, wie ich irgendwas von den Aktivitäten meines Vaters während des Krieges wissen soll? Drittens: Ich weiß nicht, was mein Vater im Sinn hatte, als er Ihnen den Rembrandt anbot, warum sollte ich? Alles klar?«

Er wandte sich wieder einem Karton voller Karteikarten und Zettel mit Eselsohren zu, die er auf der Platte eines bejahrten Rollschreibtisches zu ordentlichen kleinen Stapeln auftürmte. Sein Englisch war idiomatisch und fast akzentfrei, die Aussprache eher amerikanisch als britisch, mit einem saloppen, abgehackten Beiklang, der die Geschichten über seine Verbindungen zu kriminellen Vereinigungen in Miami nicht abwegig erscheinen ließ.

»Das ist schwer zu glauben«, sagte ich. »Sie sind sein Sohn. Sie haben im selben Haus gewohnt.«

Er zuckte mit den Achseln, stand auf und reckte sich. Ein leichter Hauch von teurem Eau de Cologne, trocken und an Zitrone erinnernd, erreichte mich. »Ich kann's nicht ändern, wenn Sie was anderes glauben wollen. Hören Sie, es tut mir leid, aber ich hab' tausend Dinge zu erledigen, verstehen Sie?«

So war es von Anfang an gegangen. Wir befanden uns im ersten Stock von Vacheys Haus, am türlosen Ende eines Gangs, das als kleines Arbeitszimmer diente. Christian, der einen grauen Nadelstreifenanzug trug, wieder ohne Schlips, war nicht unhöflich gewesen, hatte aber auch nicht daran gedacht, seine Papierstapelei bei meiner Ankunft zu unterbrechen, und er hatte mir keinen

Stuhl angeboten. Ich bezweifelte, daß ich je seine ungeteilte Aufmerksamkeit gefunden hatte.

Jetzt lächelte er und streckte die Hand aus. »Tut mir leid, mein Freund. Ich hätte Ihnen gern geholfen.« Ich konnte sehen, daß er mit seinen Gedanken schon wieder bei seinen Karten war.

Mir blieb nicht viel anderes übrig, als zu gehen. »Nun ja, danke, daß Sie sich Zeit für mich genommen haben«, sagte ich. »Falls Sie zufällig daran denken sollten …«

Und genau in diesem Moment trat urplötzlich ein wichtiger Bestandteil des klebrigen, trüben Morasts, in dem ich seit Tagen herumgepatscht war, wie gestochen hervor. Ich erkannte sein Eau de Cologne. Ich erinnerte mich an das letzte Mal, als ich es gerochen hatte – ein oder zwei Sekunden, bevor ich aus dem Fenster in Vacheys Arbeitszimmer geflogen war. Seinerzeit hatte ich den Eindruck gehabt, daß ein schwacher, sauberer, unverwechselbarer Geruch von den offenen Seiten des Sammelbuchs ausgegangen sei, aber er war keineswegs von den Seiten ausgegangen.

»Sie haben mich aus dem Fenster gestoßen«, sagte ich.

Endlich hatte ich seine Aufmerksamkeit. Er entriß mir seine Hand und trat mit erschrockenem Blick einen Schritt zurück. Ich hatte gelacht, als ich das gesagt hatte – eine Art entzücktes Gackern –, weil es so wohltat, endlich was zu *wissen*, und Christian dachte wahrscheinlich, daß ich den Verstand verloren hätte.

»So ein Quatsch«, sagte er. »Was für ein Fenster? Wovon reden Sie? Warum zum Teufel hätte ich Sie aus einem Fenster stoßen sollen?«

»Damit ich das Buch nicht zu sehen bekomme.«

»Was für ein Buch?« Nachdem er festgestellt hatte, daß ich doch nicht beabsichtigte, ihn zu erwürgen, hatte er's geschafft, seiner Stimme wieder einen etwas selbstsicheren Klang zu geben. Er hob seinen Blick zur Decke und versuchte, entrüstet aufzulachen. »Das gibt's ja wohl gar nicht. Dieser Mensch hat den Nerv, hier reinzuspazieren …«

»Zum Teufel damit«, sagte ich. »Ich habe nicht die Absicht, mich hier hinzustellen und darüber zu streiten. Sie haben versucht, mich umzubringen, und das kann ich beweisen, verdammt noch mal, und was mich angeht, überlasse ich es ebensogern Lefèvre, es aus Ihnen rauszukriegen.«

Ich drehte mich auf dem Absatz um und ging rasch den langen Gang runter, dessen alter Holzfußboden bei jedem Schritt ächzte. Ich war bereits an seinem Ende angelangt und hatte auch die Tür, die zum öffentlichen Teil des Hauses führte, schon geöffnet, als Christian hinter mir herrief.

»Warten Sie einen Moment, ja ... Chris?«

Ich wandte mich um, den Griff noch in der Hand. Einen Augenblick lang dachte ich, ich hätte zu hoch gereizt.

»In Ordnung, okay, Sie haben recht«, sagte er. Er kam mit wiegenden, großspurigen Schritten den langen Korridor runter und ließ andeutungsweise ein blödes, schmieriges Lächeln auf seinem Gesicht erscheinen, zuversichtlich, daß niemand umhin könne, von seiner schlichten Offenheit bezaubert zu sein.

»Sie haben recht«, sagte er nochmals, als er vor mir stand, »was soll ich sagen? Aber glauben Sie mir, ein Anschlag auf Sie war das letzte, was ich vorhatte. Ich meine, ich hab' nichts gegen Sie persönlich, Chris. Ganz im Gegenteil.«

»Na, da fällt mir aber ein Stein vom Herzen.«

Er lachte. »Ich erklär's Ihnen, okay? Als dieses verflixte Frauenzimmer loslegte ...«

»Gisèle Grémonde?«

Er nickte. »... loslegte mit diesem Zug über den aufrechten René Vachey, den großartigen René Vachey und wahrhaftig anfing, über dieses Sammelbuch zu reden, hab' ich mich zum Arbeitszimmer aufgemacht, um sicherzustellen, daß die Tür abgeschlossen und das verdammte Ding außer Sichtweite war.« Er zuckte mit den Achseln. »Na ja, ich sah, wie Sie mit dem verdammten

Ding hinter einer Ecke verschwanden, also folge ich Ihnen und … Ich hab' wohl rein automatisch gehandelt. Ich hatte ein paar Gläser zuviel getrunken, wissen Sie?«

Er warf mir ein freundschaftliches Lächeln unter uns Männern zu, um zu zeigen, daß er wisse, daß ich verstand, daß alles nur ein Scherz gewesen war. »Hören Sie, ich dachte nicht daran, Sie aus dem Fenster zu stoßen. Ich war einzig und allein hinter dem Buch her. Ich bin kein gewalttätiger Mensch, Chris. Verdammt noch mal, ich bin Pazifist, glauben Sie mir.«

»Ich glaub's Ihnen.« Ich war mir nicht sicher, ob ich das tat, aber mir war nicht daran gelegen, mit ihm zu streiten. Ich wollte Informationen haben.

»Danke, Chris. Und … gehen Sie nun zur Polizei?«

»Je nachdem. Ich muß wissen, was in dem Buch steht.«

Das war ein schamloser Täuschungsversuch. Natürlich würde ich zur Polizei gehen. Aber vorher wollte ich das Sammelbuch mit eigenen Augen sehen. Wenn die Angelegenheit in Lefèvres Händen lag, mochte der Himmel wissen, wann oder ob ich es je zu Gesicht bekommen würde. Jedenfalls nicht vor sechs Uhr morgen abend.

»Tut mir leid.« Er schüttelte traurig den Kopf. Der herabbaumelnde Ohrring schlenkerte, die Supermantolle bewegte sich.

»Hören Sie, Christian«, sagte ich, »damit wir uns recht verstehen: Mir geht es nur darum, rauszukriegen, ob es irgendwas enthält, was mich dazu bewegen könnte, mir zweimal zu überlegen, ob ich das Bild annehme. Anderenfalls muß ich es eben drauf ankommen lassen und meine Zustimmung auch so geben.«

Er konnte kaum verkennen, worauf diese raffinierte List abzielte: Wenn ich das Bild ablehnte, würde er's bekommen. Es konnte also nur zu seinem Vorteil sein, mich das Sammelbuch sehen zu lassen. Mir erschien das einleuchtend; ich hoffte, daß es auch ihm einleuchtend erschien.

Offenbar war das der Fall. Er trat in den Korridor zurück. »Okay, kommen Sie rein.«

Als wir drinnen waren, schloß er die Tür. »Ich nehme an, Sie wissen also, was es enthält.«

Ich nickte. »Ich glaube schon. Aufzeichnungen und Ausschnitte, die Ihr Vater über seine Kunstankäufe sammelte – von der Besatzungszeit an.«

»So ist es. Warum er sie all diese Jahre gesammelt hat – warum er überhaupt je angefangen hat, sie zu sammeln – weiß ich nicht. Ich nehme an, er dachte sich, daß Julien Mann oder seinesgleichen eines Tages unter einem Stein hervorkriechen würde, um loszugreinen, daß er bestohlen worden sei und daß mein Vater imstande sein wollte nachzuweisen, daß er nichts Illegales getan hatte.«

Nein, das konnte nicht alles sein. »Wozu mich dann aus dem Fenster stoßen, damit ich's nicht seh'?«

Er blickte mich offen an, von Mann zu Mann. »Hören Sie, Chris, mein Vater hat nichts getan, dessen ich mich schäme. Aber die Zeiten ändern sich, verstehen Sie? Und was die Menschen 1942 tun mußten, um zu überleben … Nichts ist leichter, als – als es heute jämmerlich erscheinen zu lassen. Die Leute wissen nicht, wie's damals zuging. Und, na ja, mein Vater hatte verteufelt viele Feinde, ich glaube, Sie wissen das, und die würden seinen Namen liebend gern durch den Dreck ziehen, wenn das Zeug in dem Buch jemals veröffentlicht würde. Und das ist etwas, was ich einfach nicht zulassen kann. Der Name meines Vater ist das Wichtigste, was er mir hinterlassen hat.«

Es klang gut, und Christian gab es auf männliche Art und Weise von sich, mit genau der richtigen Portion Glanz in den Augen. Aber es schien mir alles ein wenig zu hochgesinnt für den Mann, der gerne die Nummer Eins des tansanianischen Zements und der neukaledonischen Meeresalgen geworden wäre. In Wirklichkeit, dachte ich, hatte Christian einfach versucht, Vacheys Aufzeichnungen für sich zu behalten, um keine weiteren Ansprüche wie denjenigen von Julien an den Nachlaß zu provozieren. Und ich wäre jede Wette eingegangen, daß noch mehr dahintersteckte, daß einige der Bilder, die Vachey in den vierziger Jahren erworben hatte, immer noch an den Wänden dieses Hauses hingen oder irgendwo im Keller rumlagen und daß Christian die Absicht hatte, sie zu verkaufen. In diesem Fall würde er die Aufzeichnungen über diese alten Geschäfte ganz gewiß nicht aus den Händen geben wollen.

Und das sagte ich ihm auch.

Er hörte mit gesenktem Kopf zu und blickte am Schluß mit seinem wiedergewonnenen schiefen Grinsen auf. »Gut, ja, okay, ich geb's zu, ein paar von diesen alten Bildern sind noch im Keller, und sicher, möglich ist es schon, daß ich mich entschließe, sie zum Verkauf anzubieten. Aber, unter uns gesagt, sind sie Ramsch – Schülerkram aus dem siebzehnten, achtzehnten Jahrhundert. Mein Vater hat seit zwanzig Jahren nicht mehr versucht, sie zu verkaufen und hat sie völlig vergessen. Auch ich hab' sie mir seit Jahren nicht mehr angesehen. Aber die Lage hat sich geändert, der Kunstmarkt spielt verrückt – vielleicht hol' ich sie hervor und schau' mal, was ich kriegen kann.«

»Bestimmt werden Sie das tun.«

»Hören Sie, Chris – nehmen Sie's mir nicht übel –, aber ich finde eigentlich nicht, daß Sie das irgend etwas angeht.«

»Vielleicht nicht. Aber der Rembrandt geht mich was an ...«

»Sicher, aber darüber steht nichts in diesem Buch, das können Sie mir glauben.«

»Davon müßte ich mich mit eigenen Augen überzeugen.« Als er zögerte, fügte ich hinzu: »Sonst gehe ich auf der Stelle zur Polizei.«

»Also ...« Er rückte seine leicht verrutschte Tolle mit der hohlen Hand zurecht. »Tatsache ist, daß ich es nicht habe.«

»Sie *haben* es nicht?«

»Nein. Regen Sie sich nicht auf, geben Sie mir eine Chance, es zu erklären.«

Als ich aus dem Fenster geflogen war, erzählte er mir, habe er das Buch vom Fußboden aufgerafft, um es zu verstecken. Aber ich hätte da draußen einen derartigen Lärm geschlagen, daß er gewußt habe, es würden jeden Moment Leute ins Zimmer gestürzt kommen. Also habe er es hastig an den ersten besten Platz gestellt, in ein vollgestopftes Bücherregal auf der anderen Seite des Raumes, neun Meter von der Stelle entfernt, die Gisèle mir gezeigt hatte. Dann sei er gerade rechtzeitig aus dem Zimmer verschwunden, um nicht von denen, die zu meiner Rettung herbeigeeilt seien, dort angetroffen zu werden.

Als er fünf Minuten später zurückgekommen sei, habe er das Buch nicht mehr vorgefunden. Irgend jemand habe es dort entdeckt und den Aufruhr dazu genutzt, es mitzunehmen. Er habe keine Ahnung, wer.

Er schüttelte den Kopf. »Ich hätte es in eine Schublade legen sollen, aber ich hatte keine Zeit und war auch einigermaßen durcheinander. Ich meine, Sie schrien da draußen herum ... Ich wußte nicht, ob Sie sterben würden oder was.«

Ich trat an die Wand zurück. »Verdammt.« Ob er die Wahrheit sagte oder nicht, es war offenkundig, daß ich das Buch nicht zu Gesicht bekommen würde. Also noch eine Sackgasse.

»Dann möchte ich die Bilder im Keller sehen«, sagte ich.

»Wozu? Der Rembrandt ist oben in der Galerie, wo er immer war.«

»Ich möchte es eben. Kommen Sie, bitte.«

Er zuckte mit den Achseln. »Wie Sie wünschen.«

Er bedeutete mir, vor ihm den Korridor runterzugehen, aber zunächst rief ich vom Vestibül aus in Calvins Hotel an. Ich tu' mich vielleicht schwer, wie Tony meint, wenn's darum geht, Hintergedanken zu durchschauen, aber selbst ich war klug genug, um nicht ohne weiteres mit einem Menschen in den Keller hinabzusteigen, der mich vor drei Tagen aus einem Fenster im ersten Stock geworfen hatte. Ich hatte nicht vor, ihm eine zweite Chance zu geben, ob er nun was gegen mich persönlich hatte oder nicht.

»Calvin?« fragte ich, als die Hotelsekretärin mich zu seinem Zimmer durchgestellt hatte. »Es ist jetzt halb fünf, und ich bin mit Christian Vachey in seinem Haus. Nur, damit du Bescheid weißt. Wir treffen uns in einer Stunde.«

Um sicherzugehen, daß Christian nichts verpaßte, sagte ich es auf französisch. Soweit es Calvin betraf, hätte ich es auch auf neukaledonisch verkünden können, denn er war nicht da. Aber es galt Christian, und ich konnte sehen, daß er es begriffen hatte.

Wir nahmen die Hintertreppe in den Keller. Im rückwärtigen Teil des Hauses lag unten eine triste Küche, die sich seit dem siebzehnten Jahrhundert nicht sehr verändert hatte: gefliester Fußboden, verzogene, zerkratzte Holztische, ein gewaltiger steinerner Kamin zum Kochen, ein paar rostige, riesenhafte Küchengeräte, die wie Folterwerkzeuge aussahen und an rußgeschwärzten Wänden hingen. Sie wurde inzwischen als Lagerraum genutzt und war voll von Packmaterial, Papier und auseinandergenommenen Bilderkisten. Nebenan befand sich Pepins Büro, in dem wir uns zur Bekanntgabe des Testaments versammelt hatten. Pepin sah überrascht von seinem Schreibtisch auf und bekam von Christian ein Zeichen mitzukommen.

Zu dritt gingen wir an einem kleinen, mit einer Staffelei und Malgeräten als Studio eingerichteten Alkoven vorbei in den vorderen Teil des Hauses und gelangten zu einer Stahltür, die Christian aufschloß. Dahinter lag ein fensterloser Raum mit gedämmten Wänden, in dem dreißig oder vierzig in Pergamin eingeschlagene Bilder ordentlich in einem doppelstöckigen, aus dick ausgelegten Kisten zusammengesetzten Holzgestell aufgereiht waren.

Christian wies auf eine Gruppe von zehn oder zwölf eingeschlagenen Bildern im oberen Regal. »Würden Sie diese hier auspacken, Pepin?« An mich gewandt, sagte er: »Das sind die, die Sie sehen wollten.«

»Nein, ich glaub', ich sollte sie besser alle sehen.«

Das gefiel ihm nicht, aber er streckte seine Hände ergeben aus und nickte Papin zu. »Tun Sie, was Mr. Norgren sagt.«

Auch Pepin gefiel es erwartungsgemäß nicht, aber er machte sich an die Arbeit, entfernte die Verpackungen und stellte die Bilder an den Wänden des Korridors auf dem Fußboden auf.

Er begann mit dem unteren Regal. Es waren alles moderne Bilder – frühes zwanzigstes Jahrhundert. Ich glaubte, einige der Künstler zu erkennen.

»Ist das nicht ein Gris?« fragte ich. »Und ein Delaunay?«

»Ja, sicher«, sagte Christian. »Und dies hier ist ein Derain.«

Konnten dies einige der »wertlosen« Bilder sein, von denen de Quincy mir erzählt hatte? Aber warum sollte René Vachey sie all diese Jahre im Keller aufbewahrt haben?

»Sie müssen eine ganze Menge Geld wert sein«, sagte ich.

Christian grinste. »Das will ich stark hoffen.«

Inzwischen war der rasch arbeitende Pepin bei den Bildern im oberen Regal angekommen – den Bildern, die der junge René Vachey laut Christian in den vierziger Jahren gekauft hatte – und hatte angefangen, sie aufzustellen. Sie waren, was Christian gesagt hatte: Bilder aus dem siebzehnten und achtzehnten Jahrhundert von geringem Wert; einige stammten aus den Niederlanden, einige aus Frankreich, alle waren nachgedunkelt. Die meisten schienen Schülerentwürfe zu sein, von denen viele unvollendet geblieben und die besten nicht besser als gekonnt waren. Sie hätten hervorragend an die Wände des Barillot gepaßt, wenn Ihnen das was sagt. Sie waren die Zeit nicht wert, die es brauchte, ihnen einen zweiten Blick zu schenken.

Bis auf eins.

Ich nahm es auf, prüfte es, untersuchte den Rahmen und lehnte es schließlich gegen die Wand. Ein weiteres Teil des Puzzles war an seinen Platz gerutscht. Wenn das so weiterging, würde ich am Ende vielleicht doch noch rauskriegen, was hier gespielt wurde.

»Kommt es Ihnen bekannt vor?« fragte ich Christian.

»Was? Nein. Na ja, ein bißchen. Es hat etwas Ähnlichkeit mit dem Rembrandt.«

»Es hat eine Menge Ähnlichkeit mit dem Rembrandt«, sagte ich.

Christian glotzte es, bodenlos erstaunt, mit offenem Mund an. »Rembrandt!«

Er starrte erst gierig auf das Bild, dann zu mir, ein glucksendes Lachen in der Brust. »Wollen Sie mir etwa sagen, daß dies wirklich ein – daß in dieser ganzen Zeit hier unten im Keller ein, ein ...«

»Ein Flinck gewesen ist«, sagte ich.

»*Flinck!*« schrie er mich an. »Wer zum Teufel ist – was zum Teufel ist ...«

Pepin, der still hinter uns stand, sagte nachdenklich zu mir: »Sie könnten recht haben, Monsieur.«

»Sie haben dieses Bild noch nie gesehen?«

»Ich habe keines dieser Bilder je gesehen.«

»Wer zum Teufel ...«, fing Christian wieder an, und Pepin erklärte, wer Govert Flinck war.

Es dauerte ein paar Sekunden, bis es bei ihm ankam. »Sie meinen, *dies* ist das Bild, das dieser Mensch, dieser Mann, zurückhaben will?« fragte er mich. »Nicht der Rembrandt oben?«

»Genau das meine ich. Schauen Sie es an. Bild eines alten Soldaten – offenkundig dasselbe Modell, dieselbe Kleidung, dieselbe Haltung. Er malte es wahrscheinlich direkt von Rembrandts Bild ab – oder noch wahrscheinlicher von der Kopie eines anderen Schülers.«

Christian beugte sich, die Hände auf den Knien, von

den Hüften aus vor, um es zu prüfen. »Zeigen Sie mir, wo ›Flinck‹ steht.«

»Nirgends. Ein Bild wie dieses pflegte nicht signiert zu werden; es war nur eine Übung. Sehen Sie, es ist nicht mal richtig fertiggemalt worden. Trotzdem steht wohl ziemlich außer Zweifel, daß es sich um Julien Manns Bild handelt. Wie viele Bilder kann Ihr Vater von eben diesem Modell in ebendieser Haltung gehabt haben? Und Sie sagten bereits, daß er diese hier in den vierziger Jahren gekauft hat.«

Aber da war noch etwas, was Manns Anspruch untermauerte. An der Ecke rechts unten war ein kleines Stück des Rahmens abgebrochen gewesen und wieder angeklebt worden. Um die Bruchstelle herum war ein Teil der Vergoldung abgeplatzt, und die Ausbesserung war deutlich zu erkennen. Mit einem getrockneten Leimspritzer, der hinten rausguckte, sah sie sogar aus wie das Werk zweier verängstigter Jungs. Wir standen zweifellos vor *Capitaine Le Nez*.

Ich verkniff es mir aber, Christian auf die Bruchstelle aufmerksam zu machen. Es wäre zu leicht für ihn gewesen, den Rahmen verschwinden zu lassen und durch einen neuen zu ersetzen.

»Was ist es wert?« fragte er.

»Genau das, was Sie gesagt haben – nicht viel. Es ist nicht annähernd so gut wie das Bild oben und sollte es auch gar nicht sein. Es ist eine Schülerübung, weit entfernt von den besten Arbeiten Flincks. Auch scheint mir fraglich, ob sich beweisen läßt, daß es von Flinck *ist*.« Ich wandte mich von dem Bild ab und schaute ihn offen an. »Wie wäre es, wenn Sie's ihm schenkten, Christian? Niemand wird Ihnen viel Geld dafür geben.«

»Ihm *schenken?* Wozu? Sein Vater hat's verkauft, oder?«

»Kommen Sie, Sie wissen doch, wie die Dinge lagen. Es wäre eine großzügige Geste Ihrerseits.«

Aber seine vollen Lippen waren schmal geworden.

»Wenn er meint, daß er Grund zur Klage hat, soll er vor Gericht gehen und es beweisen.«

Und dabei mußte ich es, nicht sehr hoffnungsfroh, belassen. Trotz der Ausbesserung am Rahmen räumte ich Julien Mann und seinem schwägerlichen Anwalt keine großen Chancen ein, ein Gericht davon zu überzeugen, daß er einen Rechtsanspruch auf das Bild habe. Einen moralischen vielleicht, aber Gerichte setzten sich nicht mit moralischen Ansprüchen auseinander.

Während Pepin die Bilder wieder einpackte, gingen wir rauf und zur Haustür zurück.

Christian hatte sein unbefangenes, männerfreundschaftliches Lächeln wieder aufgesetzt und ging sogar so weit, mir einen Arm um die Schulter zu legen. Das war kein geschickter Zug seinerseits; ich konnte das inzwischen vertraute, an Zitronen erinnernde Eau de Cologne wieder riechen. Sogleich kehrten deutliche und unwillkommene Erinnerungen daran zurück, wie ich, Nase voran, in die Nacht gestürzt war.

»Nun, was sagen Sie jetzt, mein Lieber?« fragte er. »Ich bin so ehrlich gewesen, wie man nur sein kann. Alles, was ich weiß, wissen auch Sie. Was jetzt?«

»Was meinen Sie mit ›was jetzt‹?« Ich entwand mich seinem Arm. »Sie wissen, was ich meine. Was werden Sie jetzt tun?«

»Was ich jetzt tun werde? Ich werde mit Lefèvre sprechen. Alles, was ich weiß, weiß auch er.«

Ich öffnete die Tür und trat ins öffentliche Vestibül hinaus. Gerade kamen einige Leute runter, die sich die Ausstellung angesehen hatten. Immer noch lächelnd, wartete Christian ab, bis sie vorbeigegangen waren.

»Hören Sie, ich versteh', was Sie vorhaben. Sie wollen mich dazu bringen, Ihnen zu erzählen, was mein Vater sich ausgedacht hat, aber ich weiß es ehrlich …«

»Nein, ich sag' Ihnen, was ich tun werde.«

»Was, zum Teufel, werden Sie davon haben? Und was machen Sie, wenn ich alles abstreite? Ich glaub' nicht, daß Sie irgendwelche Beweise haben. Was für Beweise haben Sie?«

»Bis dann, Christian.« Ich ging raus und die Außentreppe runter.

Er folgte mir bis zu den Stufen. Das Lächeln war verschwunden. »Warten Sie«, rief er hinter mir her. »Ich dachte ... Sie haben so getan, als ob ... Hören Sie, Norgren, Sie können nicht ...«

18

Ich konnte schon, aber ich tat es nicht. Er hatte recht, was die Beweise anging. Was sollte ich Lefèvre erzählen – daß ich Christians Eau de Cologne erkannt hatte? Wie viele Männer in Frankreich benutzten es noch? Außerdem glaubte ich seine Geschichte, jedenfalls in ihren Grundzügen. Es war nicht seine Absicht gewesen, mich umzubringen; er war hinter dem Buch, hinter den Aufzeichnungen her gewesen, und ich glaubte nicht, daß zwischen seinem glücklosen Versuch, sie sich zu verschaffen, und dem Tod seines Vaters irgendein Zusammenhang bestand. Selbst die Behauptung, daß sich jemand anders damit aus dem Staub gemacht habe, klang wahr in meinen Ohren. Und was Manns Bild betraf, so war das von Anfang an keine Sache für die Polizei gewesen und war's auch jetzt nicht.

Ich nahm an, daß ich Lefèvre am Ende alles würde erzählen müssen, aber ich wußte, daß er es unter der Rubrik »unerbetene Hilfe« verbuchen würde, und ich fühlte mich seiner Reaktion noch nicht gewachsen. Es hatte noch einen Tag Zeit. Im Augenblick war ich reif für einen Drink und etwas zu essen.

Als ich im Hôtel du Nord ankam und das kleine Foyer betrat, rief Gérard, der Angestellte am Empfang, jemandem zu: »Da kommt er jetzt.«

Links von mir, in der Ecke, in der ein paar Sessel um einen Tisch herumstanden, bewegte sich etwas. Ich wandte mich um.

»Hi, Chris«, sagte Anne.

Der Kellner deckte unser Frühstück auf, *café complet* für zwei: einen großen Krug mit heißem Kaffee, einen kleineren mit heißer Milch, zwei fünfzehn Zentimeter lange

Baguettestücke, Croissants, krosse Brötchen, Butter und in Folie verpackte Marmelade.

Anne übernahm es, die großen Tassen vollzuschenken. Wir zupften Stücke von unseren Croissants ab und übersäten das weiße Tischtuch mit Bröseln. Wir bestrichen unsere Croissants mit Butter. Wir nahmen unsere ersten Bissen, unsere ersten Schlucke. Wir sahen einander an.

»Nun denn«, sagte Anne.

»Nun denn«, sagte ich.

Es gibt so eine Art, »nun denn« zu sagen, die bedeutet, daß der Smalltalk vorbei ist, und so angenehm er auch gewesen sein mag: Jetzt wollen wir doch, bitte schön, zu den ernsten Dingen kommen.

In unserem Fall war es mehr als Smalltalk gewesen, und es war außerordentlich angenehm gewesen. Nachdem ich am vorherigen Abend wieder auf den Boden zurückgekehrt war, hatte Anne erklärt, sie sei zu der Überzeugung gekommen, daß meine Idee eines Wochenendes in Frankreich zu gut gewesen sei, um nicht verwirklicht zu werden, und daß sie vielleicht doch noch ein paar Hebel mehr in Bewegung setzen könne. Sie habe einen Militärflug zum Rhein-Main-Luftstützpunkt in Deutschland arrangiert. Vom nahegelegenen Frankfurter Flughafen habe sie einen normalen Flug nach Paris genommen und dann einen nach Dijon. Sie sei nur eine Stunde vor mir eingetroffen und komme vor Hunger fast um.

Wir nahmen in einem gutbürgerlichen kleinen Restaurant in der Rue Dr. Maret, zwei Häuserblöcke vom Hotel entfernt, ein einfaches, wunderbares Abendessen mit *moules marinières*, Brot und dem Chablis des Hauses zu uns. Ich weiß kaum noch, worüber wir sprachen, aber es war nichts von Bedeutung. Die meiste Zeit schwelgte ich einfach in dem Bewußtsein, daß ich nun doch drei Tage mit ihr zusammen sein würde. Ich glaube, ich hörte weniger auf das, was sie sagte, als daß ich zuschaute, wie sie's sagte, während ich glücklich alles an ihr in mich aufnahm: die herrlichen, fast veilchenblauen Augen, den großen, freundlichen Mund, den Anflug eines Zuckens, das in der zarten Haut unter ihren Augen kam und ging, wenn sie nervös oder aufgeregt war, und das mich stets unfehlbar rührte.

Irgendwann gegen Ende des Essens begann ich, mich vorsichtig der Frage nach ihrem Dienst zu nähern, aber es war nicht der richtige Moment, und wir schwenkten wieder zu weniger bedrohlichen Themen ab. Sie erzählte mir von ihrer Konferenz. Ich erzählte ihr, was in Dijon und Paris passiert war. Wir lachten über die gemalten Dackel auf den Pariser Bürgersteigen.

Als wir anschließend ins Hotel zurückgingen, sprachen wir überhaupt nicht viel; es gab eine Menge nachzuholen. Heute morgen war ich dann mit meinem Gesicht an ihrem weichen, honigfarbenen Haar aufgewacht, und es wurde wiederum nicht viel gesprochen. Wir hatten sorgfältig darauf geachtet, das Thema ihres Dienstes großräumig zu umgehen. Bis zu den beiden *nun denns* eben.

Ich würgte ein großes Stück Croissant runter.

»Also«, sagte ich.

»Also«, sagte sie.

Nun wurde es wirklich ernst. Zeit, den Stier bei den Hörnern zu packen.

»Wie sieht es aus, Anne?« fragte ich. »Nimmst du deinen Abschied oder nicht?«

Sie zupfte ein winziges Stück von dem Croissant ab und rollte es zwischen ihren Fingern. »Was willst du zuerst hören, die gute oder die schlechte Nachricht?«

Ich hatte gehofft, es würde nur gute Nachrichten geben. »Die schlechte«, sagte ich.

»In Ordnung. Ich bleibe, Chris.«

»Ah, ja.«

»Mach nicht so ein Gesicht, Chris. Kannst du dich nicht mit mir freuen? Ich werde mein eigenes Ausbildungsprogramm leiten.« Sie lächelte stolz und scheu zugleich. »Ich habe meine Nummer für die Majorstelle bekommen. Ich stehe ganz obenan.«

»Natürlich freu' ich mich mit dir.« Ich beugte mich vor und legte meine Hand über die ihre. »Du hast es verdient. Herzlichen Glückwunsch, Anne, was für eine tolle Nachricht.«

Es war die miserabelste Nachricht des Jahres für mich.

Ich kann nicht allzu überzeugend gewirkt haben, denn sie begann ausführlich zu erläutern, wie der neue Posten ihre Möglichkeiten ganz anders zur Entfaltung bringen werde, als der alte es getan habe, und was für eine tolle Aufstiegschance er ihr biete und daß die alten Vorstellungen von geschlechtsspezifischer Aufteilung der Arbeit in der Welt von heute keinen Platz mehr hätten.

Ich saß da und tat mein Bestes, um befreit auszusehen, konnte aber an nichts anderes denken als an die trostlose Gepflogenheit, sie nur ein- oder zweimal im Jahr zu sehen, und an all die logistische Koordinierung, die erforderlich war, um auch nur soviel zustande zu bringen. Mein Gesicht muß lang genug geworden sein, um ihr Mitleid zu erregen, denn sie stellte ihre Sprüche ein und lachte.

»Bist du nun wohl soweit, die gute Nachricht zu hören?«

»Die gute Nachricht?« Ich hatte gedacht, ihre Beförderung zum Major sei die gute Nachricht gewesen.

Sie nickte. »Ich hab' dir nicht gesagt, wo ich eingesetzt werde.«

Ich runzelte die Stirn. »Nicht in Kaiserslautern?«

Sie schüttelte den Kopf, ihre Augen funkelten. Sie sah aus wie ein Kind mit einem Geheimnis, das es nicht eine Sekunde länger für sich behalten kann. »Ich werde an die Air Force Academy kommen. Ich hab's gestern erst alles hingekriegt, auf der Konferenz. Ich kann's noch gar nicht glauben.«

»Du meinst in Colorado?«

»Colorado Springs, ja. Chris, wir werden praktisch Tür an Tür wohnen.«

»Tür an Tür? Anne, Colorado ist eintausendsechshundert Kilometer von Seattle entfernt.«

»Das ist sehr viel besser als neuntausendsechshundert. Denver ist mit dem Flugzeug nur drei Stunden von Seattle entfernt und weniger als noch mal eine Stunde von Colorado Springs. Da kann man doch beinah pendeln. Wir könnten Unmengen von ganzen Wochenenden zusammen verbringen – ohne Probleme mit der Zeitumstellung. Wir wären nur durch eine Zeitzone voneinander getrennt, Chris!«

Merkwürdigerweise war es die Zeitzone, die zu mir durchdrang. Neun Zeitzonen von seinem bedeutungsvollen Partner entfernt zu leben, hat etwas an sich, was einem bewußt macht, daß man ziemlich weit voneinander entfernt lebt. Eine einzige Zeitzone klang wie eben um die Ecke.

»Ich könnte Freitag nach der Arbeit in ein Flugzeug steigen«, sagte ich langsam, »und noch am selben Abend da sein.«

»Allmählich begreifst du.« Sie lächelte zaghaft. Das schwache Zucken erschien unter ihren Augen. »Es *ist* doch eine gute Nachricht, nicht wahr? Es wird doch gehen, nicht wahr? Wenigstens erst einmal?«

»Es ist phantastisch«, sagte ich sanft. Ich legte meine Hand auf ihre Wange und fühlte, wie das bebende Gesicht ruhig wurde. »Es wird großartig sein. Denk nur an all die Bonusse für Vielflieger, die wir bekommen werden.«

Sie lachte und wandte sich froh wieder ihrer Mahlzeit zu. »Also gut, machen wir, daß wir fertig werden. Ich möchte den berühmten Rembrandt sehen, von dem ich so viel gehört habe.«

Pepin empfing uns an der Tür der Galerie Vachey mit seiner gewohnten Leutseligkeit. »Ich kann nicht begreifen, warum Sie außerstande sind, Ihre Besuche nachmittags zu machen, wenn die Ausstellung geöffnet ist. Und Sie können nicht zu Monsieur Vachey. Inspektor Lefèvre ist bei ihm.«

»Fassen Sie Mut, Monsieur Pepin«, sagte ich. »Ich möchte zu Madame Guyot, und es ist das letzte Mal, daß ich Sie belästige.« Ich hob den Kopf und schnupperte. »Riecht's hier nach Rauch?«

»Madame Guyot hat mich gebeten, einen Teil des alten Verpackungsmaterials zu vernichten. Ich verbrenne es unten im Küchenkamin. Sie brauchen sich keine Sorgen zu machen; es sind alle Vorsichtsmaßnahmen getroffen worden.«

»Ich habe das keineswegs bezweifelt«, sagte ich mit kameradschaftlichem Lächeln. Sollte ich mich jetzt, mit Anne an meiner Seite, von Marius Pepin aus der Fassung bringen lassen?

Zehn Minuten später, nachdem die erforderlichen Schlösser aufgeschlossen und die Alarmanlagen ausgeschaltet waren, standen Anne und ich allein vor dem Rembrandt. Ich kämpfte erfolgreich gegen die Versuchung an, einen erläuternden Vortrag zu halten und ließ sie das Bild in Ruhe betrachten, was sie ein paar Minuten lang tat.

»Es ist wundervoll, Chris«, sagte sie einfach. »Es ist, als schaute man diesem alten Mann in die Seele. Und er einem in die eigene.« Sie wandte sich zu mir um. »Wirst du es annehmen?«

»Ja, ich glaube schon. Es ist nicht das Bild, von dem Julien Mann gesprochen hat. Nachdem ich den Flinck jetzt selbst gesehen habe, kann ich aufhören, mir darüber Sorgen zu machen.«

»Und du glaubst, daß dies hier wirklich von Rembrandt gemalt ist?«

»Ja, das glaube ich. Wo Vachey es nun eigentlich herhat, ist mir schleierhaft. Allmählich frage ich mich, ob er es am Ende doch in diesem Trödelladen aufgegabelt hat.«

»Kann das sein? Passiert so was wirklich?«

»Wenn so was überhaupt passieren sollte, würd's Vachey passieren.«

Sie wollte auch die anderen Bilder sehen, also spazierten wir eine Weile in der Ausstellung umher. Da ihr Geschmack etwas moderner ist als meiner, hielten wir uns die meiste Zeit in der französischen Abteilung auf, wo die Werke aus dem zwanzigsten Jahrhundert hingen.

»Und dies ist der Léger?«

Ich nickte. »*Violon et Cruche*«.

»Es ist ganz schön, nicht wahr?«

»Ja«, sagte ich. Sie hatte erfreuliches Verständnis für den Rembrandt gezeigt. Ich dachte, ich könnte es mir leisten, großzügig im Hinblick auf den Léger zu sein.

Sie ging dichter ran. »Es ist allerdings nicht in besonders gutem Zustand, nicht wahr? Schau mal hier, wo die Farbe abgegangen ist und Spuren eines anderen, darunterliegenden Bildes sichtbar werden. Ich glaube, ich kann den Teil eines Ohrs oder so was erkennen ...«

Ich lächelte nachsichtig. »Nein, du glaubst nur zu sehen, was darunterliegt«, erklärte ich. »Die Nebeneinanderstellungen und Perspektiven können ein wenig überraschen, wenn man mit seinen Techniken nicht vertraut ist, und bisweilen meint man, mehr als eine Schicht zu betrachten.«

»Wie interessant«, sagte sie. »Und gehört zu seinen Techniken auch abblätternde Farbe?«

»Abblätternde ...« Ich faßte das Bild scharf ins Auge und atmete tief aus. »Du hast recht.«

Nur war es nicht die Farbe, die abblätterte, sondern die Grundierung darunter, die glatte weiße Beschichtung, die den eigentlichen Malgrund liefert, auf dem die Ölfarben aufgetragen werden. Ein zweieinhalb Zentimeter breiter Kringel ragte unweit der Bildmitte wie eine Hobelspäne hervor, und wenige Zentimeter davon entfernt platzte gerade ein weiterer Spalt auf. Auch einige Blasen bedeckten die Oberfläche, und an zwei Stellen hatte die Grundierung mitsamt der Farbschicht begonnen, sich vom Rahmen wegzuziehen. Auf dem Holzboden zu meinen Füßen lagen abgeschilfterte Pigmentteilchen. Es war, als ob die Oberfläche des Bildes sich häutete. Darunter kam, wie Anne gesagt hatte, ein zweites Bild zum Vorschein.

»Ich glaube, die Stinkbombe ist geplatzt«, sagte ich ruhig, den Blick auf das Bild geheftet. »Sie muß es sein.«

»Vacheys Stinkbombe? Willst du sagen, er wußte, daß dies passieren würde? Das verstehe ich nicht.«

Ich verstand es auch nicht, nicht ganz, aber ich war kurz davor. Behutsam berührte ich den Farbkringel. Er löste sich und bewegte sich sprialförmig auf den Fußboden zu.

Anne hielt den Atem an. »Sei vorsichtig, Chris! Es ist so empfindlich!«

»Keine Sorge«, sagte ich. »Aber sag mir Bescheid, wenn du Pepin kommen hörst. Ich möchte nicht, daß ihn der Schlag trifft.«

Ich zupfte noch etwas ab.

»Chris ...«

»Du hast recht, es ist wirklich ein Ohr.« Noch ein wenig umsichtiges Gekratze, und noch einige Quadratzentimeter des darunterliegenden Bildes traten hervor. »Und ein Auge.«

Anne sah mir über die Schulter hinweg genau zu. »Es ist ein zweiter Léger, nicht wahr? Oder täusche ich mich?«

»Du täuschst dich«, sagte ich. Ich wiegte den Kopf bedächtig hin und her. »Mein Gott, bin ich blöd gewesen.«

Sie sah verwirrt vom Bild zu mir. »Du hättest wohl keine Lust, mir zu verraten, was hier vor sich geht?«

»Gleich. Ich brauche noch ein paar Teile des Puzzles.« Ich packte ihre Hand. »Komm, wir wollen Clotilde Guyot ausfindig machen.«

Madame Guyot war meinem Vorschlag, Vacheys Arbeitszimmer zu übernehmen, unverzüglich gefolgt.

Wir trafen sie dort hinter einem großen, aber gewöhnlichen Schreibtisch – Christian hatte, sich selber treu, sämtliche Möbel von Wert entfernt – im Gespräch mit Lorenzo Bolzano und Jean-Luc Charpentier an. Wie es schien, glaubte Madame Guyot den Ankauf eines Bildes von Odilon Redon arrangieren zu können, das Lorenzos expandierender Sythetistensammlung hinzugefügt werden sollte, und Charpentier war mitgekommen, um Rat zu spenden.

Lorenzo, der nicht nur mich, sondern auch Anne seit langem kannte, sprang mit schlenkernden Gliedmaßen von seinem Stuhl auf, um sie zu umarmen, und drängte sie anschließend, seinen Platz anzunehmen. »Schon in Ordnung, schon in Ordnung, wir sind sowieso gerade dabei zu gehen.«

»Ist etwas passiert?« fragte Clotilde, offenkundig verblüfft über unser Hereinplatzen.

»Mit dem Léger scheint was nicht zu stimmen«, sagte ich.

Ihre freundlichen Augen wurden wacher, erwartungsvoller. »Oh?«

»Die Grundierung fängt an zu rutschen.«

Lorenzo riß den Mund auf. »Ein Materialfehler!« rief er.

»Das glaube ich nicht«, sagte ich, »nicht ganz.«

»Na, ich würde mir nicht zuviel Gedanken darum machen«, sagte Charpentier und sah auf seine Uhr. »Diese Dinge können in Ordnung gebracht werden. Léger hat es mit dem Grundieren nicht immer allzu genau genommen, wissen Sie.« Er stand auf und trat zu Lorenzo. »Ich glaube, wir sind hier fertig. Madame, Sie werden uns wissen lassen, ob Monsieur Boisson unser Angebot in Betracht ziehen wird?«

»Selbstverständlich«, sagte sie. »Ich bin recht zuversichtlich.«

Die beiden Männer verneigten sich. »Wir finden allein hinaus«, sagte Charpentier.

Clotilde wartete, bis sie fort waren. »Es ist also passiert«, sagte sie. Sie sprudelte über vor Aufregung; ihr rosa Gesicht glänzte.

Ich setzte mich auf Charpentiers Stuhl. »Es kommt nicht von ungefähr, nicht wahr? Diese Grundierung sollte sich ablösen.«

Sie strahlte mich glücklich an. Ich betrachtete es als Bejahung.

»Deshalb wurde in der Galerie für eine so hohe Temperatur gesorgt, nicht wahr? Um sie zu destabilisieren. Das war es, was Vachey erreichen wollte, stimmt's?«

»Ja, natürlich.«

»Was hatte er im Sinn – alte Rechnungen zu begleichen?«

Sie lächelte mich weiterhin strahlend an. »Sagen Sie, Monsieur Norgren, beabsichtigen Sie, den Rembrandt anzunehmen?«

»Wie? Ja, warum?«

»Wir möchten eine kleine Feier anläßlich der Unterzeichnung veranstalten«, erwiderte sie. »Würde Ihnen fünf Uhr passen?«

Ich fragte mich, ob alle soviel Mühe hatten, mit Madame Guyot beim Thema zu bleiben. »Sehr gut, aber im Augenblick ist es der Léger...«

»Sie werden auch kommen, meine Liebe«, sagte sie zu Anne, die mit einem lächelnden Kopfnicken antwortete, wenn ich auch nicht wußte, wie gut sie mit ihrem rudimentären Französisch der Unterhaltung folgte.

»Madame ...«, begann ich, aber Clotilde hatte nach dem Telefon auf dem Schreibtisch gegriffen.

»Marius, würden Sie – ach, Marie. Bitte sagen Sie Monsieur Pepin, daß der kleine Empfang, den wir geplant haben, heute um fünf Uhr stattfinden wird. Würden Sie ihn bitten, die entsprechenden Vorkehrungen zu treffen? Bestimmt wird er Ihre Hilfe brauchen.«

Sie legte auf und lächelte mich an. »Ja, Monsieur, Sie sagten gerade ...«

»Ich sagte, daß ich anfange zu begreifen, was hier vor sich gegangen ist. Dieses Sammelbuch – es hatte mit

Vacheys Ankäufen während der Besatzung oder irgendeiner anderen Zeit gar nichts zu tun, nicht wahr? Darüber stand überhaupt nichts drin. Christian hat mich in dieser Sache angelogen, Sie haben mich angelogen …«

»Entschuldigen Sie, Monsieur«, sagte Clotilde, »ich habe Sie nicht angelogen. Ich habe Ihnen gar nichts darüber gesagt.«

»Nein, aber Sie wußten, daß ich auf der falschen Fährte war, Sie wußten, daß ich mich völlig getäuscht hatte hinsichtlich …«

Es klopfte an der Glastür, und Pepin steckte seinen Kopf rein.

»Ich wollte Ihnen sagen, Madame, daß die Sicherheitssysteme im Nordostflügel ein paar Minuten lang abgeschaltet sein werden.«

»Warum, bitte?« fragte Clotilde.

»Wegen dieses verdammten Charpentier. *Jetzt* stellt er fest, daß er sich die Rückseite angucken möchte. Ich habe ihn mit …«

Ich schoß aus meinem Stuhl heraus, so daß er rückwärts umflog. Der vor Schreck erstarrte Pepin mußte an den Ellbogen aus dem Weg gehoben werden, damit ich an ihm vorbei konnte. Ich stürzte durch den verlassenen Empfangsbereich und in den Flügel mit den französischen Bildern. Von Charpentier war nichts zu sehen. Von dem Léger auch nicht. Die Wand, an der er gehangen hatte, war kahl, das Metallgestänge, das ihn gehalten hatte, nackt und verlassen.

Ich stand aufgeregt da und versuchte nachzudenken. Charpentier – *natürlich,* Charpentier! Wie hatte ich nur so blind sein können? Ich war in Clotildes Büro gegangen und hatte ihm das Bild praktisch in die Hand gegeben. Aber wo war er? Was hatte er mit ihm gemacht? Er konnte nicht länger als ein oder zwei Minuten mit ihm allein gewesen sein, und er hatte es nicht die Vordertreppe runtergebracht, sonst hätte ich ihn gesehen. Und die Hintertreppe führte nur zu den Wohnräumen und dem Keller, also gab's keine …

Herrgott, der Keller! Der Keller mit seinem großen alten Küchenkamin und dem lustigen Feuer, das von all dem gut brennbaren Verpackungsmaterial genährt wurde. Ich riß die Hintertür auf und raste lärmend die beiden Treppenfluchten runter, wobei ich in meiner Eile fast mit dem Kopf voran die zweite hinabstürzte. Die schwere Eichentür zur Küche war geschlossen. Ich zerrte sie auf.

»Charpentier!«

Er stand mit dem Rücken zu mir vor dem mächtigen Kamin, die Arme erhoben und kurz davor, das Bild ins Feuer zu werfen. Als ich seinen Namen rief, drehte er den Kopf um und blickte mich über die Schulter hinweg mit düsterer Wildheit an. Aus dem Hintergrund von tanzenden rotgelben Flammen beschienen, wirkte er mit dem Bild in den erhobenen Händen wie eine titanenhafte Gestalt aus dem Alten Testament, wie kein geringerer als Charlton Heston, der sich soeben anschickt, die Gesetzestafeln vom Berg zu schleudern.

Einen, wie es schien, unheimlich langen Augenblick starrten wir einander stumm und bewegungslos an. Dann, grunzend und schneller, als ich ihm zugetraut hätte, warf er das Bild nach mir, als sei's eine Frisbeescheibe. Ich konnte mich nur seitlich zu Boden werfen wie ein Schlagmann, der sich aus der Flugbahn eines hundertfünfzig Stundenkilometer schnellen Baseballs fallen läßt.

Das Bild segelte mit einem häßlichen, sirrenden Geräusch über mich hingweg und durch die offenstehende Tür, schlug schwer gegen die Flurwand und krachte auf den gefliesten Boden.

Als ich mich wieder aufgerappelt hatte, kam Charpentier mit einem rostigen alten Küchengerät, das er von der Wand gezerrt hatte, auf mich zu, wahrscheinlich ein Spieß, an dem ein Ochse gebraten werden konnte, was aber erschreckend an die Pike eines mittelalterlichen Fußsoldaten erinnerte: eine eineinhalb Meter lange

Stange mit einer Metallspitze, die aus einem Dorn und einem übel aussehenden Haken bestand. Er war ein massiger Mann, nicht athletisch, aber klotzig und grobknochig, mit einem Stich ins Diabolische selbst unter den günstigsten Umständen, und im Augenblick ängstigte er mich zu Tode.

Ich wich in den Flur zurück und wehrte ihn mit erhobenen Händen ab. »Jean-Luc, was soll der Blödsinn. Sie wollen mich doch nicht umbringen.«

»Doch«, sagte er, »das will ich.«

Und er wollte es auch. Er stach mit der Spitze zweimal nach meinen Augen, zunächst antäuschend und dann plötzlich und heftig und ganz und gar im Ernst. Ich sprang zurück, wobei es mir gelang, die Pike mit dem Unterarm abzulenken, stolperte in die Ecke des Gangs und torkelte gegen ein paar Holzplatten, die dort aufrecht standen. Die meisten fielen krachend zu Boden, aber mit der anderen Hand hinter mich greifend, bekam ich eine zu fassen und holte sie nach vorn.

Im Vergleich mit dem Spieß war sie dürftig: knapp einen Meter lang, etwa fünf Zentimeter breit und zwei bis drei Zentimeter dick; wahrscheinlich war sie zur Versteifung einer Bilderkiste vorgesehen. Ich schwang sie Charpentier wie einen Polizeiknüppel ins Gesicht, aber er schob sie mit dem Spieß ärgerlich beiseite und kam näher. Ich täuschte sein Gesicht an und stieß ihn dann mit dem Holz direkt unter dem Brustbeim in den Bauch, aber es war ein zaghafter Stoß, der auch noch im falschen Moment kam. Es ging mir fast beiläufig durch den Kopf, daß ich gerade zum erstenmal in meinem Leben eine Waffe gegen einen Mitmenschen – überhaupt gegen ein Lebewesen, das größer war als eine Fliege – erhoben hatte, und es lag mir nicht. In meinen Adern tobte keine wilde Kampfeslust. Ich wollte Charpentier nicht verletzen, ich wollte nicht mit ihm kämpfen. Ich wollte nur fort.

Charpentier brüllte, mehr aus Überraschung als aus Schmerz, erwischte die Latte mit einem fast lässigen

Wedeln der Pike, riß sie mir an dem Haken aus den Händen und schleuderte sie über seine Schulter.

Wie betäubt sah ich sie, um ihre Längsachse rotierend, den Gang runterfliegen. Wußte er tatsächlich mit dem Ding umzugehen, oder hatte er nur Glück gehabt?

Gottlob hatte er nur Glück gehabt. Sein nächster Stoß war schwerfällig und schlecht gezielt. Die rostige Spitze bohrte sich dreißig Zentimeter von mir entfernt knirschend in die Steinwand. Ich schaffte es sogar, die Pike zu packen, als er sie zurückzog, aber nur mit zwei Fingern, und er zerrte sie wieder aus meinem Griff. Seine Ungeschlachtheit schien mir kein besonderer Grund zum Optimismus zu sein. Wie oft konnte er noch vorbeitreffen?

Ich war in die Ecke gedrängt, konnte nicht um ihn herum und hatte wenig Spielraum. Was gutes Zureden betraf, so machte ein Blick in seine Augen diese Erwägung müßig. Ich tastete blind hinter meinem Rücken umher und versuchte, noch eine aufrechtstehende Holzlatte zu finden, als er wieder zielte, diesmal auf mein Mittelteil. Ich zuckte zur Seite, und gleich war er mit dem dicken Endstück der Pike wieder vor mir und traf mich neben dem rechten Auge. Ich sah einen funkelnden Sternenhagel und an den Rändern meines Gesichtsfelds eine plötzliche, merkwürdige Schwärze, tanzende Punkte und Flecke wie in einem alten Film. Einen gräßlichen Augenblick lang brach völlige Dunkelheit herein, doch als meine Schultern gegen die unebene Wand sackten, konnte ich wieder mehr oder weniger sehen, allerdings fühlte ich mich schwach und elend.

Charpentier starrte mich an, als wolle er herausfinden, wie schwer er mich erwischt hatte. Ich muß trostlos genug ausgesehen haben, denn er hob den Spieß, packte ihn fest und schickte sich an, mir einen letzten Stoß zu versetzen. Wann ich noch eine dieser Holzlatten zu fassen bekommen hatte, weiß ich nicht mehr, aber sie war in meiner Hand, und ich schwang sie fast automatisch hoch und herum, so kräftig ich konnte, und schlug sie ihm dicht über dem linken Ohr gegen den Kopf.

Ich muß mich mit zunehmender Übung verbessert haben, denn diesmal erstarrte er, dann brummte er und schüttelte sich – nicht nur den Kopf, sondern den ganzen Körper, wie ein Bär. Und er wich zurück – einen einzigen, unsicheren Schritt, um sein Gleichgewicht zu wahren. Wenn ich hier lebendig rauskommen wollte, mußte es jetzt geschehen. Ich ließ die Reste der Latte fallen – sie war zerbrochen, als ich ihn getroffen hatte – und griff hastig nach dem Spieß. Diesmal gelang es mir, ihn ihm aus den Händen zu winden, und ich war schon dabei, das untere Ende zu einem zweiten Schlag gegen seinen Kopf herumzudrehen, als ich spürte, daß eine Veränderung in ihm vorging.

Sein Kampfgeist hatte ihn verlassen. Seine Schultern hingen schlaff herunter, seine Augen hatten ihren irren Glanz verloren und waren trüb geworden. Ich konnte seinen Gesichtsausdruck nicht mal annäherungweise deuten. Ich wußte nur, daß er aufgegeben hatte. Aus der Platzwunde an seinem Ohr quoll Blut. Er faßte geistesabwesend hin, machte sich aber nicht die Mühe, seine Finger zu betrachten; dann wandte er sich von mir ab und ging durch die Küche auf eine Tür zu, durch die man zu einer hinter dem Häuserblock liegenden Reihe von Gemüse- und Blumengärten gelangte.

Nein, ich versuchte nicht, ihn aufzuhalten. Was hätte ich tun sollen, ihn anbrüllen, stehenzubleiben? Und wenn er's nicht getan hätte (und er hätte es nicht getan), was dann? Ihn einholen und mit dem Ende der verdammten Pike bewußtlos knüppeln? Ihn mit der Spitze durchbohren und sicherheitshalber vielleicht an einem der schweren Holztische aufspießen? Tut mir leid, nicht mein Metier. Außerdem war auch mein Kampfgeist erloschen. Ich fühlte mich duselig, und mir war übel, meine Schläfen fingen an zu hämmern, und ich hatte genug gehabt.

Als er durch die Hintertür verschwand, die er offenstehen ließ, sank ich gegen die Steinwand des Korridors zurück und schloß die Augen. Mir wurde bewußt, daß ich in den letzten Sekunden das Geräusch stampfender Füße gehört hatte – Menschen, die die Treppe runterrannten –, und als ich die Augen öffnete, sah ich Inspektor Lefèvre in Begleitung Wachtmeister Huvets und eines anderen Mannes in den Korridor stürzen und bei meinem Anblick praktisch zum Stehen rutschen.

Ich wies auf die Küche. »Jean-Luc Charpentier«, sagte ich und stellte überrascht fest, daß ich außer Atem war. »Er ist gerade zur Hintertür raus. Er ist Ihr Mörder.«

Lefèvre und Huvet sahen einander an.

»... hat versucht, das Bild zu verbrennen«, sagte – oder vielmehr keuchte – ich. »... hab' ihn erwischt ... hat versucht, mich umzubringen mit dieser – dieser ...«

Aber das Wort fiel mir nicht ein, und außerdem hatte die Schwärze wieder angefangen, an den Rändern meines Gesichtsfelds zu tanzen, und wieder erfaßte mich ein Gefühl der Übelkeit und des Schwindels. Ich lehnte den Kopf an die Wand, schloß die Augen und versuchte, mich zu beruhigen. Ich hätte den Kopf gern auf die Knie gelegt, mochte es aber nicht vor Lefèvre tun.

»In Ordnung, gucken Sie da draußen nach ihm«, hörte ich ihn zu seinen Leuten sagen.

»... inzwischen weg«, sagte ich.

»Wenn er da nicht ist«, wies Lefèvre sie an, »gehen Sie in sein Hotel.«

Nach ein paar weiteren Sekunden ließ die Übelkeit nach. Ich öffnete die Augen und sah Lefèvre das über den Gang verstreute Kleinholz mustern. Dann betrachtete er das Bild, das, vom Aufprall verzogen, mit der Vorderseite auf dem Boden lag. Schließlich blickte er mich an, der ich meinen mittelalterlichen Spieß umklammert hielt und abgekämpft und angeschlagen an der Steinwand lehnte.

Er seufzte. »Manches bleibt doch immer beim alten, nicht wahr, Mr. Norgren?«

19

Lefèvre führte mich ein paar Schritte den Gang entlang und in Pepins Büro, setzte mich in dessen gepolsterten Schreibtischstuhl mit der hohen Rückenlehne und nahm selbst in einem hölzernen Lehnstuhl Platz. Er telefonierte nach oben, um Madame Guyot zu ersuchen, dafür zu sorgen, daß wir nicht gestört werden würden, und bat um eine Tasse Kaffee mit einem Schuß Cognac für mich; dann wartete er, bis sie gekommen war, bevor er mit dem unvermeidlichen Verhör begann. Er sei selbst oben gewesen und habe mit den Hausangestellten gesprochen, als er den Lärm unten gehört habe, sagte er. Wenn es nicht zuviel Mühe mache, würde ich ihm nun vielleicht erzählen, was das alles zu bedeuten gehabt habe?

»Und ich glaube, Sie können jetzt auch Ihren Spazierstock aus der Hand legen. Bei mir sind Sie sicher.«

Da hatte ich zwar meine Zweifel, aber ich legte ihn trotzdem beiseite, erstaunt, daß ich ihn die ganze Zeit über festgehalten hatte.

»Ist alles in Ordnung?« fragte er, als ich noch einen Schluck nahm, ohne was zu sagen.

Es war alles in Ordnung – der Cognac-Kaffee trug beträchtlich dazu bei –, ich versuchte nur, mir darüber klar zu werden, wo ich anfangen sollte. Ich hatte selbst erst vor fünfzehn Minuten alle Teile zusammengelegt, und ich wußte noch nicht, wie sie miteinander harmonierten.

»Fangen wir bei dem Bild an«, sagte ich.

»Dem Léger?«

»Es ist kein Léger. Es sind zwei Bilder, eines über dem anderen, und keins davon ist ein Léger.«

»Kein Léger?« Stirnrunzelnd ging er auf den Korridor raus und holte das Bild, legte es auf den Schreibtisch und beugte sich vor, um es zu prüfen. Durch die grobe

Behandlung hatte es sich nicht nur verzogen, es war auch noch mehr von der Übermalung abgeschilfert, und nicht wenig davon war um drei bis vier Zentimeter verrutscht und wellte sich wie die Haut auf einem Topf abgekochter Milch. Der *violon* hätte als *accordéon* durchgehen können.

Vorsichtig drückte Lefèvre gegen die Farbschicht. »Hoffentlich haben Sie recht«, sagte er. »Niemand könnte das hier in Ordnung bringen.« Er sah auf. »Es ist also eine Fälschung?«

»Eine außerordentlich gute Fälschung – mit der eine weitere außerordentlich gute Fälschung übermalt worden ist.«

Er lehnte sich in seinen Stuhl zurück, zog eine Packung Gauloises aus der Tasche und zündete sich eine Zigarette an. »Ich bin davon überzeugt, daß es einen Grund dafür gibt und daß Sie mir sagen werden, welchen.«

»Ich kann Ihnen sagen, welches ich für den Grund halte.« Ich nahm noch einen Schluck von dem stärkenden Trank und erzählte ihm, was meiner Meinung nach passiert war. Auf das untere Bild sei eine Grundierung gestrichen worden, damit *Violon et Cruche*, das darüber gemalt werden sollte, einen zufriedenstellenden Malgrund bekomme, ein durchaus gängiges Verfahren beim Übermalen. Der Unterschied sei, daß die vorliegende Grundierung absichtlich dazu gebracht worden sei, sich abzulösen. Ich nähme an, daß vor der Grundierung eine dünne Schicht Leinöl auf die Oberfläche des ursprünglichen Bilds aufgetragen worden sei, wodurch die Grundierung dazu neigen würde zu rutschen. Anschließend sei die Grundierung nicht in verschiedenen dünnen Lagen, sondern in einer einzigen dicken Schicht aufgetragen worden, wodurch sie dazu neigen würde, zu platzen und sich spiralförmig zusammenzurollen – besonders in einer warmen Umgebung, wie so mancher angehender Künstler zu seinem Kummer entdeckt habe.

Lefèvre hörte skeptisch zu. »Und Vachey hat das gewußt?«

»Vachey hat das *geplant*. Deswegen ließ er in der Galerie so stark einheizen. Andernfalls hätte es Monate dauern können, bis die Grundierung aufgeplatzt wäre. Aber es sollte nicht später passieren, es sollte genau dann passieren, wenn es die größte öffentliche Aufmerksamkeit erregen würde – in den beiden Wochen der Ausstellung. Und um das zu erreichen, mußte man die Heizung hochdrehen. Je wärmer es war, desto schneller würde es mit dem Bild abwärts gehen.«

Ich schüttelte betrübt den Kopf. »Mir war sofort klar, daß die Temperatur zu hoch war. Verdammt noch mal, ich hätte merken sollen, was da vor sich ging.«

Um die Wahrheit zu sagen, konnte ich mir eigentlich nicht vorstellen, daß *irgend jemand* in der Lage gewesen wäre zu merken, was da vor sich ging, aber ich dachte, Lefèvre würde nicht ungern denken, daß ich was Offenkundiges übersehen hätte.

»Und wozu«, fragte er, »sollte Vachey solch Umstände auf sich nehmen?«

»Um Charpentier lächerlich zu machen. Die Grundierung würde sich mitten in der Ausstellung ablösen, Bestürzung und Ungläubigkeit hervorrufen und jede Menge öffentlicher Aufmerksamkeit erregen. Und wenn die Experten sich das Bild ansähen, würde sie ohne den geringsten Zweifel erkennen, daß es in den letzten paar Jahren angefertigt worden war – was bedeuten würde, daß die Übermalung unmöglich aus Légers Zeit stammen konnte. So wie Charpentier sich über seine Echtheit ausgelassen hatte, würde er danach erledigt sein; sein Name würde ein Witz sein.«

Lefèvre taxierte mich durch einen verwehenden Schleier aus Zigarettenrauch. »Und das alles ist Ihre eigene Sicht der Sachlage? Oder gibt es vielleicht irgendwelche Tatsachen, die sie bestätigen?«

»Tatsachen ...?« Ich lachte. »Nun, da ist die Tatsache, daß Charpentier hierher runtergerannt ist und versucht hat, das Ding zu verbrennen, sobald er hörte, daß die Grundierung rutschte. Und da ist die Tatsache, daß er, verdammt noch mal, sein Möglichstes getan hat, mich um die Ecke zu bringen, als ich ihn dabei erwischte.«

Er las sich ein Stückchen Tabak von der Lippe. »Nein, nein, Mr. Norgren, diese Dinge unterstützen die Annahme, daß Charpentier die Untermalung nicht ans Licht gelangen lassen wollte; sie sind kaum Beweis dafür, daß er René Vachey ermordet hat.«

»Nein, das nicht, aber es gibt andere Sachen …«

Das Telefon auf Pepins Schreibtisch klingelte. Lefèvre nahm ab. »Ja, stellen Sie ihn durch.«

Er war zwei oder drei Minuten am Telefon, sagte nicht viel, zog jedoch kurze, inspektorenhafte Erkundigungen ein: »Wie? Wo genau? Wann? Wie sind Sie vorgegangen?«

Unterdessen versuchte ich, meine Gedanken zu ordnen. Lefèvre hatte recht; ich hatte keine Beweise dafür, daß Charpentier Vachey umgebracht hatte, aber ich hatte unterstützendes Beweismaterial genug, um ein Schlachtschiff zu versenken. Ich mußte es nur in eine zwingende Form bringen. Mit meinen immer noch hämmernden Schläfen erwies sich das als schwierig.

Lefèvre sprach ein paar kurze Anweisungen ins Telefon und legte auf. »Charpentier ist tot.«

»Selbstmord?« sagte ich automatisch, weniger fragend als feststellend. Es war merkwürdig. Ich hatte nicht eine Sekunde lang darüber nachgedacht, wohin Charpentier gegangen war oder was er zu tun beabsichtigte, und doch kam die Nachricht so wenig überraschend, daß es fast war, als hätte ich sie schon gekannt. Ich hatte diesen in sich gekehrten, düsteren Gesichtsausdruck wohl doch besser deuten können, als ich gedacht hatte.

»Ja«, sagte Lefèvre. »Er war in seinem Zimmer. Sie haben geklopft, sie haben Zutritt verlangt. Und sie haben einen Schuß gehört.« Er zuckte mit den Achseln. »Kein Charpentier mehr.« Er sah sehr nachdenklich aus.

»Aha«, sagte ich. Mir war nicht nachdenklich zumute. Ich wartete darauf zu erfahren, was als nächstes kommen würde.

»Die Waffe, mit der er sich umgebracht hat, ist eine Mauser, Kaliber 6,35 mm, das, was Sie, glaube ich, eine Taschenpistole nennen?«

Er befragte den Falschen zur Terminologie der Faustfeuerwaffen, aber ich meinte zu wissen, worauf er hinauswollte. »Dieselbe Waffe, mit der Vachey umgebracht wurde?«

»Ich habe keinen Zweifel, daß sich das und nichts anderes herausstellen wird. Es ist eine Waffe, der man nicht mehr sehr oft begegnet.« Seine Gauloises lagen auf dem Schreibtisch, und er schüttelte eine heraus, überlegte es sich jedoch anders und steckte sie wieder in die Packung, räusperte sich und stand unvermittelt auf.

»Es hat also den Anschein, Mr. Norgren, als seien Sie wieder einmal das ungewollte Werkzeug der Gerechtigkeit gewesen.« Er zog sein Kinn ein und produzierte noch einige gurgelnde Geräusche. »Vielen Dank für Ihre Bemühungen.«

Was das »ungewollte« anging, war ich nicht sicher, aber mehr würde ich von Lefèvre nicht zu hören bekommen. Es hatte ihn schon genug gekostet, auch nur soviel rauszubringen.

»Gern geschehen, aber es gibt noch mehr, was ich Ihnen erzählen sollte.«

Er nickte. »Besser auf der Präfektur, glaube ich, es sei denn, Sie fühlen sich nicht wohl genug ...«

»Doch, es geht mir bestens«, sagte ich. Mir war eher zitterig als übel, und das Hämmern hatte fast aufgehört. »Gehen wir.«

Aber Lefèvre war noch einmal auf das Bild aufmerksam geworden. »Eine Fälschung über einer Fälschung«, sagte er nachdenklich, während er sich darüber beugte. »Die untere – es ist eine Art Porträt, abstrakt, aber nicht ganz abstrakt, nicht wahr? Ist das nicht ein Auge? Ah, und hier ist der Mundwinkel ...«

»Ganz recht, es ist ein Porträt.« Ich langte rüber und zog noch was von der Übermalung fort, so daß beide Augen sichtbar wurden, Augen von eindrucksvollem, haselnußbraun gesprenkeltem Rauchgrau.

Gleich darauf stieß Lefèvre ein kurzes, bellendes Lachen aus. »Vachey! Es ist ein Porträt René Vacheys.«

»Ein *Selbstporträt*«, sagte ich und lachte auch ein wenig. »Wunderschön gemalt – im unverwechselbaren Stil Fernand Légers.«

20

»Vachey war ein *Fälscher*?« fragte Anne, während sie ein Stück Ziegenkäse auswickelte, und sah auf.

»Ein ganz hervorragender Fälscher«, sagte ich. »Er konnte sämtliche Kubisten nachmachen – Léger, Gris, Braque, Picasso. Nicht, um davon zu leben, verstehst du, mehr zum Zeitvertreib, als gelegentliche Nebenbeschäftigung, weil – ja, weil er stolz darauf war, nehm' ich an.«

»Ein Mittel zur Selbstverwirklung, könnte man sagen«, bemerkte Anne trocken.

»Könnte Lorenzo sagen«, entgegnete ich lachend, während ich mir Käse und Brot nahm.

Wir saßen einen Häuserblock vom Hotel entfernt in einem kleinen Park, auf den ich oft von meinem Zimmer aus runtergeguckt hatte, einer Grünanlage mit ansprechend reglementiertem Bewuchs, einem symmetrischen Teich sowie Terrassen und Balustraden in der prunkvollen italienischen Art, die zur Zeit Napoleons III. allgemein beliebt gewesen war. Ich hatte bei meiner Rückkehr vom Polizeipräsidium Anne zufolge wie etwas von der Katze Herangeschlepptes ausgesehen, und obwohl ich keine Lust gehabt hatte, irgendwohin zu gehen, hatte sie auf ein wenig frischer Luft und einem *pique-nique* bestanden. Nun war ich froh darüber; ich hatte pausenlos gegessen und nicht einmal abgewartet, bis sie alles auf der Bank zwischen uns ausgebreitet hatte.

»Das war es, was in dem blauen Buch gestanden hat«, sagte ich kauend. »Sein eigenes Verzeichnis sämtlicher Falsifikate, die er gemalt hat, mitsamt liebevoll detaillierter Beschreibung der Pigmente, Techniken, Materialien. Bis hin zu und einschließlich ›Légers‹ *Violon et Cruche*.«

»Das versteh' ich nicht. Ich dachte, es sei ein Verzeichnis der Bilder, die er gekauft hatte.« Sie runzelte die Stirn. »›Les peintures de René Vachey‹…«

»Richtig, ›Die Bilder René Vacheys‹. Überleg doch mal. Wenn die Rede von einem Sammler ist, sind damit die Bilder gemeint, die er besitzt. Aber wenn die Rede von einem Künstler ist, sind damit die Bilder gemeint, die er gemalt hat. ›Die Bilder J. Paul Gettys II.‹ und ›Die Bilder Pablo Picassos‹ sind zwei verschiedene Dinge. Ich nehme an, daß Vachey sich selbst eher in die Kategorie Picassos einordnete. Ich hab' es völlig mißverstanden.«

»Nun gut, aber woher weißt du, daß du es jetzt richtig verstehst? Hat man das Buch gefunden?«

»Nein, anscheinend hat Charpentier es irgendwohin verschwinden lassen. Aber Lefèvre hat Clotilde Guyot reingerufen, als ich da war, und sie hat es verifiziert.«

Das Buch, hatte Clotilde erklärt, habe umfassendes Material zu Vacheys Falsifikaten ab 1942, seine eigenen Anmerkungen sowie Zeitungsausschnitte und Zeitschriftenartikel enthalten. Wie viele sich selbst bewundernde Fälscher vor ihm hatte er sicherstellen wollen, daß er am Ende in der Lage sein würde nachzuweisen, daß er die Bilder tatsächlich eigenhändig gemalt hatte.

Ich hatte mich ziemlich spitz bei ihr erkundigt, warum sie mir das nicht gesagt hatte, als ich sie am Vortag befragt hatte. »Weil Sie«, entgegnete sie ebenso spitz, »versäumt hatten, den nebensächlichen Umstand zu erwähnen, daß das Buch gestohlen worden war.« Das stimmte allerdings, und so hatte Clotilde begreiflicherweise angenommen, daß es immer noch an seinem angestammten Platz in Vacheys Büro stünde und daß kein Außenseiter wüßte, was es enthielt. Wie sollte es dann irgendeine Bedeutung für Vacheys Tod haben können? Ich zog mir einen bissigen Blick von Lefèvre zu und ließ die Angelegenheit fallen.

»Aber woher wußtest *du*, was drin stand?« fragte Anne. »Bevor sie das bestätigte, mein' ich?«

»Oh, verdammt«, murrte ich, »das hätte ich längst rausgekriegt haben sollen.«

Spätestens gestern nachmittag, als ich mir in Vacheys Keller die kubistischen Bilder angeschaut habe, die Bilder, die Christian so zuvorkommend für mich hatte auspacken lassen. Warum, hätte ich mich ein wenig beharrlicher fragen sollen, warum hätte jemand Originale von Gris, Derain und all den anderen, eine Sammlung, die ein Vermögen wert war, in staubigen Verpackungen im Keller verwahren sollen? Und nur eine Minute zuvor war ich munter an diesem mit Farben und Staffelei eingerichteten Alkoven vorbeispaziert, ohne daß es mir in den Sinn gekommen wäre, mich zu fragen, was diese Dinge da machten und wer sie benutzt hatte.

Aber zu diesem Zeitpunkt, erklärte ich Anne, *dachte* ich nicht mehr an Fälschungen, nicht einmal im Hinblick auf den Léger – und zwar weniger, weil Charpentier allem Anschein nach von ihm überzeugt gewesen war, sondern weil Vachey so gewirkt hatte. Er war so offenkundig schockiert, so bestürzt gewesen, als Charpentier zu verstehen gegeben hatte, es sei kein erstklassiger Léger, daß es undenkbar erschienen war, es könne sich um eine Fälschung handeln. Inzwischen begriff ich natürlich: Er war nicht schockiert, er war gekränkt gewesen. Wer zum Teufel war Jean-Luc Charpentier, daß er behauptete, ein Léger von Vachey sei nicht haargenau so gut wie ein Léger von Léger?

Anne hatte weitere Sachen zum Essen ausgebreitet, während ich redete: zwei Käse, zwei Baguettes, eine Scheibe feiner Leberpastete mit Trüffeln, einen Plastikbecher mit grünen Oliven und einen weiteren mit sauer eingelegten grünen Bohnen und Paprika, eine kleine Flasche Rotwein und zwei Plastikweingläser mit Stiel. Sie begann, den Wein einzuschenken.

»Nicht für mich«, sagte ich. »Ich habe heute vormittag um elf Cognac getrunken.«

Sie stopfte den Korken zurück. »Für mich auch nicht.

Ich dachte nur, du könntest ihn vielleicht brauchen. Chris, wieso hat Vachey den Léger so hervorragend nachmachen können? Hast du mir nicht erzählt, daß er seit zwanzig Jahren nicht mehr gemalt habe?«

»Sicher, und wer hat mir das erzählt? Charpentier. Das hatte er selbst zwanzig Jahre lang geglaubt, und er wollte, daß ich es noch länger glaubte. Er hatte gerade eine glatte Fälschung Vacheys falsch zugeschrieben, er hatte Vachey deswegen umgebracht, und er wollte nicht, daß mir auch nur der Gedanke an eine Fälschung Vacheys in den Sinn kam.« Ich entdeckte in dem Papierbeutel eine Flasche Mineralwasser und schenkte uns einen Schluck ein. »Und das tat er auch nicht.«

»Mhm.« Sie kaute nachdenklich auf einer Olive herum. »Aber woher wußtest du, daß Charpentier ihn umgebracht hatte? Ich meine, ich weiß, woher du es jetzt weißt, aber woher wußtest du es davor? Als Pepin seinen Kopf zur Tür reinsteckte, um zu sagen, daß Charpentier das Bild von der Wand genommen habe, warst du so schnell draußen …«

»Damit war alles klar. Bis zu dem Moment hatte ich nicht die geringste Ahnung. Aber warum sollte Charpentier davonstürzen und das Bild abnehmen, nachdem er von der Grundierung gehört hatte? Die einzige Erklärung, die mir einfiel, war: Um irgendwie den Beweis, daß es eine Fälschung war, nicht zum Vorschein kommen zu lassen.« Ich gestikulierte mit einer Brotscheibe. »Und da hast du's.«

»Hab' ich's? Wo?« sagte Anne mit einem Anflug von Verärgerung. »Ich wirke nicht gern blöd, aber bitte erinner dich, daß ich gestern morgen noch in Tacoma war und den Kopf voller beruflicher Wiedereinstiegsprobleme hatte.«

Ich steckte den Tadel ein. Meine Gedanken waren eine Woche lang um René Vachey gekreist, ich war direkt hier in Frankreich gewesen, ich hatte hundert Einzelheiten gekannt, von denen sie nichts wußte, und trotzdem hatte ich sie nicht zusammensetzen können, bevor sie mir auf einem Tablett gereicht worden waren. Kein Wunder, daß sie etwas verwirrt war.

Ich setzte die grünen Bohnen ab, mit denen ich mich beschäftigt hatte, und sammelte meine Gedanken.

»Okay. Charpentier stürzte auf das Bild zu, nachdem er gehört hatte, daß es ein Problem damit gab. Warum? Weil er wußte, daß es eine Fälschung war. Aber Montagabend hatte er es noch *nicht* gewußt, sonst hätte er sich niemals darüber verbreitet, daß es ein Léger sei, aber kein sehr guter Léger und so weiter und so fort. Frage: Wann und wie hatte er rausgekriegt, daß es eine Fälschung war? Antwort: Als …«

»Als er das Sammelbuch stahl.«

»Richtig. Als Gisèle auf dem Empfang anfing, davon zu schwadronieren und mit diesen Anspielungen auf Vacheys ›große Entdeckungen‹ um sich zu werfen, fing Charpentier anscheinend an, sich zu fragen, ob er am Ende reingelegt worden sei – genau wie ich. Während sie noch herumwütete, setzte er sich also von der Menge ab und schlich sich in Vacheys Arbeitszimmer …«

»Wo du dich kurz davor hingeschlichen hattest …«

»Ich und Christian, nur daß der sich, genaugenommen, wohl nicht hingeschlichen hat, da er dort wohnt. Wie auch immer, Christian traf mich mit dem Buch an, warf mich aus dem Fenster, stopfte das Buch in ein anderes Regal und verschwand. Woraufhin …«

»Charpentier reinkam, sich das Buch schnappte und gleichfalls verschwand?«

»Ja. Du hast deine Zweifel?«

»Hm, ja. Irgendwie hat man den Eindruck … Ich meine, es klingt wie ›Die drei Dummköpfe‹, Chris – jeder folgt jedem.«

»Ich glaube nicht, daß irgendwer irgendwem folgte. Wir waren alle hinter dem Buch her. Wir waren wahrscheinlich die einzigen, die ein sogenanntes dringendes Interesse daran hatten.«

Sie zerpflückte eine Scheibe Brot und bot die Stücke

zwei rufenden Schwänen an, schönen Vögeln mit schwarzen Hälsen und roten Schnäbeln, die auf dem Teich, an dem wir saßen, hoffnungsvoll zu uns herangerudert waren. Als sie sich ihrer ausgestreckten Hand nicht nähern wollten, warf sie ihnen was hin und wandte sich wieder mir zu.

»Woher wußte Charpentier, wo er suchen mußte? Er kann nur einen kurzen Moment gehabt haben, bevor die anderen auftauchten.«

»Wahrscheinlich daher, woher auch Christian wußte, daß ich es hatte. Weil er durch die Glastür des Arbeitszimmers gesehen hatte, daß Christian es versteckte.«

»Das sind aber nur Vermutungen, nicht wahr?«

»Ja, sicher sind das nur Vermutungen. Charpentier ist tot. Vachey ist tot. Was kann man tun, außer Vermutungen anstellen? Ich vermute auch – aber Lefèvre stimmt mir zu –, daß Charpentier, nachdem er aus dem Buch erfahren hatte, daß der Léger nicht echt war, Vachey am nächsten Morgen auf seinem Spaziergang vor Tagesanbruch abfing. Vielleicht versuchte er rauszukriegen, was Vachey geplant hatte – du weißt, es war ziemlich klar, daß Vachey was Durchtriebenes im Schilde führte –, vielleicht versuchte er, ihn umzustimmen, vielleicht – wer weiß? Wie auch immer, am Ende erschoß er ihn. Mit seiner kleinen Taschenpistole.«

Sie schüttelte den Kopf. »Nein, tut mir leid, aber es ergibt immer noch keinen Sinn. Wozu sollte es gut sein, Vachey umzubringen? Dadurch was das Verrutschen der Grundierung nicht aufzuhalten.«

»Ah, Charpentier wußte aber nicht, daß die Grundierung verrutschen würde.«

»Er hatte doch das Buch …«

»Er wußte nur, daß es eine Fälschung war. Über die Grundierung stand nichts drin. Das habe ich von Clotilde. Die Eintragung war nicht vollständig. Vachey wartete auf die Zeitungsausschnitte, die mit Sicherheit kommen würden. Soweit Charpentier wußte, konnte ihm, wenn es ihm nur gelänge, eine naturwissenschaft-

liche Untersuchung des Bilds zu verhindern – die Vachey sowieso nicht wünschte – nichts passieren.«

Auch das war ein kleiner Hinweis gewesen, den ich übersehen hatte – wie leidenschaftlich Charpentier gegen Untersuchungen gewesen war, als wir im Barillot mit Froger gesprochen hatten. Und wieviel ablehnender er sich über das Bild geäußert hatte als am Abend zuvor; wie er Froger empfohlen hatte, es in einer der dunkelsten Ecken des Barillot aus den Augen – und, wie er gehofft hatte – aus dem Sinn zu schaffen.

»So ist's recht«, sagte Anne. »Einer der Schwäne war ein paar Schritte aus dem Wasser rausgekommen, pickte vorsichtig nach dem Brot auf ihrem Handteller und lief damit zurück. Der andere war, nervös kollernd, geblieben, wo er gewesen war.

Sie warf ihm ein Stück zu. »Geh ein wenig zurück. Charpentiers Beweggründe verstehe ich, aber Vacheys sind mir nicht klar. Warum wollte er Charpentier an den Kragen? Froger, ja – sie waren seit Jahren verfeindet gewesen – aber was hat Charpentier ihm je getan?«

Ich belegte eine letzte Scheibe Brot dick mit Leberpastete und biß hinein. »Für René Vachey war die Fehde mit einem Schaumschläger wie Froger ganz unwichtig. Bestimmt freute er sich darauf, ihm mit dem Léger ein wenig dumm dastehen zu lassen, aber Froger war ein kleiner Fisch, und außerdem hatte er nie behauptet, ein Kubistenkenner zu sein.«

Ich aß mein Brot auf, endlich satt, und wischte meine Hände an einer Papierserviette ab. »Aber Charpentier …«

Charpentier hingegen behauptete, ein Kubistenkenner zu sein, und im Gegensatz zu Froger hatte Charpentier Vachey tief verletzt. Es hatte damit angefangen, daß er Vacheys frühe »neokubistische« Versuche zweimal lächerlich gemacht hatte. »Epigonal, seicht, farblos, kenntnislos« hatte er sie genannt, aber damit hätte Vachey vielleicht leben können: ehrliche Kritik von einem freimütigen, wenn auch bärbeißigen Kritiker.

Aber ein paar Jahre später hatte er Vacheys umstrittene Ausstellung »Das turbulente Jahrhundert«, seine Sammlung angeblicher Werke Braques, Picassos und anderer, *gelobt*.

Warum sollte das Vachey aufbringen? Weil, wie verschiedene andere Rezensenten gemutmaßt hatten, einige der Zuschreibungen in »Das turbulente Jahrhundert« fragwürdig waren. In Wirklichkeit waren sie, wie Clotilde uns erzählt hatte, mehr als fragwürdig: Die vier kubistischen Bilder – ein Braque, ein Picasso, ein Léger und ein Gris – waren tatsächlich allesamt von Vachey, eine Einmann-Bravourleistung, die anschließend in den Keller verbannt worden und dort wahrscheinlich verborgen geblieben war, bis ich Christian am Tag zuvor genötigt hatte, sie mir zu zeigen.

Und einige Jahre darauf hatte Charpentier laut Clotilde die Echtheit dieses unbekannten Léger in Basel bestätigt, nur – und inzwischen war ich ihr natürlich voraus – war es kein Léger gewesen, sondern ebenfalls eine Nachahmung Vacheys. Das Bild war zum Spaß einem Freund geschenkt worden, aber irgendwie nach ein paar Jahren an die Wand eines Restaurants geraten und schließlich in einem der großen Londoner Auktionshäuser gelandet. Clotilde zufolge hatte Charpentier später einen zweiten Vachey-cum-Léger verifiziert, der seinen Weg auf dem Kunstmarkt in Wien gefunden habe und auf ein paar Millionen Dollar taxiert worden sei.

Wo diese Bilder jetzt waren, mochte der Himmel wissen (weswegen eben selbst zum Spaß angefertigte Fälschungen anständige Kerle wie uns so beunruhigen).

Charpentier hatte also die hervorragenden Fälschungen, denen Vachey die Signaturen Braques oder Gris' oder – insbesondere – Légers beigegeben hatte, unbeirrbar auf Millionen von Francs taxiert. Ebenso unbeirrbar hatte er die Bilder, die Vachey unter seinem eigenen Namen hervorgebracht hatte, mit Verachtung über-

schüttet. Das war mehr als genug, um den Stolz eines jeden Bilderfälschers zu treffen, der eine hohe Meinung von seinen eigenen Fähigkeiten hatte, was bei Vachey ganz gewiß der Fall war.

»Und darum«, sagte ich, »arrangierte er diese ganze Angelegenheit, um Charpentier einen Dämpfer zu verpassen. Er wußte, daß Charpentier den Léger als echt ansehen würde …«

»Wie konnte er das denn wissen?«

»Er war bislang auf jeden einzelnen ›Léger‹ Vacheys reingefallen. Warum also nicht auf diesen?«

»Stimmt. Und er hatte recht.«

»Ja, es hätte geklappt. Als dieses Selbstporträt zum Vorschein kam, wäre Charpentiers Ruf ärger ramponiert gewesen als diese Grundierung.«

Schweigend bot sie mir die Reste der Baguettes an. Als ich den Kopf schüttelte, warf sie sie den dankbaren Schwänen zu. »Aber wie steht's mit Vacheys Ruf? Alle hätte erfahren, daß er ein Fälscher war.«

»Nein, alle hätten erfahren, daß er gut genug war, um Frankreichs berühmtesten Experten für Kubisten als Hornochsen dastehen zu lassen. Niemand hätte ihn für einen Fälscher gehalten, wie auch niemand ihn für einen Dieb hielt, als er diese Bilder aus dem Barillot entwendete. Er erlaubte sich mal wieder einen seiner Scherze, mehr nicht.«

»Nur fand Charpentier ihn nicht lustig«, sagte Anne nachdenklich. »Und jetzt sind sie beide tot.«

Eine trübe graue Wolkenbank zog herauf, und mit ihr war ein kalter, böiger Wind gekommen. An den Wegkreuzungen begannen ordentlich zusammengeharkte braune Laubhaufen sich aufzulösen und über den Kies zu wirbeln. Wir machten uns beide daran, das Essen einzupacken.

»Noch eins, Chris. Ich verstehe, daß Vachey den Léger nicht untersuchen lassen konnte, aber warum durftest du den Rembrandt nicht untersuchen lassen? Du glaubst doch nicht, daß etwas mit ihm …«

»Ausgeschlossen. Nein, er machte die Auflagen bei beiden Bildern, weil er alles verraten hätte, wenn er sie nur beim einen und nicht beim andern Bild gemacht hätte. Charpentier hätte es nicht mit der Feuerzange angefaßt.«

»Also, ich versteh' immer noch nicht, was das SAM mit dieser ganzen Sache zu tun hat. Warum hat er euch den Rembrandt nun eigentlich geschenkt?«

Ich zuckte mit den Achseln. »Ich nehme an, aus dem Grund, den er genannt hat. Um das Ferdinand de Quincy gegebene Versprechen einzulösen.«

»Aber wenn er euch ein Bild schenken wollte, warum hat er es euch dann nicht einfach *geschenkt?* Warum hat er das Seattle Art Museum in diesen anderen Schlamassel mit reingezogen? Und den Louvre, was das betrifft?«

Wir sind wieder auf Vermutungen angewiesen, aber ich nehme an, er wollte die größte, sensationellste Schau, die er auf die Beine stellen konnte. Zum einen, weil er nun mal so war, zum andern, weil er Charpentiers peinlichen Irrtum so öffentlich wie möglich aufdecken wollte – genau in der Mitte der großen Ausstellung.«

»Puh.« Sie schüttelte den Kopf. »Ganz schön vielschichtig, nicht wahr? Verzwackt.«

»Vachey war ein vielschichtiger Mann.«

Ich packte den Rest unserer Hinterlassenschaften in den Papierbeutel zurück und warf eine Olive, die auf die Bank gefallen war, den Schwänen zu, die sich nicht dafür interessierten.

»Hast du nicht gesagt, er sei im Square Darcy umgebracht worden?« fragte Anne unvermittelt.

»Ja, warum?« Ich sah auf und bemerkte, daß sie ein blau-weißes Straßenschild an einem der Betonpfosten der Parkumzäunung anstarrte. PLACE DARCY stand darauf.

Wir sahen uns an. Hier war Vachey gestorben, in diesem Teich sein Leichnam gefunden worden. Vielleicht hatte er auf eben dieser Bank gesessen ...

Ich setzte den Beutel ab. »Ich glaube, wir machen die Weinflasche doch auf.«

Sie nickte und holte die Papiergläser wieder hervor. Ich schenkte ein und wir hoben unsere Gläser.

»Auf einen vielschichtigen Mann«, sagte ich.

21

Die Temperatur lag in der Galerie Vachey um fünf Uhr bei ordnungsgemäß kühlen zwanzig Grad, die Luftfeuchtigkeit bei angenehmen fünfzig Prozent. Aber aus der »kleinen Festlichkeit«, die Clotilde geplant hatte, war nichts geworden. Ursprünglich von Vachey ersonnen, hatte sie der Augenblick seines Triumphs sein sollen, in dem seine brillante Überlistung des Doyen der französischen Kubistenkenner einer erstaunten Welt offenbart werden würde. Selbst nach Vacheys Tod hatte die loyale Clotilde die Schau durchziehen wollen. Aber nachdem nun auch Charpentier tot war, hatte sie auch noch den letzten Sinn verloren.

Statt dessen wurde an einem Klapptisch, der vor dem Rembrandt aufgestellt worden war, in aller Stille unterzeichnet und anschließend im Empfangsbereich eine gedämpfte Cocktailparty mit nicht mehr als einem Dutzend Menschen abgehalten. Der einzige Vertreter der Presse war ein Reporter von *Le Bien Public*, der Tageszeitung von Dijon, der wieder ging, nachdem er ein paar Photos davon gemacht hatte, wie Christian und ich uns vor dem Bild steif die Hände schüttelten. Fragen nach Charpentiers Tod und dem gefälschten *Violon et Cruche* wurden von Sully brüsk beiseite gefegt; diese Angelegenheiten würden bei einer Pressekonferenz im Polizeipräsidium zur Sprache kommen, die für den folgenden Tag um neun Uhr anberaumt worden war.

Nachdem mein Auftrag in Dijon endlich abgeschlossen war, wurde ich an das bescheidene Buffet dirigiert, wo Anne und Calvin Champagner tranken und das Hors d'œuvre studierten, als ein ungewohnt nachdenklich wirkender Lorenzo mir die Hand auf den Arm legte.

»Ach, Christopher? Ist es wahr? Vachey hat *Violon et Cruche* selbst gemalt?«

»Doch, das ist wahr.«

»Und er hat noch viele andere Bilder dieser Art gemalt? Derains, Delaunays ...?«

»So scheint es.« Clotilde zufolge waren in dem Sammelbuch mindestens sechzig Fälschungen ausführlich in allen Einzelheiten beschrieben worden.

Lorenzo kaute an seinem Mundwinkel. Sein Adamsapfel hüpfte. »Christopher, Sie glauben doch nicht ... Das heißt, mein Vater und ich haben zusammengenommen eine ganze Reihe von Bildern bei ihm gekauft, darunter viele Kubisten, und wir haben keins davon untersuchen lassen. Sie sind doch nicht der Meinung, er könnte tatsächlich – einige davon könnten ...«

Ich klopfte ihm auf die Schulter. »Lorenzo, worüber machen Sie sich Gedanken? Betrachten Sie die Dinge postexistenziell, das ist alles. Warum wollen Sie sich das Leben mit dieser belanglosen Kontexttreue schwermachen?«

Gewiß, es war gemein, aber ich konnte nun mal nicht anders. Manchmal überkommt's mich einfach.

Natürlich war mir fürchterlich zumute, sobald's raus war. Um ihn zu beruhigen, umfaßte ich seine Schulter fester. »Im Ernst, ich sehe keinen Grund zur Sorge. Soweit irgend jemandem bekannt, hat er nie versucht, eine seiner Fälschungen zu verkaufen.«

Er sah etwas weniger niedergeschlagen, etwas hoffnungsvoller drein. »Nein?«

»Nein, er malte sie zu seinem eigenen Vergnügen. Wenn er mit ihnen fertig war, kamen sie schnurstracks in den Keller.«

»Sagen Sie mir auch die Wahrheit?«

Ja und nein. Sie waren vielleicht in den Keller gekommen, aber sie waren nicht im Keller geblieben. Als ich am Vortag mit Christian da unten gewesen war, hatten ungefähr fünfundzwanzig davon im unteren Regal des Lagerraums gestanden. Es blieb also eine runde Zahl

von fünfunddreißig Bildern, die verschollen waren – fünfunddreißig Kopien eines Meisterfälschers, der imstande gewesen war, einige der berühmtesten Kenner Frankreichs zum Narren zu halten. Wer wußte, wo sie jetzt waren. Zwei davon waren in die großen Auktionshäuser gelangt. Hingen die anderen in den Wohnzimmern von Freunden? An weiteren Restaurantwänden irgendwo in Europa? Waren einigen vielleicht sogar in Museen gelangt? Oder in Lorenzos Sammlung?

Aber ich konnte mir eigentlich nicht vorstellen, daß Vachey seine Kunden reingelegt hatte, jedenfalls nicht, um Geld zu verdienen. »Aber natürlich, Lorenzo. Sie brauchen sich keine Sorgen zu machen. Im übrigen müßte ein Kunsthändler von allen guten Geistern verlassen sein, wenn er versuchen wollte, Sie oder Ihren Vater übers Ohr zu hauen.«

Seine Miene hellte sich sofort auf. »Ahaha, ja, also, das ist allerdings wahr. Also, hallo, Christian, eine sehr nette Party.« Und schon ging er weiter, im Wiederbesitz seiner üblichen guten Laune.

Christian Vachey wollte mich offenkundig unter vier Augen sprechen. Als Lorenzo fort war, zog er mich in eine Ecke außer Hörweite der anderen und legte mir kameradschaftlich einen Arm um die Schulter. »Ach, sagen Sie, Chris … Lefèvre hat mir kein Wort davon gesagt, daß – na ja, Sie wissen schon …«

»Daß Sie mich aus dem Fenster gestoßen haben?«

Er zuckte zusammen und blickte verstohlen um sich. »Äh, ja. Ich dachte schon, daß Sie es sich vielleicht anders überlegt haben und es ihm doch nicht erzählen wollen?«

In diesem Moment kam mir eine der besten Ideen meines Lebens. »Ich hab' es mir nicht anders überlegt, ich wollte nur vorher mit Ihnen reden. Vielleicht können wir miteinander ins Geschäft kommen.«

Seine Augen, nur zwei Handbreit von meinen entfernt, wurden schmal, während sie mich taxierten. Das war seine Sprache. »In was für ein Geschäft?«

Ich holte tief Luft. »Sie geben Julien Mann diesen Flinck, und ich werde Lefèvre nichts sagen.«

Damit hatte er nicht gerechnet. Sein Arm löste sich von meiner Schulter. »Daraus wird nichts.«

»Okay«, sagte ich und begann mich abzuwenden.

»In Ordnung, abgemacht«, sagte er.

Ich hätte Hurra schreien mögen. Statt dessen ließ ich die Reste des tiefen Atemzugs entweichen. »Ich werde Mann heute abend anrufen und ihm sagen, daß er nächste Woche mit dem Bild rechnen kann.«

»Nächste Woche … Okay, okay, Sie haben gewonnen.«

Aber ich konnte sehen, daß er fand, er sei billig davongekommen – ich fand das auch –, und ich beschloß, noch einen kleinen Vorstoß zu wagen, diesmal in eigener Sache. »Da ist noch was, Christian. Dieses Selbstporträt Ihres Vaters unter dem ›Léger‹. Ich nehme an, Froger wird nichts damit zu tun haben wollen, also würd's an Sie gehen.«

Er fixierte unverwandt meine Augen, wie ein vorsichtiger Kämpfer im Ring.

»Es hat keinerlei Wert. Ich würde es sehr gern haben.«

Er war überrascht, konnte jedoch nicht viel überraschter sein als ich. Der Gedanke war mir unversehens durch den Kopf geschossen. Mir war nicht mal ganz klar, warum ich es haben wollte, ich wußte nur, daß ich's haben wollte.

Christian verschränkte seine dicken Arme und neigte den Kopf zur Seite. Der Ohrring glänzte. »*Ich* biete *Ihnen* ein Geschäft an. Sie versprechen, daß Sie nicht rumgehen und sich über diese Bilder da unten verbreiten werden – und Sie können es mitnehmen, wenn Sie nach Haus fahren.«

»Sie meinen diese alten niederländischen und französischen Bilder?«

»Nein, ich meine das moderne Zeug.«

Das hatte ich mir gedacht. Ich wußte inzwischen, warum Christian so begierig darauf gewesen war, das

Sammelbuch in die Finger zu kriegen. Es ging ihm nicht darum, den Namen seines Vaters zu schützen oder um sonstwas in dieser Art; es ging ihm darum, den Beweis dafür zu beseitigen, daß die rund fünfundzwanzig modernen Bilder im Keller samt und sonders Fälschungen René Vacheys waren. Christian Vachey würde im Gegensatz zu seinem Vater nicht eine Sekunde lang zögern – konnte es vielmehr kaum erwarten –, sie den Übereifrigen oder den Fahrlässigen als lang verschollene Originale Légers, Gris' und anderer zu verkaufen.

Und wenn das einmal passiert war, würden sie jahrzehntelang im Umlauf sein und in regelmäßigen Abständen auftauchen, um in den Auktionshäusern, der Forschung und der Kunstwelt überhaupt für Verwirrung zu sorgen. »Tut mir leid, das kann ich nicht machen«, entgegnete ich, »aber ich kann Ihnen sagen, was ich machen kann.« Ich mußte fast lachen, als ich das sagte. Ich klang allmählich selbst schon wie ein Betriebswirt.

Ich könnte, erzählte ich Christian, ihn mit einer Londoner Galerie in Verbindung bringen, die Fälschungen als Fälschungen, und deutlich als solche gekennzeichnet, verkaufte. (Doch, es gibt tatsächlich so ein Geschäft). Wenn der Fälscher berühmt und die Fälschungen berüchtigt seien, könnten die Bilder zu fünfzehn- oder zwanzigtausend Dollar weggehen. Da es eine verworrene, in hohen Kreisen spielende Rache- und Mordgeschichte sei, die nun bald Schlagzeilen in aller Welt machen würde, könnten diese hier gut und gern auch noch mehr wert sein, so daß Christian selbst wahrscheinlich fünfzehntausend pro Stück einstreichen könne.

Seine Lider flatterten, wahrscheinlich wegen der Berechnungen, die hinter ihnen abliefen. Fünfundzwanzig Bilder à $ 15 000 machten $ 375 000, während er auf die Millionen gehofft hatte, die zusammengekommen wären, wenn er die Fälschungen peu à peu als Originale abgesetzt hätte. Aber er wußte, daß ich ihm das nicht durchgehen lassen würde.

Das Flattern hörte auf. »In Ordnung, abgemacht«, sagte er wieder. »Sie Scheißkerl.«

»Ich werd' Sie anrufen«, sagte ich.

»Ich kann's kaum abwarten.«

Als er ging, kamen Calvin und Anne auf mich zu. Anne reichte mir ein Glas Champagner.

»Nicht, daß wir die Absicht gehabt hätten zu lauschen …«, sagte Anne.

»Ach, Gott behüte!« sagte Calvin.

»… aber haben wir etwas eben gehört, daß du Christian Vacheys Selbstporträt abgeschwatzt hast?«

»Ganz recht«, sagte ich, insgesamt hochbefriedigt über das, was ich erreicht hatte. Ich stellte mir vor, wie Julien Mann auf die Nachricht von seinem geliebten Flinck reagieren würde.

»Wozu?«

»Wozu ich Vacheys Bild haben möchte? Um es in mein Büro zu hängen.«

Anne blinzelte ungläubig. »Christopher Norgren will sich einen Léger in sein Büro hängen – und dann auch noch einen gefälschten?«

Ich lachte. »Zur Erinnerung«, sagte ich.

Sie schnitt ein Gesicht. »Woran?«

Ich wußte kaum, wie ich's erklären sollte. »Ich weiß nicht – an einen außergewöhnlichen Mann, an ein paar verrückte Tage, daran, daß ich hier lebend rausgekommen bin, daran …«

»Vielleicht daran, daß diese Kunstsachverständigen im Grunde doch alle Quatschköpfe sind?« schlug Calvin vor.

»Calvin …«, begann ich entrüstet.

»Manchmal«, fügte er rasch hinzu.

Ich überdachte die Korrektur. »Calvin«, sagte ich, »du hast es erfaßt.«

Haffmans Kriminalromane im Heyne-Taschenbuch

Lawrence Block

Die Romane mit dem New Yorker Privatdetektiv Matthew Scudder haben dem Autor weltweiten Ruhm gebracht.
»Es mag sich um Genreliteratur handeln, aber es ist in jedem Fall Literatur für Erwachsene.« NEWSWEEK

05/86

Außerdem erschienen:

Tanz im Schlachthof
05/2

Nach der Sperrstunde
05/36

Endstation Friedhof
05/68

Wilhelm Heyne Verlag
München